二見文庫

月あかりに浮かぶ愛

キャサリン・コールター／栗木さつき＝訳

Moonspun Magic
by
Catherine Coulter

This edition published by arrangement with
NAL Signet,
a member of
Penguin Group (USA) Inc.
through Tuttle-Mori Agency, Inc., Tokyo

アントン・C・ポガーニに
おかげさまで《ニューヨークタイムズ》ベストセラーにランクインした、わたしたちの初めての作品となりました——。

月あかりに浮かぶ愛

登　場　人　物　紹　介

ヴィクトリア・アバーマール	両親を亡くした貴族の娘
ラファエル・カーステアズ	男爵家の次男。シーウィッチ号の元船長
ダミアン・カーステアズ	男爵。ラファエルの双子の兄
エレイン・カーステアズ	ダミアンの妻。ヴィクトリアの従姉妹
ダマリス(ダミー)・カーステアズ	ダミアンとエレインの娘
ロロ・カルペッパー	シーウィッチ号の一等航海士。ラファエルの旧友
フラッシュ・セイヴァリー	ラファエルの従者
ライオネル(ライアン)・アシュトン	セイント・リーヴェン伯爵。ラファエルの旧友
ダイアナ・アシュトン	ライアンの妻
レディ・ルシア	ライアンの大おば
フィリップ・ホークスベリー(ホーク)	ロザミア伯爵
フランシス・ホークスベリー	ホークの妻
シャンドス侯爵	ホークの父親
デヴィッド・エスターブリッジ	ヴィクトリアの元求婚者
スクワイア・ギルバート・エスターブリッジ	デヴィッドの父親。大地主
〈ザ・ラム〉	〈ヘルファイア・クラブ〉のリーダー。正体不明の男

プロローグ

一八一三年八月
セント・トーマス島シャーロット・アマリー

害がないどころか、役に立つ猫。
——シェイクスピア

ラファエルは烈火のごとき怒りと同時に、底なしの恐怖を感じていた。故郷コーンウォールを遠く離れたこの西インド諸島で、まさか、ひとりわびしく死ぬことになろうとは。それもこれも、邪《よこしま》な男を信じたばかりに。

心身を麻痺《まひ》させるほどの恐怖心をどうにかして鎮めようと、彼は怒りをたぎらせた。八カ月前、モンテゴ・ベイで命を救ってやった男に、あろうことか裏切られたのだ。ドック・ウィテカーというその男は、フランスのスパイだったのだ。

そのウィテカーがいま、自分を殺そうとしている。この五年、イギリス商船の船長として、海上でフランス軍を攻囲し、ポルトガル艦隊のあいだをすり抜け、ナポリで上流社会に潜入していたこの自分を。

ドック・ウィテカーは手下をふたり、連れていた。ふたりとも波止場のちんぴらで、ラム酒一杯のためなら殺人も辞さない男どもだ。ウィテカーはふたりの手下と同様、短剣を手にしている。いかにも切れ味のよさそうな銀色の刃をぎらつかせ、三人は円を描くようにしてじりじりとこちらに近づいてくる。ラファエルは、セント・トーマス港の海岸通りから薄汚いストーナーズ小路《こうじ》へと追いこまれていた。あたりには漆黒の闇が広がり、路地裏は静まりかえり、酔っ払いさえ眠っている。聞こえてくるのは、容赦なく近づいてくる三人の男の落ち着いた息づかいだけだ。

このままでは、殺《や》られちまう。いや、死んでたまるか。気力を萎《な》えさせる恐怖心に打ち勝とうと、彼はあえて侮辱の言葉を吐くことにした。

「おまえは人間のクズだ、ウィテカー。嘘《うそ》つきの虫けら野郎だ。おまえをかくまい、命まで救ってやったのに、これが恩返しというわけか？　何もかも、ぼくをおびき寄せるための策略だったのか？　それにしても、おまえたちはお人好しだな」と、こんどは手下のふたりに声をかけ、ひるむことなく近づいてくる男たちの動きを目で追った。「ウィテカーは信用ならない男だぞ。こんな裏切り者のために、暗い路地裏で背中を刺されていいのか？」

「船長さんよ」と、ウィテカーがとてつもなく低い声で言った。「こんな結末になって、残念だよ。だがね、おれはほかでもない、ナポレオンに仕えている。ひとりの主人に忠誠を尽くせば、ほかの野郎には忠誠心があるふりをするしかない。そんなことは、百も承知のはずだ。おまえさんだって、とどのつまりは、おれと同じ穴のむじななんだから」

「おまえと同じ穴のむじなになるのは、地獄に堕ちたあとだ。ところでウィテカー、おまえの本名は、ピエールとか、フランソワとかいったな？」

その言葉にびくりとし、ウィテカーが思わず顎を引いた。「おれの本名は、フランソワ・デムーランだ。おい、バルブス、コーク、こいつから目を離すんじゃないぞ……おれはこれまで、こいつの闘いぶりをとっくりと見てきた。俊敏で、狙いを外さない。さあ、船長さんよ、減らず口を叩《たた》くのもそこまでだ。おれはね、ナポレオン御大から篤《あつ》い信頼を寄せられているアンリ・ブシャールという頭の切れるお人から、おまえの正体をあばいてこいと命じられたんだよ。おまえがほんとうにイギリスの私掠船《しりやくせん》（戦時中、敵船の襲撃などを認められていた民間武装船）の冷酷非情な船長なのか、はっきりさせろとね。ポルトガルでは〝ブラック・エンジェル〟と呼ばれていたそうじゃないか。これまで、おまえにはさんざん邪魔をされてきた。だが、それも終わりだ。とうとう、正体がわかったのさ。おまえのあとをつけたんだよ。ベンジャミン・タッカーと会っていたな。話の内容までは聞こえなかったが、おまえがやつに書類を渡すのが見えた。ああ、もう弁解の余地はない」

あと三フィート近づかれたら、売春宿〈三匹の猫〉の壁に背中を押しつけられることになる。ラファエルはさっと視線を上げた。薄っぺらいネグリジェを着た娘たちが上階の窓から身を乗りだし、自分を助けようとしている光景を思い浮かべ、にやりとしかけた。だが目の前の現実世界では、生死の分かれ目まであと三歩しかない。口のなかにじわりと恐怖が湧きあがる――冷たい金属の味。

「おまえたちふたりとも、これから、ぼくが面倒を見てやるぞ」と、ラファエルは軽い口調で言った。「バルブス、このフランスのクズ野郎は信用ならん男だ。そもそも、おまえはフランス人じゃない。ぼくなら、たんまりと――」

「だまれ、船長」と、ウィテカーが鋭い声で言った。「ああ、言い忘れていたが、あのイングランドの伯爵――セイント・リーヴェン卿《きょう》――と奥方も、当然のことながら、殺さざるをえない。おまえがやつを巻きこんだのかどうか、シーウィッチ号に乗船するずっと前からやつが関与していたのかどうか、定かではないが」

恐怖心が消散した。そして、全身に憤怒がみなぎった。ライアンとダイアナを殺すだと？　冗談じゃない、そんな真似を許すものか。ぜったいに封じてみせる。

彼は距離を推しはかり、コークにつかまる前に、あるいはウィテカーに短剣で胸を刺される前に、バルブスをとらえる機会をうかがった。だが、隙はない。万事休すか。それなら、せめて、ふたりを道連れにしてやろう。ひとりはウィテカーだ。ライアンとダイアナを救う方法は、それしかない。

そのとき、つむじ曲がりの運命がふいに好転し、ラファエルの救済者が登場した。もじゃもじゃした長い尻尾、ふさふさした髭《ひげ》、裂け目のある耳。それはみすぼらしい黒い牡猫だった。すぐさま、ラファエルは行動を起こした。

ラファエルと三人の襲撃者のあいだで、黒猫が大きく鳴き声をあげた。ラファエルはすばやく地面に身を伏せ、転がり、黒猫をつかまえると、膝をつき、もの悲しい声をあげる黒猫をウィテカーの顔面に放り投げた。激怒した黒猫がウィテカーの顔を勢いよく引っ掻き、かぎ爪を食いこませた。

ラファエルはバルブスに飛びかかり、股間を強く、深く、殴りつけた。短剣の銀色の弧が視界にはいる。彼はコークの突きでた腹に肘鉄砲を食らわした。短剣が落ち、路地口の丸石にあたり、硬い音をあげた。

ウィテカーがわめき声をあげると、みすぼらしい黒猫がまたもや見事な手腕を発揮し、彼の顔をずたずたに切り裂いた。

バルブスが荒い息をついた。痛みと怒りで、あばた面を紅潮させている。「この野郎」と、低い声で言ったが、ラファエルはすばやく左側に飛びのき、バルブスの口を殴りつけた。そして短剣をもっているほうの腕をひねりあげると、骨の折れる音が聞こえた。その胸の悪くなる音に、バルブスがうめき声をあげた。ラファエルは、背後にコークがいる気配に気づいた。バルブスが落とした短剣を拾おうとしている。だが、コークに応戦する余裕はない。少なくとも、いまは。

ウィテカーがフランス語で悪態をつくのが聞こえ、黒猫が彼の胸から飛びあがり、路地の突き当たりにあるゴミの山の上に軽やかに着地した。長い尻尾をぴんと立て、シューッと声をあげている。ラファエルはちらりと考えた。ウィテカーの胸にもういちど飛びかかれと、黒猫に命令できればいいのだが、と。

ウィテカーはピストルをとりだした。もう、銃声を聞かれようが知ったことではない。彼はラファエルを撃とうと、短剣を放り投げた。

ラファエルは短剣を引っつかみ、宙に振りあげた。ウィテカーが彼に銃口を向けた。ふたりの男は、その場で凍りついた。ラファエルは、男の指が引き金にかかるのを見た。自分が倒れ、体が沈んでいく光景が目に浮かぶ。だが、どこも痛くはない。

ふいに鋭い音が聞こえた。ウィテカーが……困惑し、混乱したような表情を浮かべた。そして、胸に突き刺さっている短剣を見た。

「これで終わりだ、ウィテカー」と、ラファエルは言った。

ウィテカーはただラファエルの顔を見ている。

「愚かなおまえには、それもわからんだろうが」

ウィテカーが口をひらいたが、言葉はでてこなかった。ゆっくりと、彼は前方に倒れていった。ピストルをしっかりと握ったまま。路面に顔がつくと、ピストルが暴発したが、ウィテカーの身体にさえぎられ、銃声がくぐもった。ラファエルはふと憐憫《れんびん》の情を覚えた。

ウィテカーの死体に気づき、身体をひっくり返すことになる男は、えらいものを目にするはめになる。

バルブスが脇腹を下にして横たわり、うめきながら、折れた腕を押さえている。コークが路地口のあたりで身をかがめるようにして立っている。ふたたび短剣を手にしており、ウィテカーを見つめたあと、ラファエルに視線を動かした。

「よせ」と、ラファエルは言った。「やめておけ。もう、ウィテカーから金はもらったのか？　いや、まだもらっていないはずだ。やつは死んだ。もう終わりだ。うせろ」

コークはのろのろとうなずき、気味が悪そうにバルブスを見やると、ベルトに短剣を差し、夜陰に消えた。

ラファエルはゆっくりと振り返り、路地裏を見やった。そして、あの黒猫を呼び寄せようと、口笛を吹きはじめた。

一八一三年八月
ジャマイカ、モンテゴ・ベイ

あいも変わらず、とんでもない暑さだった。室内は息苦しい。それもこれも摂政皇太子（ジョージ三世の王子。一七六二〜一八三〇年）よろしく、モーガンが隙間風《すきまかぜ》を毛嫌いしているからだ。そう胸のうちで毒づきながら、ラファエルは背中にべたつくシャツを引っ張った。目の前には、カリブ海での彼の活動の指揮を執る男がいる。モーガンは引っこんだ顎、修道士の剃髪《ていはつ》のようにてっぺんが禿《は》げた頭、色褪《あ》せた瞳、なで肩の持ち主で、一見、つまらない男だ。だがその本質は手練《てだれ》の策士であり、ラファエルは心から彼を尊敬していた。とはいえ、いっさいの妥協を示さないモーガンに、いまは苛立ちをつのらせていた。

「まったく、モーガン、そんな込み入った話じゃないんですよ、あれは単純な襲撃だった。ウィテカーは死んだ。やつが雇ったちんぴらどもは、やつの素性《すじょう》も、こっちの正体も知らない。連中はただ、言われるがままに――」

モーガンが片手を上げ、ラファエルは口を閉じた。

「充分だ、ラファエル。もうすんだことだ。それは、わたしにも、きみにも、よくわかっている。だがね、それでもウィテカーの襲撃は見事なものだった。きみの正体はあばかれた。つまり、その、きみはもう役に立たなくなったのだ」

「あっさりとお役御免ですか」

「そうだ。あのフランス人がシーウィッチ号を襲撃したことを忘れるな。船長のラ・ポルトは、きみを海の底に沈めろと指示されていた。やつが武器商人の弟と同様、無能だったおかげで、きみは命拾いした」

モーガンが口をつぐみ、ようやくレモネードのグラスに手を伸ばした。「ブラック・エンジェルに」そう言うと、ラファエルをなだめ、機嫌をとろうとするように微笑んだ。「これまで、じつによくやってくれた。ロンドンの陸軍省でわたしの連絡係を務めているウォルトン卿も、当然のことながら同意見だ。故郷に戻りたまえ、ラファエル。亡くなったご両親の仇《かたき》はとった。そして、きみはまだ生きている。コーンウォールに帰りたまえ」

ラファエルは、細長い部屋のなかを歩きまわった。室内はモーガンの本で埋めつくされている。床から天井までの高さがある本棚からは本があふれだし、床や椅子の上にも積みあがり、逆さに置かれた屑籠《くずかご》の上まで占拠している。

モーガンは物思いに耽《ふけ》りながら、目の前の若者を眺めた。ラファエルは立派な男であり、立派な船長でもある。勝ち目のない戦いに勇猛果敢に挑むさまは無謀とも言えるほどだ。モーガンはこの男が好きだった。憎いほどの二枚目であり、それが裏目にでてもふしぎはなかったし、女たちが欲望もあらわに彼を熱く見つめていようとも、ラファエル・カーステアズは男のあいだでも人気があった。モーガンは思わずにやりと笑った。ありがたいことに、娘のルシンダはキングストンの叔母の家を訪問中だ。ルシンダがここにいようものなら、ラファエルが顔を紅潮させるまで色目を使っていただろう。

「この五年、きみは多くの人命を救い、イギリス軍に貢献してくれた」

モーガンは例のごとく、言いくるめるような物言いをしている。そう考え、ラファエルは不審そうに目を細めた。冗談じゃない、辞めてたまるか。だが、彼にはわかっていた。ラ・

ポルトに襲撃されたあと、自分が用済みになったことが、心の底ではわかっていたのだ。さらにウィテカーにまで襲撃されたのだから。ウィテカーの裏切り行為を考えると、いまだにはらわたが煮えくり返った。

「ラ・ポルトは面目を失った。連中は三隻、きみは一隻で戦ったのだから。現場で観戦していたかったよ」いかにも残念そうにモーガンがそう言ったので、ラファエルはかの晩のことを思いだし、思わずにんまりした。

「あの嵐のなか、ラ・ポルトは船を操縦できませんでした」と、ラファエルが言った。「こちらがカノン砲を片舷斉射すると、やつは退却した。そこでほかの船とのあいだにシーウィッチ号をすべりこませ、連中が艦隊を再編成する前に逃げおおせたのです」

モーガンはレモネードを飲みおえ、ペーパーナイフを手にとると、慣れた手つきでくるくるとまわした。「きみの船のふたりの乗客についても話を聞いた。ルシアン・サヴァロルのお嬢さんと、イングランドの伯爵の話を。なんという名前だったかな?」

「ライオネル・アシュトン、すなわちセイント・リーヴェン卿です。そしてルシアン・サヴァロルのお嬢さんのダイアナは、いま、セイント・リーヴェン伯爵夫人となっています。そうですね、ぼくが強制送還されたら、ロンドンであのふたりに再会できる」そう言うと、ラファエルは微笑んだ。「じつは、あのふたりの結婚式を執りおこなったのは、このぼくなんです。そんな役目を仰せつかったのは生まれて初めてでした。新郎新婦より、ぼくのほうがよほど緊張していた」

モーガンが笑い、前歯のあいだに大きな隙間が見えた。「きみが、ふたりを船から飛びおりさせたというのはほんとうかね？　その後、カリプソ島でふたりきりで一週間、すごしたとか？」

ほほう、とラファエルは考えた。モーガンはあの一件についても、よく承知しているんだな。自分の情報が真実であることをただ確認したいのだろう。「そのとおりです。ふたりきりで大いに楽しんだことでしょう。ぼくは、ふたりの心配はしていませんでした。なんといっても、ダイアナ・サヴァロルはこの地で育ったのですから。彼女は、生まれながらにして逆境に負けない力をもっている」そう言うと、ラファエルはやさしく微笑んだ。あの、ふたりを救いに戻った日のことを思いだしたのだ。島に近づき、小型望遠鏡で浜辺に目を走らせると、ふたりの姿が見えた。ライアンは全裸でダイアナを抱きしめており、彼女は彼に腕と脚をからませていた。なんとも間の悪いときに自分がのこのこと救出にやってきたのはあきらかだった。

「ぼくの冒険の日々も、これで一巻の終わりだ」と、ラファエルは声にだして言った。そしてため息をつき、モーガンのほうに顔を向けた。「コーンウォールが懐かしい」

「故郷に帰りたまえ、ラファエル。帰郷し、自分の人生を始めたまえ。きみの兄上も、この五年間で考えを変えられたかもしれんぞ」

いちど泥酔したとき、ラファエルは兄のことをモーガンに打ち明けてしまっていた。双子の兄で、彼よりも三十分この世に早く誕生したダミアン・カーステアズ、すなわち第五代ドラゴ男爵のことを。まったく、酔ってぺらぺら喋《しゃべ》るとは、われながら情けない。

「それはないでしょう」と、ラファエルは言った。

「兄上はご結婚なさったんだろう？」と、モーガンが尋ねた。

そんなことまで知っているんだな。モーガンが少しずつ情報を収集していることはよくわかっていたものの、その範囲の広さには感心させられた。「ええ。ドーセットの准男爵のご令嬢、エレイン・モンゴメリーと結婚しました。彼女は巨額の持参金をもってきたとか」

「その話には裏があってね、ラファエル。ミス・モンゴメリーのお父上、サー・ラングドンも馬鹿ではない。彼のことは知っている——というより、よく知っている」

「そううかがっても、驚きません」

「ああ、それでだ、彼はきみの兄上に持参金をただ渡したわけではない。持参金を毎年、少しずつ支払うという条件をつけ、兄上も同意した。つまり彼は、お嬢さんを守ったのだ」

ラファエルは呆気《あっけ》にとられてモーガンを見た。「まったく、あなたにはなんでも筒抜けなんですね」

モーガンが笑った。「わたしはきみのお父上のことも知っておる。話したかな？　まだだったか。とにかく、お父上は強い男だった。荒々しく、忠誠心が篤く、現代社会におけるいわば領主だった。きみは、お父上とよく似ている」

「ありがとうございます。ところで、イングランドに帰国する前に、スペインに航海しようかと思いまして。祖父母の家を訪問したいのです。スペイン在住の同胞に伝える情報も少なからずあることですし」

モーガンが首を横に振った。「スペイン近辺には行ってほしくないんだ。旅は延期したまえ。一年後には、ナポレオンは死んでいるか、投獄されている。例のロシア遠征のおかげで、やつは痛手を負った。百戦錬磨の士官と歴戦の古参兵を失ったからな。いま、やつの下にいるのは未熟な新兵だけであり、おまけにその大半はまだ少年だ。この戦いはじきに終わるよ、ラファエル」

モーガンの言うとおりであることを、ラファエルは認めたくなかった。ふいに自分が錨《いかり》を外され、漂流しはじめたような気がした。縦長の窓のほうに歩いていき、モンテゴ・ベイの風景を眺めた。ごみごみした街の向こうに見える湾には船が点在している。

「あの野郎、自業自得《じごうじとく》だ」と、見るともなしに窓の外を眺めながら、ラファエルはつぶやいた。両親の乗る船がフランス軍に襲撃され、沈没したという知らせを受けた日のことは、一生忘れないだろう。

「わたし自身は、半年以内にロンドンに戻るつもりだ」そう言うと、モーガンが立ちあがり、襟元のスカーフを無意識のうちに直した。そんなことをするまでもなく、スカーフは完ぺきだったのだが。モーガンという男は、これまで汗だくになったり、服を皺くちゃにしたりしたことがあるのだろうか。

モーガンが片手を差しだした。「われわれはふたりとも、ロンドンではかなりもてはやされるぞ、ラファエル」

「ロンドンに行くつもりはありません。あの街に興味をもったこともない。あまりにも大きく、あまりにも騒々しく、あまりにも多くの無能が無能なことばかりしている」

モーガンがにやりと笑った。「そこは考えなおしてもらえると助かる。たまたま、ウォルトン卿への伝言があってね、きみに託したい」

「なるほど、そういうことですか。もう用済みとなった人間に、汚名返上の機会を授けると」

「ああ、そう考えてもらってかまわん。さあ、ジャマイカ産の最高級のラムで乾杯しようじゃないか。バレット農園のものだ。口当たりがなめらかで、気づいたときにはもう喉を通りすぎてるぞ」

ラファエルは微笑んでみせた。そうするしかなかった。

1

一八一三年九月
コーンウォール、セント・オーステル、〈ドラゴ・ホール〉

あの血まみれの男は何者だ？
——シェイクスピア

　足音が聞こえた。長い東の回廊に不気味に響きわたる彼の足音が、どんどん彼女の部屋に近づいてくる。と、まるでためらっているかのように、その足取りが重くなった。彼女は藁《わら》にもすがる思いで耳をすました。が、こんどは先を急ごうとするように、大股で闊歩《かっぽ》しはじめた。その足音は、いまにもドアに到達しようとしている。

　ヴィクトリアは闇のなか、目を凝《こ》らした。そしてベッドから身を起こした。その動きは、窓の外の雲に隠れた半月のように静かだった。わたしが起きていることを、彼の存在に気づいていることを、悟られてしまったらどうしよう。彼女は寝室のドアのほうをひたと見つめた。

足音がとまった。寝室のドアの前に立っているのだろう。彼が手を伸ばし、真鍮《しんちゅう》のドアノブを握り、ぎゅっとまわすところが目に見えるようだ。

だが、何も起こらない。

あの古めかしい、大きな真鍮の鍵が務めを果たし、わたしの身を守っているところが見えればいいのに。いまはあの鍵だけが、彼にたいする防御策なのだから。

彼がドアノブを握ったまま、ドアを揺する音が聞こえた。苛立ちをつのらせているのだろう、ドアを揺さぶる音が大きくなる。

どうしておとなしく立ち去ってくれないの？　ああ、お願い、どうかあきらめて。

鍵のかかったドアノブが大きな音をたててきしんだ。こんどは力まかせにドアノブを押している。と、重い鍵が落ちたのだろう、床にあたって銃声のように派手な音をたてた。彼女はびくりとし、悲鳴を呑みこんだ。

もう、物音は聞こえない。彼の顔色が変わるのが目に見えるようだった。ドアに鍵をかけられ、閉めだされたことを理解し、全身にじわじわと怒りをつのらせているのだろう。だが寝室のドアは、〈ドラゴ・ホール〉そのもののように強靭《きょうじん》で重厚だ。決して屈服しない。

彼女は息を押し殺し、彼が大声で呼びかけてくるのを待った。

心臓がばくばくしている――大きな音で、早鐘を打っている。わたしの心臓の鼓動が彼に聞こえるかしら。わたしがおびえきっていることが手にとるようにわかるかしら。

いま、彼の灰色の瞳は黒く翳《かげ》を帯び、広大な東の回廊に広がる夜陰のなか、冷酷な怒りで膨れあがっているはずだ。昼間の陽光で見ると、リガーが磨きあげたばかりの銀器のように明るく澄んでいるあの瞳が。

「ヴィクトリア?」

彼の声はやさしかったが、そこには有無を言わさぬ調子があった。彼女は口にこぶしを押しあて、物音をいっさいたてないようにした。「ドアをあけろ、ヴィクトリア」

こんどは一家の主《あるじ》の声をだしている。鋼《はがね》の強さを帯びながらも、まだ諭《さと》すように静かな口調だ。ごく稀《まれ》に彼がそんな口調で命令をくだすと、使用人たちは大慌てで従うのだった。そういえば、いちど、彼がエレインにも同様の口調で話しかけたことがあった。あの聡明で強いエレインでさえ、身を縮めていたものだ。

どうしよう? 返事をするわけにはいかない。眠っていると思わせないと。彼の声が聞こえているのに、命令に従わないことが知られてしまったら。そう考えるだけで、ぞっとした。

ここ〈ドラゴ・ホール〉で彼女が暮らすようになったのは、十四歳のときだ。いとこのエレイン・モンゴメリーが、ドラゴ男爵であるダミアン・カーステアズと結婚したあとだった。当時、愛情に飢えていたヴィクトリアは、ダミアンを敬慕した。ヒーローとあがめ、完ぺきな紳士だと思いこんだ。そして彼もまた、ごく自然な愛情をもって接してくれた。エレインの愛犬、パグのミッシーにときおり関心を向けるような愛情を、あるいは彼の小さなひとり娘、ダマリスに向けるような愛情を。

けれど、いまは違う。

以前とは別の目でわたしのことを見るようになったのは、いつからだろう？ 半年くらい前だろうか。ブラックばあやからは「つぼみが膨らむのがずいぶん遅いねえ」と、さんざんからかわれたものだ。どんなつぼみが膨らんだのか自分ではわからないけれど、とにかくダミアンは、わたしが女性として充分に成長したと考えたのだろう。彼女はダミアンに向かって大声で叫びたかった。わたしのことは放っておいて、と声を限りに叫びたかった。だいいち、彼の妻はわたしのいとこなのだ。男の人には、妻への貞節とか忠誠心とかいうものがないのかしら。

数分がすぎた。彼はもう何も言わない。胸の動悸《どうき》は少しおさまったものの、まだ大きな音をたてている。ドアノブがふたたびがちゃがちゃと音をたて、また静かになった。喉のあたりで息が詰まる。やがて、足音が遠ざかっていくのが聞こえた。東の回廊をどんどん遠ざかっていく。

彼女の脳裏に、ある夏の光景がよみがえった。彼の狩猟馬が罠《わな》にかかり、脚に傷を負ったことがあった。すると、彼は馬を射殺した。そして蒼白《そうはく》な顔をした馬丁に銃を放り投げ、その場を立ち去ったのである。

何か手を打たなければ。このままでは、彼の思うままだ。彼はわたしを罠で捕《とら》え、わたしを好きなようにするだろう。やっぱり、正直にエレインに言おう。いとこに相談しなければ。だが、そう考えたとたん、ヴィクトリアはかぶりを振った。ご主人は、あなたの若いいとこを手籠《てご》めにしようとしているなどと、言えるはずがない。たとえ言ったとしても、エレインは小馬鹿にしたように笑い、首を横に振り、よくもまあそんな嘘八百を並べたて、意地の悪いことを言えたものだと、わたしを叱るだろう。そうにきまっている。夫とは違い、エレインは貞節で忠実な妻なんだもの。

さすがに、これ以上、〈ドラゴ・ホール〉に留まることはできない。もう無理だ。

ヴィクトリアは両手に顔を埋めた。身体は震えていたが、涙はでない。無力感に襲われ、心身が麻痺している。こんなのおかしい。そう考え、頭を左右に振った。なんだって、彼はわたしのことが欲しいのだろう？　どう考えたっておかしいわ。エレインは美人だし、つややかな黒髪、薄緑色の瞳が美しく、上流社会のたしなみを身につけ、針仕事が得意だ。ピアノもじょうずに弾く。それにいまは、跡継ぎとなるはずの子どもをお腹《なか》に宿している。生まれてくるのは男の子だと、ダミアンが毎日、繰り返し言っているのだ。まるでそう言いつづけていれば、望みどおり、息子が生まれるとでもいうように。エレインは彼の妻だ。おまけに、身体のどこにも瑕疵《かし》がない。わたしの脚のことを、ダミアンは知っているはずだ。エレインがとっくに話しているはずだもの。ヴィクトリアは、左の腿《もも》に盛りあがる古傷に触れた。いまは痙攣《けいれん》を起こしていない、なめらかな筋肉にそっと指を走らせる。その昔、十五歳の頃、ヴィクトリアはいじめっ子のジョニー・トレゴネットから逃げようと、無我夢中で走りつづけた。全速力で長距離を走りつづけた結果、ぎざぎざの痕が残る古傷の下で筋肉が痙攣を起こし、収縮した。当時、エレインもその古傷を目にした。そして、その無残な傷痕に嫌悪感を覚えながらも、やさしく接しようと努力してくれた。

そんなわたしに、ダミアンが欲望を覚えるはずがない。彼が射殺した哀れな狩猟馬のように、わたしは醜い傷を負っているのだから。

ヴィクトリアはそろそろと羽根布団にもぐりこんだ。その夜は長かった。身体の芯が冷えきっていた。冷えきっているうえ、彼女はおびえていた。

デヴィッド・エスターブリッジのことを考えた。じきに十九歳になるヴィクトリアより四つ上の彼のことを。デヴィッドは一月から三度も求婚してくれた。わたしにやさしくしてくれるし、寛容と言えるほど忍耐強いけれど、気が弱い。ひとりっ子で、父親の言いなりだ。わたしはデヴィッドのことを愛しているわけじゃない。でも、ほかに道はない。少なくとも、デヴィッドはわたしを守ってくれるだろう。わたしはよき妻になるだろう。ええ、なってみせる。デヴィッドと結婚しよう。そうすれば、彼はわたしを〈ドラゴ・ホール〉から連れだしてくれる。

そうすれば、ダミアンの手から逃れることができる。

猟小屋〈トレフィー〉の天井に梁《はり》が渡る客間には、八人の男たちが集っていた。この猟小屋は、だいぶ頭がぼんやりしてきた高齢のクローデン伯爵が所有しているのだが、すでに管理人が死亡していることを、だれも老伯爵の家令に報告していなかった。いずれにしろ、家令は猟小屋のことなど気にかけていなかった。すでに老朽化しており、老伯爵の跡継ぎが改修費用をだすとは思えなかったからだ。猟小屋は一七四八年、ジョージ二世治世下のうんざりするような時代に建てられており、当時の基準からすると狭い小屋で、七つしか部屋がなかった。そのうえ鬱蒼《うつそう》としたカエデの森の奥深くという、あまりにも人里離れた地にあった。とはいえ、メヴァギッセイ湾から半マイルほどのトーワンの町からは、たった三マイルほどしか離れていない。そのせいで、あたりにはつねに潮の香りが漂い、衣類、椅子の座面、ベッドリネンなど、外気に触れるものはすべて湿っぽくなる。

八人の男たちは、夜の湿気のことも、猟小屋の欠点のことも意に介していなかった。あと三分で午前零時。きたるべき儀式の準備は整っている。それぞれが事前に割りあてられた位置につき、長いテーブルに向かいあって立つのだ。

典礼と儀式。それこそ、〈ザ・ラム〉が要求するものだった。万事が細かいルールにのっとって執りおこなわれる。一挙手一投足がルールで決められており、そのルールは〈ザ・ラム〉によって定められた。そして彼の意のままに変更されたり、修正されたりしてきた。

八人の男たちは全員、黒いサテンのローブに身を包み、黒いサテンの頭巾で頭を覆っていた。頭巾には両目の部分に細い切れこみがあり、鼻孔のあたりにも穴があいている。口の部分に穴はない。サテンの生地が薄いため、声がくぐもる心配がないのだ。うめき声は多少くぐもるものの、それは〈ザ・ラム〉の意向でもあった。

〈ザ・ラム〉は一冊の本を手にしていた。血のような赤色の革の装丁の薄い本で、彼だけが読むことを認められていた。彼に言わせれば、それは彼の指南書であり、それ以上、〈ザ・ラム〉に疑問を投げかける者はいなかった。

そして全員が、匿名による不正行為を楽しんでいた。

傷だらけの古いオークのテーブルの上には、十五歳の娘が両手と両脚を広げられた状態で仰向けになっていた。両の手首と足首は、やわらかい革紐《かわひも》で余裕をもって、だがしっかりとテーブルに結わえられている。娘が身につけているのは黒いビロードのガウンだけであり、ルールどおり、足はむきだしで、清潔だった。

それほどそそられる娘ではない。ひとりの男はそう感想を述べたが、〈ザ・ラム〉はただ肩をすくめ、こう言った。「顔は十人並みだが、身体にはそれを補うものがある。じきにわかるさ。そしてもちろん、ルールどおり、この娘は処女だ」

だが娘の父親に十ポンドを渡し、処女を買ったという話には触れなかった。

男たちはいま、待っている。娘を犯すべき時刻は深夜零時だと、〈ザ・ラム〉が宣言したからだ。男たちは、陶製の小鉢にいれてあるくじを引き、すでに順番を決めていた。〈ザ・

ラム〉の説明によれば、その小鉢は年代物であり、エリザベス女王の艦隊がアマルダの海戦でスペインの無敵艦隊を蹴散らしたとき、スペインの船からコーンウォールの岸辺に流れついたものだという。

〈ザ・ラム〉は落ち着いたようすでテーブルのほうに歩いていき、身をかがめ、娘の口にべっとりとキスをした。娘が哀れっぽい声をあげたが、それだけだった。抵抗できないよう、たっぷりと薬を盛られていたのだ。〈ザ・ラム〉はゆっくりとテーブルの端にまわりこみ、娘の足首の革紐をほどくと、奇妙なリズムをとるかのようにゆっくりと脚をもちあげ、膝を曲げ、足の裏がテーブルの面につくようにした。

〈ザ・ラム〉はひとりの男のほうを見やった。そして、最初のくじを引きあてたジョニー・トレゴネットにうなずいてみせた。トレゴネットは準備ができているどころの話ではなく、もう一刻も我慢できないというように娘のガウンの裾を乱暴にもちあげ、ウエストまであらわにした。

〈ザ・ラム〉はかつて、こう言明したことがあった。「女の用途はウエストから下にしかない。胸は気を散らすものにすぎない」と。

それが赤い革装丁の指南書の一節であるのか、それとも彼の移り気な性格が言わせたものなのか、だれにもわからなかった。とはいえ、気にする者はいなかった。乳房をあらわにすれば、いくばくかの刺激が増えるのはたしかだったが。

当然のことながら、娘は出血したが、その量は少なかった。〈ザ・ラム〉に言わせれば、それは彼女が小作農の娘であるからだった。小作農の娘などというものは、連中が飼育している泥だらけの動物のように鈍感なのだ。やがて娘が疲れてきたため、〈ザ・ラム〉はふたりの男に身振りで命じ、彼女の脚を大きく広げさせた。

八人の男たち全員が行為を終えても、娘はまだ薬の影響でこんこんと眠っていた。かえって望ましい、と〈ザ・ラム〉はこともなげに言った。女はおとなしいほうがいい。むしろ天恵である、と。

男たちはくつろぎ、落ち着いて酒を飲みはじめた。儀式のこの部分は、少々面倒だった。ブランデーを飲むたびに、かれらは顔をそむけ、頭巾をもちあげ、グラスを口につけ、ふたたび頭巾をかぶってから、テーブルのほうを向かなければならないからだ。男たちはときおり娘のほうに目をやった。暖炉の薄明かりに照らされ、娘は横たわっている。〈ザ・ラム〉が飲ませた大量の薬のせいで、娘は軽くいびきをかいていた。

〈ザ・ラム〉は、男たちから少し距離を置いたところに腰を下ろし、ちびちびと飲んでいた。彼は男たちを巧みに支配するために、この娘を与えた。だが、こうした儀式の一翼を担おうと本気で考えるほど精神に深みがある者は、この連中のなかにはひとりもいない。儀式こそが、男の魂の滋養となる。それが連中にはまるでわかっていないのだ。そのため、かれらが娘との性交を許されるのは、〈ザ・ラム〉が認めたときだけだった。それ以外は許されない。

そして、儀式の本質について、彼は例の指南本からある一節を引用していた。「支配権を握っているのは男であり、男が主君であり、女よりすぐれた性であることを証明するために、性行為は存在する」

実際に証明されていることを口にだして女に説明する必要はないと、〈ザ・ラム〉は語った。なぜなら、女は自分が服従する存在であり、男より劣った弱い存在であるのを自覚しているからだ。

それは怪しいものだと、男たちのなかには内心、疑う者もいた。とくに、既婚者の二名はあやしいものだと考えていた。すると、かれらの疑念を察したかのように、〈ザ・ラム〉が強い口調で言い切った。薬を飲まされていても、自分が服従する存在であるという理解が女のなかから消えるわけではない。ただ、そんな考えをいちいち口にだすと興醒《きょうざ》めだから、娘はだまっているだけだ、と。

今夜、娘の父親の懐《ふところ》に十ポンドがはいったことを、男たちは知らなかった。〈ザ・ラム〉がこっそり父親と交渉をすませていたのだ。そんな事実が知られようものなら、邪悪な真似をしているという男たちの自意識が弱まってしまう。

すると、ヴィンセント・ランドウナーが娘のほうを見ながら、ひとつの懸念を口にした。これで娘が妊娠したらどうする？　娘はまだ両脚を広げたまま、いびきをかいて寝ている。ビロードのガウンは乳房の下までたくしあげられたままだ。ランドウナーはつねづね、老女と同様、妊婦にはなんの色気もないと考えていた。そして、その嫌悪感を実際に口にした。ほかの男たちは笑ったが、〈ザ・ラム〉は笑わなかった。それは興味深い、と物思わしげな声で言った。まるで、彼女が実際に妊娠したかのような口調だった。そうなると、子どもはだれに似るのだろう、と。

「そりゃ、われらがリーダーだろう」と、ジョニーが突然、高笑いをした。「ああ、ラム。そんなことになったら、ご近所さんが腰を抜かすだろうよ!」

〈ザ・ラム〉はこの軽率な発言を無視し、しばらく間を置いてから言った。「次回の会合は、十月の第一木曜だ。そのときには、ちょっとしたサプライズを楽しんでもらうつもりだ。そのあとで、ハロウィンの夜の趣向を説明しよう」

ポール・キーソンは、四番目のくじを引いた男で、悪魔崇拝やカルトにはまるで関心をもっていなかったし、魔術や魔女集会などくだらないと思っていた。今後、悪魔を崇拝するつもりも、魔術を操るつもりもなかった。彼はただ邪悪な真似をし、不法行為を働き、羽目を外したいだけだった。ここにいる男たちの大半が似たような考えをもっているはずだと、彼は思っていた。だが、そうした願望を実行に移すには、〈ザ・ラム〉の典礼やら儀式やらに関心をもっているようなふりをしなければならない。とはいえ、〈ザ・ラム〉のルールはどんどん過剰になり、複雑になるいっぽうだ。ハロウィンの夜には、興に乗ってパーティーで大騒ぎできれば充分なのに。そう考えると、キーソンは〈ザ・ラム〉のほうをちらりと見た。そして表情を彼に見られずにすんだことに安堵した。だがそのとき、ちょっとしたサプライズがあると〈ザ・ラム〉が言っていたことを思いだした。きっと、また娘が生贄《いけにえ》になるのだろう。こんどは四番目ではなく、一番目のくじを引いてやる。キーソンはふたたび〈ザ・ラム〉のほうを見た。黒いローブに頭巾という恰好《かっこう》をしながらも、せいいっぱい威厳を保ち、だまって座っている。それにしても〈ザ・ラム〉がつくったあのルールはくだらない、とキーソンは考えた。メンバーは互いの正体を知ってはならないと決められているが、笑止千万だ。黒頭巾をかぶっていようがいまいが、メンバーは全員、互いのことをよく知っている。

だが、〈ザ・ラム〉の正体を知る者はいない。

〈ザ・ラム〉は、娘がゆっくりと意識を取り戻しつつあることに気づいた。娘がわずかに身をよじった。そのせいで、八人の男たちが彼女のなかに種を撒《ま》いたあと、せっかく、彼がとらせた芸術的なポーズが台無しになった。彼は顔をしかめた。この厳粛な儀式のルールを娘が守らないのは気にいらない。静かな連帯感を乱すのも許せない。彼は数分待ってから、彼女の頭をもちあげ、薬を混ぜたブランデーをまた飲ませた。ブランデーが娘の顎先に垂れると、彼は娘の口を閉じた。これで娘は今夜、こんこんと眠りつづけるだろう。そう考えると、彼は自分の好みの位置に、娘の手足を置きなおした。

午前一時きっかりに、八人の男は立ちあがり、赤い革の装丁の本の表紙に揃って右手を重ね、胸のあたりに左手を置き、こんなくだらない真似はごめんだと思いながら、〈ザ・ラム〉に教えられた台詞《せりふ》を暗唱した。その台詞はありがたいことに短く、ブランデーをだいぶ飲んでいたにもかかわらず、全員、最後まで暗唱することができた。

「われらは夜の主君なり。われらは寡黙なり。われらは互いを、そのもてる力を称賛する。われらはわれら自身を知るのみ。われらは夜の主君なり。われらは寡黙なり。世界はわれらの行為のみを知り、畏怖の念を覚える」

暗唱が終わると、〈ザ・ラム〉は重々しくうなずいた。そして、こんどはひとりで暗唱を始めた。その声はだんだん低くなり、朗々と響きわたった。自分こそが〈ザ・ラム〉であり、主君のなかの主君だ。〈ザ・ラム〉という名前はじつにお似合いだ。彼は自分の見事な暗唱に酔いしれ、声色《こわいろ》を変えるのをあやうく忘れかけた。

2

一八一三年九月
コーンウォール、ファルマス、〈青い猪亭〉

酔っ払いと論議するのは、だれもいない家と言い争いをするようなものだ。

――パブリアス・サイラス

「安酒をがぶ飲みするのは、そろそろやめてくれ。さもないと、フラッシュとおれとで、おまえさんをここに埋めていかなきゃならん」

ラファエルは、彼の船の一等航海士であり、旧友でもあるロロ・カルペパーに向かって黒い眉を上げてみせた。「安酒だと？　こいつは、最高級のフランス産ブランデーだ。ボーフォート爺さんが、最高級品しか密輸しないと請けあっていたんだ、間違いない。もう一杯だけ飲もうじゃないか。リンディー！」

「樽《たる》で飲んでるようなもんだ」と、ラファエルが手にしている大ぶりのブランデーグラスを見ながら、フラッシュ・セイヴァリーが言った。ラファエルに気づかれずに、あのグラスをさっと奪うことはできないものかと、フラッシュは考えた。ロンドンの酔っ払いの巣窟《そうくつ》であるソーホーで、五歳の頃から早くも第一級の掏摸《すり》として名を馳せてきたフラッシュは、一風変わった多彩な才能の持ち主だったが、その彼をしても、泥酔した船長をパブから連れだすのはむずかしかった。そしてフラッシュにもロロにも、船長が深酒をしている理由がわかっていた。この五年間、船長は危険と興奮のるつぼに飛びこみ、戦況を左右する任務を遂行してきたのだが、お役御免となり、ついに解放されたのである。つまり、いまの船長は、自分に価値があるとは思っていない。もう自分が何をしようが、フランスやイタリアやポルトガルの戦況を左右するのはおろか、影響を及ぼすことさえない。おまけにいまはコーンウォールに帰郷している。あのいまいましい双子の兄が暮らし、君主面をして威張りくさっている土地に戻ってきたのだ。ウィテカーがフランス側に寝返り、スパイとして暗躍したせいで、船長に関する情報が筒抜けになっていたのは痛恨の極みだった。船長の努力がすべて無駄になったのだから。ウィテカー――あのフランス野郎の本名がなんであれ――が、船長殺害に成功しそうになったことを思いだし、フラッシュは恐怖のあまり身を震わせた。あのフランス野郎は、結局は惨敗したのだが、そのあおりを食い、おれはあのいまいましい黒猫の飼育係を仰せつかることになった。船長の船で航海を大いに楽しんだ、このうえなくひねくれた、図々しい猫め。

「リンディー！」と、ラファエルが女のバーテンを呼んだ。

なんとかして船長に酒をやめさせようと、フラッシュは話しかけた。「船長、あなたが乗船しないと、あの猫は、ろくに寝やしないんでさ。ひと晩中鳴きつづけるもんで、船員たちは一睡もできない。ヒーローの鳴き声ときたら、騒々しいことこのうえない――」

「フラッシュ、ほっといてくれ。ロロと一緒に、とっとと帰れ」

ロロが両の肘をテーブルに置き、身を乗りだした。「いいか、ラファエル――」

だがラファエルはロロのほうを見ていなかった。そしてリンディーに向かってにっこりと微笑みかけた。たとえしらふであろうが、禁酒中であろうが、男なら目をとめずにはいられない、魅力たっぷりのおいしそうな女のバーテンに。

「おかわりをいかが、素敵な閣下？」

「ぼくは閣下じゃないよ、リンディー。もう、なんの価値もない男だ。いや、待て、そうとも言えないな。猫のヒーローはぼくを必要としている。ぼくがいないと、眠ろうとしないそうだぜ」

小馬鹿にしたようにロロが鼻を鳴らし、フラッシュの指がふいにむずむずしはじめた。胸ポケットを大きく膨らませた、いかにも裕福そうな商人が店にはいってきたのだ。フラッシュは、その膨らんだポケットから必死で視線を外すと、船長のほうを見ながら、財布をくすねたくてたまらないという衝動を抑え、必死になって指を半ズボンのポケットに突っこんだ。

「あら、船長には今夜、猫ちゃんは必要ないんじゃないかしら」と、リンディーが言い、彼にブランデーのおかわりをついだ。

ロロがまた鼻を鳴らし、唇をきつく嚙みしめた。その前日、かれらは損傷を負ったシーウィッチ号をどうにかこうにかファルマス港に帰港させたのだった。船はイギリス海峡沖で、気まぐれかつ凶暴な嵐に襲われ、だいぶ痛めつけられたのだ。ロロはラファエルの心境を思いやっていた。こうした心配事はあるものの、船長はいますぐセント・オーステルへ、すなわち〈ドラゴ・ホール〉に帰郷したいと思っているはずだ。だがモーガンから急便だと託された書類があるため、まだロンドンに留まっていなければならない。ロロはラファエルの上の空の表情を眺めながら、船長がブランデーという墓に憂鬱を埋葬しようとしていることを感じとった。

「ほんとに二枚目だわ、船長。男前よ」と、リンディーがラファエルに見とれながら言った。ロロとフラッシュのことなど、まるで眼中にない。

「男の魂にやすらぎを」と、ラファエルが言い、ブランデーを一気に飲みほした。「もっと慰めをくれ、リンディー」

「もう夜もふけた、船長」と、ロロが声をかけた。「フラッシュの言うとおりだ。そろそろ船に戻り――」

「まったく、ふたりとも、子守女みたいに世話好きだな。なら、きみたちふたりでシーウィッチ号に戻り、あのいまいましい猫と眠ればいいだろ」彼はリンディーに向かって顔を上げ、虚ろな笑みを浮かべた。「今夜はボーフォート爺さんの居心地のいい宿ですごすとしよう。二階は居心地がいいんだろう、リンディー?」

「そりゃもう、最高よ、船長」

「ほら、な?」

ロロが呆れたように両手を上げた。

フラッシュは、人さまの懐からちょいとくすねたくてむずむずする両手をポケットからだした。そして、まるで無頓着に酒を飲みつづけている商人のほうを物欲しそうに眺めた。いちど捕まったおかげで、商人のポケットの中身を軽くしたいという衝動は以前ほどではなくなっていた。それに、あと四カ月で二十歳になる。ラファエルはこう請けあってくれた。二十歳になったら犯罪への衝動は跡形もなく消えるさ、と。彼はラファエルの言うことならすべて頭から信じきっていた。

「あんたって悪魔だわ、船長」と、リンディーが甘い声で囁《ささや》き、ラファエルの黒く濃い眉をそっと指先でなぞった。「ほんと、悪魔だわ」

ロロが目をまわしてみせた。「仕方ない、フラッシュ、先に船に戻るとしよう。船長は大丈夫だ」こうして裕福な商人と泥酔した船長をあとに残し、ふたりの男は〈青い猪亭〉をでていった。

「船長は大丈夫だ」と、ロロが繰り返した。

「船長は悪魔じゃないけど」と、その細面にいたずらっ子のような笑みを浮かべ、フラッシュが言った。「あしたは、悪魔みたいに最低の気分で一日をすごすかも」

「だが今夜は気分よくすごせるさ」

「でも、あれ以上、がぶ飲みしたら怪しいぜ」

「リンディーといったかな、あの娘がついてるから、そこまで泥酔はさせないだろう」

ちょうどその頃、リンディーはラファエルの長い指からブランデーグラスをそっととりあげていた。「もう遅いわ、船長。足がくたびれちゃった」

ラファエルは彼女を見あげたが、その視線は胸のあたりに留まった。「きみのほかのところもくたびれた？」彼の視線は気怠《けだる》そうで、その声は間延びしていた。

彼女はくすくすと笑い、彼の顎を指で撫《な》でた。「一緒にきて、二枚目さん。くたびれてるかどうか、自分でたしかめて」

ラファエルはリンディーのあとを追い、二階へと階段を上がりながら、胸のうちで願った。こっちの肝心な部分が眠っていないといいんだが、酔っ払いの役立たずにならなければいいんだが、と。リンディーが二階に上がると立ちどまり、彼のほうを振り返った。ちょうどお尻のあたりに、彼の顔がある。ラファエルが身を乗りだし、その白い肌にキスをした。

「ああ」と、リンディーはうめき、彼の顔を抱きよせた。こんなに素敵な男が、あたしに欲情している。〈青い猪亭〉にはいってきたその瞬間、ベッドに誘いたいと思ったほどの男。あたしを見る目つきで、女にやさしい男だとわかった。女の肉体を堪能しながらも、相手に快楽を味わわせてくれる男。これまでに見たことがないほどの美貌をもつ男に、水で薄めずにブランデーを飲ませたおかげで、ついに一線を越えることができる。長い夜のあいだに、とくと観察したところ、その銀色がかった灰色の瞳と同様、身体のほうも素敵だった。ええ、そうよ、これから彼の全身をたっぷりと楽しませてもらわなくちゃ。

ラファエルの身体に手をすべらせながら、リンディーはにっこりと微笑んだ。そして彼自身を指で包みこむと、満足そうに甘い声で囁いた。「すごい、やっぱりあんたは悪魔だわ」

朝食の席で、ドラゴ男爵夫人エレイン・カーステアズは、自分より若いとこのほうを見やった。このうえなく気持ちのいい朝で、陽射しは明るく、あたりには秋のぴりっとした気配が漂っている。「具合でも悪いの、ヴィクトリア？　いつもは早起きするのに。何か、あたくしに話でも？」

朝食には遅い時刻であることを、ヴィクトリアは承知していた。妊娠六カ月を迎えたエレインは、朝は十時をすぎないと起きてこない。だからヴィクトリアは鍵をかけた部屋でじっと待ち、エレインが朝食室にいるだろうという頃合いを見計らい、一階に下りてきたのである。

「何かあったの、ヴィクトリア？」

大ありよ。ふいに、ヴィクトリアは大声でわめきたくなった。あなたのご主人を、わたし

に近寄らせないで、と。だが、彼女はただ首を横に振り、すっかり冷えきったトーストをか

じった。

「なんだか、ようすがおかしいわね。あたくしのほうはどんどんお腹がせりだしてるってい

うのに、あなたときたら、目の下に隈《くま》までつくって、ひどい顔よ。まさか、何か病気にか

かったんじゃないでしょうね」

ダミアンのことが怖くてベッドのなかで縮こまっていたから一睡もできなかったの、あん

まり怖くてメイドのノックにさえ応じられなかったのよ。そう言いたかったが、まさか、い

とこにほんとうのことが言えるはずもない。

「あなた、ダマリスを乗馬に連れていくくらいの元気はあるでしょ？　けさ、子ども部屋に

行ったら、あの子、とにかくあなたと乗馬に行きたいって、その話しかしないの。あのぺ

ちゃくちゃを、話と言えればだけれど」

「ええ」ヴィクトリアは、冷えて硬くなった卵から視線を上げた。「あとで、ダマリスを乗

馬に連れていくわ」

「ヴィクトリアったら！　あなた、ほんとうに具合でも悪いの？」

「なんだって？　具合でも悪いのかい、いとこのお嬢さん」

ダミアンの深みのある声に、食べたばかりの朝食が胃のあたりでぎゅっと固まるのがわかった。ヴィクトリアは必死で息を深く吸い、彼のほうを見あげた。「大丈夫です」と、堅苦しい声で冷ややかに答えた。「これから、ダマリスを乗馬に連れていくつもりです」

「それはいい」と、ダミアンが応じた。「ぼくも一緒に行くとしよう。セント・オーステルまで一緒に走ろうじゃないか。ちょうど、あっちに用事があってね」

「でもヴィクトリアったら、ほんとにひどい顔をしてるわよ」と、エレインが遠慮なくずけずけと言った。「病気なら、ダマリスに近づいてほしくないわ」

ダミアン・カーステアズ、すなわちドラゴ男爵は、ハイバックチェアに身をこわばらせているヴィクトリアのほうに歩いていった。そして身をかがめ、彼女をしげしげと眺めた。ヴィクトリアは必死でそのままの体勢を保った。逃げだすわけにはいかない。とくに、いま、この場では。

「よく眠れなかったのかな、ヴィクトリア?」

「いいえ」と、彼女は応じた。「よく眠れました。ぐっすりと」

「ほう。それで説明がつく。いや、決して納得はできんが」

エレインが急に甲高い声をあげた。「乗馬はほどほどにしてよ、ヴィクトリア。頑張りすぎると脚がどうなるか、よくわかってるでしょ」

ヴィクトリアはいとこに感謝したくなった。「ええ、おっしゃるとおりよ。わたしの脚は、ひどいありさまよね。醜くて、吐き気がする。ええ、気をつけるわ」

だが残念なことに、ダミアンはただにやりと笑い、彼女の青白い頬を無頓着に指ではじき、身を起こした。

「セント・オーステルで、何か買ってきてほしいものでもあるかい？」

エレインが肩をすくめた。「きょう、ヴィクトリアは外出をやめておくほうがいいんじゃないかしら。今夜はパーティーがあるでしょ。リガーが手伝ってほしいかもしれないわ。ほら、銀器やらの準備があるもの」

「なるほど」と、ダミアンがのんびりとした口調で応じた。

「パーティーには出席したくないでしょ、ヴィクトリア」と、エレインがいとこに話しつづけた。「踊らなくちゃならないのよ。あなたに恥をかかせたくないわ」

その瞬間、ヴィクトリアは察した。わたしとダミアンのあいだに何かがあるのを、エレインは感づいている。だからダミアンに、わたしのことを毛嫌いさせようとしているのだ。そのの努力が実を結ぶことを、ヴィクトリアは切に願った。「あなたの言うとおりよ、エレイン。わたし、リガーの手伝いをして、パーティーの準備をするわ。けさは、とりわけ脚の調子が悪いの。これで踊ったりしたら、間違いなく、わたしたち全員が恥ずかしい思いをするもの。パーティーのあいだは、わたし、子ども部屋でブラックばあやと一緒に、ダマリスの世話をしてすごすわ」

ダミアンが妻のほうを気怠そうに見た。そして、その表情とは裏腹に厳しい口調で、もうこれ以上の口答えは許さないというように断言した。「ヴィクトリアは午前中、ダマリスとわたしと一緒に乗馬にでかける。そしてパーティーに出席し、踊る。ドレス選びは、わたしが手伝うことにしよう。ほら、きみには、きつくなってもう着られないドレスがあるだろう？　さてと、もうとくに話がなければ、わたしはコーベルのところに行く。では三十分後に厩舎で会おう、ヴィクトリア」

「でも、わたし、お手伝いをしなきゃ——」

「三十分後だ」

ヴィクトリアはつんと顎先を上げた。「ごめんなさい、ダミアン。わたし、デヴィッドと乗馬に行く約束をしているの。ダマリスには付き添い役になってもらうわ」そう言うと、彼女はエレインに会釈した。

「そうね」と、エレインがすばやく応じた。「それがいいわ。きっと、デヴィッドはあなたに話があるんじゃないかしら」

ダミアンが妻をにらみつけ、「デヴィッド・エスターブリッジか」と、おもむろに言った。

「ほう、あいつとはそういう仲なのか」

「ええ」と、ヴィクトリアが応じた。「そういう仲です」

ダミアンが笑みを浮かべ、妻のほうにうなずいた。「そうか、それはじつに興味深いな」

ふたりの女性は、朝食室から闊歩していく彼の後ろ姿を見送った。ドアが閉じた瞬間、エレインが腰を上げ、テーブルに両のてのひらを広げ、低い声をこわばらせて言った。「デヴィッド・エスターブリッジのお話、お受けするほうがいいわ。彼なら釣り合いがとれる。あなたには、そろそろ〈ドラゴ・ホール〉からでていってもらわなければ」

事態は急速に、あまりにも急速に進展しつつあった。ヴィクトリアは、自分が文無しであることをつねに自覚していたが、これまで、それは急を要する問題ではなかった。けれど、いまは違う。自分には財産がなく、無一文であり、持参金さえないことを、デヴィッドに伝えなければならない。デヴィッドの父親であるスクワイア・エスターブリッジは、見るからに厳格で融通のきかない性格だ。自分の家族に支払われるべきものについては、いっそう厳格な考えをもっているに違いない。アバーマールの名前と青い瞳と歯並びのいい口元のほか、なんのとりえもない娘など、嫁に迎えたくはないはずだ。これまでデヴィッドは、三回も、わたしに求婚してくれた。父さんは心からきみを嫁に迎えたがっていると、そのたびに請けあってくれたけれど、あの父親が、このわたしを、エスターブリッジ家の一員として迎えたがっているとは、どうしても思えない。彼女は下を向いた。デヴィッドの求婚を受けいれる前に、わたしが不安に思っていることをすべて打ち明けよう。もしかすると、不安はすべてわたしの思いこみで、ただの取り越し苦労かもしれない。きっとデヴィッドは、わたしにたいする気持ちについても、父親の意向についても、充分に確信をもっているのだろう。親子だもの、長いつきあいで、互いのことはよくわかっているはず。わたしがつまらない心配をしているだけよ。そう考えると、ヴィクトリアは少し前向きな気持ちになった。きっとダミアンも、これ以上、わたしに言い寄っても無理だとわかれば、持参金を用意してくれるだろう。

ヴィクトリアはエレインと別れ、足取りも軽やかに子ども部屋に上がっていった。ブラックばあやがいつものように陰気に会釈をすると、少女の乗馬帽のピンク色のビロードのリボンを直した。

「わたしに付き添ってくれる、ダミー？」そう言うと、ヴィクトリアは少女の前で膝をついた。もちろん、左の脚をそっとかばいながら。

「デヴィッドと乗馬に行くの？」

「ええ、そうなの。フレッチャー池まで行って、鴨のクラレンス一家に餌をやりましょう」

「やった、やった、トリー！」

ヴィクトリアはダミーの黒い巻き毛をくしゃくしゃにしながら考えた。この娘は父親のダミアンにそっくりだわ。とはいえ、ダミーの澄みきった灰色の瞳には、残酷さの陰もない。純真無垢《じゅんしんむく》で、ひたむき。ときおり子どもらしい癇癪《かんしやく》を起こすことはあるけれど。

ヴィクトリアは脚に用心しながら立ちあがった。しゃがんでいたせいで、左脚が少しこわばる。と、ずきんとした痛みが走り、ふいに思いだした。そういえば、この脚のことも、デヴィッドには一度も話したことがなかったわ。

「行こう、トリー！　早く！　早くったら！」

「ちっちゃな暴君ですこと」と、かわいくてたまらないという口調で、ブラックばあやが言った。

「昼食を食べてから、ダミーと一緒に戻ります」と、ヴィクトリアが言った。「さあ、いらっしゃい、ダミー。コックさんがピクニック用にバスケットを用意してくれたわ」そう言うと、彼女はダミーの小さな手を握り、一階に下りていった。

幅の広い階段を下りきったところで、ヴィクトリアは急に足をとめた。デヴィッドがひっそりと立ち、こちらを見ていたのだ。デヴィッドはヴィクトリアより四つ年上で、赤ら顔、こげ茶色の瞳、そして、瞳より一段濃いこげ茶色の髪の持ち主だ。痩せ型で、男らしい体格をしているとはお世辞にも言えないが、これまで、いつも彼女にやさしく接してくれたし、話し方も穏やかだった。だからヴィクトリアは、彼にずっと好意をもってきた。

デヴィッドは鹿革の服を着ていた。ヴィクトリアはすぐに声をあげた。「きょうのお洋服、素敵だわ、デヴィッド。ねえ、ダミー？」

「素敵」と、ダマリスが言った。

デヴィッドは硬い表情を浮かべたまま、微笑もうともしなかった。そして「仕度はできてる？」とだけ、尋ねた。

彼女は、その見慣れた顔をさぐるように見た。そして、そこはかとなく不安を覚えたものの、こくりとうなずいた。

「きょう、その子も連れていかなくちゃ駄目かい？」

「行く！　一緒に行く！」

「ええ、そうなの。もう約束しちゃったのよ。まさか、あなたのお気に召さないとは思わなかったんですもの。ダミーは鴨に餌をやりたいんですって、デヴィッド。きっと、夢中になるはずよ」

「外出を楽しむんだな、ふたりとも」

ふいに聞こえたダミアンの声に、ヴィクトリアは冷静な表情を懸命に保ちながら振り向いた。客間の入口のあたりに、ダミアンが立っていた。胸の前で腕を組み、片方に首をかしげ、こちらをじろじろと見ている。

「パパ」と、ダマリスが声をあげたが、ヴィクトリアの手を放そうとはしなかった。

「落馬しないよう、気をつけるんだよ」と、ダミアンが立ったまま、娘に声をかけた。「エスターブリッジ」と、こんどはデヴィッドのほうに会釈した。そして、それ以上何も言わずに背を向け、書斎がある廊下の奥のほうに歩いていった。

「行こう！」と、ダマリスが言い、ヴィクトリアの手を引っ張った。

「ええ、ダミー」

デヴィッドは、ふたりよりも少し先を歩き、厩舎に向かった。彼の後ろ姿を眺めながら、ヴィクトリアはぼんやりと考えた。からし色の乗馬服は似合わないわ。なんだか、気むずかしく見えるもの。でも、そんなふうに考えるなんて、まるで彼の奥さんみたい。そう考え、彼女は口を閉じたまま、何も言わないことにした。

ヴィクトリアの牝馬《ひんば》のトディが、彼女を見ると鼻を鳴らした。そこで彼女はいつものように角砂糖を二個とりだし、てのひらに置き、馬に差しだした。

「行こうったら！」

「さあ、脚をかけて、ヴィクトリア」と、デヴィッドが言い、その言葉どおりの体勢をとった。そしてヴィクトリアがトディの背中に落ち着くと、ダマリスを抱きあげた。少女は嬉《うれ》しさと興奮のあまり、甲高い声をあげた。だが、デヴィッドはちっとも愉快そうではなかった。「じっとしていて、いい子だから」と、ヴィクトリアが言い、身をくねらせる小さな身体をしっかりと両腕で囲った。すると馬丁のジェムが、昼食をいれたバスケットをデヴィッドに手渡すのが見えた。

かれらは長い私道を抜け、フレッチャー家の雑木林や池がある東に向かった。ダマリスがひっきりなしにお喋りを続けていたので、デヴィッドとヴィクトリアがふたりきりで会話をかわす機会はなかった。あたたかい日で、晴天にも恵まれ、青空には細い雲がたなびいている。

「気持ちのいい日ね」と、ヴィクトリアがとうとう口をひらき、デヴィッドに微笑みかけた。

「そうだね」と、デヴィッドが応じた。

「あなたに、お話があるの」

彼がこちらを見た。と、彼の手綱を握る手に急に力がはいった。牡馬《ぼば》が鼻を鳴らし、脇に跳ねたため、あやうく彼を落馬させそうになった。ヴィクトリアは目を大きく見ひらいたが、彼が馬をふたたび御するまで、何も言わなかった。

「もうすぐよ！」と、ダマリスが叫んだ。

「ええ、そうね、もうすぐだわ」そう言いながら、ヴィクトリアはいぶかしんだ。デヴィッドったら、どうかしたのかしら？　妙な目つきでこちらを見ている。そのとき、ふとダミアンの姿が脳裏に浮かんだ。いやに気取ったようすで、わたしたちのほうを見ていたわ。彼女は不吉な予感を覚えた。

フレッチャー池のほとりで、デヴィッドが馬から降りた。そしてダマリスを馬から降ろし、バスケットのなかから朝食の残りのパンを何枚か渡した。ダマリスが池に向かって駆けだし、水際まで三フィート以上あるところで、急に足をとめた。

「それだけ距離があれば大丈夫よ」と、ヴィクトリアが声をかけた。「ほら、あそこにクラレンスがいるわ。ご馳走をあげていいわよ、ダミー」

鴨たちがうるさく鳴きはじめ、耳が聞こえなくなるほど騒々しくなった。ダマリスは、そのうちの二羽に夢中になった。デヴィッドがヴィクトリアの腰にそろそろと両手を伸ばし、彼女を馬から下ろした。ヴィクトリアは彼に微笑み、彼のコートの襟の折り返しにそっと手を置いた。そして「もし、あなたのお気持ちがまだ変わっていないのなら、わたし、あなたと結婚します」と、なんの前口上もなく、ただ大事なことだけを伝えた。

デヴィッドは何も言わず、彼女をじっと見つめた。そして、ようやく口をひらいた。「どうして、いまごろになって承諾してくれたのか、理由を訊《き》いてもいいかな？　今年にはいってから何度も求婚したのに、そのたびに、きみは断ってきたじゃないか」

ああ、なんて説明すればいいのかしら？　突然、求婚に応じたのだから、彼が不審に思うのも当然だ。そんなことも予想できなかったなんて。承諾した理由を並べたてる自分の声が頭のなかに鳴り響いた。〝ダミアンに乱暴される前に、なんとしても〈ドラゴ・ホール〉をでていかなくてはならないの。そのためには、あなたと結婚するしか方法がないのよ。あなたのことを愛してはいないけれど、よき妻になることを誓います〟。

「もっとパンをちょうだい！」

ヴィクトリアが紙包みからパンをとりだし、ダマリスに放り投げるようすを、デヴィッドは見ていた。そして彼女が背中を向け、乗馬用スカートで両手をぬぐうと、ふいに強烈な欲望の波に襲われた。だがそれも、例の話を思いだすまでのことだった。「で、理由は？」

「わたしたちが、お似合いだと思うからよ、デヴィッド。でもね、心配な点がいくつかあるの。それに、お話ししなければならないこともあるわ」

「話って、なんだい？」

「まず、お金のこと。わたしには財産がないの」

「ダミアンが持参金を用意してくれるさ。それは間違いない。けちでしみったれた男とは思われたくないはずだ。着《き》の身着《み き》のままで、きみを放りだすわけがない」

「あなたのお父さまは――」

「父は、きみに嫁いできてほしいと思っている。ずいぶん前から、父は断固としてそう言い張ってきた」

初めて聞く話に、ヴィクトリアは驚いた。「どうしてかしら？」

デヴィッドが肩をすくめた。

「たしかに、お父さまはいつもわたしにやさしくしてくださったけれど、教区牧師の娘みたいに質素な娘を嫁として迎えたくはないはずよ」

「その質問にはもう答えたつもりだ。さあ、ヴィクトリア、まだほかにも、何か話があるんだろう？　聞かせてもらおう」

彼女は首をかしげ、怪訝《けげん》そうにデヴィッドを見た。なんだか、いつもの彼と違う。ダミアンね。きっと、ダミアンから何か言われたのよ。その疑念が、思わず口をついてでた。「ダミアンなんでしょう？　ダミアンから、何か言われたのね？」

「やっぱり」と、デヴィッドが言い、声をあげて笑った。「やっぱり、そういうことだったのか。まったく、だれにでもわかることだったのに。ぼくだけが、なんにもわかっちゃいなかった」

「わかってないって、どういうこと？　いったい、なんの話？　ダミアンから何を聞かされたの？」デヴィッドが唇をゆがめ、彼女は思わず目を閉じた。「何か悪い話を聞かされたのかもしれない。もしかすると、わたしの脚のことを、醜い傷痕があることを、デヴィッドに暴露したのかもしれない。

「まさか、こんな事態になっていたとは、想像もしていなかったよ。父も同様だろう。きみのことはよくわかっているつもりだった、ヴィクトリア。だが、きみはぼくをだました。とことん、こけにした」

「いったい、なんのこと？」

「やれやれ、きみという人間が信じられないよ。ダミアンの話を信じたくはなかった――いや、信じちゃいなかった。なのに、よくもこんな仕打ちができたものだ。ダミアンは、きみの母親のことも教えてくれたよ。母親ゆずりの性癖だとかなんとか言って、懸命にきみをかばおうとしていたが」

　ヴィクトリアは呆気にとられて彼を見た。「うちの母がなんですって？　なんの話なのか、見当もつかないわ、デヴィッド」

「とぼけるのもいい加減にしろ、ヴィクトリア。ぼくがまだきみとの結婚を望んでいると、本気でそう思ってるのか？　ぼくは父にきみのことを打ち明けるつもりだ。さすがの父も、きみにたいする考え方を変えるだろう」

　乱暴な物言いをされ、信じられない言葉を投げつけられながらも、ヴィクトリアは懸命に取り乱すまいとした。「デヴィッド、あなたがなんの話をなさっているのか、ほんとうに見当もつかないわ。とぼけたりなんか、してない」彼が石のように冷たい視線でこちらを見ている。「デヴィッド、ダミアンに何を言われたの？」両手が冷え、じっとりとしてきた。彼女は寒気を覚えた。ぞくぞくとした寒気を。

　デヴィッドが不快な声をあげて笑った。だが、その声に彼の痛みを聞きとるには、ヴィクトリアはあまりにも動転していた。「きみはお古《ふる》なんだよ、それも使い古されたやつだ。男爵本人にさえ、もう中古品なんだろう。だが、よりにもよって、いとこの夫だぜ。よくもそんな真似が」

「中古品」と、彼女はのろのろと繰り返した。ふいに、浴槽に残った湯をメイドのモリーがほかの家族のためにバケツに移している光景が目に浮かび、思わず含み笑いをしそうになった。「中古品」と、繰り返した。「なんだか、滑稽《こっけい》ね」

「男爵は、きみが妊娠していないことを望んでいる。だが確信はもてないそうだ。そして、ぼくの跡継ぎが、じつは私生児である可能性があるのに、きみと結婚させるわけにはいかないと言った。男爵は、ぼくに警告し、忠告しようとしたんだよ。そりゃ、自分が妻にしようと思っていた娘に卑猥《ひわい》な行為を働き、それを洗いざらい吐きだした男爵のことは、憎いさ。だが、事実をなかったことにはできない。きみは妊娠してるのか、ヴィクトリア？　だから、ぼくと結婚する気になったのか？」

どこまでも冷たく、どこまでもひとりぼっち。自分のことを中古品として眺め、ヴィクトリアは思わず笑い声をあげそうになった。古い紐で結わえられ、包装しなおされた中古品。ダミアンは、無駄なことに時間を浪費するような真似はしない。いつでも相手のもっとも弱いところを即座に攻撃する。そしてデヴィッドは、ダミアンの嘘八百を頭から信じこんだ。ヴィクトリアはつんと顎を上げ、ただ、こう答えた。「いいえ」

「なにが、いいえなんだ？　よくもだましてくれたな。これで失礼する。もう二度と、きみの顔は見たくない」

メロドラマを演じる大根役者のような声で、デヴィッドがそう言った。彼女は首を横に振り、脳裏に浮かぶ現実とは無関係な光景や考えを振り払おうとした。これまでに起こったこと、いま起こっていること、それが現実であり、現在なのだ。それはわたしの今後の人生を大きく左右するだろう。「真実のかけらもないわ、デヴィッド。ダミアンはあなたに嘘をついたのよ」

「まったく、母親ゆずりだな」と、デヴィッドが言った。「ダミアンの言うとおりだ。きみの母親は売春婦だったそうじゃないか」

「トリー！　喉がかわいちゃった。ねえ！」

ダマリスの呼びかけに、ヴィクトリアは応じなかった。全身を怒りが駆けめぐる。「母のことをそんなふうに言わないでいただきたいわ。何もかも、嘘なのよ。なのに頭から信じこむなんて、あなたは馬鹿よ、デヴィッド。だまされやすい、大間抜けよ」

デヴィッドは何も言わなかった。と、急に身体の向きを変え、つないだ鎖を解き、あわてて馬にまたがった。そしてヴィクトリアを見おろした。「嘘だと、ヴィクトリア？　じゃあ、なぜぼくと結婚する気になったのか、教えてもらおう。愛のためじゃない、それはたしかだ」

そのとおりだった。ヴィクトリアは彼のことを愛していなかった。そして、彼はその事実を彼女の瞳に見てとった。

「まったく、きみにはすっかりだまされたよ」

彼女は真実を口にした。「あなたに、わたしのことを彼から守ってほしかったの」

「トリー、喉がかわいたってば」と、ダマリスに乗馬用スカートを引っ張られた。

「どうして？　彼がもうきみに飽きたからか？　きみたちの仲を知ったエレインに、〈ドラゴ・ホール〉からでていけと言われたからか？　それとも、妊娠したからか？」

「わたしは何もしていない。何もかも、彼が仕組んだのよ」

「トリー、どうかしたの？　デヴィッドが怒鳴ってる」

「しーっ、大丈夫よ。デヴィッドはただ――」

「さようなら、ヴィクトリア。せめて……ああ、くそっ。また愚純な男をさがして、手玉にとるがいい」

そう言うと、デヴィッドが牡馬の両脇を踵《かかと》で蹴った。彼がカエデの木立を縫うようにあたふたと馬を走らせるようすを、彼女は少しふらつきながら眺めていた。

「デヴィッド、どこに行っちゃったの？」

「遠くに行っちゃったわ、ダミー。ええ、遠くにね」彼女はのろのろと振り返ると、少女の手をとり、池の端まで歩いた。湖面は深緑色で、どこまでも静寂が広がり、魅惑的だった。この池じゃ、深さはたったの二フィート程度しかない。そう考え、彼女は自分を笑った。デヴィッドよりも、わたしのほうがずっと愚かだ。

「トリーったら、どうして笑ってるの？」

「笑ってる？　わたし、笑ってる？　そうねえ、ほかにすることがないからかしら」

3

安全な距離を保った場所で、勇敢になるのはたやすい。
――イソップ

　ヴィクトリアが両のこぶしを握りしめ、一階へ続く階段の踊り場の陰から外にでると、階下の舞踏室からワルツの軽快な旋律が聞こえてきた。それは彼女なりのささやかな抵抗だった。ダミアンが舞踏室にいるあいだ、彼女は安全だった。それも、舞踏会が終わるまでの話ではあるけれど。五分間でいいから、ダミアンを自分の好きなようにできればいいのに。彼にぺこぺこと頭を下げさせてみたい、こんなふうに傷つけないでくれと懇願させてみたい。でも、そんなことが実現するはずはない。現実は違う。いま、ダミアンは舞踏室で声をあげて笑い、踊っている。わたしを脅迫していることも、デヴィッドに嘘をついたことも自覚している――それをなんとも思っていないことも。

　ダマリスは聖書の一節を聞かされたおかげで、ようやく一時間前に眠りに落ちたところだった。そしてブラックばあやはかぼそい灰色の髪を三つ編みにし、聖書を手にとり、粗末で狭い自分の寝台へと引きあげていった。ヴィクトリアは左脚にかかる負担を軽くしようと、壁に身をもたせかけた。と、肩が一枚の肖像画の端に触れた。彼女は振り返り、ぎょっとした。大昔のカーステアズ一族のだれかが、かつらと紫色のサテンの衣服に身を包み、ミッシーという名のエレインの愛犬パグよりも醜い犬を抱いている。ヴィクトリアは肖像画から身を離し、深く吐息をつき、頭をはっきりさせようとした。だがどうしても、ダミアンの顔、彼の言葉、気持ちの悪い両手が頭に浮かんでくる。

二時間前、自分の寝室からでたところで、彼女はダミアンにつかまった。夜会服姿の彼は笑みを浮かべた。それは、勝者の勝ち誇った笑みだった。

「かわいいヴィクトリア、舞踏会に出席しないそうだね？」

恐怖心をおもてにだしてはならない。そう、頭ではわかっていたものの、実際にそうするのはむずかしかった。「ええ」と、彼女は応じた。「出席しません」

「おそらく、エスターブリッジもこないだろう」

さすがに我慢できなくなった。「あなたって、嘘つきで、最低の男ね、ダミアン。よくもあんな卑劣な真似を」

ダミアンが微笑んだまま近づいてきたので、彼女はあわてて飛びのいた。だが、間に合わなかった。壁に身体を押しつけられ、両手で顔を挟まれた。「ほう、もう逃げないのか？おまえの脚じゃ、速く走れないからな。小娘みたいにすました態度をとるのはやめろ。エスターブリッジのことなら、感謝してもらいたいね。あのぼんくらがおまえと同じベッドで寝るところを想像するだけでぞっとする——わたしのおかげでそんなはめにおちいらずにすんだのだから」

ダミアンが頭を下げ、両手で彼女の肩を押さえつけた。「やめて！」彼の口で唇を覆われ、悲鳴が喉の奥でくぐもった。きつく閉じた唇をこじあけようと、彼が舌を突っこんできた。

彼が頭を上げた。断固とした表情を浮かべている。「ヴィクトリア、こんど寝室のドアに鍵をかけたら、後悔することになるぞ」

「あなたはデヴィッドに嘘をついた。おまけに、わたしの母を侮辱した」

「ああ、そうだ、それがどうした？」

「ひどすぎる。あなたを憎むわ。二度とさわらないで、ダミアン」

「たったいま、触れてるじゃないか」彼が両手をすばやく下ろし、彼女の乳房を包みこんだ。

「ヴィクトリア……おまえの胸はこんなにやわらかくて大きいのか。もう——」

彼女は激しく身をよじった。「放して」

ダミアンは彼女をじっと見つめた。この自分におびえ、震えている。そう考えると、荒々しい欲望の波に呑《の》まれ、われながら驚いた。すぐに、自分の身体の下で全裸の彼女が抵抗している光景が頭に浮かんだ。いくら抵抗しても無駄なのに。これまで、ヴィクトリアのように抵抗してきた女はいなかった。いやがる女を追いまわすのが、これほど興奮させられるものだとは。当然のことながら、捕獲は避けられない。ダミアンは、軽い口調で言った。「いいじゃないか、こっちは一人前の男だぞ。エスターブリッジのような弱虫じゃない。そういえば、たまたま、やつを見かけたことがあったな。村の娘を手荒に扱っていたよ。恋愛の技巧なんぞ、あったものじゃない。だが、わたしなら一流の愛人になってやる。手とり足とり、教えてやる。わたしを悦ばせる方法を、伝授してやろう」

ヴィクトリアが彼をひたと見すえた。その瞳は黒ずみ、薄明かりのなか、おびえている。

彼は低く笑った。「おやおや、かわいいヴィクトリア、脚を見られるのが怖いのかい？　だから、これほど抵抗するんだな？　おまえがどれほど醜くても、文句は言わないよ。醜さに耐えられなくなったら、そのときは、おまえの狭い処女のベッドに戻してやる。まあ、そのときには、もう処女ではなくなっているが」

「殺してやる、ダミアン」

全身を駆けめぐる荒々しい興奮の渦に酔いしれ、ダミアンは笑った。「やってみろ、かわいいヴィクトリア。おまえの努力を楽しませてもらうよ」

そのとき、男性のものらしい足音が近づいてくるのが聞こえた。ダミアンはゆっくりと、二歩、後退した。「今夜だ、ヴィクトリア。今夜こそ、おまえの部屋に行く。ああ、リガー。なんの用だ？」

「奥さまが、旦那さまをさがしておいでです」

ダミアンがうなずいてみせると、「あとでな、ヴィクトリア」と、彼女にだけ聞こえるように小声でつけくわえた。

ヴィクトリアは恥ずかしくてまともにリガーの顔を見ることができなかった。彼、ほんとうにエレインから託《ことづ》けを預かってきたのかしら？　ついに、彼女は顔を上げた。リガーはまったくの無表情のままだが、しょぼしょぼした目を見ひらいたままだった。そして男爵が背を向け、立ち去るまで、動こうとしなかった。

やがてリガーがただうなずき、ゆっくりとかぶりを振った。そしてとても低い声で、感情をこめずに「ひとりきりにならないほうがいいですぞ、ミス・ヴィクトリア」と言い、男爵が立ち去ったほうに歩いていった。

ヴィクトリアは目をあけ、ぶるっと身を震わせた。ワルツが終わり、楽団はいまカントリーダンスを奏でている。わたしは無力なんかじゃない、と彼女は考えた。何か行動を起こさなければ。あんな真似を続けさせるわけにはいかない。彼女は壁から身を離し、自分の寝室を目指して歩きだした。こうなったら、もう、残る選択肢はひとつしかない。

寝室に戻ると、頑丈な旅行用鞄《かばん》に衣類と下着を手早く押しこんだ。その鞄は、五年前にこの館《やかた》にきたときに持参したものだった。だが、しばらくして、彼女は急に動きをとめた。そういえば、お金がない。お金がなければ、一日も暮らしていけない。彼女はダミアンの書斎を思い浮かべた。上等なスペイン製の革の調度品で埋めつくされた、風通しのよい広い部屋。〈ドラゴ・ホール〉における、いわばダミアンの隠れ家だ。彼の許可がなければ、エレインでさえ書斎にはいろうとはしない。きっと書斎には金庫があるはずだ。あのマホガニーの大きなデスクのなかに違いない。

でも、たとえ金庫にお金があったとしても、今夜はどこに泊まればいいのだろう？　彼から安全に身を守れる場所はあるかしら？　名案を思いつき、彼女は微笑んだ。子ども部屋で、ダミーの隣で眠ればいい。薄い衝立のすぐ向こうでは、肌身離さずもっている聖書をベッドの横に置いて、ブラックばあやが眠っている。そして、あすの朝、夜明け前にここをでていこう。

でも、どこへ？

彼女は旅行鞄の上で背筋を伸ばした。そうだ、眠りに落ちる前に、どこに行くかを決めておかなければ。

彼女は旅行鞄と外套《がいとう》を子ども部屋にもっていった。ダミアンが今夜、わたしの寝室にきたら――そうするにきまっている――わたしの姿がないのに気づくだろう。そうしたら、彼はどうするだろう？　たとえ子ども部屋にいることに気づいたとしても、わたしを無理やり引きずりだすような真似はしないはず。ドラゴ男爵であろうと、さすがにそこまではできないはず。

彼女は外套を身体に巻きつけ、ダミーの小さなベッドの端に背中を押しつけた。少女の一定の寝息を聞いていると、気持ちが落ち着いてきた。

うつらうつらし、朝の四時に目が覚めた。さっと身を起こし、最初に頭に浮かんだのはダミアンのことだった。わたしが姿を消したことを知ったら、彼は何をするだろう？　思わず、身体が震えた。寒く、湿気の多い朝だった。ヴィクトリアはダミーのやわらかい頰にキスをし、少女の身体を毛布でしっかりとくるみなおし、子ども部屋をでた。そして手探りをしながら、階段を下りていった。あたりには、まだ漆黒の闇が広がっていたからだ。ようやくダミアンの書斎にたどりつき、ドアをしっかりと閉めると、初めてろうそくを灯した。

金庫は、彼のデスクのいちばん下の抽斗《ひきだし》にはいっていた。ヘアピンで金庫の鍵をこじあけることに、彼女は良心の呵責《かしゃく》を覚えなかった。金庫の蓋《ふた》があくと、彼女は落ち着いて二十ポンド分の紙幣を数えた。大丈夫、と彼女は考えた。これは窃盗《せっとう》にはあたらない。だって、ダマリスが生まれたときからずっと、わたしが子守をしてきたんですもの。それに、これから仕事を見つけたら、このお金を返せばいい。

金庫をそっともとの場所に戻したとき、黒いリボンで結わえられた手紙の束が見えた。いちばん上の手紙はきちんとたたまれておらず、文面に自分の名前——ミス・ヴィクトリア・アバーマール——が見えた。読みにくい小さな字で、黒いインクで記されている。彼女は眉をひそめ、その手紙を引きだし、デスクの上に広げた。そしてダミアンの椅子に座り、ろうそくを引き寄せた。それは、ミスター・アブナー・ウェストオーヴァーという事務弁護士がダミアンに宛てた手紙だった。彼女はゆっくりと手紙に目を通した。そして、信じられないという思いに駆られ、もういちど読みなおした。

三度、手紙を読み、もとの手紙の束にしっかりと戻した。こんなことになっていたなんて、夢にも思わなかった。でも、おかげで、これから向かうべき場所がわかった。ロンドン。ミスター・アブナー・ウェストオーヴァーのところに行かなくては。

ヴィクトリアは、手がぶるぶると震えていることに気づいた。だが、それはおびえているせいではなく、純粋な怒りが全身に湧きあがっているせいだった。あの男が、ここまで下劣だったとは。


ラファエルは新しい牡馬にまたがった。ガドフライという名で、昨日、ニュートン子爵から買ったものだ。彼は白い長靴下をはいた足で鹿毛《かげ》を蹴り、前進させた。牡馬は強靭で、ゆうに体高が手幅（馬の体高などを測る単位）十六はあるうえ、気立てもやさしかった。ラファエルは気性の荒い馬を御する自信がなかったし、試そうと思うほど愚かでもなかった。彼の足はうねる荒波を進むシーウィッチ号の甲板には慣れているが、馬の腹を締めつけることには慣れていない。

「さあ、行くぞ」ぴくぴくと動くガドフライの耳元で、ラファエルは言った。「目指すはロンドンだ」彼はさきほど、乗組員たちに別れを告げていた。そしてもちろん、彼の薄汚い救世主である猫のヒーローにも。

「道中、お気をつけて」と、ロロが言った。

「もうブランデーはやめといてくださいよ」と、フラッシュがつけくわえ、じたばたするヒーローを押さえつけようとした。

ラファエルはにやりと笑った。「修理を進めておいてくれ。できるだけ早く連絡する」彼はヒーローの顎をぼんやりと撫でた。「このモテ猫がちょっかいをだされないよう、気をつけてくれよ。犬にもてあそばれちゃたまらん」

「まさか」と、フラッシュが言った。「こいつに襲いかかるけだものがいたら、そいつがなんであれ、同情しますよ」

そう言うと、フラッシュがヒーローの気性、品行、性格などを次々と槍玉に挙げたので、ラファエルは笑った。フラッシュは猫を〝疫病神ヒーロー〟と呼び、悦にいっている。ラファエルは吐息をつき、手綱を引き、ファルマスの街からでる左側の側道へとガドフライを向かわせた。ロンドンになど行きたくはない。とくに、ウォルトン卿には会いたくなかった。そもそも、この件にはいっさい関わりたくなかった。なにしろ、自分をクビにするのが当然だと連中は考えているのだから。だが、たしかに、まだ実際にクビになったわけではないと、ラファエルはその点についてはしぶしぶ認めた。ただ、あまりにも長いあいだ第一線に留まったため、正体がばれてしまったのだ。それは起こるべくして起こったことだ。だがいまは、とにかく潜伏できている。さて、これからいったい何をしよう。例のごとくラファエルは思案した。やりがいがあること、満足できることを何かさがさなければ。

これから進む道を行けば、〈ドラゴ・ホール〉のすぐ近くを通ることになる。誘惑は強かったが、いくら慣れ親しんだ潮の香りを吸おうと、田園風景を目にしようと、〈ドラゴ・ホール〉に立ち寄るのは懸命ではない。いまはまだ駄目だ。

また、ここに戻ってくることになるだろう。そのときは、〈ドラゴ・ホール〉に滞在しようと、ラファエルは決意した。

昼前にトゥルーロに到着し、気に入りの宿、〈ペンガリー亭〉に寄った。出迎えた宿の主人トム・グロウワンにドラゴ卿と間違えられても、ラファエルは驚かなかった。ほほう、と彼は考えた。あれから五年が経過したというのに、ぼくと兄はまだよく似ているんだな。頭のどこかで、兄のダミアンが太るか、頭髪が薄くなるか、歯の一、二本が抜けているかしていればいいのにと期待していたのだ。ラファエルは胸のうちで笑い、自分は弟のほうだと、グロウワンに向かって訂正した。

「ラファエルの若旦那さまで？　これはこれは、ほんとうにラファエルさまで？」

「ほんとうさ、トム、ぼくだよ。厄介者のほうだ」

「やめてくだせえ、そんな軽口は。ようこそ、どうぞ、こちらへ。うちのおかみが腹いっぱいになるまで料理をおだししますぞ」

女主人が次々と料理をだし、ラファエルにつきまとった。おまけにトムには質問攻めにされた。図々しく遠慮がない、それがコーンウォール人だ。

「仕事でロンドンに行くところなんだよ、トム、だが、じきに戻ってくるつもりだ。そろそろ、自分の居場所をつくるとするさ。ところで、男爵は元気かい？」

トムがただ肩をすくめた。「相変わらずってとこでしょう。いずれにしろ、あまりお見かけしませんや」

トムがその後も話しつづけたが、ラファエルはたいして情報を得られなかった。彼は宿をでると、トゥルーロをでて東に向かった。〈ドラゴ・ホール〉まであとほんの数マイルだ。セント・オーステルに近づくにつれ、胸の奥がざわつくのがわかった。少年時代の思い出が洪水のようにあふれだす。しばらく懐かしい思い出に耽ったが、それも十六歳のときの記憶がよみがえるまでだった。

双子の兄がこちらを毛嫌いしていることがわかった、あの年。双子の兄が、その憎悪をあからさまに示した年。

やれやれ。そうラファエルはひとりごち、まったく疲れを見せないガドフライに拍車を掛け、前進を続けた。そのまま懸命に走りつづけ、とうとうロストウィジエイに到着すると、〈ボドウィン亭〉に一泊することにした。宿には美人のバーテンダーこそいなかったものの、メニューにはスターゲージーパイ（魚の頭がパイの外に突きだすように焼かれたパイ）があった。長らく口にしていなかった好物だ。だが、パイ皮の表面からイワシの頭がいくつも飛びだしているのを目の当たりにすると、一瞬、ひるんだ。まったく、すっかり意気地なしになったものだ。そう考え、彼はパイ皮から気味の悪いイワシの頭だけをとりのぞいた。そして、食後は早くに就寝した。あすは疲れはてるまで走りつづけなければならない。

翌朝は早く出発し、リスカードに到着するまで休憩しなかった。ガドフライは汗をかき、息を荒らげていた。ラファエルは馬を換えたくなかったので、ガドフライをゆっくり休憩させることにした。そこで数時間、古い町を散策してすごし、ノルマン様式の塔を巡り、古代の丸石が敷きつめられた通りを歩いた。観光を終えると、ガドフライに乗り、南の入江に向かった。ヤシの木立を眺め、涼風を楽しみ、ヴァージン諸島との共通点に思いを馳せた。

夜の九時になろうという頃、彼はアクスマウスのあたりにいた。雲は多いものの、空には銀色の月が浮かび、九月の末にしてはあたたかい夜だった。いかにも密輸業者たちが暗躍しそうな夜だ。そう考え、ラファエルは思わずにやりとした。まだ疲れておらず、そのまま前進を続けることにした。若者らしい好奇心に駆られ、彼はアクスマウス南部に人目《ひとめ》につかない洞窟を見つけた。彼は馬を降り、ガドフライをヤシの木にそっとつないだ。すると、複数の男の声が聞こえてきた。低い声ではあるが、その内容をはっきりと聞きとることができる。

「ああ、こりゃ上物《じょうもの》だぞ、トビー」

彼はにやりと笑い、耳をそばだてた。

ブランデーだ、間違いない。ラファエルは考え、深い茂みのあいだから浜辺のほうをうかがった。上等で、おそろしく高価なフランス産のブランデーに違いない。彼も馬鹿ではない。できるだけ気配を消し、物音ひとつたてないようにした。密輸業者は扱いにくい連中だ。脅されれば、暴力をふるう。ここに他人がいることを悟られてはならない。

「おい、ボビー、なんか聞こえなかったか?」

ラファエルは息を潜め、気配を消した。

「おんや、なんてこった、娘っ子がいるじゃねえか。ほら、ボビー、あんなところに。おい、待て!」

娘? なんだって娘がこんなところにいる?

悲鳴と、乱闘のような音が聞こえた。彼は大きく息を吐いた。

「じっとしてろ、お嬢ちゃん。おんや、こりゃまた美人だな。トビー、このかわいい顔を見てみろよ」

「こりゃまた、すげえ別嬪《べっぴん》だ。ビショップんとこに連れていこうぜ。お呼びがかかること、間違いなしだ」

「だけどよ——」

「だまれ、ボビー。どうやらこの娘っ子、おれたちとは育ちが違うらしい。きちんとした、いいとこの娘だ。なんだって、こんなところにいる、お嬢ちゃん?」

「お願い、放して。あなたたちは何者なの?」

「ほう、ずいぶんおもしろいことを訊くんだな、お嬢ちゃん。おれたちは、だれだと思う？ フランス人かもよ」

「イギリス海峡をひょいと飛び越えてきたと、そう思ったわけか？」

「灯りが見えたから、アクスマウスのあたりだと思ったの。まさか……あなたたち、密輸業者？」

「ずいぶん頭がまわるお嬢ちゃんだな、トビー。なんと、たいしたもんだ。残念だよ」

ラファエルはベルトからそっとピストルを抜いた。必死で抵抗を続ける娘と、ふたりの密輸業者がいるほうに、足音をたてずに歩いていく。密輸業者の首領《ドン》であるビショップの噂は耳にしたことがあった。だれも素姓を知らない謎の男で、もう何年も前に捕えられていた。だからラファエルは、ビショップはとっくに死んだものと思っていた。彼はゆがんだ笑みを浮かべ、考えた。もし、男たちが言うように娘がほんとうに美人なら、ビショップじいさんが養女に迎えるかもしれない。老いぼれているから、もう自分の女として囲うのは無理だろう。

「この娘っ子、連れはいないんだろうな、トビー？」

「いや」と、ラファエルが断固とした口調で言った。「連れがいる。ぼくだ。彼女から手を引け」

ヴィクトリアはふいに口をつぐんだ。全身を安堵が駆けめぐる。トビーと呼ばれた男の手から力が抜けた瞬間、彼女は思いきり彼の足を踏んだ。男は叫び、彼女の手を放した。彼女は地面に這いつくばり、息をあえがせた。

「もういいだろう。さっさと戦利品をもってビショップのところに行け。ここでの騒動を洗いざらい話し、やつの機嫌をそこねることはない。彼女はここにくるべきではなかった。二度とここにこないことは、ぼくが請けあう。彼女がおまえたちのことなど知らないのは一目瞭然だし、この件については決して口外させないと約束する」

「で、おまえさんはだれなんだ？」と、ボビーが問いただした。ふたたび頭が回転しはじめたのだろう、ぎらつくピストルを構えている長身の男をせいいっぱいにらみつけた。

ラファエルは、唯一の灯りであるランタンのほうに歩いていった。

「おんや、あの男爵じゃねえか。だろ、トビー？」

また双子の兄のおでましだ、とラファエルは考えた。ということは、やつらは兄のことをおそれているんだな？「さっさと行け。言うことを聞くなら、命は助けてやる」

ヴィクトリアの全身の血が凍りついた。これで、いままでの努力はすべて水の泡だ。とうとう、見つかってしまった。彼は男たちの手から、わたしを救うだろう。彼女は身を起こし、膝をつくと、ダミアンのほうを見た。いつもとは服装が違う。黒く長い外套を着て、手袋をはめている姿は、わたしを取りおさえたふたりの悪党のようだ。

「いいか、男爵さんよ、おめえさんに楯突《たてつ》くつもりはねえが、この娘っ子は――」

「知り合いの娘でね」と、ラファエルは大嘘をついた。「ひと言も話せないんだよ。さあ、とっとと行け。山ほど用事があるんだろう？」

まだ躊躇《ちゅうちょ》しているふたりの男に、ラファエルは低い声でとどめを刺した。「コーンウォールの男に二言はない」

「よし、わかったよ、行けばいいんだろ」と、トビーが言った。「行こうぜ、ボビー。男爵のことは放っておけ」

ヴィクトリアはふたりの男が夜陰に消えていくのを眺めた。男たちのあいだで揺れるランタンの灯りが見えなくなると、彼女は立ちあがろうとした。だが悲しいことに、長時間の歩行と乱闘のせいで、もう脚は用をなさなくなっていた。彼女は膝からくずおれ、痙攣する筋肉の痛みにあえいだ。

「大丈夫？」

男の心配そうな声が聞こえた。どうしよう、こちらに近づいてくる。

彼女は大声をあげた。「近寄らないで！　あなたとは一緒に行きません。わかった？　ぜったいにいや」

彼女はようやくのことで立ちあがると、泥だらけの旅行鞄をつかみ、走りだした。脚の痛みが身体を貫き、思わずうめいたが、速度を落とさなかった。

「なんなんだ。ぼくはきみを傷つけたりしないのに」まったく、命を救ってやったというのに、逃げようとするとは。

ラファエルは、そのまま行かせてやることにした。きっと、ここで男と逢引でもするつもりだったのに、運悪く密輸業者と出くわしたのだろう。だが、彼女は妙にぎこちなく走っているし、おまけにひどく脚を引きずっている。怪我でもしたのだろうか。

「馬鹿な真似はやめろ」と、背後から声をかけた。

彼が追いかけてくるかどうか確認しようと振り返ったとたん、ヴィクトリアはつまずき、雑草が生い茂る地面に顔から倒れこんだ。彼女はそのまま耳をそばだてた。もう、逃げられない。彼はどんどん近づいてくる。

「お願い、お願いだから」と、彼を見あげずに言った。「わたしのことは放っておいて。あなたとは戻らないわ、ぜったいに」

ラファエルは立ちどまり、ばったりと倒れている娘の姿を眺めた。まだ若い。声でわかる。美人かどうかまではわからなかった。外套をきつく身に巻きつけ、頭をフードで覆っていたからだ。「いったい、なんの話をしてるんだ?」当然のことながら、彼はそう尋ね、膝をついた。

手を差し伸べたが、彼女が身を縮ませ、顔を上げた。月明かりのなかでも、その瞳がおびえているのがわかる。

「きみを傷つけたりしない」

「嘘つき。あなたが望むのはそれだけよ。ついにつかまえたと思ってるんでしょ」

彼は動かなかったが、彼女はそれでも逃れようと身をよじった。

「きみ、名前は？」

その奇妙な質問を、ヴィクトリアはぼんやりと聞いていた。だが痛みがひどく、しばらく何も言えなかった。あまりの痛みと絶望。だが、そのとき気づいた。妙だわ。彼の声が、いつもと違う。洗練されたなめらかな口調ではなく、ざらついている。いまの服装みたいだ。

彼女はようやく声をだした。「こんどはなんのゲームをしようっていうの？」

「ゲームなんかしてないよ。ただ、きみをここから安全に帰してあげようと思っているだけだ。きみの恋人はどこ？　なぜ、恋人がこないんだ？」

「恋人なんかいません。よくわかってるくせに」

ラファエルはかぶりを振った。何か、見落としている。「いいかい、お嬢さん。なんの話をしているのか、ほんとうに見当もつかないんだよ。きみは怪我をしている。手当をさせてくれ」

彼女は身を起こし、また膝をついたが、太腿の痙攣は強まるばかりだった。彼女は横に倒れ、身を丸め、すすり泣きを漏らした。あんなに頑張ったのに。必死で頑張ったのに。

ラファエルは、夜陰のなか、彼女の顔立ちをもっとよく見たいと思った。だが、そんなことはあとでいい――その声から、彼女がおびえていることがよく伝わってきたからだ。おまけにヒステリーを起こしている。それだけわかれば充分だ。彼は苛立ちをつのらせながら考えた。この娘ときたら、こんな人気のない場所にひとりでやってくる神経をもちあわせながら、急にへたばってしまうとは。彼はつとめて落ち着いた声をだし、なだめるように言った。「もういちど言う。ぼくはきみを傷つけたりしない。さあ、どこか安全であたたかい場所に連れていってあげよう。きみは、怪我をしてるんだから」

ヴィクトリアは息をこらした。彼は苛立っているけれど、怒ってはいない。いったい、どうしたのかしら。そのとき、彼に触れられ、身をすくませた。

彼女は顔を上げた。「どうやってわたしを見つけたの？　こっそりと用心深く、逃げてきたのに」

「きみを見つける？　きみをさがしてなんかいないさ。まったく、なんだっていうんだ？　頭でも打ったのか？」

「お願い、嘘をつくのはやめて。あなたの勝ちよ。もう、わたしにできることはない。やっぱり、あなたから逃げるのは無理だった。よくわかってるくせに」

「嘘なんかついてない。きみ、足首を捻挫《ねんざ》した？」

もうたくさん。わたしをもてあそんでいる。いじめっ子みたいに。「もう、何を言っても無駄ね」と、彼女は敗北を認め、挫折と疲労をにじませた声で言った。「用がすんだら、そのあとは、ここに置きざりにしていって」

「用がすむ？　きみに何をするっていうんだ？　やっぱり、頭を打ったんだな？　自分の名前を言えるかい？」

「もう勘弁して！　ああ、あなたにはぞっとする！」

ラファエルはのろのろと立ちあがり、ベルトにピストルを戻した。そして彼女にというより、自分に向かって言った。「ご婦人の命を救ってやったのに、怒鳴り散らされるとはね。あのね、お嬢さん、いくらぼくにぞっとしても、ここに置きざりにされたくても、そんなことをするほど、ぼくは悪党じゃない。いい加減、ヒステリーを起こすのはやめてくれ。アクスマウスに連れていってやろう。ぼくたちふたりが泊まれる宿がある」

「冗談はやめて。ほかの女の人をそこに連れこんだことがあるんでしょ」

「ほかの女――」その先は繰り返さなかった。よほど強く頭を打ったのだろう。脈絡のないことばかり並べたてている。「名前を教えてくれるとありがたいんだが」

「そうはいかないわ、ダミアン。あなたとは、ぜったいに、どこにも行きません」

ダミアン。

「そういうことか」と、彼は低い声で言った。ふいに真実を突きつけられ、驚愕した。兄さんがこの娘を追いまわしていたのか？　彼はおもむろに断固とした口調で言った。「だまって聞くんだ、いいかい？　やれやれ、ぼくのことをダミアン・カーステアズだと思ったんだね？　ドラゴ男爵だと？」

「きまってるでしょ。からかわないで」

「そうじゃないんだよ。いや、つまり、からかってないってことさ。あのね、ぼくは双子の弟のほうなんだよ。ラファエル・カーステアズ。で、きみの名は?」

「双子の弟?」彼女は呆気にとられ、彼の顔をまじまじと見た。ダミアンに双子の弟がいるのは知っていたが、子どもの頃の肖像画しか見たことがなかった。そのうえ、彼女が〈ドラゴ・ホール〉で暮らすようになってから五年がたつというのに、いちども彼の顔を見たことがなかったのだ。

「ああ、双子だ。どうやら、兄がきみのあとを追いまわしていたようだね。そしてきみは、兄から逃れようとしていた」

ヴィクトリアは大きく息を吐き、呼吸を整えた。「ええ。そうしたら、突然、あなたがやってきたの。てっきりダミアンだと思ったわ。瓜二《うりふた》つなんですもの」

「だから、外見で人を判断しちゃいけないのさ。で、きみの名は?」

「ヴィクトリア・アバーマール。エレインのいとこよ。五年前から〈ドラゴ・ホール〉で暮らしているの」

ラファエルはにっこりと彼女に微笑みかけ、膝をつき、片手を差しだした。おずおずと、彼女がその手をとった。「はじめまして、ヴィクトリア。なんだか厄介事に首を突っこんだようだな。仕方ない、いちどにひとつずつ、問題に対処していこう。ぼくと一緒にくるかい？　足首を診てもらわないと。捻挫したんだろう？」

彼女はかぶりを振った。「いいえ、大丈夫。あなたと一緒に行くのは名案とは思えません、サー」

「悪いが、ほかに選択肢はないんだよ。きみを置いていくわけにはいかない。だって一歩も歩けないだろう？　どこかに馬をつないであるの？」

彼女はまたかぶりを振った。「いいえ。ここから十マイルほど手前で、郵便馬車から下ろされたの。わたし、できるだけ遠くに行きたかったの。怖くてたまらなくて」

「ダミアンが？」

「ええ、彼は——」

「よくわかるよ」事実、ラファエルにはよくわかっていた。兄はなにひとつ変わっていない。それどころか、いっそうたちが悪くなっているようだ。よりにもよって、妻のいとこを狙うとは。

もう躊躇することなく、ラファエルは両腕を彼女にまわし、引きあげた。彼女は抵抗しなかった。だが、どうにか立ちあがったものの、顔が痛みにゆがんだ。ラファエルは彼女を支えたまま、じっと立っていた。

「ごめんなさい、ほんとうに。ただ——」

「ぼくがなんとかする」そう言うと、ラファエルは彼女をえいやっと抱きあげた。

「旅行鞄が」と、彼女が言った。「あれは置いていけないの」

彼女は吐息をつき、彼女を抱きよせ、身をかがめた。「このなかに、きみのいまいましい服が全部はいってるの？」そう言いながら、ラファエルは旅行鞄を片腕で抱えた。

「ええ」

「柄《え》が鉄のヘアブラシも？」

ヴィクトリアが微笑んだ。それは、彼女が数時間ぶりに浮かべた微笑みだった。

彼は藪《やぶ》のあいだを注意深く歩き、馬をつないでおいた場所にようやくたどりついた。「問題がひとつある。ぼくにも旅行鞄があるんだ。ここはひとつ、独創的な案を考えださないと」

ラファエルは彼女を鞍《くら》に乗せた。「つかまっていられる？」

「ええ、もちろん」

馬鹿にしないでという彼女の口調に、ラファエルは笑った。「よし、自分の旅行鞄をもって」

集中力を要する作業がしばらく続き、ようやくラファエルは彼女のうしろに飛び乗った。

「脚を大きく振りあげて」

それは、彼女の悪いほうの脚だった。なんとか脚を上げたものの、筋肉が抵抗の悲鳴をあげ、彼女は息を呑んだ。

「よくできた。次は、ぼくがきみにしがみつくからね。ゆっくり行こう」そう言うと、彼はつけくわえた。「アクスマウスで医者を呼んであげるよ」

「それはやめて！」

「ちくちく痛むんだろう？」

ヴィクトリアは返事をしなかった。そして馬の背から落ちないよう、全神経を集中させた。左脚の筋肉が痙攣し、ずきずきと痛む。

「運命とは」と、馬の耳のあいだをじっと見つめながら、ラファエルが言った。「なんとも奇妙なものだ」

「ええ」と、彼女が応じた。「そうね」

少し会話をしようと努力したものの、彼女は応じようとしなかった。きっと痛みのせいで、異常なまでにかたくなな態度をとっているのだろうと、ラファエルは考えた。それにしても、どうして医者に診せたくないのか。

アクスマウスに到着すると、ヴィクトリアは仕方なく口をひらいた。「ミスター・カーステアズ、さっきお話しになっていたその宿に、わたしを連れていっていただけません？　それで充分です」

「ほんとうに？」

「ええ。わたしを宿に置いたら、そのあとは、どうぞ、外でお好きなことをなさってください」

彼は深々と吐息をついた。「はて、きみに何をしてあげればいいんだろう、ミス・アバーマール？」

「何も。自分のことは自分でできます」

「今夜、きみが自力で見事に切り抜けたように？　ビショップじいさんの噂を聞いたことがないと見える」

「いいえ、あります。今夜までは、コーンウォールのただの言い伝えだと思っていたけれど」

「これで、現存する悪党だってことがわかっただろう？　輝かしい評判を誇る男じゃない」

「わかってます」そう言うと、彼女は疲れたように吐息をついた。「わたしを救ってくださったことに、お礼を申しあげるべきなんでしょうね」

「ああ、そうすべきだ」

「ありがとう」

ラファエルは、〈サー・フランシス・ドレイク亭〉の正面に疲れきった馬をとめた。ありがたいことに、このあたりで彼の名前は知られていない。「きみ、ぼくの妹になりたい？　それとも妻のほうがいい？」

彼女はうんともすんとも言わない。

「さっさとしてくれ。どっちか選ぶしかない」

「妹」

「よろしい」

幸い、そばに馬丁がいたので、ラファエルはふたりの旅行鞄を放り投げた。そして痛い思いをさせないよう慎重を期し、彼女を馬から下ろした。ヴィクトリアは彼の首に両腕をまわし、彼の胸に身を寄せている。「いい娘《こ》だ」と、ラファエルは彼女の耳元で囁いた。

ふたりが血縁ではないと思ったとしても、宿の主人は何も言わなかった。それでも、主人はふたりに続き部屋になっている両隣の部屋を用意した。同じ男である主人の皮肉な視線に、ラファエルは思わずかぶりを振った。

彼はヴィクトリアを狭い寝室に抱いていき、そっとベッドに寝かせた。すぐそばにメイドが立っており、燭台《しよくだい》を灯した。

「もう下がってくれ」と、ラファエルは振り返りもせずに言った。メイドのほうを振り返らなかったのは、ヴィクトリア・アバーマールをじっと見つめていたからだ。全身が汚れ、頬には泥さえついているうえ、髪も乱れてぼさぼさだったが、彼女はまぎれもなく美人だった。それに若く、新雪のようにみずみずしい。栗色の髪は豊かで光沢があり、青い瞳は——色褪せたような水色ではなく、鮮やかなダークブルーだ。ダミアンが彼女を欲しがったのもふしぎではない。

いっぽう、ヴィクトリアは彼をじっと見あげていた。ダミアンとそっくりだ。例の銀灰色の瞳まで同じだったので、彼女は無意識のうちにびくりと身をすくめた。だが、ろうそくの灯りでも、大きな違いをひとつ、見てとることができた——肌がよく日焼けしているのだ。残念なことに、日焼けはいつか色褪せるだろうけれど。

「あなた、彼と瓜二つね」

「ああ、言っただろう、双子だからね。さて、きみの足首を診てもらおう。医者を呼んでくるよ」

「いや、それだけはやめて」

不安を帯びた声に、彼は眉をひそめた。「どうして？　見るからに痛そうじゃないか。医者を呼べば、アヘンチンキを処方してもらえるのに」

彼女は首を横に振った。「お願い、放っておいて。あなたの骨折りには、お礼をお支払いするわ。わたし、朝になったら、ここをでていきます」

ラファエルが出し抜けに言った。「夕食は食べた？」

彼女は首を横に振った。

「ぼくもだ。腹が減ったな」

そう言うと、彼は部屋をでていき、彼女はひとり残された。

ヴィクトリアは室内に目をやった。いっさい飾り気のない部屋で、狭いベッドと武骨な鏡台、そして部屋の隅のほうに古色蒼然とした大型の衣装だんすがあるだけだ。ひとつしかない窓の手前に小ぶりの円卓があり、その横に二脚の椅子がある。そばには、ありがたいことに、室内用便器と洗面器もある。左脚の筋肉の痛みに歯を食いしばり、彼女はなんとか立ちあがった。そして顔と手を洗い、外套を脱いだ。

ラファエルがそっとドアをあけると、若い娘という預かりものが、寝台の支柱にしがみつき、うつむきながら荒い息をついていた。

純粋に男の視点から見ると、彼女は顔と同様、身体も美しかった。女性のわりには長身で、ほっそりしており、バターのようにやわらかそうだ。

「ただいま」と、彼は声をかけた。「力を貸そう。じきに夕食が届くはずだ」

ヴィクトリアはしばし目を閉じ、自制心を整えようとした。

ラファエルは動かなかった。そしてただ「手を添えてもいいかな?」と尋ねた。

彼女の肩が震えるのがわかった。自問自答しているのだろう。彼を信じていいものかしら、と。

彼女は好意を受けいれることにし、うなずいた。

それ以上何も言わず、ラファエルは彼女を抱きかかえ、テーブルに連れていき、椅子にそろそろと座らせた。

それから手を離し、テーブルをまわると、向かい側の椅子に腰を下ろす。彼女が頭をうしろにそらせ、目を閉じた。きっと、痛みに耐えているのだろう。

「きみのことを、ヴィクトリアと呼んでもいい？」

「そうなさりたいのなら。こんな状況になってしまって、これ以上、礼儀をうるさく言っても仕方ないもの」

「それもそうだ。ぼくのことはラファエルと呼んでくれ」

「変わったお名前ね」

「きみも知っているだろうが、母がスペイン人でね。母がつけた名前だ」

「ええ、うかがったことがあるような気がする。でも、ダミアンはあなたのことをいちども話題にしたことがないわ。少なくとも、わたしの前では」

「だろうね。ぼくのことを話題にするとは思えない。ああ、夕食がきた」

彼はメイドを手伝い、トレイを運んだ。ロースト・ラムのおいしそうな匂いがヴィクトリアの鼻孔をくすぐり、胃が大きく音をたてた。

ラファエルがにっこりと笑った。「なんとか間にあったかな。マッシュド・ポテトとマッシュド・ピーは好き？」

彼女の代わりに胃袋が返事をした。彼はまたにっこりと笑い、彼女の皿に料理をよそった。

テーブルクロスの下で、彼女は腿を揉《も》んだ。ゆっくりと筋肉がほぐれ、痛みをともなう痙攣が少しずつおさまってきた。なんとか痛みに耐えられるようになると、以前よりははっきりとものを考えられるようになった。この双子の弟は、兄と同様、悪者かもしれないし、それ以上の悪者かもしれない。

ふたりはだまって食事をした。

「旅の目的地はどこなんです？」と、下唇についたグレービーソースをぬぐいながら、彼女がついに口をひらいた。

「ロンドン。残念ながら、ぼくの船がファルマスで修理中でね。だからロンドンまで船で行けなかったんだ」

ロンドン。

「ロンドンに所用があってね」

彼女は彼の目をとらえた。「わたしもよ」

ラファエルが長い指に挟んだクルミを音をたてて割った。「へえ？　あそこまで歩いていくつもりだったの？」

「いいえ、二十ポンドもっていました。いまはもう十八ポンドになっちゃったけれど。何にいくらくらいかかるのか、全然わからなくて。これからは倹約しないと」

「その二十ポンドは、盗んだのかい？」

彼女はあわてて彼の顔色をうかがったが、彼はクルミの実に集中しているようだった。

「べつに、責めてるわけじゃない。ただ、今後ダミアンがどうでるかと思ってさ。これまで、ダミアンが何をしてきたのかも謎だが。きみが姿を消したことに、ダミアンはとっくに気づいているはずだ」

顔を上げると、彼女の顔が蒼白になったのがわかった。こんなふうにおびえさせるつもりはなかったのに。自分がとてつもなく無作法な男に思えた。

「あなたは〈ドラゴ・ホール〉に寄らなかったの？」

「ああ、寄らなかった。しつこいようだが、ヴィクトリア、きみをここに置きざりにはできない。ロンドンにご親戚は？　きみを泊めてくれる人に心当たりは？　ロンドンでは、だれかと会うつもりなんだろう？」

彼女は質問をされるたびに首を横に振り、そのたびに「いいえ」と答えつづけた。

「そうか」

「ここの部屋代と食事代はお支払いします。おいくらですか？」

「十八ポンドだ」と、穏やかな口調で彼が言った。そして濃いブラックコーヒーを自分でよそい、そのマグカップで両手を温め、椅子に深々と座り、くつろいだ。

「紳士らしからぬ物言いね」

「これまでの人生で、きみはそれほど多くの紳士と知りあっていないように思うがね。ぼくは紳士と自負しているが、きみには判断がむずかしいだろう。それにしても、これからきみのことをどうしたものか」

「あす、ここを発ちます。ひとりで」

「十八ポンドをもって？」

「ええ」

「そりゃ、えらいことになるぞ」彼は立ちあがり、身を伸ばすと、表情をやわらげて彼女のほうを振り返った。

と、恐怖のあまり、彼女が全身を硬直させるのがわかった。

4

比較するのもおぞましい。

——シェイクスピア

「それほどなのか」と、伸びをしたまま動きをとめ、ラファエルが言った。「兄はきみのことを、それほどおびえさせたんだね？　ぼくも兄と似たような男だと思ってる？　ぼくのことが怖い？」

「ノー。イエス。もう、でていって」

「よくわかったよ。ありがとう」

「だって、あなた、あまりにも瓜二つなんだもの……」彼女はそこで言葉をとめ、大きく吐息を漏らした。「ごめんなさい、あなたのせいじゃないのに」

「だが、双子には同じ血が流れているはずだと、そう思ってるんだろう？　それがよき血なのか、悪《あ》しき血なのかと」

彼の真剣な口調に、彼女は顔を上げた。「いいえ、そんなふうには思ってないわ。ただね、わたし、ほかに双子の知り合いがいないから、わからないのよ」

「ぼくにだって知り合いはいない。でも、ぼくはダミアンではない。それだけ言えば充分だろう？　もういい加減、兄と比べるのはやめてくれ。で、足首はまだ痛む？」

「いいえ」とだけ彼女は答えた。もう、脚のことには触れないでほしい。「ほんとうよ、もうすっかりよくなったわ。そろそろ、ベッドで休みたいんだけど」

そりゃ名案だ、ご一緒させてもらおうか。ラファエルは思わずそう考えたものの、努めて表情を変えないようにした。そして、そんなふうに反応した自分に、われながら驚いた。これまでだって、ヴィクトリアよりもっと美しい女と出会い、ベッドを共にしてきたじゃないか。べつに、彼女がかわいくないわけじゃない。ただ……。なんだよ、まったく。彼女のことを、なにひとつ知らないというのに。それに、まだ結婚する気はさらさらない。妻だと？　なんだってこんなことを考えるんだろう。正気じゃない。彼はそうひとりごち、かぶりを振りながら口をひらいた。「風呂の支度をさせようか？」

ヴィクトリアは自分が埃《ほこり》まみれで汗臭いのがわかっていた。それに左脚を湯で温めれば、筋肉もほぐれるだろう。彼女はありがたく思い、うなずいた。「わたし、つぶれたパイみたいにひどいありさまでしょう？」

「まさか。まあ、わんぱく小僧というところだ」

五分ほどして、彼が部屋に戻ってきたときも、彼女はまだ椅子に座っていた。「すぐに風呂の支度ができる」彼は言い、彼女の正面に腰を下ろした。「お腹はいっぱいになった？」

「ええ。ラムがおいしかったわ。ニンジンはほどよい茹《ゆ》で加減だったし、ポテトは——」

「もういいよ、ぼくは乳母じゃないんだから。さてと、男爵のことを教えてくれ」

「話せることは、そんなにないの。ただ、彼をわたしの部屋にいれるわけにはいかなかったの。だから……」

彼女の声が羽目板のなかに消えていった。ラファエルはそれ以上、しつこく尋ねはしなかった。

「わかった。その話はまたにしよう。で、きみは〈ドラゴ・ホール〉には戻りたくないと、そういうわけだね？」

「二度と、あそこには戻りません。ぜったいに」

「いとこのエレインのことはどうする？」

「さあ」ヴィクトリアがそう言うと、うつむき、握りしめた手に視線を落とした。

「エレインには、その、夫の行動について何も打ち明けていないんだね？」

「ええ、何も。だって、エレインはお腹が大きいのよ。予定日は、クリスマスをすぎた頃。妊婦さんを動揺させるわけにはいかないわ。だから、わたし、ほんとうに八方塞《はっぽうふさ》がりだったの。でも、エレインは何か感づいていたはずよ。わたしにたいする態度が、だんだんそっけなくなったもの」

無理はない。彼女を眺めながら、ラファエルはそう考えた。だがそれでも、自分の保護下にある淑女の弱みにつけこむ男がいると思うだけで、吐き気がした。しかし、彼女の顎には意志の強さがあらわれている。彼女は〈ドラゴ・ホール〉に留まることも、被害者になることも拒否した。二十ポンドぽっちを手に、着の身着のまま、逃げだしてきた。なるほど、不屈の闘志の持ち主だ。あっぱれじゃないか。

「ああ、お湯が届いた。入浴を終えたら、もう少し話そう。あの旅行鞄のなかにガウンがはいってるね？」

「どうしてガウンがいるの？」と、ぽかんとして彼女が尋ねた。

「それはだね」と、ラファエルは忍耐強く説明した。「今後のことを相談したいからだよ。もう、きみをおびえさせるのはごめんだ」

「そう」

彼はうなずき、続き部屋のドアのほうに歩いていった。そして白い歯を見せながら振り返り、いたずらっぽく笑った。「ぼくもガウンを持参してきた」

「そううかがって、心からほっとしたわ」そう言うと、彼女も白い歯を見せて微笑んだ。彼は敬礼の真似をしてみせると、自分の寝室に颯爽《さっそう》と歩いていき、続き部屋のドアを閉めた。

ヴィクトリアはメイドが部屋をでていくまで着替えを始めなかった。それはすでに長年の習慣となっていた。エレインに左脚の筋肉のひきつれを見られてからというもの、人から同情も嫌悪もされたくなかったのだ。彼女は湯に身を沈めた。十五分ほどそうしていると、筋肉がほぐれてくるのがわかった。彼女はほっと息を吐き、銅製の浴槽のへりに頭をもたせた。と、続き部屋のドアを軽くノックする音に、びくりとした。

「ヴィクトリア？　もう、ぼくへの準備はできてる？」どうして、そんな訊き方をするのかしら？

「いいえ」と、彼女は声を張りあげた。「まだ」

「足首は大丈夫？」

「ええ、お願い、もうちょっと待って」

やはり医者を呼ぶべきだった。ラファエルは閉じたドアを見つめながら、そう考えた。だが夕食のあいだは、それほどつらそうなようすは見せていなかった。彼はドアに背を向け、腰を下ろし、待った。もう、疲れはてていた。くたくただ。ファルマスやリンディーからの道のりは長かった。それでも、ロンドンはまだ遠い。長い道のりが待っている。

彼女から呼ばれたとき、彼はうとうとしていた。目をしばたたき、正気を取り戻すと、ラファエルは彼女の部屋にはいっていった。彼女はふたたび椅子に座り、堅苦しい女学生よろしくモスリンのガウンに身を包んでいる。胸元ときたら、顎のあたりまで青いリボンで梯子《はしご》のようにきっちりと結ばれている。

「きみはいくつ？」と、彼は出し抜けに尋ねた。

「もうすぐ、十九歳。十二月五日で」

「そんな慎《つつ》ましい恰好をしていると、まだ少女みたいに見えるぞ。きみのいとこ、ぼくの親愛なる義姉は、年齢《とし》相応の服を用意してくれなかったのかい？　社交界へのデビューもまだ？　紳士連中と出会ったり、延々と続く舞踏会に出席したりはしてないの？」

「いいえ、そんなこと、期待もしなかったわ」自分が置かれていた状況を推察されたのは仕方のないことだと、彼女は割り切った。「わかるでしょう、自分のことを貧しい親戚だと思って、ずっと肩身の狭い思いをしてきたんですもの。たまたま、あれを見てしまうまでは――」

うっかり口をすべらせてしまったことに気づき、彼女は目を大きく見ひらいた。首をすくめ、頬を紅く染めた。なんて馬鹿なの。

ラファエルが吐息をついた。信頼を得るのは、むずかしいものだ。信頼されたように思ったが、まだ猜疑心《さいぎしん》が残っている。無理もない。ぼくは、あの兄に瓜二つなのだから。彼女を追い詰めないよう、話題を変えることにした。「きみ、ロンドンに行くと言っていたね」

彼女がだまってうなずいた。

「用事があるとか。ご親戚でもいるの？」

「いいえ、いないわ。でも、親戚なんかいないはずだと踏んでいたんでしょう？」

彼は辛抱強く言った。「いい子だから、よく聞いてくれ。うら若きお嬢さんがひとりで出歩いちゃ駄目だ。今夜、自分の身に何が起こったか、よく考えてくれ」

「これからはもっと気をつけます」

「きみの勇気は称賛に値するが、その天真爛漫《てんしんらんまん》ぶりはあまりにも危険だ」

「あなたほどの年の功はないけれど、わたし、それほど愚純じゃないわ」

「愚純じゃないのなら、無分別だ」

「ずいぶんな物言いね。無分別より、愚純のほうが、まだましだわ」

彼はにっこりと笑い、深く考えもせずに口走った。「わかったよ、仕方ない。ロンドンまで付き添っていってあげよう」

「ほんとうに？　からかうのはやめて」

「からかっているように聞こえる？」

「いいえ。ラファエル、ほんとうにいいの？」

嘆願するような彼女の口調に、ラファエルはひるんだ。「ああ、まったくかまわない。でも、いざロンドンに着いたら、きみをどうすればいい？」

彼女は顎先をさっと上げた。「会わなければならない人がいるの。彼に会えば、もうお金の心配をしなくてすむ。わたし、自力でやっていけるわ」

ラファエルは愚純でもなければ無分別でもなかった。「ということは、きみ、自分がエレインの貧しい親戚ではないことに気づいたんだね？」

強く見つめられ、彼女は青ざめた。

「兄には言わないから大丈夫だよ、ヴィクトリア。正直なところ、ぼくと兄はいがみあっていてね。さあ、こんどはきみが家族の秘密を打ち明ける番だ。さっきの話の続きを聞かせてくれ。きみはダミアンから二十ポンドを盗んだ……」

「ええ、ダミアンの書斎の金庫から。ちゃんと働いて返すわ。とにかく、二十ポンドに手を伸ばしたとき、たまたま、手紙の束が目にはいったの。そのなかの一通は、きちんとたたまれていなかった」

「そして、いけないことだと知りながら、手紙をひらいた？」

「だって、わたしの名前が書いてある箇所が見えたんですもの。ロンドンの事務弁護士からダミアンに宛てた手紙だったわ。それを読んで、自分が貧乏じゃないことがわかったの。それどころか、わたしは裕福だった。まだ裕福であればいいのだけれど」

「ダミアンはきみの後見人なの？」

「わからない。でも、そうなんでしょうね。彼はなにひとつ、わたしに話してくれなかったし、わたしにお金があるなんてこと、だれも教えてくれなかったから。きっと、お金は母方の家族のものだと思うわ。ご存じでしょうけれど、父には名声こそあれ、財産はほとんどなかったから」

「ダミアンがきみの財産を好き勝手にしていたんだろう」と、彼女にというより、自分に向かってラファエルが低い声で言った。「兄が金融取引に明るいことを願うよ」ラファエルは椅子に背を預け、両手で三角形をつくるようにして、指先を軽くあわせはじめた。

「怪しいわね」と、ヴィクトリアが暗い声で言った。「事務弁護士からの手紙には、元金が心配だというようなことが書いてあったから。それ以上のことは、わからないけれど」

「するときみは、自分が女相続人であることがわかる前から、〈ドラゴ・ホール〉をでるつもりだったの？」

「ええ。わたしがほんとうに、その女相続人とかいう立場にあるのかどうか、わからないけれど、お金があるのだけはたしかよ」

「で、たった二十ポンドをもって、逃げだすことにした」

「ほかにどうしようもなかったの。あんな立場に追いこまれて、何ができるっていうの？」

やつを殴りつけて気絶させる。ラファエルはそう言いたかった。だが当然のことながら、ぼくは男、それも屈強な男だ。自分を住まわせてくれる男に頼るしかない若い娘ではない。おまけに、その男の愛人にされようとしていたのだから。

「ぼくでも、同じことをしただろう」

「冗談はやめて。なぐさめてくださらなくてけっこうよ。どうせ愚純で無分別なんでしょ」

「ヴィクトリア、きみにはやつを棍棒《こんぼう》で殴ることも、顔に一発、お見舞いしてやることもできなかった。よく頑張ったよ。運悪く、密輸業者に遭遇するまでは」

「あのまま幸運に恵まれなければ、わたし、いまごろビショップの餌食《えじき》になっていたわね」

ラファエルにとっては、悪運に見舞われたとしか思えなかった。だが、まあ最悪の事態におちいったわけではない。そう物思いに耽りながら、彼は口をつぐんだ。そしてまた一定のリズムで指先をあわせはじめた。そんな彼のようすを、ヴィクトリアがうっとりと眺めた。

彼は今後の計画を立てようとした。自分は独身の男であるから、彼女とずっと一緒にいるわけにはいかない。だがロンドンには、彼女を安心して預けられる婦人がいない。そこまで考えて、ふと、ライアン・アシュトンのことを思いだした。そういえば、セイント・リーヴェン卿ことライアン・アシュトンは、大叔母のレディ・ルシア・クランストンのことを笑いながら話していたっけ。ロンドンに暮らしている大叔母は、やかまし屋で、甥《おい》っ子が射程距離内にいれば、あれこれうるさく口をだしてくる。そのレディ・ルシアが、ライアンとダイアナ・サヴァロルはこれ以上ないお似合いのカップルだと太鼓判を押したという。そして悔しいことに、老婦人の判断は正しかったことが証明されたというのだ。

「よし、策が浮かんだ」そう宣言すると、ラファエルは背筋を伸ばした。

彼の微笑みに、ヴィクトリアが思わず身をこわばらせた。「それって、礼儀に外れたことじゃないんでしょうね、サー？」

「吹きすさぶ雪のように、一点の曇りもなく純白だ。われながら、名案だよ」

「聞かせて」

彼は立ちあがり、にやりと笑った。「しばらく、やきもきしてもらおう。あすは早朝に発つからね」彼は言葉をとめ、しげしげと彼女を眺めた。「馬車を仕立てる」

「わたし、馬に乗れます」

「ロンドンまで、厳しい道のりを三日間、馬に乗りつづけるんだよ。いや、四日かかるかもしれないぞ」

ヴィクトリアは、左脚とそのこわばりのことを考えた。こんど脚が痛んだら、また捻挫をしたという言い訳はもう通じないだろう。それに、事務弁護士のオフィスに脚を引きずっていくわけにもいかない。彼女は吐息をついた。「わかったわ。じゃあ、馬車で行きましょう。それに、ラファエル、お金はあとでお返しします」

「ぜひ、頼むよ」と、彼が軽い口調で応じた。「巨富を得るんだから、たっぷり利子もつけてくれ」

「巨富ってわけじゃないかも」

「じきにわかる」

「そうね。とにかく、ロンドンまで連れていってくだされば、あなたはわたしを厄介払いし、自分の好きなことができる」

「それについても、じきにわかる」

彼はわずかに続き部屋のドアのほうを向いた。椅子に座ったままの彼女の横顔が目にはいった。彼女にキスしたい、髪を撫で、きみを守るためなら命だって投げだすと言いたくなり、彼はあわてた。なんだってこんな考えに襲われ、衝動に近いものを感じてるんだ？　どうやら頭がいかれたらしい、と彼は自分をいましめた。そもそも、あの顎を見れば、彼女が一筋縄ではいかない女性だってことがわかるじゃないか。

エレインは鏡台の前に座り、一定のリズムで長い髪にブラシをかけていた。カラスの羽のように漆黒で豊かな髪は、彼女の大いなる自慢であり、虚栄心の源《みなもと》だった。と、彼女の寝室に夫がはいってくるのが見えた。「ダミアン、あたくし、どうしても納得いかないの。なんだってヴィクトリアはあんな恩知らずな真似ができたのかしら？　ダマリスが泣きやまなくて。ブラックばあやじゃ、なだめられないのよ」エレインは、鏡に映る夫の顔を注意深く眺めた。だが、夫の表情はまったく変わらない。

「男たちに、彼女をさがしにやらせたよ、愛しい人《マイ・ディア》」と彼は言い、あくびをした。「じきに、何かわかるだろう」エレインには伝えなかったものの、金庫の下の段にしまっておいた手紙の束を間違いなくヴィクトリアに見られたことを、ダミアンは確信していた。ついさきほど、彼はその事実に気づいたのだ。そして激しい怒りに駆られたものの、なす術もなく、ただ歯を食いしばったのだ。くそっ、手紙は燃やしておくべきだった。だが、まさかこんなことになろうとは……。こうなったら、なにがなんでも彼女をさがしださなければ。そう考えながらも、まったくの無関心をよそおい、彼は口をひらいた。「きみがそれほど彼女のことが心配なら、あしたはわたしも捜索にくわわろう。ロンドンに行ったのかもしれない」

「でも、あの娘、お金をもってないわ」

「それがだね、金庫から二十ポンドほどくすねていったらしい」

「あの泥棒猫。長いこと面倒を見てあげたのに、こんな仕打ちをするなんて。満足に歩けもしないくせに、呆れてものも言えないわ」

ダミアンはただ肩をすくめた。

エレインは髪にブラシをかけつづけ、気持ちを落ち着かせると、ふたたび観察を続けることにした。「それにしても、妙だわ」そう言うと、鏡のなかの夫の顔をしげしげと見た。「あの娘、どうして逃げだしたりしたのかしら」

「あの哀れなぼんくら、デヴィッド・エスターブリッジのせいだろう。やつときたら、彼女を追いまわしていたじゃないか。きっと、やつから逃げたかったのさ」

「そうとは思えないわ。覚えてるでしょ？　あの娘、デヴィッドと結婚する決心を固めたようなことを言っていたもの。デヴィッドのせいで逃げだしたとは、とうてい思えない」

「彼女が求婚を受けいれたという話は、デヴィッドからは聞いていない。それなら、彼女が気持ちを変えたんだろう。あいつのことだ、なんの気づかいもなく彼女を乱暴に扱い、おびえさせかねない」

「まったく、あの娘はデヴィッドを受けいれるべきなのよ。見苦しくない結婚相手と出会えるチャンスは、これを逃せばもうないんだから」

「だが、彼女に結婚されると、ダマリスの話し相手がいなくなるぞ」

「あなたはなぜ、彼女がロンドンに行ったと思うの？」

「ほかに行き先があるとは思えないからさ」

エレインはもっとさぐりをいれたかったが、夫はすでにガウンを脱ぎはじめており、すぐに全裸になった。夫が彼女のベッドに上がるようすを、そのまま彼女は眺めた。そして目を閉じたが、彼の性器が膨れあがっているところが目に見えるようだったし、彼女の肉体の隅々まで知りつくしている夫の手が、肌に触れてくるのが感じられるようだった。

「わかってるでしょ、あたくし、お腹が大きいのよ」と、か細い声で言った。

彼が笑った。「そのとおりだ。すっかり体型が変わってしまったな。だが、不平は言わないよ。自分の息子に、父親のことを知ってもらいたいからね」

彼女はゆっくりとブラシを置きながら考えた。きっと彼は、わたしの欲望に火をつけるだろう。自制心を失わせ、なにもかもを忘れさせ、わたしが感じている確信に近いものも遠くへ追いやるだろう。ああ、ヴィクトリアが憎い。あの腹黒い小娘は、この家のなかでわたしを裏切っていたのだから。ダミアンはもう、わたしのいとこと寝たのかしら？　それともヴィクトリアはもう妊娠していて、ダミアンが遠くへやったのかしら？　ロンドンに？　そこで愛人として囲うつもりなのかしら？　彼女はベッドまで歩きながら、首を横に振った。まさか、夫がそんな真似をするはずがないし、そんな真似ができるはずもない。

「エレイン？」

「あたくしが息子を、跡継ぎを妊娠してるって、ずいぶん自信がおありなのね」

「ああ」と、彼が横にある枕をぽんぽんと叩いた。「息子じゃなかったら、また努力を続ければいいだけの話さ。さあ、こっちにおいで、エレイン。今夜は、きみのそのあたたかい唇が欲しい気分だ」

「ええ」と、彼女は応じた。「いいわ」


ヴィクトリアは長く退屈な一日をひたすら耐えた。憎らしいことに、ラファエルは馬に乗っており、いっぽう彼女はといえば、跳ねながら前進する馬車に、ひとりで乗っていた。四輪馬車はおんぼろで、乗り物とは言えないほど古びており、座面は、ブラックばあやの母親のそのまた母親が遺した椅子と同じくらい硬かった。おまけに馬車を引いているのは二頭のきわめて我の強い鹿毛であり、それぞれがべつの方向に進もうとしていた。御者のトム・メリフィールドは、五十がらみの痩せた男で、すでに頭髪はなく、無表情で馬を御し、人間にも無表情に接した。そしてロンドンまでふたりを連れていくことに必要最低限の言葉で応じ、ラファエルから金をもらいロンドンで休暇らしきものを楽しんだあとは、馬と馬車をアクスマウスのミスター・モウルズに返すことを承諾した。

ヴィクトリアはひとり、頭のなかでお金の算段をしていた。ミスター・ウェストオーヴァーからわたしのお金を取り戻すには、どのくらいの時間がかかるかしら。ロンドンまでのこの小旅行にだって相当の費用がかかっているはず。でも、馬車の費用やミスター・メリフィールドへの支払いについては、ラファエルからひと言の説明もない。彼女は窓の外をすぎゆく光景に意識を向けようとしたが、馬車に酔い、気分が悪くなった。

ラファエルはといえば、その日、ありとあらゆることを考えていた。えらく口数の少ない、このトム・メリフィールドやらは、自分は泥棒だとラファエルに打ち明けたのである。そして、にたりと笑った。「いんや、ロンドンかい、そりゃ勘弁だ。あそこにだけは行きたくないんで」

だが、もちろん、ラファエルが気前のいい金額を提示すると、トムはロンドン行きに応じた。だからこそ、この大泥棒めと、ラファエルはぼやいたのである。

「欲しい帽子はこっちだが、手にはいるのはべつの帽子だっていう、それだけの問題でさ」

トム・メリフィールドがそう言うと、唾を吐いた。

そうして何時間も道を走っていて、ふと気づくと、すぐ背後の馬車にいる娘のことを考えるようになっており、ラファエルは愉快になった。さらに、ときおり振り返っては、彼女が無事、安全にそこにいるのを確認せずにはいられなかった。彼女が車内にいるのは当然だというのに。

　彼は、ロンドンで待ちかまえている問題について考えた。彼女は事務弁護士のところに行き、相続権を主張すれば、それでうまくいくと愚かにも思いこんでいる。だが、もしほんとうに彼女の後見人をダミアンが務めているのなら、彼女が二十一歳になるまでは、彼女も彼女の資産もダミアンの支配下にあるはずだ。いや、二十二歳以上かもしれない。とにかく、それまでは、法の定めにより、ダミアンが完全に支配権を握っているだろう。

　昼食をとるため、休憩することにした。彼はヴィクトリアのようすをうかがい、ふたたび安心した。彼女がコールリッジという名の詩人についてはしゃいで喋りつづけていたからだ。そんな名前の男は聞いたこともなかったが。

「彼、まだ生きてるのよ、ご存じでしょうけれど」と、ヴィクトリアが言い、イチゴを食べた。「湖水地方に暮らしているはずよ」

　ラファエルは、彼女にぺちゃくちゃと喋らせておいた。せいぜい、いまは楽しませてやろう。ロンドンに着いたら、奈落の底に突き落とされることになるのだから。

「お疲れなの、ラファエル？」と、とうとう彼女が尋ね、皿を押し戻した。

「疲れた？　なんだってぼくが疲れるんだい？」

「だって、ほとんど何も喋らないんだもの」

「お喋りはきみの担当だ。ぼくは紳士だから、話の邪魔をしなかっただけさ」

からかっているのならいいけれど。そう思ったものの、ヴィクトリアは自信がもてなかった。「わたしと一緒に旅にでたことを、後悔しているんじゃない？」と、彼女はついに疑問を口にした。

「ああ、だが、そんなことはどうでもいい」彼は肩をすくめ、宿の窓から外を見た。トム・メリフィールドが馬丁に話しかけている。よもや馬丁も、自分がいま大泥棒と話しているとは夢にも思うまい。「もう出発していいかい、ヴィクトリア？」

天候は申しぶんなく、同様に、トムが値切り、ラファエルの金で買った――見事なお手並みだった――二頭の馬も申しぶんなく、ブロードウィンザーに到着するまで、ラファエルは休むことなく馬を走らせることができた。

ビズリーの宿屋の主人は、ラファエルとは面識のない男で、ヴィクトリアをいやらしい目つきで見たため、彼は思わず両のこぶしを脇で握りしめた。

「妹さんですかい、サー？」と、主人がへらへらと尋ねた。

うぶなヴィクトリアは、そんな主人の視線に気づくようすもなく、三世紀は前のものであろう蛇腹を感心して眺めている。きっと虫がうじゃうじゃいるはずだと、ラファエルは考えた。

ラファエルは、これまで手強い船乗りたちをさっと一列に並ばせてきた視線で、ぎろりと主人をにらみつけたものの、穏やかな声で応じた。「ああ、そのとおりだ。続き部屋をとってくれ」そして、こうつけくわえた。「淑女を守りたいのなら、用心に越したことはない」

そう言われた宿屋の主人はあわてて気をつけの姿勢をとり、てきぱきと若い衆を呼びよせた。

夕食のためにラファエルが予約した個室の食堂は、狭く、息苦しかった。調度品は蛇腹と同様、おそろしく古いものだろうと、ラファエルはヴィクトリアを椅子に座らせながら考えた。彼女は昼間のドレスではなく、同様に少女っぽくはあるものの、淡いピンク色のモスリンのドレスに着替えていた。夕食はボイルドビーフ、トマトの煮込み、キドニーパイというメニューだった。夕食をとりながら、きみにはパステル調の淡い色のドレスは似合わないと、彼女に忠告した。

彼女はその攻撃に応戦しようとはせず、ただうなずいたため、彼は思わず眉をひそめた。

「長々と言い返してくるかと思ったのに、どうした?」

彼女が微笑んだ。「ちょっと疲れただけ。こんなに何時間も、狭い馬車に閉じこめられて移動することに慣れてないんですもの」

ラファエルがとうとう提案をした。「あした、ぼくと一緒に馬に乗りたければ、きみのために乗用馬を用意してあげるよ」

彼女の頬がぱっと紅潮し、両の瞳がきらめいた。「ほんとうにいいの? ありがとう、ラファエル。わかるでしょ、ひとりで馬車に乗ってるのって、すごく退屈なの。それに、ものすごく暑いんだもの」

彼女は、左脚が期待を裏切らないことを願った。たったの一日よ、きっと大丈夫。彼女は意気込みながら、初めてキドニーパイを口にした。「この五年、〈ドラゴ・ホール〉には帰っていないんでしょう？　そのあいだずっと、どこにいらしたの？」

「あちこち」と、彼は気楽な口調で言った。

「どんな国にいらしたの？　どんな首都に？」

「ぼくは、商船の船長なんだよ。シーウィッチ号という船をもっているんだが、修理が必要になってね。船はいま、ファルマスのドッグにはいっている。だから、船が嵐に見舞われなければ、きみに出会うこともなかったというわけさ」

ヴィクトリアは目の前の料理のことなど忘れ、夢中になった。「シーウィッチ号」と、その言葉を味わうようにつぶやいた。「あなた、ほんとうに幸運ね。これからはあなたのこと、カーステアズ船長って呼ばなくちゃ」

彼は熟した桃の皮をむきはじめた。「いや、もう船長じゃない。一等航海士のロロ・カルペパーが、シーウィッチ号を引き継ぐことになっている。ぼくはコーンウォールに戻り、地所でももつさ」

彼女は身を乗りだし、両手に顎を乗せた。「丸五年、自分の船をもっていたなんて、すごいわ。わくわくする。わたしが〈ドラゴ・ホール〉のなかを足を引きずって歩いて、すっかり退屈な人間になっているあいだに、あなたはあちこちを航海していたんですもの。中国にはいらした？」

「中国？」彼はにっこりと微笑み、桃をひと切れ、彼女に差しだした。「いや、中国には行ったことがない。だがつい先日まで、カリブ海にいた」

「貿易商なの？」

「そうとも言えるかな。取引がうまくいったおかげで、懐具合《ふところぐあい》が少しよくなったよ」

「ラファエル、あなた、口が堅すぎるわ。お願い、冒険談をもっと聞かせて」

「ヴィクトリア、きみはちっとも退屈な人間なんかじゃないぞ」

「そう？　でも、あなたと比べれば、退屈そのものよ。お願い、聞かせて」

ラファエルは、トルトラ島やセント・トーマス島の話を彼女に聞かせた。マンゴーという果物や、その味の話。ダイアナ・サヴァロルとセイント・リーヴェン卿ことライアンの話も聞かせた。「あのふたりを海上で結婚させたのは、ぼくなんだよ」そう言うと、その思い出に、彼は思わず微笑んだ。「きみも、あのふたりに会えるかもしれない」

「そんなこと、無理でしょう？　だってロンドンに着いたら、わたしたちは、別行動をとるんだもの」

「なにも、到着してすぐに別行動をとるわけじゃない。きみにだって好奇心はあるだろう、ヴィクトリア？　ロンドンで、どこに連れていかれるのか、知りたくない？」

彼女がにっこりと微笑むと、右頰にお茶目なえくぼが浮かんだ。「ロンドンに着いてからのことには、関心がないようなそぶりをすることにしたの。そうすれば、いずれあなたのほうから説明があるだろうと思って」

彼は、また桃をひと切れ差しだし、彼女が食べるようすを眺めた。桃のしずくが口からこぼれ、彼は身を乗りだし、ナプキンの端で彼女の顎先をぬぐった。ヴィクトリアは動かなかった。首をかしげ、ただ彼をじっと見つめている。

ラファエルは出し抜けに声をあげた。「で、そのセイント・リーヴェン伯爵の話だが」

「ええ、奥さまはダイアナとおっしゃるのよね」

「伯爵にはレディ・ルシアという大叔母がいる。そのルシアのところで、しばらくきみを預かってもらうつもりだ。ルシアと面識はないが、ライアンからいろいろと話を聞いているから大丈夫だろう」

ヴィクトリアは、だまって考えこんだ。「わたしのことなど預かりたくないとおっしゃったら？」

「ぼくの魅力を全開にするさ。どんなレディだって、抵抗できるものか」

「それは、そうかも」と、彼女は率直に返事をしたが、まだ心配そうだった。「でもリハーサルなしのぶっつけ本番なのよ。もし、大叔母さまがわたしをお気に召さなかったら？　わたしのこと、なにひとつご存じないのよ、ラファエル。ひと目見て気にいらないことだってあるわ」

「先のことをあれこれ心配するな」そう言うと、彼は指先の桃のしずくをぬぐった。

「あなたとダミアンは、どうして互いを毛嫌いしているの？」

彼は呆気にとられて彼女を見た。「きみには、人をうろたえさせる特技があるな」

「そう？」

「ああ。突然、なんの脈絡もない質問をぶつけてくる。そんなふうに質問されれば、被害者はよく考える暇もなく、思わず答えを口走ってしまうんだろう？」

彼女はため息をついた。「いいえ、うまくいくのは、相手がダマリスのときだけよ」

「ダマリスって？」

「あら、ダマリスはあなたの姪《めい》よ。いま三歳。あなたの娘さんといっても通じるわ。ダマリスはわたしのことが大好きなの。わたしも、あの娘に会えなくて、すごく寂しい」

「知らなかった」

「男爵と音信不通を続けていれば、知らなくて当然よ。連絡をとらなくなったのは、五年前？」

「いや、もっと長いかも」

「なぜ？」

「詮索するな、ヴィクトリア。淑女は生意気な口を控え、疑問を胸のうちにおさめておくものだ」

「そういえば、デヴィッドもそんなふうだったわ」

彼は目をぱちくりさせた。「デヴィッドってのはだれだい？ 彼が何をしたって？」

「デヴィッド・エスターブリッジよ。スクワイア・エスターブリッジの息子」

「ああ、あいつか。つまらん男だった。ゲームで負けるといつもめそめそ泣いてたっけ。まあ、ぼくより年下だから仕方ない面もあったんだろうが。で、あいつとどんな関係があるっていうんだ？」

彼女は座ったまま、背筋をしゃんと伸ばした。「ずいぶんなおっしゃりようね」

「きみがもちだした話だろう、お嬢さん」

「お嬢さん、ですって？ でもたしかに、デヴィッドにもそんなところがあるわ。わたしが言いたかったのはね、疑問を胸のうちにおさめはするけれど、こちらが藪から棒に質問をすれば、デヴィッドはいつだって答えを口走っていたってこと」

「エスターブリッジは何歳だ？」

「二十三」

「で、きみに求婚していた」

「ええ、そうよ」

「何があった？」

ヴィクトリアは、あのひどい口論のことをだれにも言いたくなかった。ラファエルは、関心がなくもないといった程度の表情で、こちらを見ている。そこで、彼女は手短に説明した。

「わたし、デヴィッドと結婚することにしたの。逃げだすために。わかるでしょう、ダミアンと〈ドラゴ・ホール〉から逃げだしたかったのよ。でも残念ながら、結婚にはいたらなかった……わたしたち、お似合いじゃないってわかったの」

「こんどは話を途中でやめないでくれよ。その先を聞きたくて、興味津々なんだから」

ヴィクトリアは顎をきっと上げた。あのときの怒りと痛みがよみがえり、両の瞳に強い光が宿る。それでも彼女はできるだけ淡々とした声をだした。「呆気ない幕切れだったわ、ほんとうに。彼はわたしと本気で結婚したいと思っていなかったの。それは、わたしも同様だった」

そんな説明は信じられないという表情を、ラファエルはわざと浮かべた。

まんまと彼の罠にかかり、ヴィクトリアはあわてて説明を始めた。「ひとつ、妙なことがあったのよ。デヴィッドの話によると、わたしを嫁に迎えたがっていたのは、彼の父親だったんですって。もしかすると、わたしが男爵家の貧しい親戚ではないことを知っていて、お金目当てに企《たくら》んだのかも」

「そうは思えない。ダミアンには山ほど欠点があるが、秘密を漏らすような男じゃない。そもそも、きみに資産があることは極秘事項だ」

「そうね」と、ヴィクトリアが応じた。「そうかもしれない。でも、それくらいしか理由が思いつかないのよ。たしかに、わたしはデヴィッドを愛していなかった。無理やり、わたしと結婚させられたら、彼だって迷惑だったわよね」

「そうかな？　婚約を解消すると言ってきたのは、やつのほうなんだろう？」

「そうね、まあ……そう言えなくもないかしら」

ラファエルが笑った。「いい娘だ。言葉を濁して相手をかばうなんて、なかなかできることじゃない」

「その気になれば、わたしにも気づかいはできるのよ」

「コーンウォール育ちの娘でも、機転がきくってことがわかったよ。きみと話していると楽しいよ、ヴィクトリア」

お世辞を言われた彼女は恥ずかしそうにうつむき、ナプキンをいじった。

「デヴィッド・エスターブリッジは、ただの撫で肩の痩せっぽちだ。壮麗な人間とは言いがたい」

「わたしもそう思ってはいたけれど、人を厳しく評価するのは悪いことのような気がして」

「それに、きみと一緒になったら、やつの人生はみじめなものになっていた」

「みじめですって？　それじゃまるで、わたしがみがみと口うるさい女みたい――」

「いや、そういう意味じゃない。きみのような窮地に立たされたら、大半の若い淑女は屈服するしかないだろう」

気持ちをやわらげ、ヴィクトリアがかすかに微笑み、「あまりにも孤独だと、少しは意志を強くもたないと、やっていけないのよ」と、自己憐憫《じこれんびん》のかけらもない口ぶりで言った。

あす、一緒に馬に乗ろうと彼女を誘ってよかった。そう思い、彼は嬉しくなった。そんなふうに感じたことに、われながらぎょっとした。彼はあわてて立ちあがり、音をたてて椅子をうしろに押した。「もう遅い。あしたは早い時間に出発したいんだ。寝室まで送っていくよ」

ヴィクトリアは、驚いたように彼を見あげた。わたし、彼を怒らせるようなことを何か言ったかしら？　彼女はそう思わなかったが、これまで、ごくわずかな男性としか話した経験がなく、自信がなかった。彼女はラファエルのあとを追い、寝室に歩いていった。彼はうなずき、おやすみと声をかけると、ドアの前に彼女を置いていった。

翌日の午後にはもう、彼女は痛感していた。自分が判断を大きくあやまったことを。

5

痛みは、正直者にさえ偽りを語らせる。
——パブリリアス・サイラス

ヴィクトリアは腿に起こるさざなみのような痙攣の痛みに歯を食いしばった。丸一日、馬に乗ると、腿にどれほど重い負担がかかるかを、彼女はようやく痛感した。もちろん、あとの祭りだった。まさかこれほどの痛みに襲われるなんて、想像もしなかったわ。彼女は思わず声をあげて笑いそうになった。それなのにわたしったら、ロンドンまでずっと馬に乗っていきたいと、あれほど切望していたんだもの。

目を閉じ、痛みに耐えようとした。と、乗り手がバランスを崩したことを察した牝馬が鼻を鳴らし、頭をさっと振りあげ、左側に向きを変えた。

「ヴィクトリア、馬に注意を払え」

彼女は歯を食いしばり、牝馬を御した。昼食のために休憩したときに、乗馬はやめておけばよかった。でも、そのときは少し筋肉が張るだけで、これほど痛くなかったのだ。

昼下がりで、サマセット上空には青空が広がり、あたたかい陽射しが降りそそいでいた。

だがヴィクトリアには、この気持ちのいい日に日光浴を楽しむ余裕も、道路脇の草原が放つ甘い芳香を楽しむ余裕もなかった。しばらくするとひどい痙攣が起こり、激痛が走った。もうこれ以上、乗馬を続けることはできない。彼女はついに観念した。

「ラファエル」と、少し先を走る彼に声をかけた。ヴィクトリアの声を聞き、彼が馬をとめ、鞍に座ったまま振り返った。

「しばらく、馬車に乗ってもいいかしら」

彼はにやりと笑った。「お尻が痛くなったのかい？」

そうだったらいいのに。ヴィクトリアは彼の無礼な物言いに立腹することなく、そう考えた。「いいえ、ただ、ちょっと馬車に乗りたくなって」

彼の顔から笑みが消え、心配そうな表情が浮かんだ。なんだか、ようすがおかしいぞ。声も震えているようだ。

そう考えた彼は単刀直入に尋ねた。「用を足したいの？」

「いいえ」

「ふうん、じゃあ、なぜ馬車に乗りたいんだ？　ロンドンまでずっと馬に乗っていきたいと、あれほど言っていたじゃないか。やっぱり、お尻がひりひりしてきたんだな？」

さすがの彼女も、こんどは差しだされた藁《わら》にすがりつくだけの機転をきかせた。「ええ、ひりひりするの。こんなに長い距離を、こんなに速く走ったことがなかったんですもの」

そう言われても、ラファエルは彼女の観察を続けた。顔が蒼白だし、目つきもどこかおかしい。

「お願い」

「いいだろう」彼は馬の向きを変え、馬車がカーブを曲がり、ふたりに追いつくのを待った。ヴィクトリアはほっとした。ラファエルがこちらをじろじろ見るのをやめたからだ。痛みに耐えながら、そろそろと、彼女は牝馬の背中からすべるように降りた。地面に立つと、馬のたてがみにしがみつき、左脚がくずおれないことを願った。

「馬にキスしてるのかい？」

「キスするのは朝だけよ。いまは汗臭くて」

「やめておいたほうがいい。トム、こっちにきてくれ。われらがレディが馬車に乗りたいそうだ」

「了解」と、トムが声をあげた。「ご自分で牝馬を引かれますかね？　それとも、馬車のうしろに結わえますかね？」

「馬車のうしろがいいだろう」

彼女が立っているところから馬車まではそれほど距離はなく、ほんの数歩というところだった。転んで恥をかかないよう、なんとか六歩進めばすむことだ。トムが馬車のドアをあけてくれた。ヴィクトリアはドアに目をやり、それからラファエルを見た。ありがたいことに、彼は馬車の後方に長いリードで牝馬を結わえようとしており、こちらに注意を向けていない。

彼女はドアのところまで必死で歩いたが、最後に左脚から力が抜け、思わずあえいだ。

「お嬢さん？　どうかなさいましたか？」

「大丈夫よ、トム。ありがとう」

信じられないというように鼻を鳴らすと、トムが彼女を無造作に馬車に乗せた。

ヴィクトリアはやわらかいクッションに身を沈め、脚を伸ばした。責め苦を受けた筋肉に思わず指を伸ばし、さすりはじめた。

と、戸口のところに、ラファエルの顔が急にあらわれた。「大丈夫？」

「ええ、大丈夫」と、彼女は言った。「出発しましょう。日没まで、まだ何時間かあるもの」

眉をひそめたまま、彼がうなずいた。「よろしい」

彼が牡馬のほうに颯爽と歩いていき、優雅に鞍にまたがった。あんなふうにのびのびと動ければいいのに。自分の弱さを人に見られはしないかとおびえたり、おそろしい痛みを感じたりせず、好きなように動ければいいのに。

そう思うと、彼女はこわばった筋肉をまたほぐしはじめた。

あと三日だ。あと三日の辛抱で、この馬車ともお別れできる。また乗馬をしようと思うほど、彼女は馬鹿ではなかった。でも、午前中だけなら乗れるかもしれない。そうよ、昼食の休憩までなら脚がもつかもしれない。

なぜ彼女が毎日、午前中だけ牝馬に乗るのだろうとふしぎに思いはしたものの、ラファエルは何も言わなかった。結局のところ、彼女もまた淑女であり、淑女は男の忍耐力をもちあわせていないのだから。そして夕食時になると、ヴィクトリアは彼の冒険談を熱心に聞きたがった。そこで彼は、これまでに訪問した場所や自分がしてきたことについて、毎晩、話して聞かせた。それに祖父母やいとこ、叔父や叔母など、スペインに暮らす大勢の親戚たちのことも説明した。アメリカという国がとてつもなく広いことや、ボストンの商人と捕鯨船からヴァージニアの農園主と膨大な数の奴隷まで、さまざまな人間のさまざまな暮らしぶりを話して聞かせた。それに地中海とそこに浮かぶジブラルタルの岩、不用心な船をいまだに餌食にしている北アフリカの海賊たちの話もした。ジャマイカのこと、そこに暮らすバレット家やパルマー家のこと、サトウキビ農園の経営法などについても説明した。そうやって話を続けていると、ラファエルはいつも彼女より先に疲れてしまうのだった。

「もう充分だ」と、彼が変わりばえのしない言葉で話を終えると、彼女は変わりばえのしない返事の代わりに残念そうにため息をついた。彼女はこれまで、こんなふうに親しく人と話したことがなかったのだろうか？　それほど、孤独だったのだろうか？　ありうる、と彼は考えた。義理のいとこがおいしそうなご馳走であるのにダミアンが気づくまで、だれからも顧みられなかったに違いない。

ヴィクトリアも馬鹿ではなく、しばらくすると、彼が詳しく話して聞かせるところは、イギリスの兵士たちがナポレオン軍と戦ったあたりであるのに気がついた。どう考えても、彼は一介の商船の船長ではない。そう見当をつけたものの、それについては触れないことにした。もしかすると、彼はまだ極秘任務にあたっているのかもしれない。うるさく詮索しようものなら、もう無害な冒険談を聞かせてくれなくなってしまうと、ヴィクトリアは自戒した。

旅の最後の夜は、ベイシングですごした。宿のそばで拳闘の試合がおこなわれていたにもかかわらず、ラファエルは首尾よく個室の食堂を確保した。食事を始めるとすぐに、いつもよりずっとヴィクトリアの口数が少ないことに気づいた。

「怖いんだろう?」しばらくすると、彼女にワインのおかわりをつぎながら、ラファエルが尋ねた。

「少し」と、彼女はしぶしぶと認めた。「それに、わくわくしているの。だって、ロンドンに行くのは初めてなんですもの。でも、レディ・ルシアがご不在だったらどうするの? わたしのことをお気に召さなかったら? あなたのことが気にいらないかもしれないわ」

「心配するな。さあ、ラムをお食べ。おいしそうだ」

彼女は少ししか食べなかった。そこでラファエルは、自分の従者を務めており、いまはシーウィッチ号の修理に立ちあっているセイヴァリーと出会ったいきさつを話して聞かせることにした。「出会ったとき、やつはまだ十四歳だった。当時のあだ名はフラッシュ。いまでもそう呼ばれているがね。掏摸を始めてから八年間、ロンドン一の腕だったそうだ。本人の説明によれば、閃光《フラッシュ》のごとくすばやく財布を抜きとるから、フラッシュという異名がついたとか」

「あら、お尋ね者だったのね」

「まあ、そう言えるかな。たしかに腕はいいが、ぼくにはかなわない。やつがぼくの外套のポケットから財布をくすねようとしたとき、たまたま、ぼくがくしゃみをしてね。首根っこを押さえたときのやつの顔が、忘れられないよ」

その懐かしい思い出に、彼はにっこりと微笑んだ。ヴィクトリアはといえば、身を乗りだし、夢中になって話に聞きいっている。「その彼を、どうして従者にしたの？」

「話をもちかけたんだ。三カ月間、ぼくの従者になってみないか、とね。ただし、本人が従者の仕事が気にいらなければ、二十ポンドを支払い、ロンドンの街にふたたび野放しにするつもりだった。ところが、やつは従者の仕事が気にいった。いまではぼくのよき友であり、ありがたいことに、腕のいい船乗りでもある。やつが足を洗ったのは、ぼくの人格に惚《ほ》れこんだからじゃなく、海の仕事が気にいったからだろう。もう二度と航海にでるつもりはないと言ったら、ぼくのもとを去るかもしれないな」

「またロンドンの腕利きフラッシュに戻るつもりかしら？」

「そうならないことを願うよ。じつはね、トム・メリフィールドをコーンウォールに送り返したら、ロンドンにフラッシュを呼びよせるつもりだ。ロンドンでもきちんと法を守れるかどうか、最終試験を課すというところさ」

ロンドン近郊の町にさしかかったところで、雨が降りはじめた。だがヴィクトリアはすっかり興奮しており、馬車のなかにおさまろうとしなかった。彼女が胸を躍らせるようすを見ているうちに、ふぬけのような笑みが浮かんだものの、ラファエルは断固としてゆずらなかった。「きみに風邪をひいてほしくないし、ずぶ濡れのネズミみたいなきみをレディ・ルシアにお目にかけたくない」

そう言うと、ラファエルは彼女を馬車に乗せた。そして自分は襟を立て、帽子を目深にかぶった。

グローヴナー・スクエアに到着し、ずぶ濡れになって掃除をしている少年に番地を尋ね、レディ・ルシアのタウンハウスの邸宅の門構えを目にすると、ラファエルは自分の判断に自信をなくした。レディ・ルシアが不在だったらどうしよう？　ライアンの話とは違い、自分のことを鼻であしらい、門前払いにするような婦人だったら？　彼は悪態をついた。まったく、ヴィクトリアの不安がうつってしまった。

「立派なお宅ね、ラファエル」

「馬車に残っていてくれ。ぼくが、まずレディ・ルシアと話をしてくる。どこにも行くなよ、ヴィクトリア」

「大丈夫、泥んこ遊びなんてしないから」と、背後からヴィクトリアの声が聞こえた。

玄関のドアをノックすると、堂々とした高齢の執事が姿を見せ、威厳たっぷりの声で応じた。「サー?」

ラファエルは名乗り、レディ・ルシアにお目にかかりたいと用件を伝えた。

「いま、タッチングをなさっておいでで、中断なさりたくないそうでございます」

「タッチング? やれやれ、そりゃまたいったいなんのことだい?」

執事のディディエがわずかに身をかがめた。「レース編みのことでございます。レディ・ルシアはタッチングを忌《い》み嫌っておいでですが、罪を贖《あがな》うための苦行だとお考えでして」そこまで言うと、初対面の人間に正直に話しすぎたことに気づき、ディディエは顔をしかめ、つけくわえた。「お名刺をお預かりしましょうか?」

「いや、けっこう。では奥さまに、新たな苦行を進呈しに参上した者がいると伝えてくれ。奥さまがこれまでどんな罪を犯されたにせよ、あそこの馬車のなかに充分すぎるほどの苦行がお待ちしています、とね」そう言うと、彼はヴィクトリアの顔のほうを指し示した。「緊急の用件だ。ほら、あのご婦人の鼻が雨に濡れているのがわかるだろう?」

ディディエはじっくりと考えた。奥さまは、ここのところ、元気がないごようすだった。フッカム貸本屋からとりよせた怪奇小説を一週間で読破してしまったご自分を責め、延々と退屈なレース編みを続けていらっしゃる。雪の積もる冬までレース編みをとっておかれてはいかがでしょうと提案したものの、奥さまは顔をしかめ、口出ししたいのならコックの料理に文句を言いなさいとおっしゃり、とりあってくださらなかったのだ。

そこに、新たな苦行が登場したとは。ディディエは霧雨のなか目を凝らし、馬車のなかの淑女の顔を確認した。

「わかりました、サー。どうぞ、おはいりください」

レディ・ルシアは、退屈しきっていた。それに、偉そうに進言してくるディディエにも頭にきていた。おまけに手元のレース編みは、どこから見てもスカーフには見えない。ライアンとダイアナはまだ西インド諸島から戻ってこないが、ロザミア伯爵夫妻と、伯爵の父親であるシャンドス侯爵は、じきにロンドンにお越しになる予定だ。ああ、そうすれば、この退屈な日々からも、がみがみとうるさいディディエからも、このうんざりするレース編みからも解放される。

ディディエが部屋の入口に姿を見せると、彼女は顔をしかめた。「もう勘弁して、ディディエ。いまは、あなたの小言を聞きたい気分じゃないの」

「新たな苦行が到着いたしました、奥さま」

「なんですって？　いったい、なんの話？　あなた、とうとう耄碌《もうろく》しちゃったのね。まあ、そろそろだと覚悟はしていたけれど」

「いえ、そうではございません。ラファエル・カーステアズ船長と名乗る若い紳士がお見えになりました。もうひとり、若いご婦人も、すぐそばにおいでになります」

「やっぱり、わけがわからないわ」そう言いながらも、ルシアは顔を輝かせた。「船長ですって、ディディエ？　なんの船長なのかしら？」

「ご経歴まではわかりかねます、奥さま。現在の所属先も」

「あなたはいっぱしの学者気取りね。どうぞ、案内してさしあげて」

厚地の黒い外套をブーツの足元のあたりでひるがえしながら、凛々《りり》しい若者が颯爽と客間にはいってくると、ルシアは大きく目を見ひらいた。だいぶ雨に濡れている――でも、無理もないわね。霧雨が降りはじめてから、もう何時間もたつのだから。彼女はレース編みを手早く椅子のクッションの下に押しこみ、立ちあがった。

なんて美しい瞳だろう。淡い銀灰色だわ。豊かな黒髪も見とれるほど。彼の姿を見れば、ご高齢のアッカーソン夫人でさえ、きっと心臓の鼓動が速くなるわね。

いっぽうラファエルは、目の前の誇り高き老婦人をじっと眺めた。背筋をぴんと伸ばし、鋭い眼光を放つその姿は、おそろしい威圧感を漂わせている。「はじめまして、ラファエル・カーステアズと申します、奥さま。御目文字《おめもじ》かない、光栄です。ライアンとダイアナの結婚式を執りおこなった者です」

ルシアは顔色ひとつ変えなかった。「ということは、あなた、教区牧師でいらっしゃる？」

信じられないという思いと失望をにじませたその声に、ラファエルはにっこりと笑った。

「いいえ、奥さま。わたしはシーウィッチ号の船長です。ダイアナとライアンを西インド諸島まで乗せてまいりました。あなたのお話は、かねがね、ライアンからうかがっております。自分が窮地に追いこまれたとき、守ってくれるのは、ほかでもないあなたであると。そして、わたしはいま窮地に立たされており、お力を拝借したいのです」

「ディディエ、全部聞いていたんでしょう？　カーステアズ船長にブランデーをおもちして」

「馬車においでの苦行のほうは、どういたしましょう、奥さま？」

ラファエルが声をあげて笑った。「それが、わたしを窮地に追いこんだ当人なのです、奥さま。名前はヴィクトリア・アバーマール。うら若い婦人ですが、彼女の世話をお願いできる心当たりがロンドンにいないもので」

「ミス・アバーマールをご案内して、ディディエ。カーステアズ船長の馬と馬車の世話もお願い」

「まず、奥さま、ブランデーをおもちいたします」

ラファエルがあわてて身支度をすませると、レディ・ルシアがすぐにブランデーを用意してくれた。さて、どの程度まで状況を説明すべきだろうと、彼は思案した。そして、おおまかな経緯だけをざっと話すことにした。だが、不幸な日々を送っていたヴィクトリアがいとこの家から逃げだしたこと、自分はそのヴィクトリアと初対面であったにもかかわらず、密輸業者の手から彼女を救い、一緒にロンドンに連れてきたという説明を終えると、あまりにも省略した話の内容に、われながら情けなくなった。

「どう考えても、話はそれだけじゃなさそうね」と、ルシアが穏やかな口調で言った。「でも、いまのところは、それでよしとしましょう。あら、わたしの苦行がお見えになったわ。ミス・アバーマール？　こっちにいらっしゃい、お嬢さん。お顔を拝見させて」

ヴィクトリアがたじろいだ。そしてごくりと唾を呑み、三歩、前進した。「はじめまして、奥さま」彼女が膝をかがめて会釈をすると、そのしとやかな物腰に、ルシアが満足そうにうなずいた。

「もっと近くにいらっしゃい、お嬢さん。べつに食べやしないから。ヴィクトリアとおっしゃったわね？　いいお名前だわ、ちょっと堅苦しくて古風だけれど、いいお名前。それで、ご両親のお名前は？」

「サー・ロジャー・アバーマールとレディ・ベアトリスです、奥さま」

「サセックスにアバーマールという家があるわ。ご親戚？」

「いいえ、奥さま。両親はドーセットに暮らしておりました。コーンウォールに暮らすいとこのほかに、親戚はおりません」

「ああ、そう、わかったわ。おかけなさい、お嬢さん。ちょっと元気をだすものが必要ね。

ディディエ、マデイラ（ポルトガルのマデイラ島産の酒精強化ワイン）を用意してちょうだい。まったくもう、あの役立たずはどこ？」

仰天して目を丸くしたヴィクトリアに、ラファエルはにっこりと微笑んでみせた。

「あなた、美人だわ」と、出し抜けにルシアが言った。「顔と同じくらい、性格もいいんでしょうね」

「彼女の性格がいいことは、わたしが保証します、奥さま」と、ラファエルが言った。「申しあげましたように、ここまでずっと付き添ってまいりましたから」

「若いお嬢さんと旅をするなんて、無作法なことよ。まあ、いまさらそんなことを言っても遅いけれど。ふうむ」

ディディエがまた姿を見せた。そして、その無表情な顔を少しなごませた。奥さまがすっかり興奮しており、新たな冒険に繰りだそうと胸を躍らせているようすを見てとったのだ。このカーステアズという若者は正直そうだし、こちらの若いご婦人は……だいぶ旅でお疲れのようだが、それでも……。「紅茶とケーキをすぐにご用意いたします」とだけ言い、ディディエが客間をでていった。

「あら、いやだ」と、レディ・ルシアが言った。「もっとマデイラをもってきてほしかったのに、さっさとでていっちゃったわ」

「紅茶で充分です。わたし、お腹がぺこぺこなので……」と、ヴィクトリアが言いかけ、あわてて口をつぐみ、レディ・ルシアの顔色をうかがった。

真実を教えてもらうわよ、なにもかも、いますぐに。そう考え、レディ・ルシアは満足した。この娘ときたら、ダイアナ・サヴァロルと同じくらいずる賢いわ。いいえ、と彼女は考えなおし、大きな笑みを浮かべた。サヴァロルじゃない。いまはセイント・リーヴェン伯爵夫人だったわね。彼女は両手をこすりあわせた。なにもいますぐ、詮索する必要はない。カーステアズ船長は水中の小石のようになめらかに淀みなく話す。だからあまりボロをださないだろう。でも、この娘は違う……。そう考えると、待ちきれなくなった。それに、男前のカーステアズ船長は既婚者ではないようだ。

紅茶とおいしいレモンケーキとともに、あたりさわりのない話をしたあと、ルシアがふいに言った。「カーステアズ船長、あなたは夕食にここに戻っていらっしゃい。八時よ。いいわね、遅刻しないこと。ミス・アバーマール、だいぶお疲れがとれたようだし、もう部屋におあがりなさい」

ラファエルは、おびえきったようなヴィクトリアの顔を見て思わず笑いそうになったが、懸命にこらえ、うなずき、レディ・ルシアの手をとった。「ありがとうございます、奥さま。感謝いたします」

そして客間をでると、ディディエに小声で尋ねた。「どこかに部屋を借りたい。おすすめはあるかい？」

一時間後、ラファエルはコートニー街に首尾よく部屋を借りることができた。レディ・ルシアのタウンハウスから徒歩で十五分ほどのところだった。

いっぽうヴィクトリアはといえば、美しい寝室に目を見張っていた。「ああ」と、ルシアが言った。「紹介するわ、グランバーよ。彼女はね、わたしの要望になんでも応じてくれるの。無口だし、レモンを食べたあとみたいに、いつも口をすぼめているけれど、気にしないでね。悪い人じゃないから。グランバー、こちらはミス・アバーマール」

「こんにちは、グランバー」

「お嬢さま」

「さあ、グランバー」と、ルシアが言った。「ミス・アバーマールのお召し物には目をつぶってちょうだい。その女学生みたいなモスリンのドレスは、すぐにどうにかしますからね。とにかく、ゆっくりお休みなさい。夕食のために着替える頃合いを見計らって、あとでグランバーがきてくれますから」

ルシアがドアのほうに歩きはじめたが、ふと足をとめ、振り返った。「ところで、あの船長さんは結婚なさってるの？」

「いいえ、奥さま。まだ海から陸に上がっていらしたばかりだと思います」

「このままずっと陸にいらっしゃるといいけれど」と、ルシアが言った。「ゆっくりお休みなさい」

その命令とともに、ヴィクトリアはようやく解放された。彼女は寝室の真ん中に立ち、予想もしなかった運命の展開についてぼんやりと考えた。「大丈夫」と、だれもいない寝室で声をあげた。「ダミアンや密輸業者のビショップより悪人であるはずがないもの」

彼女は靴を脱ぎ、居心地のいいベッドの上でのびのびと横になった。そしてあっという間に、深い眠りに落ちていった。


一流の策士であるルシアは、ヴィクトリアの寝室にドレスをもっていった。すると、浴槽の湯が跳ねる音が聞こえ、にっこりと微笑んだ。軽くノックし、ドアをあけ、部屋にはいった。

レディ・ルシアの姿を見ると、ヴィクトリアが息を呑んだ。

「まあ、奥さま!」

「溺れないでよ、お嬢さん。わたしはカーステアズ船長じゃないんですから、かまわないでしょ。身体を洗ったら、姪のダイアナ・サヴァロルが置いていったドレスをお召しなさい。カーステアズ船長からダイアナのことを聞いてるかしら?」

降伏を認めたヴィクトリアが抵抗をあきらめ、左の膝に入浴用の海綿をあてながら、こくんとうなずいた。

「はい、奥さま」

ルシアは、浴槽の端からのぞいている華奢《きゃしゃ》な肩に目をやった。「あなた、胸は大きいほう?」

さすがにヴィクトリアも我慢できなくなり、声をあげて笑った。「あまり豊満とは言えないかと、奥さま」

「それは残念。ダイアナはね、甥のライアンがよろこんで言いたがっていたけれど、それは豊かな胸の持ち主なの。だから、このドレスは、あなたにはぶかぶかかもしれない。でも、大丈夫よ。あした、あなたのドレスを買いにいきましょ」

「でも、奥さま、まだわたしのことを何もご存じないのに」

「その問題は、あっという間に解決するわ。そうでしょ? もちろん、あなたが解決してくれるのよね。じきにディディエが、まあ、機嫌がよければあなたに漏らすでしょうけれど、あなたはね、わたしが喉から手がでるほど欲しかった娯楽を提供してくれたのよ。さあ、そろそろ浴槽から上がりなさい。わたしはでていきますから。グランバー! こっちにきて、手伝ってあげて」

だがヴィクトリアは、手伝っていただく必要はありません、とグランバーに断言した。

「でも、御髪《おぐし》が、お嬢さま」と、グランバーが言った。その不満そうな声は、髪を整えるのが必須であることを、ヴィクトリアに伝えていた。

「わかったわ、グランバー。三十分ほどしたら、きていただける?」

その数分後、グランバーが「妙じゃありませんか」と、ルシアに訴えた。「ミス・アバーマールがちゃんとした淑女だと、ほんとうにお思いで？　たしかに話し方は礼儀正しいですけど、身支度を手伝ってほしくないとおっしゃったんですよ」

「妙よね、あなたの言うとおりだわ。さあ、真珠のネックレスをつけてちょうだい。ありがとう。きっと、あの娘は慎み深いだけなんでしょう。謎解きってわくわくするわね。そう思わない、グランバー？」

「ごほん」と、グランバーが気むずかしそうに咳払いをした。

「ものごとはね、核心を突かなくちゃ駄目なの。そんなしかめっ面をしてると、牛乳が固まるわよ」

ヴィクトリア・アバーマールがまがうことなき美女であることがわかっても、ルシアはそれほど驚かなかった。襟元の詰まったあの黄色いシルクのドレスは、たしかに十六歳の少女向けだったけれど、あれはもう着ずにすむ。彼女は炉棚の置時計をちらりと見やった。カーステアズ船長が到着するまで、まだあと三十分はある。それだけ時間があれば、充分だ。

「お掛けなさい、ヴィクトリア」

ヴィクトリアが腰を下ろした。

「さてと、お嬢さん、わたしのことを信じてくれるわね？」

「もちろんです、奥さま」

「よかった。じゃあ、カーステアズ船長と出会ったいきさつを教えて」

ヴィクトリアが舌を噛んだ。

「釘を刺しておくけれど、幼馴染《おさななじみ》だとか、遠い親戚だとか、そんな言い逃れは許しませんよ。ほんとうのところがわからないのなら、あなたの力にはなれないわ。さあ、話しなさい、いい娘だから」

こうした電光石火の攻撃にはまったく慣れていないヴィクトリアは、泣き言を並べることなく、素直に降参した。

「船長を見たとき、どこかで見たような顔だと思ったのよ」二十分後、ヴィクトリアが長い説明を終え、口をつぐむと、開口一番、ルシアがそう言った。「お父上のことは存じあげていたわ。先代のドラゴ男爵ね。二枚目だったわ。強靭な人で、セビリアへの旅の途中で貴族の女性と結婚する前には、ずいぶん浮名を流したはずよ。でも、双子を授かったという話は知らなかったわ」

「申しあげたように、奥さま、ラファエルは双子のお兄さんのダミアンとは、性格がまったく違うんです。ラファエルはいい人で、やさしいですから」

なるほど、とルシアは考えた。弟が紳士らしい行動をとり、おまけにおそろしいほどの二枚目だとしたら、兄のほうはどんな行動を起こすのだろう？

そのとき、ディディエが部屋の入口に姿を見せた。「カーステアズ船長がお見えです、奥さま」

ヴィクトリアは目を丸くしてラファエルを眺めた。漆黒の夜会服姿の彼は、やはり漆黒の髪にきちんとブラシをあてており、顎からは頬髭が消えていた。彼は染《し》みひとつなく完ぺきで、力強く、息を呑むほど壮麗だった。そのうえあまりにもダミアンに似ており、彼女はその場で凍りついた。

ルシアも船長の全身を眺め、眼福に預かったが、さすがに年の功で、すぐに理性を取り戻した。「ようこそ、船長、時間どおりね。殿方はやっぱり時間を守らなくちゃ」

「奥さま」と、ラファエルが気後れせずに言い、静脈の浮きでた手の甲にキスをした。

「ヴィクトリア、長い道中のあとにしては、ずいぶんきれいじゃないか」

「こんばんは」と、彼女は挨拶をし、うっかり口をすべらせた。「グランバーが髪を結ってくれたの」

「ああ、見事な腕前だ」そう言うと、ラファエルがにっこりと笑い、白い歯を見せた。「さあ、ヴィクトリア、立ちあがってお辞儀をするとか、淑女らしく礼儀を守ってくれないか。そうしてくれれば、きみの手にもキスをするから」

ヴィクトリアはそうした。彼女の手首にそっとキスをすると、ふいにラファエルの顔から笑みが消えた。彼女のなめらかな肌が震えているのがわかり、思わず目を見ひらいた。

ラファエルはヴィクトリアの顔をしばらくじっと眺めた。

「彼女を預かってくださいますか、奥さま?」と、彼は前口上抜きで、ルシアに切りだした。ヴィクトリアが不安そうにおびえているのを察し、返事を急かしたのである。

「そうするつもりですよ、船長」と、ルシアが応じた。おかげで、これから数週間は、レース編みをクッションの下に押しこんだままにしておけるだろう。それにフッカム貸本屋は、最高の顧客からの注文をしばらくあきらめるしかないだろう。

コースの最初の料理である、コックが腕によりをかけたニンジンのスープとヒラメの海老ソース添えを食べおえると、ラファエルが女主人をまっすぐに見つめ、口をひらいた。「今夜、ヴィクトリアはあなたになにもかも、説明したんでしょうね」

ニンジンのスープを飲んでいたヴィクトリアが息を詰めた。

「どうしてそんなふうに思われるの、船長?」

「お宅のワインセラーはすばらしいですな。理由ですか? 奥さまは、奥歯に物が挟まったような言い方はお好きではないでしょうから、はっきり申しあげます。ヴィクトリアは、いったん信用した相手のことなら、とことん信じる性格だからです」

「ええ、そうね。とにかく、あなた、その事務弁護士とやらに会いにいかないと。なんていう名前だったかしら?」

「ミスター・アブナー・ウェストオーヴァーです」と、ヴィクトリアが答えた。「でも、奥さま、わたしはひとりで会いにいくつもりです」

「いけません」

「駄目だ」

「わたし、もう子どもじゃありません」そう言うと、彼女がルシアとラファエルの顔を交互に見た。「おふたりとも、あんまりです」

「まあ、いい娘だから聞きなさい。でも、わたしが一緒にミスター・ウェストオーヴァーの事務所に行ってもかまわないのよ。でも、カーステアズ船長に同行していただくほうが、戦略として盤石《ばんじゃく》だわ」

「鋭い見解です、奥さま」と、ラファエルが目を輝かせながら言った。まったく、この老婦人ときたら、鋲《びょう》のように鋭い知性の持ち主だ。

「でも――」

「ヴィクトリア」と、ラファエルがあからさまに苛立ちを見せたが、ディディエの指図のもと、従僕のジョンが二番目の料理をだしはじめたので、口をつぐんだ。牛の腎臓のシチュー、羊の鞍下肉のロースト、豚の関節肉、マッシュド・ポテト、そして、おそらく肉団子であろうものがテーブルに並んだ。

「これはこれは」と、ラファエルは言った。「極楽にきたと胃袋が勘違いしそうだ」

ディディエが極上のボルドーをグラスについだ。

「カーステアズ船長がおよろこびだと、コックに伝えてちょうだい、ディディエ」

「かしこまりました」

三人が関節肉と腎臓を満足そうに食べおえると、ラファエルが口をひらいた。「さてと、ダミアンの話だ。彼がこのままコーンウォールでおとなしく好機を待つとは思えない。二十ポンドがなくなっているのに気づいたら、きみがあの手紙を見たことにも気づくだろう」

「きっと、大急ぎでロンドンに向かうでしょうね。あなたが相続すべき遺産を、彼が使いこんでいるとしたら、ぜったいにそうするわ。船長の推理どおりよ」

ヴィクトリアの顔色が、ナプキンと同じように真っ白になった。

「心配いらないわ。わたしと一緒にいれば安全ですからね。あなたがもう少し年をとっていないのが残念だけれど、それればかりは仕方がないもの」

「たとえ彼女が二十一歳でも、奥さま、それだけでは充分ではありません。父親の遺書になんと書いてあるのか、わかりませんから」

「そうね。ディディエ！　二十年前にしまっておいた、例のポートワインをもってきてちょうだい。そろそろ、飲み頃のはずよ。いいえ、船長、あなたにひとり占めにはさせないわ。わたしはね、父とポートワインを飲むのが大好きだったの。あなた方紳士ときたら、ポートワインを飲むのは淑女らしくないと女性に信じこませて、自分たちだけで飲もうとしてるんですから」

「奥さまにはかないません」

「こんなこともあろうかと、貯蔵室に何本か移しておきました、奥さま」

「ああ、よかった。おまえは気がきくわ、ディディエ」

「かたじけないことで、奥さま」

ディディエが部屋の入口で背を向け、ラファエルに小声で言った。「奥さまはロンドン随《ずい》一《いち》のワインセラーをおもちです、サー。じきにおわかりになるでしょうが」

「まあ、そう言えるかもしれないわね」そう言うと、ルシアが表情をやわらげた。「わたし、ときどき思うのよ。ディディエとわたしは似はじめているんじゃないかしらって。長年、一緒に暮らしていると、互いに似てくるって話を聞いたことがあるわ。おそろしいことに、考え方も似てくるそうよ」

「じゃあ、あなたもじきにフラッシュに似てくるのかしら、ラファエル？」

「生意気を言うな、ヴィクトリア」

「フラッシュ？　それはどなた？」

ヴィクトリアがくすくすと笑い、ラファエルが叱責するように彼女にかぶりを振ってみせた。「わたしの従者です、奥さま」

「以前は掏摸だったそうなんです、奥さま」

「あなた方といると退屈しないわ、ほんとうに。ああ、ポートワインがきたわ。さあ、ちょっと試してごらんなさい」

ラファエルは意見を述べることこそ差し控えたものの、ディディエがヴィクトリアのグラスに芳醇《ほうじゅん》なポートワインをつぎはじめると、さすがに顔をしかめずにはいられなかった。いっぽうディディエはといえば、落ち着き払い、こんどは彼女のグラスに水をつぎたしている。

船長ときたら、もうすっかり妻を溺愛する夫のような行動をとっているわね。そう考え、ルシアは嬉しくなった。これからの毎日を思うと、胸がはずむ。上等の怪奇小説より、こちらのほうがはるかにおもしろい。

その夜、紅茶を飲むと、ラファエルは辞去した。ただし帰り際に、ヴィクトリアにこう声をかけた。「あいにく、あしたは、事務弁護士の事務所には行けないんだ。話したと思うが、仕事の用があってね。延期できないんだよ」

「それほど急ぎの用件って、どんなことなのかしら?」

「ヴィクトリア、詮索するな」

彼女はそれでも追及を続けそうだったが、ルシアがあいだにはいり、ラファエルに言った。

「あすの夜、夕食にいらっしゃい。ヴィクトリアのことは心配無用よ。あしたは、婦人服の仕立屋のところに連れていきますから」

「すばらしい。それでは、おやすみなさい。奥さま、お力添えくださり、深謝いたします」

ルシアがにっこりと微笑んだ。「ええ、そうね、わたしの力添えあってのことよね。何から何まで」

「脅かさないでください」

「玄関までお送りするわ、ラファエル」と、彼の急ぎの用件についてまだ問いただそうとしながら、ヴィクトリアが言った。

「駄目だ、ヴィクトリア」玄関ドアのところまでくると、彼がきっぱりと言った。「口出しするな。いいね？」

「ええ、でも、気になって仕方がないの」

「そのようだね」

「その夜会服は、どこで手にいれたの？　あの小さな旅行鞄にははいってなかったでしょ」

「ディディエが情報の泉でね」そう言うと、ラファエルは彼女の頬にそっと触れた。「心配するな、ヴィクトリア。万事うまいく。約束するよ」

彼女はわずかに顔を横に向け、彼のてのひらに頬を預けた。「やさしいのね」

彼女を守ってやりたいという嵐のような激しい思いに襲われ、彼はやけどしたように彼女からさっと身を離した。

「おやすみ」そう言うと、あっという間に姿を消した。

ヴィクトリアは首をかしげ、ふしぎに思った。彼は、どうしてあんなにあわてて立ち去ったのかしら。レディ・ルシアと同様、長年の経験を積んできたディディエは、彼女にやさしく声をかけた。「さあ、ベッドでお休みください、お嬢さま。船長とは、またすぐにお会いになれますから」

当の船長はといえば、コートニー街に借りた部屋を目指し、できるだけ速く歩いていった。心配でならない事案のことなどすっかり忘れ、美女にあからさまな欲望を覚えた自分に憤然としていた。

6

浮気をしない男をひとり見つけるより、好色な山鳩を二十羽見つけるほうが簡単だ。
——シェイクスピア

「カーステアズ船長」そう言うと、ウォルトン卿がラファエルを出迎え、握手をした。「ずいぶん久しぶりだな。よくぞ、戻ってきた。きみのすばらしい働きに、政府に代わって礼を言うよ」

ラファエルはただうなずき、ウォルトン卿のマホガニーのデスクの前に置かれた座り心地のよさそうな革製の肘掛け椅子に腰を下ろした。そしてウォルトン卿の顔を見やり、老けたな、と考えた。頭には白髪が増え、頭頂のあたりが薄くなり、顔には気苦労による皺が増えている。だが瞳に宿る知性には、昔とかわらず畏怖の念を覚えた。モーガンが集めた情報について、ウォルトン卿が説明を終えるまで、ラファエルは口をつぐんでいた。そしてオフィスのなかを見まわし、一方の壁に集めて掛けられている競走馬の絵画に目を奪われた。

「あれは、ケイヴァリー・アラビアンだ」と、ウォルトン卿が言った。「最後の一頭は肩の強い鹿毛でね、うちの孫息子が名前をつけた。孫はまだ七歳だが、早くも競馬に夢中だよ」

「すばらしいですな、サー」と、ラファエルは応じはしたものの、競走馬に関する知識は皆無に近かった。

「ブランデーをどうだね？」

「いえ、そろそろ失礼いたします」と、彼は腰を浮かした。

「いや、船長、話はこれからだ。どうか、くつろいでくれ。長年のきみの功績に、イギリス国民を代表して礼を言いたい。もう役立たずですからなどと、自分を卑下するなよ。そんなことはないのだから。しかし、これで当面、身分をあざむき、潜伏したり、逃亡したりする任務を帯びることはなくなった。きみはこれから、故郷のコーンウォールに戻るつもりなんだろう？」

「ええ、そのとおりです。ご存じのように、わたしはドラゴ男爵の継承者ではありませんが、コーンウォールで所帯を構えるつもりです」

「モーガンも、そう書いてよこした」そう言うと、ウォルトン卿が間を置き、先を続けた。

「知っているだろうが、あのあたりにはまだ密輸業者がうろうろしている。それも、大勢いるそうだ。今後、爆発的に増えようものなら、全国的な組織になるおそれもある」

「たしかに、ビショップはまだ生きているようです」

「そう聞いている。だがね、いま、わたしが懸念しているのは密輸業者のことではない。もっと狡猾《こうかつ》で油断のならない、邪悪な連中がいるんだよ」

ラファエルは座ったまま身じろぎもせず、話の続きを待ち、ウォルトン卿が指先でこめかみを揉むようすを眺めた。

「この一団のなかにビショップはいない。だが、〈ザ・ラム〉と自称する男がいる」

ラファエルが声をあげて笑った。「ラム（去勢されていない牡羊、好色な男の意味がある）？　まったく、見栄っ張りのくだらん名前だ」

「同感だ。だが、この名前を覚えておいてくれ。船長、きみは〈ヘル《業》ファイア《火》・クラブ〉についてて耳にしたことがあるかね？」

「ええ、一七七〇年代から八〇年代に、活動していたそうですね。貴族の放蕩息子が集まり、不品行の限りを尽くし、堕落した遊びに耽っていた。たしか、新種の悪魔崇拝の一環とやらで、手あたり次第に処女を襲っていたとか」

「そのとおりだ。その〈ヘルファイア・クラブ〉が、コーンウォールで復活したんだよ。リーダーは、その〈ザ・ラム〉なる男だ。まだ小さな集団で、メンバーは十人に届かない程度らしい。前世紀のグループとは異なり、連中は、極悪非道な誘拐や悪魔崇拝のこじつけを避けている。そして、もっぱら若い処女の陵辱に精をだしている。正直に言うがね、船長、ベインブリッジ子爵のご令嬢が被害にあうまで、われわれはこの一団になんの関心ももっていなかったのだよ。ベインブリッジ子爵は、現内閣の実力者だ。そして、この件に激怒なさり、まともにものが考えられなくなっているほどだ。そこでわたしは、この件をきみに捜査してもらうと、子爵に約束したんだよ」

「子爵のご令嬢を？　よりにもよって、連中も間抜けなことをしたものだ」

「まったくだ。相手を間違えたとしか、考えられない。というのも、連中はご令嬢を違う名前で呼んでいたそうだ——マリーとかなんとか。そして、そのラムという男は、ご令嬢があらんかぎりの力で悲鳴をあげはじめると、薬を飲ませ、だまらせた。ご令嬢が意識を取り戻したときには、また衣服を着用しており、セント・オーステル近郊の彼女の叔母さんの家から四マイルほどのところにあるオークの木に、背中をもたせて座っていたそうだ」

「すると、そのご令嬢は、たまたま親戚の家を訪問していただけで、そのあたりでは顔も名前も知られていなかったんですね？」

「そのとおりだ。ご令嬢の説明によれば、このろくでなしの一団は、自分たちの役割を衣服で表現している——黒いローブと黒い頭巾だ。おまけに、凌辱する順番をくじで決めていたそうだ。そうしたルールをすべて守らせているのが、間違いなく〈ザ・ラム〉だ。この一団について、きみに調査を頼みたいのだ、船長。このラムという男の正体をあばいてほしい」

「つまり、その復活した〈ヘルファイア・クラブ〉とやらは、ほかの娘たちも凌辱してきたんですね？」

「ああ。わたしは部下をひとり、二カ月間、現地に送りこみ、聞きこみにあたらせた。すると、若い娘の処女の代金として、連中はたいてい父親にたっぷりと礼を支払っていたことがわかった。だから、被害者側から不満の声があがることはない」

「じつに胸の悪くなる話だ」

「ああ。残念ながら、その部下の調査で判明したのは、その程度のことだった。とはいえ、被害者の父親に連中が金を支払うという段取りはわかったし、こうした忌まわしい行為にいかにも手を染めそうな地元の若者たちの名前もわかった」

ラファエルが、初めてにやりとした。「そのリストに載っている若い男たちの名前には、いくつか、思いあたるふしがありますよ。だが肝心なのは、それを立証し、連中の悪行に終止符を打つことです」

「そのとおりだ。そして、地元出身の家柄のいい若者として、きみはあらゆる人間と接触し、話を聞けるはずだ。きみにこの件を担当してもらえると、非常にありがたい、船長。ラムという男の正体をあばき、わたしに知らせてくれ。かならずラムの名前をお教えしますと、べインブリッジ子爵に約束したんだよ。子爵は、やっと決闘し、殺すことを望んでいる。男には家族を守る権利がある。そして、それに失敗した場合は、家族を攻撃してきた相手に復讐する権利もあるはずだ」

「子爵のご令嬢から、じかに話をうかがうことは可能でしょうか?」

ウォルトン卿がきっぱりと首を振った。「事件以来、ご令嬢はずっと自分を恥じている。きみも含め、見知らぬ人間と話すことはできないし、自分の身に起こったことを話すのは不可能だ。情報はすべて、ご母堂から寄せられている」

「かわいそうに」と、ラファエルが言った。「どこに連れていかれたのか、覚えておいでしたか？」

「セント・オーステル近郊の家だそうだ。森林地帯のどこかだとか。ご令嬢は、叔母さんの犬を連れて散歩にでかけ、馬丁より前を進んでいて、誘拐された。犯人たちの顔はひとりも見ていないが、複数の声が聞こえたそうだ」

「ラムのほかに名前はわからないんですか？」

「わからないんだよ。ベインブリッジ子爵は、事件について二度と娘には話をさせないと断言している。無理もない。で、きみはこの件を引き受けてくれるかね、船長？」

「これまで、レイプにほかの犯罪がからんだ事件はなかったんですか？　殺人とか、強盗とか」

「わたしの知るかぎり、ない。連中がベインブリッジ子爵のご令嬢を誘拐するという間違いを犯さなければ、われわれはこの件に関わらなかっただろう。たしかに、父親が娘の処女を売るなどということは、唾棄すべき行為だ。だが法を犯しているわけではない。引き受けてくれるかね、船長？」

「もちろんです」と、ラファエルが言い、立ちあがった。彼はウォルトン卿と握手をかわし、こう言った。「モーガンも帰国するそうですね」

「ああ。気の毒に、奥方の容体が悪くなってね。危篤だそうだ」

「それは存じませんでした。モーガンとは、私生活について話したことがないので」

「モーガンは口の堅い、高い能力を持った男だ。だが、モーガンに関しては、われわれにできることはない。では船長、進捗状況を絶えず報告してくれるね？」

「了解しました」

　ふたりの男は友好的に別れた。ウォルトン卿は窓のほうに歩き、眼下の通りを眺めた。カーステアズは立派な若者だ。見事、ラムの正体をあばくことができれば、称号が与えられるかもしれない。カーステアズが颯爽と通りを渡っていくようすを、彼は眺めつづけた。長身で屈強、ご婦人がたがうっとりと見惚れる男。そういえば、と彼は思いだした。西インド諸島で、カーステアズが女スパイの正体をあばいたという報告を受けたことがあったな。報告書には、例の淡々とした感情をこめない調子で——文は人なり、だ——カーステアズとベッドを共にしているときに女スパイが秘密を洗いざらい漏らした、とモーガンが書いていた。だが、この〈ヘルファイア・クラブ〉の捜査に関しては、お得意の男の色気は通用しない。ウォルトン卿は、カーステアズの幸運を祈った。

　いっぽうラファエルはといえば、陸軍省の建物をでるや、足取りが軽くなり、疲れが吹き飛んだような気がしていた。その理由を深く考えることなく、彼はただ期待に胸を膨らませた。

レディ・ルシアの邸宅に戻り、客間に立っているヴィクトリアを見た瞬間、彼は期待を上まわる姿に呆気にとられた。なんということだろう。このうえなく美しい。当然のことながら新品のドレスは、完ぺきなまでに似合っている。水色のサテンのスリップの上にレースのフロックドレスをあわせており、胸元が大きくひらき、半袖の部分には小さい青いリボンがあしらわれている。スカートには金色のレースのひだ飾りがついており、もっと凝った青いリボンが添えられている。水色のサテンに映え、胸元が抜けるように白い。ろうそくの灯りのなか、髪は赤やこげ茶に輝き、三つ編みが頭のてっぺんで冠のように結わえられ、後れ毛がやさしく顔をふちどり、うなじに垂れている。彼女は優雅そのもので、どこから見ても、もう十六歳には見えなかった。

「ラファエル、お待ちしてたのよ」そう言うと、彼女はわざと膝を曲げてお辞儀をし、スカートの裾をひるがえし、くるりと回転した。「このドレスをお気に召して？　ルシアおばさまがね、仕立屋のご婦人に、いますぐデザインを変えなさいとおっしゃって、一歩も引かなかったの」彼女はそう言うと、笑い声をあげ、またくるりと回転した。「ルシアおばさまはね、そのご婦人にこう命令なさったの。そのずらりと並んだブドウの花と貝殻をすべてとりなさいって。でも、レースは素敵よね、そう思わない？」

「きれいだ」と、ようやく彼は言った。「うるさくなくて、ちょうどいい。貝殻がなくなってよかった」そう言うと、彼はルシアのほうに会釈をした。すると、老婦人があたたかく微笑んだ。彼女が考えていることを察し、ラファエルは姿勢を正した。

彼はそれ以上、ヴィクトリアのほうを見ないようにしながら、ルシアの隣に腰を下ろし、あまり興味のそそられない会話にくわわった。

「きょうは雨が降りませんでしたね」

「ええ、そうね、降らなかったわ。怪しい雲がいくつか見えたから、期待したけれど、降らなかった」

「さぞ、お疲れになったでしょう、奥さま」

「ドレスから貝殻をとらせるのに疲れただけよ」

すると、ヴィクトリアが傷ついた牝鹿のようにこちらをじっと見ていることに気づき、ラファエルは歯噛みをした。「ヴィクトリアは美しい」

「ええ、ほんとうに」

「ラファエル」と、我慢できなくなったヴィクトリアが尋ねた。「きょうは、何をなさってたの？」

「詮索するのはやめてくれ」と、彼はきっぱりと言った。「淑女はおとなしくしているものだ。騒がしいのはいただけない」

ヴィクトリアはじろじろと彼を眺めた。なんだか、ようすがおかしい。「どうかなさったの？　お仕事がうまくいかなかったの？　何かが頓挫《とんざ》しちゃったの？　うまくいかなくなることを、頓挫っていうのよね？」

彼は思わず微笑んだ。「いや、頓挫はしていない。とにかく、きみには話せないんだよ、ヴィクトリア。ほかの話題をさがしてくれ」

「そうね。あしたの午後、乗馬に連れていってくださる？　公園に。そうすればわたし、お洒落な人たちを観察できるもの。ルシアおばさまが、そうなさいっておっしゃるのよ」

「ルシアおばさま？」

「そう呼んでちょうだいって、わたしが頼んだのよ、船長」と、ルシアが言った。「さてと、ヴィクトリアのデビューの相談をしなくっちゃ」

「デビュー？　しかし、彼女がここでお世話になるのは、ほんの短期間です、奥さま。まさか――」

「ああ、ディディエ。夕食の支度はできた？」

「はい、奥さま。コックが腕によりをかけました。というのも、きょうの午後、コックが焼いていたスコーンの香りに誘われたミス・ヴィクトリアが、キッチンに忍びこまれたせいだと思われます。ご存じのように、コックはフランス人ですから」そう言うと、ディディエはラファエルに向かって続けた。「フランス人の例に漏れず、お世辞に弱いのです」

「お世辞を言ったわけじゃないわ、ディディエ。スコーンがおいしかったんですもの」

「肝心なのは結果ですから。さあ、ルイがわたしたちの快楽のために、どんなふうに腕をふるってくれたのか、お手並み拝見といきましょう」

コックのルイは、ラファエルの味蕾《みらい》をこれまでやさしく愛撫《あいぶ》したロブスターのパイ詰め《ヴォロヴァン》のなかでも、とびきりおいしいものを仕上げていた。ワインソースは繊細をきわめ、筆舌に尽くしがたいほどだった。そこでテーブルでの会話はもっぱらルイへの称賛に費やされた。三人は、カレイのア・ラ・クレーム、フランス産インゲン、骨をとりのぞき、ラードを足したライチョウとノウサギとマッシュルームのシチューを、思い思いに堪能した。従僕のジョンがアプリコットのブラマンジェを片づけると、ようやくルシアが深々と満足の吐息を漏らした。そして、ロザミア伯爵がロンドンに来る日が近づいていることに触れた。「ロザミア伯爵のことをご存じ、ラファエル？　つまり、フィリップ・ホークスベリーのことだけれど」

「ホークですか？」ラファエルが、心底、驚いたように言った。

「ご存じなのね？」

「ええ、よく知っています。ポルトガルで会いました。あれは……」そこまで言うと、うっかり口をすべらせてしまいそうになったことに気づき、ラファエルは言葉をとめた。興味津々という顔でこちらを見ているヴィクトリアに、彼はあわてて態勢を立て直した。「わたしが従軍していたときのことです」そう言うと、彼は話題を変えた。「ホークはもう退役したと聞きましたが」

「ええ、お兄さまが亡くなり、跡継ぎになられたの。いまは伯爵の務めを果たしておいでなのよ」

「もう、久しく会ってないなあ」と、ラファエルが言い、グラスのなかの繊細な白ワインを軽く揺すった。

「彼、結婚なさったわ」

「あのホークが、結婚? 信じられない。だって、彼はよく言っていましたから……いや、なんでもありません。お相手は、どんなご婦人で?」

「名前はフランシス。スコットランドの出身よ。活発で、愉快な女性なの。おふたりのお子さんに恵まれてる。男の子と女の子。いまは、フィリップのお父上も一緒に住んでいらっしゃるんじゃないかしら。ご存じでしょうけれど、お父上はシャンドス侯爵よ」

「フィリップって?」と、ヴィクトリアが尋ねた。

「彼はね、フィリップと呼ばれたり、ホークと呼ばれたりしているの。そういえば、あの件は忘れられないわ。フランシスとホークの元愛人が……ええと、この話は、まだ結婚前のヴィクトリアに聞かせちゃいけないわね」

ヴィクトリアが身を乗りだし、テーブルに両肘をつき、両手に顎を乗せると、早口で言った。「なんです、奥さま? お願いです、教えてください。元愛人? 何があったんです?」

「ヴィクトリア」と、ラファエルは、父親ゆずりの声で言った。「もう静かにしなさい」

「でも、ラファエル、彼の奥さまが愛人と何をなさったんだと思う?」

「元愛人よ」

「それでも、妙だわ。結婚したあとも、紳士がそんな関係を続けているのは、不適切に思えるけれど」そう言ったとたん、彼女がさっと視線を下げた。何を考えているのか、はっきりと顔にあらわれている。ラファエルは、ダミアンとその下劣な行為の記憶を彼女の頭から消してやりたくなった。

「世の中には、高潔ではない男もいる」そう言うと、ラファエルは考えた。それに、妻のなかには冷淡でよそよそしい女性もいる。だから夫は愛人のもとに走らざるをえなくなる。ラファエルは、ホークの奥方はどんな女性だろうと想像した。おまけに、ふたりも子どもがいるとは。やれやれ。そこまで考えて、ぎょっとした。この自分も、もう二十七歳だ。この五年間は、結婚して子どもをもつことなど、考えもしなかった。彼はヴィクトリアのほうを見た。そして、隠しきれない恐怖を覚えた。これも運命か。いや、よけいなことを考えるんじゃない、見苦しい真似をするな、と自分に言い聞かせた。ぼろを着た娘が美女に変身したせいで、一時《いっとき》、心を奪われているだけなのだから。

「ホークも、元愛人も、そんなことをする人たちじゃないわ」と、ルシアが言った。「ふたりとも、高潔よ」

「この話はこのくらいにしておきましょう、奥さま。ヴィクトリア、あしたの午前中、きみの事務弁護士に会いにいくよ。そして、きみがそうしたいのなら、午後は公園まで馬に乗っていこう。そうすれば、きみの新しい素敵なドレスを存分に見せびらかせる」

「それに、あなたのことも見せびらかせるわ」と、ヴィクトリアが言った。からかうような口調ではあったものの、その視線にはラファエルへの尊敬の念がこもっていた。

紅茶を飲みおえると、前夜と同様、ヴィクトリアが玄関まで彼を見送った。

「気をつけてね、ラファエル」

「気をつける？　きみの事務弁護士は凶暴なのかい？」

「わからない」と、彼女はおもむろに言った。「ただ、怖いの」

ラファエルはまた彼女の頬に指先で触れた。「怖がらなくていいんだよ、ヴィクトリア」


翌朝の十時きっかりに、ラファエルは、ミスター・アブナー・ウェストオーヴァーのオフィスに到着した。

オフィスにはいっていくと、黒い上着姿の事務員が視線を上げ、大きく目を見ひらいた。そして、直立不動の姿勢をとった。「これは閣下、またお見えくださるとは。何か間違いでもございましたでしょうか？」

ラファエルは口をひらこうとしたものの、慎重に考えた。あきらかに、この事務員は自分のことを兄と勘違いしている。ということは、ダミアンが大慌てでロンドンにやってきたのだろう。そして、一目散に事務弁護士のところに足を運んだ。とはいうものの、そんなに意外ではない。それどころか、勘違いしてくれるなら、こちらの計画を実行するうえで好都合だ。

「ミスター・ウェストオーヴァーはおいでかな」と、彼はくだけた口調で言った。

「はい、閣下。しばらくお待ちいただけますか」

ラファエルは、オフィスのなかを見わたした。部屋はかび臭く、小さな窓がいくつかあるだけだ。ヴィクトリアがひとりでここを訪ねた場合のことを想像し、彼はぞっとした。

「閣下、ようこそおいでくださいました。吉報をもっていらしたのでしょうね？」

「ミスター・ウェストオーヴァー」ラファエルはそう言うと、度がすぎる笑みを浮かべながらも、どこか不安そうな男に会釈した。

「あの若いご婦人、ミス・アバーマールの行方はまだわからないので？　身代金を要求してくるとは、じつに忌まわしい。もっと資金がご入り用でしょうか？」

ラファエルは全身に怒りの波が押し寄せるのを感じた。よもや、ダミアンがこれほど卑劣な手段に訴えるとは。まあ、ヴィクトリアを凌辱しようとした兄のことだ、これくらいの策謀では良心の呵責など感じないのだろう。ということは、兄はヴィクトリアの財産から相当な金を引きだしていたのだな。彼女の身代金が必要だなどと、よくもまあぬけぬけと、嘘八百を並べられたものだ。

「いや、もう資金は足りている」と、ラファエルは応じた。「教えてもらいたいんだよ――

もういちど――ミス・アバーマールが相続した財産の正確な金額を」

「しかし、あのご婦人は――」

「彼女は無事だった。わたしが救出した」少なくとも、それは真実だった。

「ああ、それはなによりです」と、ミスター・ウェストオーヴァーが言った。「それで、お尋ねになられたのは、相続財産の金額でしたね、閣下？　もう、よくご存じのはずですが――」

「何度もすまないね、ミスター・ウェストオーヴァー」

「とんでもない」と、アブナー・ウェストオーヴァーが応じたが、その声には依頼人のふるまいにたいする不審がにじんでいた。彼は興奮のあまり顎を震わせている事務員のほうをちらりと見やった。そして、出し抜けに言った。「わたしのオフィスにどうぞ、閣下」

威厳を見せろ。ラファエルは、ミスター・ウェストオーヴァーの斜め前に置かれた革張りの椅子に腰を下ろしながら、自分を叱咤《しった》した。そして肩幅の狭いウェストオーヴァーがデスクの上の山ほどのフォルダーに几帳面《きちょうめん》に目を通すようすを見守った。「ああ、ここにありました」

「読んでくれ」

ミスター・ウェストオーヴァーは、眼鏡を慎重に鼻に載せた。「申しあげましたように、閣下、わたくしは貴殿の、その、ミス・アバーマールの資産の運用に懸念をもっております。

というのも、基本財産に手をつけてはならないと明記されているからです――利子や投資から上がる収益があれば、彼女の生活費は充分にまかなえますから。しかしながら、ここ半年、閣下に書面でお知らせしましたように、わたしは懸念を深めてまいりました――」

「ミスター・ウェストオーヴァー」と、ラファエルは穏やかに話をさえぎった。「きみの心配はよくわかる。これ以上、基本財産には手をつけないよ。ミス・アバーマールの信託財産はいくらだ？」

男爵の突然の記憶喪失を妙に思ったとしても、ウェストオーヴァーはそれをおくびにもださなかった。「三万五千ポンドです、閣下。もちろん、身代金の要求のために、閣下が一万五千ポンドをお引きだしになるまでは、五万ポンド近くありましたが」

「なるほど」と、ラファエルは答えた。兄にたいする激しい怒りに襲われ、頭に血がのぼった。ヴィクトリアは女相続人として、遺産を相続していたのだ。だが、このままダミアンが後見人を務めつづけていたら、じきに彼女は一文無しになるだろう。

「ミス・アバーマールは、いつ、その財産を自分のものにできる？」

「二十五歳の誕生日を迎えるときか、結婚なさるときです」と、ミスター・ウェストオーヴァーが書類をいじりながら視線を上げずに答えた。「ただし、当然のことながら、彼女に求婚する紳士は、後見人であらせられる閣下の許可を得なければなりません」

ラファエルにはありありと想像できた。どんな紳士であろうと、どれほど立派な地位にある悪意のない紳士であろうと、ヴィクトリアとの結婚の承諾をダミアンから得ることはできないだろう。そう考えたラファエルは、もうこれ以上、詮索するのは無理だとあきらめた。兄がヴィクトリアの後見人になった経緯まで尋ねたら、さすがに妙に思われる。

「閣下、ミス・アバーマールをどうやって救出なさったのか、教えていただけますか？」

「ああ」と、ラファエルが言った。「彼女は密輸業者に誘拐されていたんだよ。救出自体は、それほどむずかしいことじゃなかった」べつに嘘を言っているわけではない、とラファエルは考えた。「じつはね、ミスター・ウェストオーヴァー、身代金として一万五千ポンドを払わずにすんだのだ。だから、いずれ、あの金はミス・アバーマールの信託財産に戻るはずだ」

「お見事です、閣下。閣下がまさかそんなことを……いえ……失礼いたしました。ですが、おかげさまで、これでわたしも気が楽になりました」

この男の言わんとしたことが、ラファエルにはよくわかった。ミスター・ウェストオーヴァーは正直者で、若い女性クライアントの相続遺産をダミアンが悪用していることに悩んでいたのだ。では、これからどうすればいい？　ラファエルは思案しながら立ちあがり、ミスター・ウェストオーヴァーと握手をし、辞去した。深く考えこんだまま通りを歩いていると、突然、男の呼び声が聞こえた。「やあ、奇遇だな。悪名高い海賊じゃないか」

ラファエルはさっと顔を上げた。ロザミア伯爵ことフィリップ・ホークスベリーが通りの向こうで手を振っている。

「ホーク」ラファエルはそう言うと、満面の笑みを浮かべた。ふたりは通りの真ん中で足をとめ、貸し馬車の御者の罵声を浴びながら、勢いよく握手をかわした。

「久しぶりだな」ホークが言い、ラファエルの背中を軽く叩いた。「ロンドンにはなんの用で？　宿はどこだい？」

ラファエルは応じた。「レディ・ルシアに会ってないのかい？」

ホークが仰天した表情を浮かべた。「ルシアおばさまのことを、なんで知ってるんだ？　ぼくは今回、フランシスと〈ホークスベリー・ハウス〉に滞在しているんだよ。おばさまとは今夜、夕食をとるつもりだ」

「話すと長くなるんだよ、ホーク。〈クリブズ・パーラー〉に行かないか？　腹いっぱいにしてやるよ」

ふたりの紳士は酒場の隅にテーブルを見つけ、エールを注文した。「奥方にお目にかかるのが待ち遠しいよ、ホーク。きみもとうとう鳥籠《とりかご》におさまったというわけか」

「そのとおり」と、ホークが気楽な口調で応じた。「さて、ラファエル、近況を聞かせてくれ。それに、ルシアおばさまとどうやって知りあったんだ？」

ラファエルは椅子に深く座りなおし、包み隠さず、すべてを話した。隠し事をする理由などない。そもそも、ホークはラファエルの極秘任務のこともすべて承知している。それに、ルシアの世話になっているヴィクトリアのことを説明せずにすませるわけにもいかない。双子の兄の破廉恥な行為の詳細をごまかすつもりもなかった。ホークは非常に聡明な男であり、ラファエルとしては、今後の対処法について知恵を拝借したいという気持ちのほうが強かった。「というわけで、きみに大声で呼ばれたとき、ぼくはちょうどヴィクトリアの事務弁護士のオフィスからでてきたところだったというわけさ。そしていま、こうして友と腰を下ろしている」

「じつにおもしろいぞ、ラファエル。そういえば、きみはいつだって、ぼくを退屈な状況から救いだしてくれたっけ。それはいまも変わらないというわけだ。で、いまきみは、ルシアおばさまに、その若いご婦人の世話をしてもらっている。たしかに、兄上の件は無念だよ。それにしても――あのライアンが結婚したって？　きみの近況を消化するだけでも大変なのに、とても話についていけないよ。もちろんフランシスもぼくも、ダイアナには会ったことがある」

ふたりで三杯目のエールのマグに口をつけはじめると、ラファエルが正直に打ち明けた。

「きみの助言が欲しいんだ、ホーク。ぼくは、兄が卑劣な男だという証拠をつかんだ。それに、なんとしてもヴィクトリアの身を守らなくてはならない」

「そのお嬢さんのこと、どう思ってるんだ？」

ラファエルはマグのなかのエールをじっと見つめた。金茶色の液体が渦を巻いている。彼は物思いに耽りながら、ホークに向かってというより、自分自身に向かってつぶやいた。

「とても愛らしい女性で、知性がある。おびえて当然という状況に置かれていても、勇敢だし、強い。つまり、彼女は称賛に値する立派な女性だ。そして、かわいらしい」

「ほお」

「なんだよ、ホーク」

「彼女と結婚しろ」

ラファエルは呆気にとられてホークのほうを向いた。その額に〝運命〟という文字が浮かんでいるのを見たとしても、これほど驚きはしなかっただろう。「そうだな」と、彼はおもむろに言った。「それしか方法はない。自分でもわかっていたような気がする。きみから声をかけられる五分ほど前には」

「結婚相手のことを知る機会があったんだから、まだましだ」と、ホークが言った。「ぼくの場合とは大違いさ。フランシスが妙な変装をしていたのを思いだすと、いまだにぞっとするよ。きみも、きっとフランシスのことが気にいるさ。じつに勇ましい女性でね」

「ロンドンには、お子さんも連れてきたのかい？」

「いや。アレクサンドラはまだ幼いし、チャールズときたら、旅行用の四輪馬車に乗るとかならず酔うのでね。結婚すると、いろいろあるものさ。そうだ、うちの父にも会ってくれよ。ああ、それがいい、ラファエル。きみが窮地に立たされていることを知ったら、父は口を挟まずにはいられないだろう。策士家だからね」

「ルシアおばさまと同様、おそろしく頭の回転が速いわけか」

「あのふたりが額を突きあわせたら、ナポレオンでさえロシアにあたふたと退散するね」

「そういえば、レディ・ルシアが昨夜、フランシスときみの元愛人が協力して、危機一髪の状況を打破した話を聞かせてくれたよ。ヴィクトリアがそれは聞きいっていた」

「あのふたりときたら、ぼくを襲ったんだぜ。フランシスにはみぞおちを殴られたし。ああ、あのときはほんとうに参ったよ」

思い出話にしばし花が咲いた。「しまった」と、ラファエルが出し抜けに言った。「そういえば、ヴィクトリアを公園まで乗馬に連れていくと約束していたんだ」

「そうか。じゃあ、今夜、また会おう。フランシスを連れていくよ。なあ、ラファエル」

「なんだい？」

「そのかわいいお嬢さんの面倒をしっかり見るんだぞ」

「ああ、しっかりと見るよ」そう応じたものの、ダミアンがロンドンにいたという事実が気になって仕方なかった。たしかに、彼女がどこにだれといるのか、ダミアンに知る術はない。ましてや、冒険好きの双子の弟が帰国していることなど、兄に知られるはずもないのだが。

ラファエルはまったくの上の空だった。話し相手としては、失格ね。そう考えながら、ヴィクトリアは上目づかいに彼のほうを見た。公園には、想像していたよりもずっと多くの紳士や淑女がいた。とはいえ、ラファエルの知人はいなかったので、乗馬をしながらの散歩を邪魔されることはなかった。

「ランドー馬車に気をつけて、ヴィクトリア」

そう言われ、ヴィクトリアは思わず、彼の牡馬のほうに自分の牝馬を近づけた。彼はただうなずき、また物思いに耽りはじめた。

「わたしの新しい乗馬服は気にいった？」

「ああ」

「帽子は？　青いビロードにあうように、羽根を染めてあるのよ。ほら、ロイヤルブルーに」

「素敵だ」

「ブーツはね、最高級のスペイン産の革」

「いいね」

「それに、シュミーズにはレースがついてるの」

「ああ、いい……なんだって？」

「もう、ラファエルったら、ぼんやりするのもいい加減にして。あなたの隠し事にはうんざりだわ。わたし、もう子どもじゃないのよ。ミスター・ウェストオーヴァーと会ったときの話を聞かせてちょうだい。わたしは女相続人なの?」

「ダミアンが陰謀を続けていれば、違う」

「どういう意味?」

「あのね、ヴィクトリア、きみは何も知らないほうがいい――」

「ラファエル、この件の中心にいるのは、わたしなのよ。あなたが何も教えてくれないのなら、わたし、自分でミスター・ウェストオーヴァーのところに行って話を聞いてくるわ」

彼の顎の筋肉がぴくりと動くのがわかった。彼は、命令に簡単に応じる男性ではない。最後通牒を突きつけたところで、それは変わらないのだ。彼女はうっとりとラファエルの顔に見いった。午後の陽射しのなかでは銀色のように見える灰色の美しい瞳。その目をすがめ、彼がこちらを見た。「いいか、お嬢さん、ぼくの言うとおりにするんだ。わかったね?」

彼女はにっこりと微笑んだ。「いいえ、わからない。だって、わたし、頭の悪いお馬鹿さんだから、なんにもわからない」

「ヴィクトリア……まったく、そんなふうに馬鹿にして笑うのはやめてくれ。ぼくは、ただ、きみを守ろうと――」

「わかってる。紳士にとって女性を守ることって、女性に目隠しをすることを意味するんでしょ。でも、わたしは、放っておけば溶けちゃう氷の塊じゃないのよ、ラファエル」

だが彼は、ダミアンがロンドンにいるのを彼女に教えるつもりはなかった。もう二度と、彼女の瞳に恐怖の色が浮かぶのを見たくはない。

「きみの言いたいことはわかった」と、彼はついに言った。「だが、マナーを守れと小うるさいご婦人みたいに、押しつけがましい真似はやめてくれ。とにかくぼくが万事、手を打ってある。だからもう口出しするな。さあ、もう充分に上流社会を見物しただろう、気がすんだね？」そう言うと、ラファエルは彼女に返事をする隙も与えず、手袋をはめた手で彼女の牝馬の臀部《でんぶ》をぴしゃりと叩いた。

微笑むのをやめ、ヴィクトリアは彼の後ろ姿を見ながら顔をしかめた。彼はわたしを守っているのかしら？　まあ、ようすを見るしかなさそうね。

夕食のテーブルでの笑い声に、ヴィクトリアはすべてを忘れた。ダミアンのことも、つのりつつあるラファエルへの怒りも、彼が騎士気取りで自分に接することも、なにもかも。

ロザミア伯爵夫人ことフランシス・ホークスベリーは愉快な女性で、人を惹《ひ》きつける魅力があり、これまでヴィクトリアが会った女性のなかでいちばんの美女だった。ホーク、いえフィリップ――彼のことをなんと呼べばいいのか、彼女はまだ自信がもてなかった――は、ラファエルと雰囲気がよく似ていた。長身でたくましい身体と黒髪の持ち主ではあるが、瞳は銀色がかった灰色ではなく、まばゆいばかりの緑色だ。

にぎやかな食事の時間が続き、ルシアのワインセラーから上等なワインがひっきりなしに運ばれた。

ふいに、ラファエルが彼女に言った。「飲みすぎじゃないか、ヴィクトリア。レモネードか何かあるかい、ディディエ?」

ひどいわ。グラス一杯のワインをゆっくりと飲んでいるだけなのに……。「レモネードを飲むべきなのは、あなたのほうよ、ラファエル。それでもう三杯目でしょう?」

「ぼくは男で、きみよりずっと酒に慣れて――」

「そういう、うんざりするような不快な台詞を、わたしも何度か聞かされてきたわ」と、フランシスが口を挟んだ。「ラファエル、いいじゃないの。ヴィクトリアは二歳十カ月の幼児じゃないのよ」

「ありがとう、フランシス。だがね、よき船長は命令をくだすのが好きなのさ」

「残念だが、友よ、潔く負けを認めるか、荷物をまとめて帰れ」と、ホークが言った。「フランシス、愛する人、攻撃の矛先を、どこかほかのところに向けてくれないか? やれやれ、ここに父がいてくれればなあ」

「どうしてだい?」と、ラファエルが尋ねた。

「父はね、風向きが怪しくなると、さっと話題を変えるコツを心得ているんだよ。威厳を損ねることなく、まったく関係のない話題にもっていくのがうまい」

「あのね、ヴィクトリア、べつにきみが酩酊《めいてい》寸前だと言ってるわけじゃない。だけど、まだワインに慣れてないだろう?」

そのとおりだったが、まともに返事をするつもりはなかった。そこでヴィクトリアは「一日に一本以上は飲まないようにしているわ」と応じた。「体調がよくてもね」

「そういうことなら」と、ルシアがお得意の威厳たっぷりの口調で言った。「わたしが和解案を提案しましょう。ディディエ、グラスにワインを半分、ソーダ水を半分、ついであげて。これで双方、文句なしね?」

ラファエルがぶつぶつと不平を言った。ヴィクトリアが彼を一瞥し、口をひらいた。「よき船長がいまにも卒中を起こしそうなので、和解案に応じますわ」

ラファエルが彼女にゆがんだ笑みを見せた。

「お見事」と、フランシスが言った。「それじゃ、大食と会話を再開しましょう。なんておいしいサーロインビーフでしょう、ルシアおばさま。ヴィクトリア、あなた、競馬はお好き?」

「ええ、はい」そう言うと、ヴィクトリアは座ったまま身を乗りだし、臓物入りスープをすくったスプーンを、小鉢と口元のあいだでとめた。「でも、競馬観戦に行ったことはないんです。子どもの頃、一度、両親がイングランド南部のイーストボーンのあたりまで猫のレースの見物に連れていってくれたことはありますけど。とっても楽しかったわ」

猫のレースを見物したことがないのは、フランシスだけだった。彼女はにっこりと微笑み、ヴィクトリアに言った。「わたし、猫レースを見にいくことにするわ。だからあなたは、十一月にニューマーケットにいらしてね。フライング・デイヴィーが出走するの。勝つわ、ぜったいに」

その後もずっと競馬の話題が続き、紳士がたとポートワインをテーブルに残し、淑女たちは先に席を立った。するとヴィクトリアが驚いたことに、ルシアもポートワインを控えた。

「お客さまの前では、控えることにしているの」と、ルシアがヴィクトリアの胸のうちを読んだかのように言った。「慣習には従わないと。フランシス、あなた、ヴィクトリアを二階に連れてあがって、髪を直してあげてくださる？　三つ編みがほつれてるわ、ヴィクトリア」

「わたしたちがふたりきりでお喋りできるよう、気をつかってくださったのよ」と、ヴィクトリアと一緒に階段を上がりながら、フランシスが言った。「ルシアおばさまは毎晩、晩酌を欠かさないそうよ。でも、あれほど魅力的で興味深いご婦人にはお目にかかったことがないわ。ルシアおばさまはね、わたしの命の恩人なの」

「そうなんですか？　いつの話です？」

フランシスが微笑んだ。「わたし、お産であやうく命を落としかけたの。そうしたら、ルシアおばさまがやぶ医者を追いだして、わたしと娘を救ってくれたの。わたし、彼女のためならなんだってするわ」

ヴィクトリアがその話についてあれこれ想像していると、フランシスが笑いを帯びた口調で続けた。「それにね、ルシアおばさまは妊婦への接し方についてもホークに進言してくださったの。そうしたらホークったら、もう二度と、きみのベッドで一緒に寝たりしないと誓ったの」彼女は首を振り、愛情をこめて言った。「馬鹿な人ね」

「それで、ご主人はそうなさったの？」

フランシスがにっこりと笑った。「ルシアおばさまはね、わたしを妊娠させない方法まで彼に伝授したの。もちろん、それはもっとあとの話だけれど。彼、すっかり夢中になってた」

「そうなんですか」と、よくわからないと言った口調で、ヴィクトリアが言った。

「あらやだ、こんなこと、あなたに話すべきじゃなかったわね」

ヴィクトリアが鏡台の前に座ると、フランシスが彼女の背後に立ち、ほつれた三つ編みを直しはじめた。「ご心配なさっておいででしょうね。わたしがルシアおばさまを利用しているんじゃないかと」と、ヴィクトリアが言った。

「全然。ルシアおばさまがあなたを受けいれたのなら、いえ、もちろんそうに決まっているけれど、あなたのことを信頼するわ。でもね、ヴィクトリア、あなたが女相続人だとかいう話は、いったいどうなっているの？　ホークときたら、あまり説明してくれないんですもの」

ヴィクトリアが不満そうに目をすがめた。「ラファエルも――あんなに頑固な人には会ったことがありません――なにひとつ、教えてくれないんです。ひどいと思いませんか、フランシス？　彼ったら、わたしのこと、まるで萎《しお》れたバラの花みたいに扱うんです。残酷な真実を伝えようものなら、花びらを全部落としてしまうとでもいうように」

フランシスがふと手をとめた。さきほどまで、室内には夜明け直後の陽射しが届いていたが、もう、すっかり日が昇ったのだろう。そして、彼女はこう考えた。最愛の夫はあきらかに、もっと事情を知っている。それなのに、わたしには教えてくれない。厳しく意見しなくっちゃ。

「カーステアズ船長は、とても素敵な男性ね」そう穏やかに言うと、フランシスは三つ編みを編むのを再開したが、頭のなかではさまざまな可能性を模索していた。「ホークは、彼のこと、心から尊敬しているわ」

ヴィクトリアがため息をついた。「おっしゃるとおりです。ラファエルはいい人ですし、尊敬すべき人です。たまたま彼と出会わなければ、わたし、どうなっていたことか。考えるだけでぞっとします。彼には大きな恩があるんです」

フランシスは三つ編みを仕上げた。「さあ、できた」そう言うと、彼女は立ちあがったヴィクトリアを抱きしめた。「なにもかもうまくいくわ。きっと」

「ええ、ありがとう、フランシス。でも、わたし、自分で行動を起こしてみるつもりです。

あした、事務弁護士のところに行ってみます。事務弁護士はラファエルみたいに独裁者よろしく、わたしにあれこれ指図しないでしょうから」

周囲で次々と事件が起こっているというのに、ヴィクトリアがただじっと座り、編み物をしている女性ではないことが、フランシスにはわかった。「よければ、事務弁護士のところに、わたしもご一緒するわ」

「ご主人さまにも、ラファエルにも、このことは内緒にしていただけます？」

「ええ、言わないわ。あのふたりだって、秘密をわたしたちに教えてくれないんだもの。さあ、下に行きましょう。あなた、歌を歌ってくださる？　じゃなきゃ、ピアノを弾いてくださらない？」

7

果物を手にしたければ、まず木に登らねばならない。
――トマス・フラー

その日の朝は陰鬱で湿気が多く、空気も重たく、寒かった。だが、ヴィクトリアはそんなことは気にかけず、決意を新たにしていた。なんとしても、ミスター・ウェストオーヴァーにひとりで会いにいかなくては。そして自分の相続財産について教えてもらい、計画を練らなくては。いずれにしろ、ルシアおばさまのご好意にいつまでも甘えているわけにはいかないもの。そう考えると、彼女は古ぼけた貸し馬車のひびわれた革のクッションに背を預け、顔をしかめた。これ以上、ラファエルの気まぐれにつきあってはいられない――わたしのことを、子ども扱いするなんて。もっとたちの悪いことに、鈍感きわまりない娘みたいに扱うことだってある。

若い婦人がひとりきりで中心部に向かおうとしているのは妙だと考えたとしても、そんなことはおくびにもださず、貸し馬車の御者はただ車道に唾を吐き、音をたてた。ヴィクトリアは、それを了解の合図と解釈した。とはいえ、ダービー街に近づくにつれ、ひとりできたことを後悔はしないまでも、手提げ袋のなかのハンカチにくるんである四ポンドのことが心配になってきた。周囲の喧騒《けんそう》は大変なものだった。貸し馬車の窓からは、いたるところに行商人の姿が見える。どの行商人も大声を張りあげているのは、冷気と霧雨から逃れようと幅の広いふちどりのある黒い帽子を目深にかぶり、着古した黒い上着姿の男たちをひとりでも客にしようと商売に励んでいるからだろう。ヴィクトリアがしっかりと手提げ袋を脇に抱えている理由は、ほかにもあった。路地のあちこちに前かがみで立っている男たちが、通りすぎる貸し馬車を値踏みするように冷たい表情で眺めているからだ。それは、なんとも気が滅入る光景だった。レモン色の綾織りの新しい外出着とお揃いのレモン色の短い外套を着ている自分が、まるでカラスに囲まれた派手なオウムさながら、異国からきた人種のように思えた。

御者はことあるごとに悪態をつき、行く手をさえぎる頑固者に罵声を浴びせた。往来が激しく、道路は四輪の大荷馬車や貸し馬車、巨大なエールの樽を満載した荷馬車などでごったがえしている。

たしかに、わたしはこんな大都会で暮らしたことはないけれど、だからといって、田舎者丸出しのようにふるまってはいけないわ。だって、これは冒険なんだもの。萎縮しちゃ駄目よ、と彼女は自分に言い聞かせた。臭いのきつい背もたれに身を縮ませるのはやめよう。だって、じきに、フランシスがご自分の四輪馬車で駆けつけてくれるはずだし、そうすれば、ふたりで一緒に笑ったり、お喋りしたりできるんだもの。きっと、こんなに警戒していた自分のことが馬鹿らしく思えるわ。

貸し馬車が、間口の狭い建物の前でとまった。いかにもこのあたりに暮らしている人間のような顔で、現金を握りしめていたヴィクトリアは、あわてて馬車から降りると、御者に代金を支払った。

「外でお待ちしてやしょうか、お嬢さん？」

「いいえ、けっこうよ。友人がきてくれるはずだから」

御者は長いあいだ彼女をじっと見つめてから、肩をすくめ、疲れきったようすの馬を前進させた。

少し前に、霧雨がやんでいた。ヴィクトリアは立ったまま、あたりをうかがった。わたしが知っている世界とは、なにもかもが違う。と、数人の男が好奇心をむきだしにしてこちらを見ていることに気づき、使命を思いだした。彼女は足元の水たまりから慎重にスカートの裾をもちあげ、事務弁護士のオフィスへと低い階段をのぼっていった。

雨に濡れているにもかかわらず、優雅な婦人の姿を見ると、事務員が傍《はた》から見てわかるほど、はっと息を呑んだ。そして呆気にとられ、手にしていた書類を数枚、落とした。

「ミスター・ウェストオーヴァーにお目にかかりたいんですが」と、ルシアがよろこびそうな尊大な口調で、ヴィクトリアが言った。「ミス・ヴィクトリア・アバーマールがうかがったとお伝えいただけますか」

「はあ……ええ、まあ……あなたさまがその、いえ、なんと申しますか――」ルシアお得意の人を威圧する顔つきを真似て、ヴィクトリアは鼻に皺を寄せてみた。「お待ちしておりますと、お伝えください」

「は、はい、お嬢さま、しばしお待ちを」

予期せぬ訪問者の声を聞き、あわてふためいたミスター・ウェストオーヴァーがオフィスから飛びだしてきた。「ミス・アバーマール？」

彼女はうなずき、彼に微笑み、その先を待った。

「ご無事で、ほんとうになによりでした、お嬢さま。ドラゴ卿はどちらです？　ご一緒では？」

ここは慎重をきわめなければ、とヴィクトリアは考えた。用心に用心を重ねないと。「ドラゴ卿？」

「ええ。きのう、こちらにお見えになり、誘拐犯からあなたさまを救ったとおっしゃいました。大変な思いをされましたな、ミス・アバーマール。それでも男爵さまが……ええと、これでなにもかも、一件落着というわけで？」

ラファエルがダミアンのふりをしたのだろうか？　なんて機転がきくのだろう。きっと、望みの情報をすべて入手したに違いない。でも、誘拐犯って？　なんの話だろう？　ラファエルが作り話をしたのなら、わたしも話をあわさなくちゃ。

「ええ、一件落着です、ミスター・ウェストオーヴァー。ただ、相続財産について確認したいことがありまして、こうしてうかがいましたの」

ミスター・ウェストオーヴァーがびっくり仰天したようすで、彼女を見つめた。「これはめずらしいことで。若いご婦人が、こんなところまでおひとりでいらっしゃるとは……」

彼女はさっと話をさえぎった。「男爵さまが、そろそろいいだろうとおっしゃってくださったんです。わたしの相続財産をしっかりと管理してくださっている紳士にお目にかかる頃合いだと。それはわたしのお金なのだから、いろいろな条項を知っておくべきだと、男爵さまがそうおっしゃいましたの。そうは思われませんか、サー?」

「男爵さまがおっしゃった……ええ、それはたしかに吉報ですな。異例のことです、たしかに異例のことではありますが、それでしたら、お話をうかがいましょう」

ヴィクトリアは輝くような笑みを浮かべた。「ありがとう」そう言うと、彼の横を通りすぎ、天井の高いオフィスにはいっていった。長年、閉じられたままの窓と革とインクが醸《かも》しだす香りが心地いい。彼がデスクの前の革の椅子からハンカチで埃を払うのを待ってから、彼女は腰を下ろした。

「失礼ながら、ミス・アバーマール、こうしたご訪問は、あまり感心いたしません。しかしながら、せっかくお越しくださったことですし——」彼はそこまで言うと、目の前のおんぼろ椅子から彼女がてこでも動かぬ気であることを見てとった。「――あなたのご訪問を男爵さまがお認めになったのなら、相続財産の概要をお伝えいたしましょう」

彼は何度も間を置き、ヴィクトリアに非難がましい視線を投げかけつつ、説明を続けた。彼とて馬鹿ではない。そうしているうちに、徐々に状況が呑みこめてきた。そもそもあの男爵が、事務弁護士に会いにいけなどと、被後見人のお嬢さんにおっしゃるはずがない。闘鶏《とうけい》見物のほうがまだ真実味がある。

「二十五歳」そう繰り返すと、ヴィクトリアは落胆した。二十五歳になるまで、自分のお金を好きなように使えないなんて。わたしはこの十二月に、ようやく十九歳になるのだから、まだまだ先の話だ。ミスター・ウェストオーヴァーは慎重に言葉を選んで説明していたものの、ダミアンが彼女のお金を勝手に使っていることは明白だった。

「ええ、二十五歳になるまでです、ミス・アバーマール。あるいは、申しあげたとおり、あなたが結婚なさるまで」と、ミスター・ウェストオーヴァーが言った

結婚するまで。

「結婚にも後見人の許可が必要なんですね？」と、彼女は尋ねた。だからダミアンは、デヴィッド・エスターブリッジに嘘をついたのかしら？　わたしのお金を好きなように使える夫など、邪魔者でしかなかったのかしら？

「当然です。ええ、そのはずですが、きのう男爵さまにお目にかかり、お話をうかがいまし

た。お嬢さまの資産が勝手に処分される懸念はもうなくなったかと存じます」

たしかに、もう懸念はない。この哀れなだまされやすい男の人にそう請けあってみせたのは、ラファエルだったのだから。では、ダミアンはどこにいるのだろう?

彼女は立ちあがり、手を差しだした。ミスター・ウェストオーヴァーは、その手袋をはめた小さな手を驚いてしばらく見つめたあと、握手をかわした。そして、あんぐりと口をあけている事務員のことなどおかまいなしに外にでていくヴィクトリアの後ろ姿を見送った。

雨はすっかりあがり、垂れこめた灰色の雲の切れ間から太陽も顔をだしている。ヴィクトリアは低い階段の上に立ち、フランシスの馬車をさがした。みすぼらしい身なりの数人の男たちがクリスマスのガチョウ料理でも見るようにこちらをじろじろと眺めていることに気づき、不安になってきた。フランシスはどこ? と、二頭立て二輪馬車が近づいてきたので、ほっと大きな吐息を漏らした。そして、驚いて目をしばたたいた。脈が速まるのがわかる。それはラファエルだった。

「ラファエル」ヴィクトリアは、彼に向かって大きく手を振った。せいぜい怒らせてあげよう。知りたかったことはわかったのだから。いまさら怒ったところであとの祭りよ。まあ、少しは怒るだろうけれど、それ以上おそろしい事態にはならないはず。

二頭立て二輪馬車が彼女の横にすっととまり、ヴィクトリアは彼の顔を見あげた。

「これはこれは、ヴィクトリア、こんなところで再会するとは。どうやら、ミスター・ウェストオーヴァーの居所を突きとめたようだな」

なんだか妙な口調だった。怒っているというより、ほっと胸を撫でおろしているみたい。

「ひとりで会いにいくって言ったでしょ？　なんにも教えてくれないあなたが悪いのよ。フランシスに頼まれて、わたしを追いかけてきたの？」

「フランシス？　いや、ミスター・ウェストオーヴァーに会いにきたんだよ、また、ひとりでね。だが、きみを見つけたから、愛しい人、もうそれでいい」

「そう。あなた、怒っていないのね？」

「怒るだって？　それどころか、ヴィクトリア、じつに嬉しいよ」

そう言うと、彼が優雅に二頭立て二輪馬車から飛びおりた。服装はこざっぱりしており、ヘシアンブーツがつやつやと光沢を放っている。「おいで、いい子だから」と、彼が手を差しだした。「冒険のあとにしては、ひどい恰好をしていないね。それどころか、新しいドレスを着てるじゃないか？　よく似合うよ」

ヴィクトリアは彼のほうに首をかしげ、あやふやな笑みを浮かべた。「ルシアおばさまのところに戻るの？」

「ルシア？　いや、まさか。しばらく、きみとふたりきりですごしたい」

その瞬間、ヴィクトリアは気づいた。目の前にいるのは、ラファエルではない。そういえば、肌が日焼けしていない。それに、ほかにもどこかが違う。はっきり言いあらわせないけれど、どこかが違う。彼女は目を大きく見ひらき、とっさに身を引いた。

「おいで、ヴィクトリア」

むんずと腕をつかまれた。「ダミアン」そうつぶやいたものの、おそろしさのあまり、まともにものを考えられない。

「ああ、小さなお馬鹿さん。ありがたいことに、すっぽりとこの手に落ちてくれた。弟と間違えたんだろう？　どんなふうにしてラファエルと出会ったのか、あとでじっくりと聞かせてもらうよ。弟がロンドンにいて、きみを従えていると聞き、どれほど肝をつぶしたか」

周囲には男たちがたくさんいた。ヴィクトリアは悲鳴をあげようと口をひらいたが、ダミアンに口をさっと覆われ、馬車のほうに容赦なく引っ張られた。

彼女は必死で抵抗を始めた。裾のすぼまったスカートのなかで可能なかぎり足を蹴りだし、両腕を大きく振りまわし、彼の顔を引っ掻こうとした。が、想像していたよりも、彼はずっと手強かった。彼女は息を荒らげ、なんとかして彼から身を離し、助けを求めようとした。男たちがこちらを眺めているのはわかったが、支援の手を差しだそうと動きを起こす者はいない。

ダミアンにウエストをいっそう強く押さえられ、彼女はあえぐように息をした。

ふいに、この世でいちばんありがたい声が聞こえた。

「ヴィクトリア！　まあ、なんてこと」

フランシスだ。と、驚いたダミアンが腕の力を弱めたので、彼女は口元から彼の手を引きはがし、叫んだ。

「助けて、フランシス！　助けて」

フランシスは躊躇しなかった。四輪馬車から優雅に飛びおり、「マレンズ」と、声をかけた。「ピストルをだして、お願い」そして落ち着いたようすで、おどおどした御者の手からピストルを受けとった。

ダミアンは、自分の二頭立て二輪馬車にヴィクトリアを力ずくで乗せようとしたが、座席が地面よりだいぶ高い位置にあり、難儀《なんぎ》した。

「彼女を放しなさい」フランシスが言い、彼に銃口を向けた。「あなた、ラファエル・カーステアズではなく、ドラゴ男爵のようね。彼女を放しなさい。さもないと、撃つわよ」

ダミアンは激しい怒りに襲われ、苛立ちのあまり、思わず暴力をふるいたくなった。そして、いまいましい銃をかまえている女のほうを見て、叫んだ。「そんな真似をしたら、このあばずれを撃つぞ」

「いいえ、わたしは射撃の名手ですもの。片耳がなくなれば、あなたも凄《すご》みをきかせられていいんじゃない？　そうすれば、これからはヴィクトリアも、ひと目で弟さんのほうじゃないってわかるわ。さあ、あと一秒よ、男爵」

勝ち目はないと察したダミアンがヴィクトリアを突きとばした。彼女はそのまま、泥だらけの側溝にぶざまにつんのめった。すぐに、彼は二頭立て二輪馬車に乗りこみ、あわてて立ち去った。「また会おう、ヴィクトリア」という声だけを残して。

フランシスがかすかに微笑み、マレンズにピストルを返した。「ヴィクトリア、大丈夫？さあ、わたしの手をとって。ずぶ濡れのうえに、泥んこになっちゃったわね。怪我はない？もう大丈夫よ。もっと早くこられなくて、ほんとうにごめんなさい」

ヴィクトリアは必死の形相で深呼吸をした。そして、フランシスのとめどないお喋りを聞いているうちに気持ちが落ち着いてきた。「ありがとう、フランシス」そう言うと、立ちあがり、ぼんやりと考えた。周囲の男たちはみな、なにやら小声で話しながら遠巻きに眺めているだけだった。だれひとり、助けようとはしてくれなかった！「わたし、馬鹿だったわ」と、彼女はぽつりと言った。「彼のこと、ラファエルだと思ったの」

「わかるわ。わたしも、最初はそう思ったもの」四輪馬車に乗ろうとするヴィクトリアに手を貸しながら、フランシスがくすくすと笑った。「あのよき船長ったら、いったい何をしでかして、あなたをこれほど怒らせたのか、想像もつかないわ。まあ、あなたも船長を怒らせたんでしょうけれど」

フランシスはヴィクトリアを四輪馬車に押しあげ、まったく動こうとしないマレンズに言った。「レディ・ルシアのお宅までお願い。さあ、マレンズ、もう問題はすべて解決したわ。だから、そんなしかめ面をしないで。それに、この話は、旦那さまには内緒にしてね。

でも、その苦虫を嚙みつぶしたような顔からすると、いずれにしろ報告するつもりでしょ」

四輪馬車が音をたてて前進を続けた。フランシスは、ヴィクトリアの蒼白な顔を見やった。

「彼の鼻を、少し引っ掻いてやったはずよ。お見事だったわ」

「ええ」ヴィクトリアはのろのろと言った。「わたし、頑張ったわよね？」

両方の淑女にとって残念なことに、ルシアのタウンハウスではラファエルが待ちかまえていた。

ディディエが落ち着き払った声で、その知らせをふたりに伝えた。

「このまま、すぐ二階に上がりましょう」と、フランシスがヴィクトリアに囁いた。「なにも、進んで攻撃の的になることはないわ」

「急いで、フランシス」

だが、目論見《もくろみ》は外れた。物音を聞きつけたラファエルが客間から飛びだしてきたのだ。そして、ずぶ濡れで泥だらけのヴィクトリアを目にした。初めて出会ったときのように、ぼろを着た少年のような恰好で、やはり薄汚く汚れているフランシスにしがみついている。

「どういうことだ」

「おはようございます、船長」と、フランシスが平然と言った。「しばらくお待ちいただけます？　着替えて下りてまいりますわ」

「そのほうがよさそうだ。で、ヴィクトリア、何があった？」

そのとき、ラファエルはヴィクトリアの目を見た。そして恐怖の色を読みとり、驚いた。ああ、いったい、何があった？

フランシスはヴィクトリアから手を離し、目をきらきらと輝かせながら、なりゆきを見守った。さあ、これから何が起こるのかしら？　すると、ラファエルがつかつかと歩いてきて、ヴィクトリアの腕をつかんだ。「何があった？　言うんだ」

「ダミアンだったの」そう言うと、ヴィクトリアが彼の背中に両腕をまわし、肩に顔を埋めた。「あなただと思ったの。でもね、彼は全然、日焼けしていなかった。ほかにもどこか違うところがあったけれど、どこが違うのか、よくわからなくて。ダミアンに、彼の二頭立て二輪馬車に無理やり乗せられそうになったの。まわりには男の人がたくさんいたけれど、だれひとり、助けてくれようとはしなかった。そうしたら、すんでのところで、フランシスがきてくださったの」そう言うと、ヴィクトリアは顔を上げ、笑みを浮かべようとした。「フランシスに元愛人の助けを借りる必要があったなんて、信じられないわ」

「あら、あのときは必要だったのよ」と、フランシスが軽い口調で言った。「その話は寒い冬の夜にでも、またゆっくり聞かせてあげるわ」

「フランシスはね、わたしから手を離さないと耳を撃ち落とすわよって、彼を脅したの」

だが、ラファエルはちっとも愉快そうな顔をしなかった。「事務弁護士のオフィスに行ったんだな？　そして、そこにダミアンもやってきたんだな？」

「ええ、オフィスの外に。わたしはもうミスター・ウェストオーヴァーと話を終えていた。わたしの相続財産の条項を教えてもらったわ」

ラファエルは彼女を揺さぶってやりたくなると同時に、強く抱きしめたくなった。このジレンマにどう対処すればいいのかわからず、仕方なく妥協し、荒々しい声で言うに留めた。「もう充分に教訓を学んだはずだ、ヴィクトリア。これからは、ぼくの言うとおりにしろ。わかったか?」

彼女が身をこわばらせるのがわかったが、腕を放そうとはしなかった。そして彼女の頭越しに、フランシスに声をかけた。「ありがとう。さあ、きみはだ、ヴィクトリア、二階に上がって風呂にはいれ。風邪をひくといけない」そう言うと、フランシスもまた薄汚れ、雨に濡れた風情であるのを、遅まきながら思いだした。

フランシスは自分がどれほど疲れているかよくわかっており、こう言った。「わたしのことは心配しないで、ラファエル。〈ホークスベリー・ハウス〉に自分の馬車で戻るから。ヴィクトリア、またあとで会いましょう。大丈夫?」

ヴィクトリアがうなずいた。

彼女はまだラファエルに抱き寄せられたままだった。彼のぬくもり、力強さが伝わってくる。どうして彼は、双子の兄とこうも違うのだろう? そう考えていると、背後でディディエがそっと玄関のドアを閉めた。すると、ラファエルがわれに返ったように言った。「支えてあげるよ。二階まで一緒に行こう」

ヴィクトリアは寝室まで彼に連れていってもらうことにした。寝室では、グランバーが平然とした面持ちで待っており、若い婦人のようすを見ても驚きの表情を浮かべはしなかった。

「うじが湧くほど汚いぞ」と、ラファエルが言い、彼女の頬に斜めに貼りついている泥を指先で軽くはじいた。「よく洗ってやってくれ、グランバー。ぼくはレディ・ルシアと一緒に下にいるから」

「しばらくお時間を頂戴しますが」と、グランバーが言った。

「よくあたためてやってくれ」

そう言うと、ヴィクトリアのようすを最後に確認してから、ラファエルは階下に下りていった。一階では、ルシアがディディエとなにやら話しこんでいた。

「どうやら、ぼくと同じくらいには、事情をご存じのようですね」と、彼はルシアに話しかけた。

「さあ、どうかしら」と、コック特製の臓物入りスープのように口当たりのいい口調で、ルシアが応じた。「とにかく、あなたのお兄さま、つまりドラゴ男爵が、ヴィクトリアと出くわしたようね」

「ええ」と、ラファエルは怒りをこめて言った。「彼女は事務弁護士のところにでかけたんです、それもひとりで。ダミアンと出くわしたのは、立ち去ろうとしたときだとか。そして、そりゃ兄のことをぼくだと勘違いした。だが、まったく日焼けしていないことに気づいた。そりゃそうです。で、兄は彼女を無理やり連れ去ろうとした」

「ええ、そのようね。なのに、わたしときたら、ヴィクトリアはまだベッドで休んでいると思いこんでいたのよ。頭痛のせいで」

「とにかく、あわやというところで、フランシスが窮地から救いだしてくれました。くそっ——すみません。しかし、あんまりじゃないですか。ぼくは彼女に、万事、まかせてくれと言ったんです。なのにどうして、ぼくにまかせてくれないんでしょう?」

ルシアがサイドボードのほうに歩いていき、落ち着き払ったようすでグラスにブランデーをついだ。「気が鎮まるわよ」そう言い、グラスをラファエルに渡した。

「そろそろ」と、しばらくすると彼女が口をひらいた。「ヴィクトリアが事務弁護士のオフィスにでかけていった理由をお話しするほうがよさそうね。ラファエル、彼女は子どもじゃないのよ。それに彼女には、自分の相続財産について知る権利がある。あなたの態度はとても高圧的だった。そりゃ、よかれと思ってのことだったんでしょうけれど、高圧的であったのに変わりはない。それに、あなたの双子のお兄さまは頭の切れる方のようだから、ヴィクトリアがここに滞在しているのを突きとめるのに、それほど時間はかからないでしょう。後見人であるお兄さまには、法律という味方がついている。その気になれば、フランシスをこの家から連れ去ることだってできるはずよ」

「いや、そんな真似はぼくが許しません」
「でも、彼には法という楯がある」
「わかっています」そう言うと、ラファエルは吐息をついた。くそっ、なんとしてもこれを乗り越えてやる。そのためには、ぼくがヴィクトリアに求婚するしかない。結婚すれば、彼女の身は守られる。それにダミアンには、結婚したいという弟の願いを却下するうえで、筋の通った理由がない。そのうえ、いったんぼくと結婚したら、高圧的であろうがなかろうが、ヴィクトリアはぼくの言うことを聞かざるをえなくなる。そう考えると、ラファエルは腹をくくった。いますぐ、この計画を実行に移したくなり、うずうずした。ヴィクトリアがぼくに好意を寄せてくれているのは、間違いない。

そう考えながらも、ラファエルは自覚していた。彼女にたいする自分の気持ちが好意以上のものに高まっているのを。

その後、自分で自分の足を引っ張っていることに、彼は気づくはめになった。一時間ほどすると、入浴と着替えをすませたヴィクトリアが寝室から姿を見せ、すぐにホークとフランシスも到着した。ラファエルは思わず渋い顔をした。ヴィクトリアはとても愛らしく、みずみずしく、言葉にできないほど純真に見えた。一月の雪のように蒼白な顔をして、ずぶ濡れでこの家にはいってきた娘と、とても同一人物とは思えない。

事情を知らないホークのために、昼食の席ではきょうの出来事がもういちど詳しく説明された。昼食を終えると、ホークの父親であるシャンドス侯爵が到着したため、また同じことを話して聞かせるはめになった。

しばらくすると、公園まで一緒に馬に乗っていきましょう、とヴィクトリアが穏やかな口調で言ったので、ラファエルは驚いた。

「また雨が降りはじめた」と、彼は言った。

「ああ、それなら、音楽室でお話しできない？」

「わかった」と、彼はぶっきらぼうに応じた。

音楽室などという場所で未来の妻に求婚するつもりはなかったものの、これを逃したら、しばらくチャンスはないかもしれない。そう考えながら、彼はヴィクトリアのあとを追い、音楽室にはいり、ドアを閉めた。彼女がピアノの前に座り、鍵盤の上に指を置いた。彼は背筋を伸ばし、求婚の言葉を口にだそうとした。正義のためにすることだ、神のご加護があるだろう。

だが、彼にチャンスはめぐってこなかった。

ヴィクトリアが急に振り向き、前口上抜きで、無作法とも言えるほど単刀直入に切りだしてきたのだ。「わたしと結婚していただきたいの、ラファエル。いわば便宜上の結婚よね、わたしたち双方に利益が生じるんだもの。わたしにとっての利益は、歴然としている。だから、あなたにとっての利益をはっきり伝えておきたいの。あなたには、わたしの相続財産の半分を差しあげるわ」

彼は呆気にとられて彼女を見た。これほど度胆を抜かれたことはない。完全に、機先を制された。彼は気力をくじかれ、苛立った。淑女なんだから、彼女は待つべきだった。ぼくに求婚させるべきだった。それなのに、便宜上の結婚とか妙なことを言いだした。ぼくにたいする好意など、せいぜい、その程度のものなんだろう。思わず、ふたりが結婚すれば、妻の財産は半分ではなく、すべてが夫のものになるんだよという台詞が、舌の先まででかかった。だが、彼は自分を抑えた。

彼が返事をする前に、彼女があわてて先を続けたが、その口調には不安がにじみでていた。

「便宜上の結婚なんですもの、わたし、あなたの行動の自由を奪うつもりはないわ。あなたはどうぞ、なんでもお好きなことをなさって。誓うわ、ラファエル、わたしはぜったいにあなたにまとわりついたり、居心地の悪い思いをさせたりはしません」

「なるほど」ようやくそれだけ言うと、ラファエルは彼女から離れ、縦長の張り出し窓のほうに歩いていった。窓ガラスを伝う雨の筋をぼんやりと眺めたあと、彼女のほうを見ずに声をかけた。「このアイデアをいつ思いついた？」

「入浴中」

「ふうん。そんな提案にぼくが少しでも興味を示すと思ったのかい？」

彼女は答えなかった。

「妻を娶《めと》るというのは、とてつもなく重い責任を背負うことを意味するんだぞ、ヴィクトリア。生涯の責任を。なのにぼくたちは、互いのことをほとんど何も知らない」

「ええ、そうね」そう答えた彼女の声に、ラファエルは敗北感と無力感とを聞きとった。自分がとんでもない無作法者に思えた。ぼくは彼女と結婚するつもりだった。それなのに、いま、彼女に同じことを嘆願させている。ぼくは彼女を虐《しいた》げ、粉砕しようとしている。われながら、感心しない。

「きみと結婚する」

彼はそう言いながら振り向き、彼女の表情豊かな瞳によろこびと安堵の色が躍るのを見た。

「きみの瞳はいま、真っ青だ」

「色が変わるの。怖がると、寄り目になることもあるわ」

「いまは寄り目になっていないよ」

「そう」

「ひとつだけ、問題がある、ヴィクトリア。ぼくは便宜上の結婚などしたくない」

彼女は身をこわばらせ、じっと彼を見つめた。

「もし結婚するのなら、ほんとうに結婚して、きみがぼくの妻になり、ぼくたちは夫と妻として親密になる。同意するかい?」

ヴィクトリアは、彼の力強さを思いだした。ほんの数時間前、フランシスに連れられて帰宅したときに背中にまわされた彼の手のやさしさ、そのぬくもりを。思わず、全裸の彼の姿を想像しようとしたが、一糸まとわぬ男性の身体がどんなものなのか、思いうかべようとしてもわからなかった。

そのとき、自分の脚のことに思いあたり、血の気が引いた。彼はわたしの脚を見るだろう。そうしたらエレインみたいに、わたしの脚を不快に思うかもしれない。どうすればいいの？それは、いますぐ答えをだせる疑問ではなかった。あとで考えることにしよう。何か手立てがあるはず。いいえ、いますぐ彼に打ち明けなさい。真実を伝えるのよ。そう考えたものの、彼女は何も言えなかった。わたしは臆病者、とんでもない腰抜けだ。

「ヴィクトリア、同意してくれるかい？」なぜ、彼女はためらっているのだろう？ぼくに魅力を感じていないのだろうか？自分とベッドを共にするのが怖いのだろうか？彼は顔をしかめた。そんなことを、これまで懸念したことがなかったのだ。

「ええ」と、彼女がようやく言った。「同意するわ」

彼は両手をこすりあわせた。「よろしい。では、できるだけ早く結婚しよう。ようやく解決策が見つかって嬉しいよ。いつなんどき、ダミアンがやってくるかわからないからね」

彼女の瞳にまた恐怖の色が宿った。

「大丈夫だ、きみは兄に会う必要はない。さあ、みんなに報告してこよう。これからどうすればいいか、レディ・ルシアが正確なところを教えてくれるだろう。結婚特別許可証やらなんやらのことを」

「わたしには、花嫁を花婿に引き渡す父親役がいないわ」と、彼女が悲しそうな声で言った。

「侯爵がよろこんで引き受けてくださるだろう」

「立派な方ですものね」

ラファエルは同意し、ふたりは客間に戻っていった。そしてふたりの婚約の発表にまったく驚きを見せない面々から、祝いの言葉をかけられた。

親代わりを務めていただけないでしょうかというヴィクトリアの依頼に、侯爵が満面の笑みを浮かべ、低い声で言った。「お嬢さん、きょうのきみはまた一段と美しい。きみの父親役を仰せつかり、光栄だよ」

「よろしくお願いします、サー」と、侯爵の言葉を聞きつけたラファエルが口を挟んだ。

「なかなかどうして、手に負えない花嫁ですが」

辞去の挨拶をすませると、フランシスがやさしくヴィクトリアに言った。「ほらね、ヴィクトリア、万事、あるべき姿におさまったでしょ」

「だといいんだけれど。そう祈るわ。ラファエルはとっても……その……」

「男らしくて、ハンサムで、わんぱく？」

「ええ、おっしゃるとおりよ。手に負えないのは彼のほうだわ」

「そんな男性と渡りあうための教訓やアドバイスが欲しければ、いつでも声をかけてね」

上目づかいでホークを見ながら、ヴィクトリアはぼんやりと考えた。きっとフランシスは、手に負えない紳士たちと渡りあってきた経験が豊富なのね。

8

ベッドで脚をからめることだけが結婚生活ではない。

——トーマス・フラー

ラファエルがタウンハウスから辞去しようとしない理由が、ルシアにはよくわかっていた。頭の回転が遅い人なら、婚約者と熱烈な恋愛劇を演じているから、いつまでも居座っているのだと思うかもしれない。だが彼女は、そんなふうには思わなかった。

翌日の午後三時きっかりに、ディディエが客間の入口に姿を見せると、ルシアはちらりとそちらを見てから、ラファエルに言った。「さあ、いよいよね。男爵が時刻どおりに到着なさったようだわ」

「はい、奥さま」と、ディディエが言い、驚いたしるしに、いちどだけまばたきをした。

「男爵さまをご案内して」と、ルシアが言った。「そしてミス・ヴィクトリアには、自分の部屋にいるように伝えてちょうだい」

もちろん、ふたりが双子であることはわかっていた。それでも、ふたりの男が一緒にいるところを見ると、ルシアは驚かずにはいられなかった。まさに瓜二つなのだ。顔を突きあわせているようすは、鏡像のようにしか見えない。

「兄さん」と、暖炉の横に立ったまま、ラファエルが言った。「おまえにはずっと船に留まっていてほしかった。中国にでも商品を運んでいればよかったんだが」

ダミアンがルシアに会釈をしてから、弟に言った。

「残念ながら、中国は寄港地じゃなくてね。それにしても、兄さんはずいぶん早くヴィクトリアの居所を突きとめたな。さすがだよ」

「ロンドンに、レディ・ルシアなるご婦人はひとりしかいない」とダミアンが言い、ルシアにもういちど会釈をし、あてつけがましくお辞儀をした。「奥さま、わたしの被後見人をお世話くださったことに、お礼を申しあげねばなりません」

「男爵」とだけ、ルシアが応じた。そしてラファエルに向かって声をかけた。「わたしはしばらく失礼いたしますわ。何かお望みのものがあれば、ディディエにお申しつけくださいね」

「ぼくのノックに応じた、化石のような、威厳たっぷりのあの男にですか？」

「ええ」と、ルシアが言った。「彼がディディエです」そう言うと、ルシアは客間をでていった。ドアをあけたままにしておきたかったが、もちろん、そうはしなかった。幼い頃から礼儀作法を叩きこまれてきたことがうらめしくなるときもあるわ、と彼女はひとりごちた。

双子の兄弟は、だまって互いを見つめていた。鏡を見ているようだ、とラファエルは考えた。自分が左手を顎にあてれば、目の前の鏡像も自動的に同じことをするような気がした。だがラファエルは、忘れてはいなかった。目の前の男が、顔、目鼻立ち、そして銀灰色の瞳――実際は違う――はなにもかも自分だけのものだと言い張ったことを。だが、久しぶりに再会した相手を見ていると、まるで自分を見ているようで、ラファエルは狼狽《ろうばい》した。

ダミアンが落ち着いた口調で言った。「久しぶりだな」

「五年ぶりか。ああ、久しぶりだ」

「おまえが変わっているのを願っていたが、ちっとも変わっていない。その顔が日焼けしていなければ、われわれの区別がつく人間はいないだろう。だがね、自分と瓜二つの人間がいることが、わたしにはどうしても気にいらないのだ」

「だろうね」

「わたしの被後見人のことで、話がある」と、ダミアンがふいに切りだした。

この避けられない会合はどんなふうに展開するのだろうと、ラファエルはこれまで頭のなかで五、六回は想像してきた。そこで、とりあえずサイドボードのほうに向かい、自分でブランデーをグラスについだ。「飲むか？」

「いや」

「で、兄さん、元気なんだね？」

「見てのとおりだ、ラファエル。元気だよ」

「それに、さぞ美しいであろう奥方は？　名前はエレイン、だったっけ？　彼女は元気かい？」

「ああ、元気だ。わたしはヴィクトリアが欲しいんだよ、ラファエル。おまえとの関係をこじらせたいわけじゃない。それに、これ以上、この話を続けるつもりもない。彼女を呼んでこい」

「それはどうかな、ダミアン。兄さんが彼女の後見人としての立場を悪用していることは、この国のどこの裁判所でも認めると思うがね」

「ふざけたことを言うな」

「ふざけていると、本気で思ってるのか？　ヴィクトリアと出会ったいきさつを聞かせてやろうか」

　ダミアンがうんざりしたように肩をすくめ、「好きにしろ」と言った。だが、ラファエルにはよくわかっていた。兄が爆発寸前であるのが。苛立ちが高じ、いまにも怒りを爆発させそうになっている。だが、こんどばかりは、切り札はこちらの手中にある。

「子どもの頃、密輸業者の連中を見物しに、夜、こっそり家から抜けだしたことを覚えているだろう？　先日、アクスマウスの南の海辺で馬を走らせていたら、当時の興奮がよみがえったよ。そのまま海辺を進むと、案の定、ふたりの密輸犯がいた。フランス産の高級ブランデーの受け渡しをするところだったんだろう。すると、そのふたりの男が、おびえきった娘を捕えていることがわかった。だから、救いだしてやった。それがヴィクトリアだ。もちろん、兄さんのところから逃げだしてきたばかりだった」

「彼女は二十ポンドを盗んだ。わが国のどこの裁判所でも、被後見人が後見人にそんな真似をしたことを重く見るだろう」

「かもしれない。だが二十ポンドなど、一万五千ポンドに比べれば端金《はしたがね》にすぎない。そうだろう？」

ダミアンが気づかれないほど、わずかに身をこわばらせた。「ほう、すると、おまえはウェストオーヴァーのところに行ったんだな？　さもなければ、ヴィクトリアから話を聞いたのか？」

「いや、ぼくが最初にひとりで、あの事務弁護士のところに行った。事務弁護士は、当然、ぼくを兄さんだと勘違いしたよ。彼はヴィクトリアが、その〝誘拐〟されたことをひどく心配していた。すぐに察しがついたよ。身の代金を要求されていると言えば金庫の中身を簡単に増やせると、兄さんが悪だくみしたんだろう、と。なんといっても、相手は十八歳の小娘だ。兄さんに抵抗できるわけがない。そうだろう、ドラゴ男爵？」

ダミアンは何も言わなかった。

「ぼくはミスター・ウェストオーヴァーにこう請けあったよ。ヴィクトリアは無事だ。よって、例の一万五千ポンドは彼女の信託財産に戻されるだろう、と」

「おまえに、この件に口出しする権利はない、ラファエル。まったくない。あの娘を返せ、いますぐに。だまって話を聞いてやったが、我慢にもほどがある」

「ミスター・ウェストオーヴァーは」と、兄の言葉を無視し、ラファエルは話を続けた。「安堵していたよ。ぼくが――つまり兄さんが――高潔にも気持ちを変えたからね。兄さんがようやく公明正大な後見人になったと、彼は信じている」

「たしかに、おまえはこれまでイングランドの海岸のはるか沖にいた。だが、それでも、後見人が絶対的な権力をもっていることくらい、覚えているはずだ。彼女が二十五歳になるまで、絶対的な権力をもちつづけるのは、このわたしだ」

「あるいは、彼女が結婚するまでだ」と、ラファエルが低い声で言った。

「関心を見せた紳士がひとりだけいたが、やつは婚約を破棄した」

「デヴィッド・エスターブリッジだな？」

「ああ」

「つまらん男だ。だが、彼女を望んでいる紳士など、ほかにだれもいないと、兄さんは思っているのか？　なんといっても、彼女は女相続人なんだぞ」

「財産狙いの男があらわれたら、わたしがしっかりと守るまでだ」

「ああ、そうだな。兄さんは慎重に慎重を期し、彼女が未婚のまま二十五歳になるよう手を尽くすだろう。そして、その頃には、彼女の金をすっかりむしりとっている」

「これ以上、おまえと話を続ける理由はない、ラファエル。おまえには関係のないことだ。さっさと彼女の居場所を教えろ。さもないと、勝手にさがしにいくぞ」

「ああ、教えてやるよ。彼女は二階の寝室にいる。レディ・ルシアと一緒だろう。兄さんが元気で、ようやく帰っていったという報告をぼくから受けるのを待ちわびているはずだ」

「最後にもういちどだけ、言っておく。彼女の後見人は、このわたしだ。このまま、このくだらない話を続けるのなら、治安官を呼ぶぞ」

ラファエルは、退屈そうににやりと笑った。「どこの治安官が、娘から婚約者を引き離す？」

ダミアンは全身をこわばらせた。憤怒に駆られた血流が流れこみ、こめかみがずきずきする。「なんだと？　おまえが彼女と結婚するというのか？　ただ、わたしの邪魔をしたいがために？」

「ヴィクトリアの魅力をずいぶん過小評価しているんだな、兄さん。まあ、そんなことはどうでもいい。彼女はね、ぼくと結婚することに、すでに同意している。結婚の発表は、きょうの《ガゼット》に載っているはずだ。兄さんが彼女の居場所をさがしている最中に発表されたんだろう。とにかく、結婚式は今週の金曜日におこなわれる。ヴィクトリアの後見人である兄さんに、彼女との結婚を正式に認めてもらいたい」

「認めるものか」

「自分の弟なのに？　血肉をわけた弟が、財産目当てだとでも？　ずいぶんじゃないか、ダミアン」ラファエルは言葉をとめ、ダミアンを長いあいだじっと見つめた。そして、静かに言った。「スキャンダルにして欲しいのなら、ぼくがネタを提供するまでだ。国じゅう、大騒ぎになるだろうね。さて、五年ぶりの再会は、想像どおりに愉快だったよ。ただし、兄さんは以前より下劣な男になりさがっていた。実の兄でなければ、とっくにぼくがこの手で殺していたよ。ヴィクトリアへの悪行を考えれば、当然のことだ」

「おまえこそ、下劣なろくでなしだ」

「一万五千ポンドだ、ダミアン。金曜までにミスター・ウェストオーヴァーに返しておけ。いいか、あの金を返さないと、兄さんの一生を台無しにしてやる。ニューゲートの牢獄で暮らすはめになるかもしれないぞ」

ダミアンにはもはや、まともにものが考えられなかった。憤りのあまり身体が震える。いまいましい弟め。彼は長いあいだ、次から次へと罵倒の言葉を浴びせつづけた。ラファエルは微動だにせず、どこ吹く風と、ただ兄をにらみつけている。天はわれを見放したか。ヴィクトリアと寝たいという欲望と同様、ダミアンはどうしてもあの金が欲しかった。だがいま、その両方を失いかけている。

そうはいかない。なんとしても、なにか手を打ってやる。なにがなんでも。

「一万五千ポンドを――自分のものにしたいんだな」

「兄さんと同じ穴のむじなだと思わないでくれ、ダミアン。だが一万五千ポンドに関しては、ぼくのものになるだろう。彼女の全財産は、夫であるぼくのものになる」

「今回の勝負はおまえに譲ってやる、ラファエル」そう言うと、ダミアンは背を向け、客間からでていった。

ラファエルはじっと立ったまま、だれもいない入口のほうを眺め、「ダミアン、これが最後の勝負で、もうこれっきりだ」と、つぶやいた。玄関のドアが荒々しく閉められる音が聞こえた。なんと哀れな男だろう。そう考えていると、脳裏にふたりの少年の姿が浮かびあがった。ふたりがあまりにも似ているので、両親さえだませたものだ。だが、ダミアンはすっかり人が変わってしまった。いや、変わったのは、こちらなのかもしれない。ひょっとすると、ダミアンは昔からずっとああいう男だったのかもしれない。ただ自分が、それを直視したくなかっただけなのかもしれない——ふたりが十六歳になるまでは。ラファエルは思わず身震いをした。記憶はいまでは色褪せている。

「ラファエル、大丈夫?」

顔を上げると、ヴィクトリアがぎくしゃくとした足取りで客間にはいってくるのが見えた。

「ああ、もちろん」

「寝室の窓から、彼が去っていくのが見えたの」彼女が身を震わせた。「ほんとうに、あなたとそっくりね。怖いくらい」

「こっちにおいで」そう言うと、ラファエルは彼女に向かって両腕を広げた。

彼女は一瞬、立ちどまったが、すぐにスカートの裾を両手にもち、彼のほうにスキップしてきた。そして彼に身をゆだね、肩に頬を埋めた。

「ありがとう。助けてくださって」

ラファエルは、彼女の背にまわした手に力をこめた。そして、彼女の髪のジャスミンの香りを嗅いだ。彼女はなんとかぐわしく、純真なのだろう。彼は指先でそっと彼女の顎先を上げ、にっこりと微笑み、キスをした。

彼女が驚くのがわかった。そして、彼女の身体がわずかによろこびに震えた。自分が彼女を目覚めさせたのだと思い、ラファエルは陶然《とうぜん》とした。彼女の下唇にそっと舌を這わせたが、唇を割ろうとはしなかった。まだだ。怖がらせたくはない。時間はいくらでもある。そう考えると、ラファエルは頭を上げながら囁いた。「もう、怖がらなくていいんだよ、ヴィクトリア。ふたりで一緒に対処していこう。きみとぼくで」

彼女が目もくらむばかりの微笑みを浮かべた。「ええ。ぜったいにそうしましょうね。あなたは手に負えない人だけれど」

彼は黒い眉尻を上げた。「なんだって?」

「フランシスがね、あなたが手に負えなくなったときのアドバイスをくれたの。彼女は、ほら、ホークと結婚して、経験豊富でしょ」

彼が笑った。「哀れなホーク。強靭な男も形無《かたな》しだな」

「でもね、ホークはそんなこと全然、気にしていないみたい」

「ああ、気にするような男じゃないさ」


レディ・ルシアの旧友であるバーリー主教は、ごく内輪だけの結婚式を執りおこなっていた。主教はずんぐりした赤ら顔の男で、芝居じみた物腰で自分の役割を演じている。ハンサムなカーステアズ船長と美しい若き花嫁が結婚の誓いをすませると、主教の低いバリトンの声が威圧するように響きわたった。

ヴィクトリアは、興奮し、おびえ、期待に胸を膨らませていた。そして低い声で誓いの言葉を繰り返すラファエルの顔を見あげた。彼はやさしく、温厚だ。きっとよき夫になるだろう。頑固者で、ときどき独裁的になるところはあるけれど。これから、彼はわたしのことを好きになってくれるだろう。そうなるよう、懸命に努力しよう。それに、彼は便宜上の結婚を望んでいない。つまり彼は、わたしと、わたしたちの結婚と、わたしたちの未来に、真剣に関わりたいと思っているのだ。

ヴィクトリアは、背後で何かがわずかに動く音を聞いたものの、振り返らなかった。参列者は、シャンドス侯爵、ホークスベリー夫妻、ルシア、そして彼女の使用人たちだけだ。きっとルシアがハンカチで目頭を押さえているのだろうと、彼女は気まぐれに考えた。

「あなたが誓う番ですよ」

ヴィクトリアはぎょっとした。主教が慈しみ深い表情で彼女のほうを見やると、ラファエルがにっこりと笑った。「ぼくを愛することを誓いますかって、ヴィクトリア」

「はい……誓います」と、彼女は言った。「ええ、もちろん、そうします」

バーリー主教が結婚の神聖さに関する戒めを言いおえると、とびきり愛想のよい声で言った。「花嫁にキスを、船長」

「最善を尽くします」とラファエルが言い、薄いベールをもちあげた。

ヴィクトリアは彼のほうに顔を上げ、閉じた唇に彼の唇が軽く触れるのを感じた。

「よろしく、奥さま」と、彼が言った。

その言葉は、友人や使用人たちの拍手喝采やお祝いの言葉にかき消された。ふたりはひとつになって振り返った。その瞬間、ラファエルは兄と目をあわせた。ダミアンが客間のうしろのほうに腕組みをして立っている。モーニングこそ着ているものの、足元はヘシアンブーツという恰好だ。それは侮辱そのものだった。

ラファエルは、隣でヴィクトリアが身をこわばらせたのを察し、彼女をさっと抱き寄せた。

「やつには何もできない、ヴィクトリア。ここにいて。ぼくが話してくる」

ホークが、ダミアンからラファエルに、そしてまたダミアンへと視線を走らせ、「信じられない」と、フランシスに話しかけた。「ほんとうに瓜二つだな」

「でも、片方の瓜は危険きわまりない」と、フランシスが応じた。

「ラファエルが無礼者を追いだすさ」と、侯爵が言った。

「やあ、弟よ、ついに彼女に縛られちまったのか。同情するよ、気の毒に」

「いったい、ここで何をしている、ダミアン？」

「おやおや、弟よ、おまえにはまるで真実が見えていないようだな。おまえが人生を棒に振る前に忠告しにきてやったんだよ。だが、おまえは昨夜、ここにいなかった」ダミアンは、昨夜、自分が弟をあちこちさがしまわったこと、そしてどうやっても見つけられずに激怒したことなど、おくびにもださなかった。だから、けさは結婚式に間にあわなかったのだ。そのせいでいま、ふたりは結婚してしまった。ダミアンは話の先を続けた。「兄として、愛する弟を失望と屈辱から救ってやろうと思っていたんだが」

「でていけ、ダミアン」

「真実を聞くのが怖いんだな、ラファエル？　ひょっとすると、おまえはもう真実を知っているのかもしれない。もちろん、ふたりで同じ娘を共有したのは、べつにこれが初めてではないが」

ラファエルは身をこわばらせ、不審そうに目をすがめ、両のこぶしを脇で握りしめた。

「パトリシアのことを悪しざまに言うのはやめろ。もう、すんだことだ。さあ、一緒に図書室に行こう。もう、これっきりにしたい」

ダミアンがいそいそと弟のあとを追いながら、最後にヴィクトリアを一瞥した。彼女はじっと彼を見つめていた。その顔は、ウェディングドレスの喉元のヴァランシエンヌレースのように真っ白だ。ダミアンが彼女に微笑み、敬礼するようなしぐさをしてみせた。それは脅しであり、確認であり、ヴィクトリアはそのおそろしさを知っていた。

ラファエルは図書室のドアを閉じ、ダミアンに言った。「いいか、兄さんを追いださなかった唯一の理由は、もう一万五千ポンドを返したかどうか、訊きたかったからだ」

ダミアンが薄茶色の上等の上着に無頓着に指を這わせた。「ああ、返したよ。愛する弟が、あのあばずれとの結婚で手にいれられるはずの金を、減らしては悪いからな。結婚後のおまえの失望を、少しはやわらげてやりたかったし」

「ぼくに殺してほしいのか?」

目の前のラファエルは、もう五年前のラファエルではなかった。その穏やかな物言いにだまされるほど、ダミアンも馬鹿ではない。ラファエルが真実を述べていることが、必要とあれば自分を殺すであろうことが、ダミアンにはわかった。この五年で、ラファエルは死と戦いについていやというほど学んできたのだろう。「まさか。わたしはただ、おまえに真実を知ってもらいたいだけだ」

「真実とは、なんのことだ?」

ダミアンは弟に背を向け、歩きはじめた。そして振り返ることなく、まるで関心などないというように、穏やかな声で尋ねた。「わたしがどれほどの悪人か、ヴィクトリアからさんざん聞かされたんだろうな」

「ああ、ぼくが聞きだした。簡単だったよ。彼女を救いだしたとき、ぼくのことを兄さんだと思いこんでいたんだから」

「一流の女優だよ」ダミアンが言い、振り向いた。「これまでもずっと名女優だった」

「五分だけ時間をやる、ダミアン」

「いいだろう、ラファエル。おまえは、縮こまっている処女と結婚するわけではない。たしかに、わたしはあの娘が欲しかった。だが、わたしは妻を愛している。誘惑してきたのはヴィクトリアのほうだ。なぜ、彼女がおまえと結婚すると思う？　それは、おまえがわたしの生き写しだからだよ。いや、話がそれた。わたしは彼女と寝た、ああ、認めるよ。彼女に言い寄られ、抵抗できなかった。あれだけ誘惑されれば、聖人とて降参するさ。そしてわたしは聖人ではない。彼女は奔放なあばずれだよ、ラファエル。正直なところ、彼女の情熱には圧倒されたね。だが、妻と離婚し、彼女と再婚することはできないとわたしが断言すると、彼女は去っていった。そして、彼女の失望は憎悪に変わり、憎悪が復讐心へと変貌を遂げ、彼女はおまえを利用した。わたしへの復讐を果たすために」

ダミアンはその先を続けることができなかった。ラファエルの腕が見えたかと思うと、こぶしが飛んできて、顎に焼けるような痛みが走った。彼はそのままうしろに倒れ、大きなデスクで腰を打った。

「この大嘘つきが。くそっ、ここまで野卑な男だったとは」

ダミアンは顎を撫でた。折れてはいない。にやりと笑おうとしたが、できなかった。そこで、なんとか肩をすくめてみせた。「今夜、おまえがおそろしいショックを受ける前に、警告してやろうと思ったまでだ。デヴィッド・エスターブリッジを覚えているだろう？　婚約を破棄した男だ。やつはね、ヴィクトリアがわたしの愛人であることに気づいたのさ。打ちのめされていたよ、哀れだったね。だが、じきに、これで彼女から逃れることができると考えなおした。そもそも、妊娠していなければ、ヴィクトリアはエスターブリッジのことなど見向きもしなかっただろう。彼女に直接、訊いてみるがいい。わたしも用心はしていたんだが、ほら、なにしろ彼女は貪欲なまでに情熱的だからね。われを忘れてしまうこともあったのさ。そういえば、いちど、例の古い肖像画がずらりと並ぶ回廊を歩いていたら、彼女があとをついてきたことがあった。だから、彼女を壁に押しつけてやったよ、ちょうど祖父の肖像画の下だったたな」言い終わらないうちに、ダミアンはすかさずデスクの向こう側に逃げ、激昂する弟とのあいだに障害物をつくった。

「でていけ」ラファエルが言った。「薄汚い嘘を、五分以上も並べたてやがって」

「落ち着け、弟よ。わたしはおまえの失望を軽減してやりたかっただけだ。さあ、これで任務を果たした。コーンウォールに戻るとしよう。おまえは、花嫁を連れて帰郷しないのか？」

「でていけ」

ダミアンは肩をすくめた。「また会おう《オ・ルヴォワール》、ラファエル。〈ドラゴ・ホール〉で待っている」

ラファエルは何も言わなかった。あまりにも激しい怒りに駆られ、全身がわなわなと震えており、とても話せそうにない。

ダミアンがにやりと笑った。「自分が目撃した光景を、祖父が説明できればなあ。まあ、いずれにしろ、おまえはじきに真相を知ることになる」

「でていかないと、殺すぞ」

ダミアンの笑みがいっそう大きくなった。「愛人としてどちらが上等か、彼女に訊いてみろ。双子はなにもかもそっくりだからな……おまけに、同じものを共有するというわけさ」

ここで死ぬつもりはないとばかりに、ダミアンはすばやく弟の前から姿を消した。静かな部屋に捨て台詞だけを残して。

ラファエルは、兄が図書室のドアをあけ、颯爽とでていくようすを眺めた。

しばし目を閉じ、自制心を取り戻そうとした。かわいそうなヴィクトリア。あの純真無垢な娘が、ダミアンのような男から身を守らねばならなかったとは。あの薄汚い、大嘘つきから。

彼はどうにかこうにかドアのところまで歩いた。そしてドアをあけ、玄関ホールを目指した。ダミアンは、あの卑劣な男は、とっくに姿を消していた。

「ご親切にしてくださって、ほんとうにありがとうございます」と、ヴィクトリアがルシアに言う声が聞こえてきた。「手に負えないなんて、そんな、とんでもない」

「あのね」と、ルシアがユーモアたっぷりに言った。「いつもはこんなふうじゃないのよ。もう少し、ここに滞在してくだされば、わたしの手に負えないところをとくとご覧いただけたのに。ダイアナに訊いてごらんなさい。きっと、わたしのこと、手に負えないおばあさんだって言うわ」

「そうは思いません」と、ラファエルが言い、日焼けした両の手で包みこむようにしてルシアの手をとった。「ありがとうございました。ぼくたちに力を貸してくださり、お礼の申しあげようもありません」そう言うと、彼は身をかがめ、ルシアにキスをした。黄色みがかった肌がほんのりと紅潮したので、彼はにっこりと笑った。

「少々、おだてすぎじゃないか？」

「いいえ、サー」と、ラファエルがシャンドス侯爵に言った。

「わたしの記憶にあるかぎり、ルシアはうるさいお節介焼きだった。いつのころからか、もう勘定できないほど昔からね」

「あら、意地悪じいさん」と、ルシアが言った。「あなたがフランシスとホークに仕掛けた策略には、とてもかなわないわ。あれはお見事だったわねえ。あなたに比べれば、わたしなんて寛容そのものよ。いさぎよく降参するわ」

侯爵が嬉しそうに笑った。「よろしい。たしかに今回は、きみの辣腕《らつわん》をふるう機会がなかったな。ラファエルとヴィクトリアは、あまりにも簡単にくっついてしまった」

「仰せのとおりで」と、ラファエルが言い、ヴィクトリアの手を自分の腕にかけさせ、囁いた。「すごくきれいだって、もう言ったかな？　ウェディングドレスがとてもよく似合っているよ。邪魔なベールは気にいらないが」

「ベールって、結婚の誓約が終わる前に新郎がショック死したり、いちばん近いドアから一目散に逃げだしたりするのを防ぐためにあるんじゃないかしら」

ダミアンの薄汚い言いがかりが脳裏をよぎり、ラファエルは思わず腕の力を強め、彼女の手を支えた。どうして、あんな男が兄なんだろう？　殴りつけたとき、せめて歯をぐらつかせるぐらいのことはできただろうか。

「どうかしたの？　もう後戻りできない状況に追いこまれたことに、ようやく気づいたの？」

彼は花嫁ににっこりと微笑んだ。「ぼくはこのうえなく幸運な男だ。そう考えていたんだよ」

しかし、ヴィクトリアは怪しんでいた。そうしようと思えば、いつだって、ラファエルは口達者になれるし、いまみたいにうまい台詞を言える。さっき、ラファエルとダミアンはいったい何を話していたのかしら。そう思うと心配になると同時に、会話の中身をどうしても知りたくなった。そして、ルシアの最高級のシャンパンでおごそかに乾杯を終えると、ようやくその機会が訪れた。

　彼女はいきなり切りだした。「ラファエル、ダミアンはどうしてここにきたの？　わたしたちの結婚を妨害できるとは思っていなかったでしょうに」

ラファエルは、ヴィクトリアからその質問を投げかけられないことを願っていた。だが、もちろん、それは愚かな願いだった。「怒りをぶちまけ、さんざん罵倒していったよ。さあ、奥さま、そろそろ旅行用のドレスに着替えてもらわないと」

　新婚旅行にでかけることなど、ヴィクトリアは考えてもいなかった。「まあ、ほんとうに？　どこに連れていってくださるの？」

「ご親切にも侯爵がね、別荘のひとつを貸してくださることになった。別荘はドーセットにあり、〈ハニーカット・コテージ〉と呼ばれている。ミルトン・アッバスのあたりだそうだ。嬉しいかい？」

「ええ、ええ、とっても嬉しい」そこで彼女は口をつぐみ、首をかしげた。「そういえば、ミスター・ウェストオーヴァーのことをすっかり忘れていたわ、ラファエル。彼に会って、約束どおり、わたしの相続財産の半分を法的にあなたのものにすべきじゃないかしら？」

「じつはね、きのうの午後、彼に会いにいったんだよ。手続きはすべて完了した。書類への署名も、なにもかも。もう、きみにしてもらうことはない」ラファエルはそう説明したものの、彼が男爵の双子の弟のほうであり、おまけに男爵のふりをしていたことを知り、ミスター・ウェストオーヴァーがショックを受け、唇をきつく結んでいたのには触れなかった。

「おかしいわ。わたしの相続財産なのに、わたしが署名すべき書類がないなんて」

やはり、とラファエルは考えた。ヴィクトリアは馬鹿じゃない。だが、あの薄汚い一万五千ポンドはすべて彼のものになったことを、どう伝えればいい？　彼はミスター・ウェストオーヴァーに、自分の署名が必要な書類をすべて集めさせ、自身の資産のなかから、三カ月ごとにヴィクトリアに相当額の手当を支払うよう指示したのである。「いや、必要なのは、ぼくの署名だけだった。ぼくはきみの夫なんだよ」

「でも——」

ラファエルは、彼女のやわらかい唇に指先でそっと触れた「二階に上がって支度しておいで、奥さま。きみが戻るまで、ぼくはシャンパンを飲んで待ってる」

「すぐに着替えるわ。結婚したばかりだっていうのに、旦那さまに千鳥足になってほしくはないもの」

彼女が足取りも軽く食堂をでていくようすを、ラファエルは眺めた。彼女は足をとめ、フランシスになにか言うと、首を横に振り、甘い笑い声をあげ、スキップするように部屋をでていった。

なんと愛くるしいのだろう。彼女はぼくの妻だ。そのとき、彼は心に決めた。子どもたちのために、彼女の相続財産の半分は信託財産にしよう。それはじつに公平なやり方だし、彼女もよろこぶだろう。自分が財産目当てで結婚したとだけは、彼女に思ってほしくなかった。そもそも、財産の女神が微笑んでくれたおかげで、ここ五年間、それなりの額を稼いできたのだから。

物思いに耽っていると、ルシアがじっとこちらを見ているのに気づいた。「なんでしょう？　何か行儀の悪いことをしでかしましたか？」

「あのね、ふと思いついたの。なにしろわたしは、世話好きのお節介なおばあさんですからね。ヴィクトリアのお母さん役を務めるべきじゃないかしらって」

なんのことかわからず、ラファエルは彼女を見た。

「ヴィクトリアはほんとうに純真無垢でまっすぐなお嬢さんよ。結婚にはもっと親密なつながりがあることを、彼女に教えてあげるほうがいいんじゃない？」

「ああ」と、ラファエルが応じた。そうしたつながりについて、ルシアがいったいどこまで知っているのか、想像がつかなかった。彼女はいちども結婚したことがないのだから。「ぼくを信じてください」と、すらすらと言えた。「きちんと彼女の面倒を見ます。大丈夫ですよ、レディ・ルシア。ぼくは武骨者じゃない」

ルシアがうなずいた。「男爵とどんな話をなさったのか、教えてくださるつもりはないのね？」

彼は身をこわばらせた。「ええ。兄には失望させられたと、それだけ申しあげます。あの男には、自分の思うようにいかないと嘘八百を並べたてる傾向がある」

ルシアは、彼がこぶしを握りしめるのを見てとった。双子のあいだでどんな会話がかわされたのかがわかるのなら、一週間、ゴシック小説を読めなくてもかまわない。

三十分後、ラファエルがヴィクトリアに手を貸し、馬車に乗せるようすを、ルシアは見守った。ラファエルは、コーンウォールからきたトム・メリフィールドという厚かましい男としばらく話したあと、馬車に乗りこんだ。なんて愛らしいお嬢さんかしら。そう思いながら、ルシアは馬車に向かって手を振った。カーステアズ船長とどうかお幸せにね。そう願っていると、フランシスの声が聞こえ、振り向いた。

「ワルツを一曲は踊りましょうよ」と、伯爵夫人の声。「ディディエはどこ?」

「こちらです、奥さま」

「そうね」と、ルシアが言い、侯爵のほうに目を向けた。「いかが、おじいさま? 浮かれ騒ぎをする準備はできていらして?」

「ディディエがピアノの腕前を披露してくれるのなら、わたしもひとつ、あざやかなステップを披露するとしよう。そうすれば、このルシアでさえ、魅力的なガゼル程度には輝いて見えるだろうさ」と、シャンドス侯爵が応じた。

「やれやれ」と、ホークが言った。「父さんにはぼくもさんざん馬鹿にされてきましたが、また一段と独創的な言葉でルシアおばさまを侮辱するんですね」

「おまえのことは〝村のうすのろ〟と呼んだものだ。それ以上、流麗な言葉を尽くす必要はないからな」

9

会えば魔法にかかって、あの悪党とまた一緒にいたくなる。

――シェイクスピア

トム・メリフィールドがルシアのタウンハウスの前から四輪馬車をだして十五分ほどたつと、ラファエルがふいに切りだした。「告白しなければならないことがある」

だまっていられるより告白のほうがましだわ、とヴィクトリアは考えた。なにしろ、ここ十分ほどはいつもと違い、ラファエルが妙なことにずっとだまりこくっていたからだ。「なにかしら？」

「馬車に閉じこめられて移動を続けていると、ひどく気分が悪くなるんだよ。男らしくない話だが。きみはぼくの妻だから、これからはぴったりとくっついて離れないつもりだし、弱点をさらしてもいいかと思ってさ」

ヴィクトリアが心配そうに彼の顔色をうかがった。ラファエルは彼女の左頰に茶目っ気のある深いえくぼを認めた。「こうして、そばで眺めていると、あなたの瞳が緑がかって見えるわ」

「やめてくれ」そう言うと、彼は馬車の天井にこぶしを打ちつけた。トムが従順に馬車を路肩に寄せた。「あとでね」その言葉を残し、ラファエルが馬車から飛びおりた。ヴィクトリアは身を乗りだし、彼が荒い息をつきながら、路肩にじっと立っているようすを眺めた。

彼が所有する唯一の牡馬であるガドフライは、かわいそうに、馬車のうしろにつながれていた。これからずっとひとりきりで馬車に乗るのだと考え、彼女はうんざりした。まあ、考えても仕方がないけれど。

ヴィクトリアは微笑みながらも、少しむっとした。なぜ、わたしの新郎は恋人らしくふるまってくれないのかしら？　だいいち、馬車に酔うというのもおかしな話だ。有能な船長が、馬車に乗っていると気分が悪くなるなんて。

「不公平だわ」と、彼女が声をあげると、彼が振り返った。「これからずっと、ひとりぼっちですごすなんて」

「ぼくのすばらしいところを全部考えてすごせばいい、ヴィクトリア」

「いまは、ひとつも思いつかない」

彼は耳のうしろを掻いた。「じゃあ、今夜のことを考えたら？　どんなよろこびが待っているのかなって」

「シーッ、はしたないわ。トムに聞こえるわよ」

「金に関すること以外、トムにはなんの話も聞こえない。さあ、あと一時間ほどで、昼食の休憩をしよう。いいね？」

彼女はうなずいた。

〈緑の鷲亭《わし》〉での昼食は、楽しいものになった。顔色がよくなったラファエルは、また冒険談を聞かせてという彼女のしつこい頼みに応じ、ボストン港で捕鯨船の船長と会ったときの話やシーウィッチ号を爆破しようとした裏切り者の老人の話を聞かせた。

「どうしてそんな真似を、ラファエル？」ヴィクトリアが座ったまま身を乗りだして尋ねた。

「理由はまたあとで聞かせてあげるよ、愛しい人。そうすれば、午後は、考えごとをしてすごせるだろう？　ぼくが隣にいないあいだ、謎解きでもしながら胸を躍らせればいい」

彼女をまた馬車に乗せようとしたとき、ラファエルがふいに身をかがめ、彼女の唇を覆うようにしてキスをした。ヴィクトリアは身をこわばらせたが、それも一瞬のことだった。彼の唇はすばらしい感触だった。あたたかく、昼食の席で飲んだワインの甘い風味がした。キスを返したいという強い衝動に駆られ、彼女は爪先立ち、彼の唇をむさぼった。そして彼の舌で唇をやさしくなぞられると、我慢できず、自分から唇をひらいた。

ラファエルがゆっくりと身を離し、彼女を見おろした。激しくじっと見つめられ、彼女は頬を紅潮させた。

「ああ」と、彼女はつぶやいた。

ラファエルは指先で彼女の頬にそっと触れると、それ以上何も言わず、馬車に乗る彼女に手を貸した。

ガドフライにまたがりながら、彼は嬉しそうに微笑んだ。ヴィクトリアはあたたかく、愛らしい。間違いなく、結婚初夜はふたりとも楽しめる、すばらしいものになるだろう。

彼女は奔放なあばずれだよ、ラファエル。正直なところ、彼女の情熱には圧倒されたね。

ラファエルはかぶりを振った。考えるんじゃない。やつの言うことになんぞ、なんの意味もない。薄汚い嘘八百など信じるものか。だいいち、ダミアンの台詞をいまごろになって思いだすのもおかしな話だ。彼はトムに向かって合図を送り、ペースを上げるよう指示した。

ミンステッドに到着すると、彼はようやく休憩をとり、〈飛鴨亭〉に寄った。ヴィクトリアが疲れきった顔をしているのを見て、罪の意識を覚えた。だが、二日後には別荘に到着したい。早くふたりきりになり、花嫁のことをよく知りたい。彼女に声をあげて笑ってほしいし、ぼくを愛してほしい。そう考えながら彼は手を揉み、ふぬけのように微笑んだ。

疲れていたにもかかわらず、ヴィクトリアは興奮していた。今夜には、いろいろな謎が解けるはず。彼女は一人前の女性になりたかったが、そのためにはどんな変化を経験するのか、よくわからなかった。彼女は学びたくてうずうずしていた。

その前に、脚のことを彼に打ち明けねばならないのもわかっていた。それでも、彼女は自分の良心に懇願した。お願い、いいでしょう、今夜はやめておきたいの。脚の傷痕を見た彼に、はねつけられるとは思わなかったが、それでも不安だった。頭のなかで良心と不安がせめぎあい、夕食のあいだ、彼女はひどく無口になった。

ラファエルはそんな彼女を眺め、満悦していた。ずいぶん緊張しているようだ。そう考え、心から嬉しくなった。彼女とは、とにかくゆっくりとことを進めるつもりだった。処女の痛みは避けられないにしても、できるだけ痛くないようにしてあげよう。そう考えたラファエルは、取るに足らないことを話しつづけ、ヴィクトリアの緊張をほぐそうとした。また微笑んでほしいし、できれば、またからかってほしかった。

「指輪は気にいったかい、ヴィクトリア?」

「ああ、ええ」と、彼女が答え、微笑んだ。「サファイアが素敵」

「石の色がきみの瞳によく似合う。きみの瞳ほど、まばゆくはないが」

ヴィクトリアはそのとき、彼に結婚指輪を買っていないことに気づいた。十五ポンドぽっちでは、たいした指輪は買えないだろう。もっと自分のお金が手にはいったら、彼に似合う指輪をさがそう。でも、どんな指輪が彼に似合うのか、よくわからなかった。そこまで、まだ彼のことがわかっていなかった。

「そろそろ、部屋に上がらないか、ヴィクトリア?」

彼女は息を呑んだ。「いいわ」

「きみのところにメイドを送ろうか? それとも、ぼくがメイドの代役を務めようか?」

「いいえ、大丈夫。ひとりで身支度をするのに慣れてるの」

宿の灯りがともる薄暗い階段を、ラファエルは彼女と並んで上がっていった。思いやりのある男のような気分で、彼は続き部屋を注文していた。ラファエルは彼女の肩をやさしく叩くと、彼女の寝室のドアのところで別れた。

彼は振り向きながら微笑んだ。「ぼくにきてほしくなったら、ドアをノックするんだよ」

「いいわ」と、彼女はふたたび言った。彼に伝えなくちゃ。脚のことを打ちあけなくちゃ。そう思ったものの、彼女は何も言わなかった。あとにしよう。また、あとで伝えよう。

あたたかい湯が彼女を待っていた。続き部屋に向かって微笑みながら、彼女は考えた。お湯を用意するよう、いつ、ラファエルは指示してくれたのかしら。彼女はすばやく衣類を脱ぎ、浴槽のなかに身を沈めた。

ラファエルはゆっくりと服を脱ぎ、いつものようにきちんとたたんだ。そのあとは、しょっちゅう続き部屋のほうを見ては、ヴィクトリアはまだ入浴中だろうかといぶかった。彼女が全裸になったところを想像すると、すぐに硬くなった。ぼくの妻。そう考え、ラファエルは満悦した。そして、運命のめぐりあわせに、ふたたび思いを馳せた。とんでもない出来事が次から次へと起こり、ふたりが結びついたことを。たった二週間前まで、ぼくは彼女の存在さえ知らなかったのに。

十分ほどたった頃、ためらいがちにドアをそっと叩く音が聞こえた。そのとたん、興奮のあまり、ラファエルは彼女の部屋に跳ねていきそうになった。なんとか気を鎮めようとしながら、彼はそろそろとドアをあけた。ベッドの横の小さなテーブルの燭台だけが光を放っている。ヴィクトリアは部屋の真ん中に立っており、豊かな栗色の髪を背中に垂らしていた。爪先から首元まで、美しい桃色のネグリジェで覆っている。それはフランシスからの結婚祝いの繊細なシルクの一品だった。彼女はこのうえなく美しく、ラファエルは見とれるばかりだった。

「ええと」ようやく口をひらくと、彼は見当違いなことを口走った。「お風呂は気持ちよかった？」

彼女が恥ずかしそうにうなずいた。

「きれいだよ、ヴィクトリア」

そう言われ、ヴィクトリアは初めて彼のほうを見た。ラファエルは深いワイン色のガウンを着ており、足元は素足だ。「あなたもよ、ラファエル」

彼がにっこりと笑った。「無愛想な船乗りなのに？」

「あなたには無愛想なところなんて、全然ないわ。まあ、ときどき、わけのわからないことを言うけれど」

「こっちにおいで、ヴィクトリア」

彼女がためらうことなく、彼のほうに歩いてきた。ラファエルは彼女をやさしく抱きしめた。まだ愛撫はせず、ただじっと抱きしめた。とてもいい香りがする、とジャスミンの香りを嗅ぎながら考えた。ゆっくりと、彼女の背中を両手で撫ではじめ、腰に到達する前に手をとめた。

「緊張してるかい?」

彼女はダミアンのことを考えた。彼にまさぐられたときのことを思いだし、しばらく口をつぐんだ。そして、彼の肩に顔を埋めたまま、かぶりを振った。「いいえ、あなたとなら」

「じつは、ぼくのほうが緊張してるんだ」そう言うと、彼は彼女の耳たぶを甘噛みした。

「ぼくにやさしくしてくれるね、ヴィクトリア?」

彼の願いどおり、彼女はくすくすと笑った。「細心の注意を払って、あなたと接するわ」そう言うと、ヴィクトリアは彼の腕のなかで背をそらし、彼の顔を見あげ、彼の顎と唇をそっと指で撫でた。ラファエルはゆっくりと身をかがめ、キスをした。それはやさしいキスであり、急かすことなく、そっと彼女の唇を味わった。すると、その日の午後と同様、ためらうことなく、彼女がすぐに激しいキスを返してきた。その反応に、彼は息を呑んだ。彼女が欲しくてたまらない。「ヴィクトリア」と、彼女の口元で囁いた。

ヴィクトリアは、腰のあたりをそっと撫でられるのを感じた。と、両手でお尻を包まれ、そのまま身体ごともちあげられた。下腹部のあたりに、硬くなった彼自身があたる。彼女は身体の奥のほうに、奇妙な熱を感じた。

そのまま耳を甘噛みされ、喉元にキスをされた。彼女は身をそらし、頭をのけぞらせた。

脚のことを言わなくちゃ。ぼんやりとした頭でそう考え、彼女は口をひらいたものの、キスをされ、舌をそっとからめられているうちに、脚のことなど忘れてしまった。

脈がどくどくするような興奮が湧きあがってきた。強烈で奔放なその感覚に、ヴィクトリアはあえいだ。「ラファエル」その声は、驚きに満ちていた。

ラファエルは、彼女の声に興奮を聞きとり、身を震わせながら彼女を抱きあげた。「きみはあまり重くないね」そう言うと、いっそう強く抱きしめた。彼女の乳房が自分の胸に密着しているのを感じながら、彼は走るようにしてベッドに向かった。

「ああ、ヴィクトリア、きみのせいでどうにかなりそうだ」

「どうにかなりそうって、どこが?」背中を撫でられながら、ヴィクトリアが彼を見あげた。

「きみがすごく欲しい」彼は必死の思いで、彼女に触れないようにしながらそう言った。まだ早い。

彼が何を欲しがっているのか、よくわからなかったものの、自分も欲しくてたまらない気持ちになっていることを、ヴィクトリアは自覚した。彼に触れ、キスしたい。全身を彼の身体に密着させたい。自分でも気づかないうちに、彼女の瞳は輝きはじめた。ラファエルは、その瞳に興奮とほかの何かを認めた——強烈な欲望を。

彼女は奔放なあばずれだよ、ラファエル。正直なところ、彼女の情熱には圧倒されたね。

彼は首を横に振った。もちろん、妻には夫を求めてほしい。ぼくと愛しあうことをおそれてほしくない。彼は身を起こし、そのままベッドから遠ざかったものの、彼女の顔から視線を外しはしなかった。そして、ウエストのサッシュをゆっくりとほどき、ガウンを肩からするりと脱いだ。「ヴィクトリア、男の身体は一度も見たことがないだろう？　ぼくを見てほしい。ぼくに慣れてほしい。そして、ぜったいにきみを傷つけないことをわかってほしい」

ヴィクトリアは彼を見つめた。そして、ちらちらと揺れるろうそくの灯りのなか、彼のすばらしい肉体の輪郭が浮かびあがる。黒い胸毛のあたりは影になり、たいらな腹部には筋肉がうねのように盛りあがっている。彼を見ているだけで心臓の鼓動が速まり、何か熱いものが湧きあがってきた。彼女はそのまま視線を下腹部に移し、彼の性器を見ると大きく目を見ひらいた。太いし、重そう。思わず、彼女は腰を浮かし、脚をひらいた。

「ラファエル」彼女は囁き、彼に向かって腕を広げた。

彼はヴィクトリアのところにくると、隣に身を横たえ、肘をついた。彼女を見つめるその瞳は、真冬の北海のように荒々しい灰色だ。「ぼくのこと、気にいってくれた？」

「あなたは美しいわ」そう言うと、ヴィクトリアは彼の喉元にキスをした。「あなたより美しい男の人なんて想像できない」

なぜ、彼女がおまえと結婚すると思う？　それは、おまえがわたしの生き写しだからだよ。

「そうか」どこか遠くから、自分の声がそう応じるのが聞こえた。われに返ったラファエルは、そんな自分に憤慨し、彼女のネグリジェのリボンを乱暴に引っ張った。彼女は震えはじめた。

シルクのネグリジェの前をひらかれると、胸のあたりがひんやりした。そのまま彼に見つめられると、まるで熱がでたように、興奮が高まってくるのがわかった。こんな感覚を覚えるなんて、これまで想像もしなかったが、疑問に思わないことにした。だって、ラファエルは夫なんだもの。乳房にそっと触れられると、彼女は声をだしてあえいだ。

「すごくいいよ」そう言うと、ラファエルは彼女の乳房をそっともちあげ、その重さをてのひらに感じた。彼女の心臓の鼓動が手に伝わってくる。ラファエルの耳に、自分の声が聞こえてきた。「怖くないだろう、ヴィクトリア？　こんなふうに触れられても」

生まれてから十九年近く、いちどもこんなふうに感じたことがなかったヴィクトリアは、まともにものを考えられず、返事ができなかった。彼女は目を閉じ、乳房を愛撫される感覚を味わい、その感覚に悲鳴をあげたくなった。

彼は頭を下げ、彼女の乳房に鼻をすりよせ、あたたかい息で愛撫した。

「きみは完ぺきだ、ヴィクトリア」乳首を口に含まれると、ヴィクトリアは我慢できなくなり、思わず背中をのけぞらせた。「そうだ」彼が囁き、熱い吐息が肌に触れた。「このうえなく完ぺきだ」

その言葉に、一瞬、彼女は冷静さをとりもどした。わたしは完ぺきなんかじゃない。わたしには疵《きず》がある。彼の手が下のほうに動いていった。このままだと、じきに、わたしは裸にされてしまう。そうしたら、彼はわたしを見るだろう。

彼がネグリジェを大きくひらき、息を呑む音が聞こえた。彼の手が下のほうにさまよい、彼女のやわらかい下腹部のところでとまった。彼の長い指が触れている、その少し下のあたりが、どうしようもない感覚に襲われた。彼に触れてほしい、あそこに触れてほしい……。そう切望したものの、彼の手は彼女の右腿に動いていき、そのなめらかな肌を、すべすべした筋肉を撫ではじめた。

「気持ちがいい？」

彼女はうめき声をあげ、頭をのけぞらせた。太腿のあいだに彼の手がそっと差しこまれ、彼女の欲望が耐えがたいものになっているところに指が近づいていく。

「きみはやわらかい、ヴィクトリア。それにあたたかい」彼の指が、彼女の秘められた部分にさっと触れた。「熱い」そう言うと、彼がキスをし、まさぐりつづけた。と、ふいに彼の指が離れ、あとには燃えるような欲望が残った。お願い、やめないで、そのまま続けて……。そう思ったとき、彼の手が左腿に近づいていった。彼女は息を詰め、身をこわばらせた。

「ラファエル、お願い、灯りを消して」

言い終わらないうちに、彼女はさっと身を引いた。

「どうして？」ラファエルもまたあえぎながらそう言ったが、ふいに彼女とのあいだに距離ができたような気がした。「きみを見たいんだ、全身を。少女のような慎ましさは、いまは捨ててくれ、ヴィクトリア」

「いや。お願い、ラファエル、あなたに話さなくちゃいけないことがあるの。お願い、待って」

彼の手が太腿から離れ、彼女のやわらかい下腹部でとまり、そこで彼女をじっと押さえつけた。彼は胸騒ぎを覚えた。「なんだい？」

「結婚する前に、話しておくべきだったことがあるの」と、吐息を漏らすようにして、彼女がつぶやいた。

ラファエルは気分が悪くなった。と同時に、下腹部から力が抜けた。くそっ、彼女がこれから言う台詞ならわかっている。そう思い、彼女を、自分を、ダミアンを憎んだ。かと思うと、欲望は無慈悲なまでに瞬時に消滅した。彼女があわててネグリジェの前をかきあわせ、脚と腹部を覆った。ついでに、彼の手まで。

嘘だろ。信じられない。彼女が尻軽女で、身持ちの悪い女で、兄さんの情熱的な愛人であるはずがない。ヴィクトリアは純真無垢で、悪だくみなどできない正直な妻なのだから。

彼は懸命に、明るい、からかうような口調で言った「なんの話があるっていうんだい？　きみを嫌いになるようなこと？　馬鹿言うな、ヴィクトリア」

「わたしを嫌いにならないでほしかったの。あなたにどう思われるかわからなくて、怖くて言いだせなかった。わたし、臆病だったわ。ごめんなさい、ほんとうに」

まともに彼女の顔を見ることができない。彼はのろのろとシルクのネグリジェで乳房を隠した。そして、おもむろに立ちあがり、彼女を見おろした。

「処女は初めてのとき、出血する」と、よそよそしい声で言った。

ヴィクトリアは、何が起こっているのかわからなかった。彼はわたしを置いていくつもりだ。視線を落とすと、もう男性自身は膨らんでもいなければ、立ってもおらず、股間の黒い毛のあいだに埋もれている。「なんのこと?」声と瞳に困惑の色をにじませ、彼女は尋ねた。

「信じたくなかった」ゆっくりとそう言うと、彼は生まれてこのかた味わったことのないみじめな気分に襲われた。「きみが正直であること、純真であることに、ぼくは命だって賭けるつもりだった」彼は耳障りな声をあげて笑うと、ガウンを引っつかみ、さっと羽織った。「まったく、これほど間抜けだったとは。きみは、奔放なあばずれなんだろ? ろうそくの灯りは、もっと早く消させるべきだったな、お嬢さん。そうすれば、ぼくにこの目で確認させずにすんだのに」

「なんの話をしているのか、全然わからない。わたし、そんなにひどいことをした? たしかに、自分を抑えられなくなって、われを忘れてしまったけれど。ラファエル、どうしてそんなに怒ってるの?」

「よく言うよ。悲鳴をあげ、処女の痛みを感じているふりをするつもりだったんだろ? しかしすっかり興奮して夢中になり、ぼくに感じさせてほしくて、うっかり演技するのを忘れてしまったんだろ？　だが、これでもう、比較することはできないよ、ヴィクトリア。この不実な売女め」

彼は勢いよく背を向け、続き部屋のドアへ大股で歩いていった。ヴィクトリアは彼の後ろ姿を見ていた。そして、彼がドアを叩きつけるように閉めると、びくりと身をひるませた。

ダミアンは、わたしの太腿の醜い傷痕のことを彼に話したのかしら？　それで、ラファエルはおそろしい傷痕があると思いこんだのかしら？　比較するとか、出血するとか、処女とか、いったいなんのことだろう？　ラファエルと書斎をでていこうとするときの、こちらを一瞥したダミアンの視線が、脳裏にありありとよみがえった。いったいダミアンは、ラファエルになんと言ったのだろう？

ふいに寒気を覚えた。身体の奥のほうが冷え冷えとする。結婚初夜だというのに、夫はわたしを置いていってしまった。きみは美しいと言い、愛撫してくれた、そのあとで……。

彼女は左腿に手を伸ばし、うねとなって盛りあがる傷口に触れた。突然、自分の身体が不潔に思えた。嫌われて当然なのかもしれない。わたしは彼に嫌悪された、それは間違いない。でも、理由がわからない。彼はわたしの脚を見ていないのに。

彼女はゆっくりと両手に顔を埋めたが、泣き声は漏らさなかった。

「準備はできた？」

ヴィクトリアは無理をして夫のほうを見た。それは、前夜、乱暴にドアを閉めて寝室からでていってから、彼が初めて発した言葉だった。彼女は、すでに朝食をひとりで食べ終えていた。夫がどこにいるのかさえ、わからなかったのだ。わたしの夫、愛する夫は、わたしのことを嫌悪している。

「ええ」と、ひと言だけ、彼女は言った。「準備はできてるわ」

「じゃあ、おいで」彼は立ちどまり、彼女の青白い顔をじろじろと見た。ぼくに悪いことをしたと、罪の意識にさいなまれたのだろうか？　そのとき、はたと思いあたった。これからしばらく――どのくらいの期間だろう――〈ハニーカット・コテージ〉とやらでふたりきりですごすのだ。そう思うと滑稽なほどにぎょっとした。情熱的なあばずれとふたりきりになりたがらない男など、世間にはいないだろう。だが、その女が妻となれば話はべつだ。そう考えたとき、彼の頭に婚姻無効という案が浮かんだ。だが、彼女がダミアンの子どもを身ごもっていたらどうする？　生まれてくる子どもは、ヴィクトリアと似ていなければ、ぼくにそっくりだろう。父親と瓜二つの子どもがいるというのに、裁判所が婚姻無効を認めるはずがない。

ラファエルは小声で悪態をつき、彼女に背を向けた。このまま同じ部屋にいたら、彼女を殴ってしまいそうだ。

すると、彼女が立ちあがり、椅子をうしろに押す音が聞こえた。彼は振り返ることなく、ただ部屋をでると、そのまま宿からでていった。そしてガドフライにまたがり、トムが彼女を馬車に乗せるのを待った。きょうは少なくとも、彼女の顔を見ずにすむ。

彼女が馬車のほうに歩いてくるのが見えた。うつむいている。トムが馬車のドアをあけて待っている。と、彼女がこちらを見た。

「ラファエル？」

「なんだ？」

その苛立った声に潜む怒りを、ヴィクトリアは聞きとった。彼女はかぶりを振った。トムの目の前で彼に質問をぶつけるわけにはいかない。どうして急に、わたしを嫌いになったの？　そう尋ねたいのに。彼女は気を落とし、またかぶりを振った。「なんでもない」

「よろしい」

昼食のために休憩すると、ラファエルは宿に連れていってくれたものの、そのまま彼女を放っておいた。わたしへの嫌悪感が強く、一緒に食事もできないのだろう。そして午後を迎えると、ヴィクトリアの胸のうちの自己憐憫は徐々に怒りにかたちを変えていった。「冗談じゃないわ」と、彼女は声をだして言った。「こんな失礼な話があるもんですか。許されることじゃない」

〈ハニーカット・コテージ〉への道順を、侯爵はていねいに教えてくれていたものの、なんの標識もない分かれ道が多々あり、ようやくたどりついたのは夜の六時に近い頃だった。別荘は細い田舎道から引っこんだところにあり、黒い錬鉄製の門の奥にあった。私道にはライムとオークの木が並んでいる。別荘はツタで覆われたジョージ王朝時代風の風情ある二階建ての家で、スレートぶきの屋根には煙突の穴がたくさんあいている。

馬車が玄関の両開きのドアの前にとまると、ゆったりとしたエプロンで手を拭きながら、ひとりの女性が姿をあらわした。

ヴィクトリアが馬車から降りると、その女性は膝を曲げて会釈をした。「ミセス・リプルと申します。ミセス・カーステアズでいらっしゃいますか?」

なんだかこそばゆい。そう考えながら、ヴィクトリアは少しひるんだ。そして、うなずいた。

「お疲れになりましたでしょう、お気の毒に」そう言うと、彼女はラファエルのほうに会釈し、続けた。「さあさあ、おはいりください。お部屋にご案内いたします。きのう、侯爵さまから伝言を頂戴したばかりで。でも、万事、支度はできております。ああ、ご主人さまが荷物を運んでおいでですわ」

ヴィクトリアはラファエルが自分のあとを追っているかどうか、確認せずにはいられなかった。そんなことはしないだろうと思っていたのだ。彼女はミセス・リプルのあとを追い、狭い階段を二階に上がっていった。廊下の突き当たりで、こちらがご主人さまのお部屋ですと言い、家政婦がドアをあけた。ヴィクトリアは飾り気のない大きなベッドに目をやり、身震いした。ミセス・リプルはといえば、おかまいなしにひとりで熱心に話しつづけている。ヴィクトリアは彼女のあとを追い、続き部屋にはいっていった。そこはいかにも女性らしい寝室で、ベッドカバーにも天蓋《てんがい》にも水色のフリルが多用されていた。調度品はといえば、その水色とやわらかいクリーム色との組みあわせで、分厚い絨毯は青とクリーム色の渦巻き模様だ。ヴィクトリアはしばらくぼんやりとしていたが、ふとわれに返り、ミセス・リプルがじっとこちらを見ていることに気づいた。

「ごめんなさい、いま、なんておっしゃったの？」

「お疲れのようですね、奥さま。お休みになってはいかがです？　一時間後に、奥さまとカーステアズ船長のお食事をご用意いたしますから。それでよろしいですか？」

「ええ。ありがとう」ほかのことは、もう、どうでもよかった。いまはとにかくただ横になり、目を閉じ、思考も感覚も遮断したかった。

「起きろ」

ぶっきらぼうな命令が全身に貫通したかのように、ヴィクトリアははっと目をあけ、ラファエルがベッドの横に立っているのを見た。

「夕食の時間だ」

彼の表情は冷酷で、瞳は磨かれた銀器のようにぎらぎらと光っている。彼女は身を震わせた。

「ミセス・リプルの手伝いが必要か？」

「いいえ」

「では、食堂で会おう」そう言うと、部屋からすたすたとでていく彼の後ろ姿を、彼女は見送った。

狭いながらも居心地がよさそうな、黒っぽい羽目板張りの食堂にはいっていくと、夫がテーブルの横に立っていた。ワイングラスを手にしている。

彼は残りのワインを一息に飲みほし、そこに座れと、彼女に身振りで示した。ふうん、そうくるわけ、と考え、彼女は肩をいからせた。もう、びくびくするものですか。

そう意気込んだものの、ミセス・リプルが部屋をでていくまで、残念ながらだまっていなければならなかった。ようやく家政婦がでていくと、ラファエルが口をひらいた。

「ビーフは？」

「ええ、ありがとう」

「ポテトは？」

「ええ、ありがとう」

「ドレスを着替えていないね」

「ええ、そんな気分じゃなくて」

「野菜の煮込みは？　サヤインゲン、かな」

「けっこうです」

「きみの髪、二週間ほどブラシをかけていないように見えるぞ」

彼女は口をひらいたが、彼がすばやく先手をとった。「わかってる、ネズミの巣を払うような気分じゃなかったんだろ」

ヴィクトリアは努力し、それぞれの料理を三口《みくち》は食べた。ビーフは硬く、ポテトは生焼けだった。彼女はワインを一杯、飲んだ。ラファエルは何も言わなかったし、彼女も何も言わなかった。彼女がいざ攻撃を開始しようとしたとき、ミセス・リプルが食堂にはいってきた。彼女は陽気な顔で、ふたりを交互に眺めた。

ヴィクトリアはため息をつき、家政婦に礼を言い、立ちあがった。

ラファエルは視線さえ上げなかった。

「おやすみなさい」そう言うと、彼女は食堂からさっさとでていった。

幸い、彼女の怒りはそのまま燃え尽きることはなかった。一時間もしないうちに、ラファエルの足音が聞こえてきた。十分以上待ってから、彼女はノックもせずに続き部屋のドアをあけた。

ラファエルは彼女に背を向け、立っていた。火床のちろちろとした炎を眺めている。

「もう、充分」と、彼女ははっきりと言った。「どういう理由かわからないけれど、あなたはわたしのことを毛嫌いしている。だから、尋ねにきたの。もう茶番はやめ、婚姻を無効にするつもりなのかどうか」

ラファエルがゆっくりと振り返り、彼女の顔を見た。「無効?」

「そうよ。わたしと一緒にいることに耐えられない男の人と、これ以上一緒にすごすなんて想像できないもの」

「残念だが、ぼくたちの結婚は無効にできないはずだ」

「できるわよ、ぜったいに」

「きみと親密にならなかったことを立証できるとは思えないね、奥さま。だって、きみは処女じゃない。そのよくまわる舌でも、さすがにそこまでは嘘をつけないだろう」

ヴィクトリアはぽかんとして彼を見た。

「きみは妊娠してるのか?」

「あなた、頭がおかしくなったの?」

彼は宙で手を払うようにした。「やめろ、ヴィクトリア。もう嘘はたくさんだ。ぼくの双子の兄のほかに、何人の男と寝た?」

彼女は長い息を吐きだした。「そういうこと」と、のろのろと言った。「だから、ダミアンはあなたと話をしようとしたのね。彼から何を聞いたのか、ぜひ、うかがいたいものだわ。包み隠さず」

彼は残忍に言った。「きみが彼を誘惑したと。せっつかれて、肖像画が並ぶ回廊できみを壁に押しつけたと。きみはあばずれで奔放だと。くそっ、そうだろ、昨夜の乱れっぷりを見て、よくわかったよ」

彼女はただ彼を見つめることしかできなかった。身震いしながら考えているうちに、真相が見えてきた。昨夜、彼が急に怒りだしたのは、わたしの脚とは関係がなかったのだ。彼はダミアンの大嘘を信じたのだ。そこまで考えた彼女は、氷の破片のように冷たい声で言った。

「そういうことだったの。あなたに自分から求婚したから、わたしをあばずれだと思ったの？　お兄さんとその嘘を信じたの？」突然、彼女は声をあげて笑いだした。そのむきだしの醜悪な笑い声に、彼がぎょっとするのがわかった。「あなたの愛撫やキスにわたしが反応したから、ダミアンの話を信じたっていうの？　あんまりだわ、ラファエル。わたしに経験があれば、わざと縮こまり、あなたに抵抗し、気絶してみせたでしょうに。あなたって馬鹿ね。わたしのお金の半分は、あなたにあげるわ。あなたの名前にどのくらいの価値があるのか知らないけれど、そうすれば、体面が保てるでしょ。わたしはあす、でていくわ。ロンドンに戻り、ミスター・ウェストオーヴァーに会ってきます。おやすみなさい」

彼女は背を向け、続き部屋から勢いよくでていこうとした。

「きみが置かれている状況は、なにひとつ変わっていないんだぞ、ヴィクトリア」と、ラファエルが彼女の背中に叫んだ。「相変わらず、きみは文無しだ。まったく、無知にもほどがある。結婚と同時に、妻の全財産は夫のものになることも知らないのか？」

彼女はふいに立ちどまった。振り返り、彼の顔を見る。そして、のろのろと言った。「あなたの言うことなんか、信じない。あれはわたしのお金よ、あなたのお金じゃない」

「信じるしかないんだよ」と、彼が言った。「きみはね、ダミアンのところから逃げだし、兄を懲《こ》らしめたときと同じように貧乏なんだよ。きみのいまの全財産はいくらだい？　十五ポンド？　それっぽっちじゃ、そんなに遠くには行けないね」

「あなたの言うことなんか、信じない」と、彼女が繰り返した。そうよ、信じるもんですか。信じるわけにはいかない。そんなこと、ありえない。

「提案してやろう」と、彼が冷酷に言った。「きみにも、身体を売るくらいはできるぜ。まだ若いし、きれいだから、自力で気前のいいパトロンを見つけることもできるだろう。だが、それも妊娠していなければの話だ。きみは子どもを孕《はら》んでるんだろ、ヴィクトリア？」

彼女の指が、テーブルの上にぽつんと置かれた装飾の華やかな中国製の花瓶をしっかりと握った。かっとなった彼女は、くるりと振り返り、花瓶を彼に投げつけた。

10

狙うだけでは不充分。きちんと命中させろ。

——イタリアのことわざ

ひょいと首をすくめたので、頭にはぶつけられずにすんだものの、上腕はまぬかれなかった。花瓶が勢いよく腕にあたり、木の床に跳ね、粉々になった。

ラファエルは思わず腕を曲げてみたが、何も言わなかった。ヴィクトリアは石のように硬直して立ちすくみ、床に散らばる花瓶の破片を見つめていた。

彼は口をひらいた。「いい肩をしている。狙いもいい」われながら、落ち着いた声だった。

「ピストルがあればよかったのに」

「もっていたら、図々しいきみは、間違いなくぼくに銃口を向けていただろう。だが、そんな真似をしたら、ぼこぼこになるまで殴られていたぞ」

「男の脅しね」と、彼女がかすれたような声で言った。「嫌がる女性を凌辱しようと、自分の強さを利用する男と同じ。あなたって、見下げはてた男だわ。そんな人じゃないと思っていた、わたしが馬鹿だった。さようなら、カーステアズ船長。あしたの朝、わたしを見送ってくださらなくてけっこうよ」そう言うと、彼女は小さく敬礼の真似をし、ドアノブをまわした。

「行くな、ヴィクトリア」

ヴィクトリアは首を横に振っただけで、彼のほうを振り向かなかった。と、彼が背後にさっと近づいてきた。そして彼女の頭の上からドアを押さえた。彼女はそのままじっと立っていた。遅かれ早かれ、彼がこのゲームに飽き、あす、彼女が発つことを認めるだろうと予想がついていたからだ。

「きみのことがわからない、ヴィクトリア」そういう彼の声は当惑を帯びていた。「ああ、ダミアンの話なんぞ、何も信じていなかったんだ。ただ、例の話をぶちまけられるまでは……」

彼女は何も言わなかった。もっと早くにダミアンが作り話を弟に聞かせていれば、わたしたちはとっくに破局を迎えていたのだろう。だって、デヴィッド・エスターブリッジにも、同じ作戦が通用したんだもの。弟にだって、通用しないはずがない。

「もとはといえば、きみから言いだした話じゃないか。告白しなくちゃならないことがある、結婚する前に話しておくべきだったと、そう言っただろう？　それは否定しないね？」

「ええ、否定しないわ」ドアのほうを向いたまま、彼女は面倒くさそうに言った。「たしかに、あなたに話したいことがあった。でも、もう、どうでもいい」

　彼女の頭頂部を眺めながら、ラファエルが顔をゆがめた。

「処女ではないというのが嘘なら、ほかに何を告白するっていうんだ？　覚えているだろう？　ぼくはきみに性愛の手ほどきをしてやろうとした。よりにもよって、きみに手ほどきとはね。さぞ愉快だっただろう」

「そういうことだったの」と、ヴィクトリアが自分に確認するように、ぼんやりとつぶやいた。「わたし、わけがわからなかった。さんざん理由を考えたわ」

「いい加減に、いまいましい芝居はよせ」

「もう、部屋に戻りたい。荷物をまとめないと」

「言っただろう、十五ポンド程度の端金じゃ、それほど遠くには行けないと」

「もう、あなたには関係のないことでしょ。わたしは二十ポンドを盗み、あなたはまんまと五万ポンドを盗んだ。ずいぶんうまい取引をしたものね、船長。それだけ儲《もう》ければ、もう充分なはずよ」彼女は首を横に振り、笑った。「わたしが馬鹿だった。あなたはお兄さんとは違うって思いこむなんて、ほんとうに馬鹿だった」

　何かがおかしい。そう考えたラファエルは、ふたたび混乱におちいり、顔をしかめた。ドアを押さえつけたまま、動こうとはしなかった。「ぼくは兄とは違う」と、ようやくそう言った。

「違うの？　あの人は冷酷な大嘘つきよ。あなたはわたしよりも、妻であるわたしよりも、彼を信じるほうを選んだ。おかげさまで、あなたの性格がよくわかったわ。欠点もね」

「よろしい。では聞かせてもらおうか。処女じゃないことを告白するつもりじゃなかったのなら、いったい何を告白するつもりだった？　愛しあっている最中に、わざわざ言いださなくてはならない告白ってのは、いったいなんなんだ？」

「もう充分でしょ、船長。たった二日間で、すっかりお金持ちになったんだから、それで満足して」

苛立ちがつのり、手をださずにはいられなくなった。ラファエルは彼女の両肩をつかみ、力まかせに振り向かせた。「告白ってのは、なんなんだ？」彼女の肩を揺さぶりながら、歯ぎしりするように尋ねた。

「知るもんですか」と、彼女が一言一句をはっきりと、落ち着き払った口調で言った。

彼は顔をしかめ、彼女を見た。そして考えこむようにして、おもむろに言った。「きみの告白がなんだったのか、証明してやる。きみが処女かどうか、確かめてやる」

「さわらないで、ラファエル」

「ぼくはきみに触れている。きみはぼくの妻だ。好きなようにできる」

彼は頭を下げ、キスしようとしたが、彼女が身を引きはがしたせいで、彼女の髪に口をつけるはめになった。首すじの髪の結び目をつかみ、彼女を押さえつけ、唇を覆った。彼はキスをしながら、無理やり、彼女の唇をこじあけようとした。

ヴィクトリアが抵抗を始め、彼の胸に両のこぶしを打ちつけた。彼はかまわず、彼女の口のなかに舌を差しこんだものの、嚙まれた。彼は思わず頭をのけぞらせた。痛みと怒りが全身を駆け抜ける。彼女は蒼白で、緊張で張りつめた顔をしており、両目が腫《は》れていた。

「やっぱり、あなたはお兄さんと同じだわ。望まない女性に無理強いする、けだものよ」

彼女が唇を手でぬぐい、彼の感触を、彼の味を消そうとした。ラファエルは彼女の瞳に嫌悪の色を見てとった。

彼女のふるまいが、ラファエルの怒りに油をそそいだ。「この猫かぶりめ。昨夜はあれほど激しくぼくを求めたくせに。あれじゃあ、そう長くは、内気な処女の真似などできやしないぞ。昨夜、きみはぼくの唇ではなく、指を感じた。感じていないふりなどしても無駄だよ、きみはすっかり濡れていて、熱くて――」

さすがに自制心がきかなくなり、彼女はラファエルの股間に膝蹴りを食らわした。

彼はあえぎ、ぎょっとして彼女を見つめ、考えた。この痛みはじきに耐えられないものになるぞ……。「これだけは勘弁してほしかった」そう言うと、彼はうめき声をあげ、股間を押さえながら膝をついた。

ヴィクトリアはもう一瞬たりとも躊躇しなかった。すぐさま続き部屋のドアをあけ、勢いよく閉めると、鍵穴に差してあった鍵をすばやくまわした。そして、のろのろとあとずさりをした。身体が震えている。どのくらいのあいだ、そうやって寝室の真ん中に立っていただろう。気づいたときには、彼が廊下に面したほうのドアへと歩いていく音が聞こえた。彼女は自分の寝室の廊下に面しているドアのほうを一瞥すると、あわてて走りはじめた。そして鍵を閉めたとたんに、ドアの向こうで彼の足音が聞こえた。

ラファエルは、ドアを叩こうとこぶしを上げた。だが、じわじわと理性が戻ってきた。そこで腕を下ろし、低い声で言った「ドアをあけろ、ヴィクトリア」

「いや」彼女は小声で言ったあと、大声で繰り返した。「いや」そのとき、おびえながらベッドに横たわっている自分の姿が脳裏に浮かんだ。寝室のドアの向こうから、ダミアンが彼女の名前を呼んでいる。もう、耐えられない。

「いますぐあけないと、ドアを蹴破るぞ」

ヴィクトリアは足音をたてないようにして寝室を横切り、続き部屋のドアに向かった。そしてドアの鍵をあけ、彼の寝室にすべりこみ、ふたたび鍵をかけた。心臓は早鐘を打っていたが、彼女は残酷な笑みを浮かべた。

だが、すぐに、勝利の高揚は消えうせた。彼女は口をひらくこともできず、廊下のドアがひらき、彼が自信たっぷりに室内にはいってくるのを眺めた。彼がドアをそっと閉めた。

「そんな真似をするだろうと思ったよ。もう出口はない、ヴィクトリア。あきらめろ。もうひとつ言っておく、愛しい妻よ。またぼくを去勢しようとしたら、きみを縛りつけ、迷うことなく見せしめをしてやる。わかったか？」

彼女は呆然とした。圧倒的な無力感。無駄だった、と彼女は考えた。いろいろ頑張ってはみたけれど、無駄だった。彼女はドアの前に立つ彼の怒った顔を眺めた。そして、ゆっくりとしゃがみこんだ。ドアにもたれ、腿に頭を埋める。涙はでない。あまりにもつらく、五感の認識が失われた。

脚のことを、どうして正直に言わなかったのだろう？　だが、彼女にはその答えがわかっていた。彼は、兄の薄汚い嘘を信じたのだ。そんな彼に説明などする必要はない。彼にはそんな値打ちなどない。それどころか、彼にはなんの値打ちもない。みじめな思いで頭がいっぱいになり、彼がこちらに歩いてきたことにさえ気づかなかった。

ラファエルは彼女のそばにくると、両手を腰にあて、立ちどまった。お仕置きされて当然だ。そう思いはしたものの、ドアにもたれ、床で縮こまっている彼女の姿を見ると、うろたえた。彼はのろのろと、彼女の横で膝をついた。

「きみの告白とはなんだ？」

二の腕をつかまれ、彼女はぴくりと身を引いた。だが、彼は手を離そうとはしなかった。

「いったい、なんだったんだ？」と、彼が繰り返した。「話してくれ、ほんとうのことを。さもないと、きみは一晩、このまま床ですごすはめになる。脅しじゃないからな、ヴィクトリア」

驚いたことに、そして癪《しゃく》なことに、彼女はかぶりを振り、何も言わなかった。

「なるほど、説得力のある嘘も思いつかないとみえる」

突然、腕組みをして頭を垂れていた彼女が視線を上げ、口をひらいた。「あなたは童貞なの、ラファエル？」

「いったい、それとなんの関係があるっていうんだ？」

「そうなの？」

「馬鹿もやすみやすみ言え、ヴィクトリア。ぼくは男だ」

「そして、男はいつだって勝つ。そうなんでしょ？」

「ぼくは勝ってない」と、苦々しい声で彼は言った。「今回は違う。きみが相手だから」

彼女は彼の目をまっすぐに見た。「わたしに乱暴するつもり？」

彼は吐息をついた。「いいや、ぼくはそんな人間じゃない」

「わたし、床の上でひと晩、すごしたくなんてないの。自分の部屋に戻っていい？」

「きみの告白とやらを打ち明ければ」

彼女は乾いた声で笑った。「いいわ、教えてあげる、なにもかも。わたし、セント・オーステルの売春婦として知られてるの。ダミアンは、大勢いる愛人のひとりにすぎないわ。あんまりたくさんいるから、いちいち覚えていられないくらい……始めたのはまだ若い頃よ。わかるでしょ、男性であるあなたと同じくらい早かったかも。そうね、あの筋骨隆々とした馬丁の少年に屋根裏に連れていかれたのは、十四歳くらいだったかしら。彼にキスされたときのことは、忘れられないわ——」

「やめろ」

そう言うと、ラファエルがさっと立ちあがった。「でていけ」しばらくすると、彼はようやく低い声で言った。「とっとと、でていくんだ」

ついに、勝ったんだわ。彼女はそう考えながら、必死で立ちあがろうとした。しばらくしゃがみこんでいたせいで、脚が痙攣を起こし、倒れそうになった。彼女はあわててドアノブをつかんだ。

ラファエルは気づかなかった。すでに彼女に背を向けていたのだ。

ヴィクトリアは最後に彼を苦々しく見やると、自分の部屋にすべりこんでいった。ドアに鍵はかけなかった。もうその必要はない。

翌朝早く、ヴィクトリアはそっと寝室のドアをあけ、廊下の左右に目を走らせ、寝室からそろそろと旅行鞄を引っ張りだした。たいして重くなってないわ。そう思い、苦々しく微笑んだ。ラファエルが密輸業者の手から救ってくれたときと比べて、それほど荷物の中身が増えていないのだ。なんだかすごく昔のことのように思えた。少なくとも一生分は前のことのような気がする。できるだけ物音をたてずに、階段目指して廊下を進んでいった。階段の上で足をとめ、薄暗い玄関を見おろした。もちろん、ミセス・リプルはまだ起床しておらず、あたりをうろついてはいない。どうかトムも自室で眠っていますように、厩舎にはいませんようにと、彼女は願った。

静かに、ゆっくりと、彼女はオークの玄関ドアのほうに進み、鍵を外し、冷え冷えとする早朝の霧のなかにでていった。身体にしっかりと外套を巻きつけ、別荘のすぐ右手にある小さな厩舎のほうに旅行鞄を引きずるようにして歩きはじめた。

ヴィクトリアは、彼の牡馬、ガドフライに乗っていくつもりだった。

彼女はつんと顎を上げた。ロンドンに行き、ミスター・ウェストオーヴァーに会いにいこう。わたしの相続財産について、ラファエルは嘘をついたに決まっている。バーリー主教からほんの二言、三言でわたしとの結婚を認められたからといって、わたしの全財産が彼のものになるなんてありえない。あまりにも不公平だ。前夜、彼女はまんじりともせず、今後の計画を練りなおしていた。わたしだって馬鹿ではない。この脚が乗馬に耐えられるのは、せいぜい一日に三時間程度だとわかっている。その計算でいくと、ロンドンに戻るまで四日はかかる。そこまで考えて、彼女は不安を覚えた。それだけの日数をかけて旅をしたら、十五ポンドをほぼ使いきってしまうかもしれない。

彼女は暗い厩舎にすべりこんだ。なかはあたたかく、革、亜麻仁油、まぐさ、馬の匂いが漂っていた。気持ちが落ち着く匂い。彼女はラファエルの牡馬を見つけ、やさしく話しかけた。ああ、思いきって、ミセス・リプルのキッチンから食べ物をすこしもってくればよかったと、彼女は後悔した。牡馬の頭に馬勒《ばろく》をかけた拍子に、薄暗い陽射しのなか、結婚指輪がきらりと輝いた。美しいサファイアの周囲を完ぺきにカットされたダイヤモンドが囲んでいる……。彼女の顔にゆっくりと笑みが浮かんだ。この指輪には、十五ポンド以上の価値があるはず。いざとなったら、この指輪を質にいれよう。

そう考えると、彼女は鞍に目をやり、肩をいからせ、鞍を牡馬の広い背中にえいやともちあげた。馬がいななき、馬房のなかでわずかに跳ねた。

「シーッ」と、彼女が声をかけた。「お願い、動かないで、そう。じっとしていて、ガドフライ。いい子ね」

彼女は腹帯をきつく締め、牡馬を馬房から慎重に外にだした。そして努力のすえ、なんとか鞍に旅行鞄を載せ、鞍の前橋《ぜんきよう》に鞄の持ち手を引っかけた。

「じっとしていて、いい子だから。すぐに出発よ」

「それはどうかな、ヴィクトリア」

ぎくりとして振り返ると、ラファエルが厩舎の入口に立っていた。胸の前で腕を組んでいる。半ズボンに白いシャツという恰好で、足元は裸足だ。

しばらく、言うべき言葉が見つからなかった。気づかれないよう、静かに事を運んだつもりだったのに。彼女は鞍に頰を寄せ、魔法にかかったように彼が消えてしまうことを願った。どうか、これが悪夢でありますように。

だが、もちろん彼は消えてなくなりはしなかった。

「どうしてわかったの？　物音をたてないようにしたのに」

「きみは、だいぶ頭が混乱しているようだったからね。十五ポンドぽっちで逃げだそうなどと考えるのは、女だけだ。まったく、こんな真似をして、自分の馬鹿さ加減を立証したようなものだ」

「あら、わたし、十五ポンド以上もってるわ」その言葉が口から飛びだしたとたん、彼女は挑発に乗ったことを後悔した。そして牡馬の背のほうに目を向け、思案した。このまま鞍に飛び乗ったら、ラファエルを置きざりにして逃げだせる可能性があるかしら。

「やめておけ、ヴィクトリア。きみが文無しなのは、よくわかってる。きみはぼくの金を盗もうとはしなかった。つまり、ぼくの寝室に忍びこもうとはしなかった。少なくとも、ぼくが起きているあいだはね。眠っていたとしても、ぼくは物音で目覚めただろう。そうしたら、きみをすばやくベッドに連れていき、仰向けに押さえつけてやったのに」

　彼女はすっと背筋を伸ばし、彼を真正面から見すえた。ふたりのあいだには二十フィートほどの距離があり、彼女は勇気をだして反論した。「なぜ、わざわざ邪魔しにきたの？　わたしがここからでていき、あなたの人生から消えてしまえば嬉しいはずでしょうに」

　彼の右手がさっと空気を払った。「ロンドンに着いたら、ぼくの馬を売るつもりだったのか？」

「いいえ」そう応じはしたものの、いずれ、その案を思いついていただろうことを、彼女は自覚した。

「まあ、いずれにしても、きみがロンドンにたどりつけるかどうか、怪しいものだ。たしかに、このあたりに密輸業者はいないが、追いはぎがうようよいるんだぞ、ヴィクトリア。きみのような獲物を見つけたら、連中は大よろこびだ」

「わたしなんて、どうなったってかまわないでしょ」

「当然、連中はきみを凌辱する。そのあとで、殺すかもしれない」

「どうなったってかまわないでしょ」と、彼女は繰り返した。「そうすれば、つつがなく、わたしの全財産はあなたのものになる」

「きみの全財産はとっくにぼくのものなんだよ、きみが元気でぴんぴんしていても」

「あなたの言うことなんか信じない。そんなの、あまりにも不公平よ。嘘に決まってるわ」

「足が冷えた」と、ふいに彼が話題を変えた。「一緒に別荘に戻ろう」

「いいえ、あなたが一緒であるかぎり、どこにも行くつもりはありません」

その声から、彼女が混乱状態におちいっていることがわかり、彼は気を滅入らせた。罪の意識に襲われたが、すぐに思いなおした。彼女はぼくに嘘をついた。思いやりを示してやる必要なんぞあるものか。

「帰るぞ、ヴィクトリア」

「いやよ。わたしが文無しだってことをずいぶん気にしているようだけれど、わたしにだって目論見はあるのよ。指輪を売るわ。よければ、わたしのお金のなかから、指輪にいくら使ったのか、教えていただける？」

「一千ポンド程度だ」

「かわいそうなラファエル」と、彼女は冷たく鼻であしらおうとした。「いまのあなたには、四万九千ポンドしか残っていない。わたしが手を打てば、いずれ、そのお金はもっと減るでしょうね」

「それどころか」と、彼は低い声で言った。「じきに、ぼくの取り分はぐんと減ることになる。じつはね、ミスター・ウェストオーヴァーに書類を用意させるつもりだ。そして、きみの相続財産の半分を、ぼくらの子どもたちのための信託財産にする」

彼女は仰天し、背筋を伸ばした「あなたの言うことなんか、信じない。ダミアンは決して――」

「二度と、ぼくを兄と比べるな、ヴィクトリア」

「あなたの言うことなんか、信じない」と、彼女はふたたび言った。

ヴィクトリアは、こちらに歩いてくる彼の姿をじっと見つめた。と、彼女の奥深いところで何かがはじけた。弱々しい悲鳴をあげ、彼女は足を勢いよく振りあげ、あぶみにかけようとした。が、腰に両手をまわされ、彼に引っ張られた。彼女は悲鳴をあげ、知っているかぎりのわずかな語彙を駆使して彼を罵倒したが、彼の笑い声が聞こえてくるだけだった。

牡馬がいななき、ふたりから逃れようとした。つぎの瞬間、彼女は馬に押され、厩舎の床に飛ばされた。ラファエルがパニックにおちいった牡馬の手綱を握り、なだめはじめた。すばやく無駄のない動きで、彼は馬から鞍を外し、彼女の旅行鞄を下ろした。そして、ガドフライを馬房に戻し、低い声でずっと馬をなだめつづけた。そして馬を落ち着かせ、馬房のドアを閉じると、ようやく彼女のほうを見た。

「立て、ヴィクトリア。きみを抱いていくのはごめんだ」

のろのろと、彼女は膝をついた。脚の筋肉がこわばっており、いますぐほぐす必要があることがわかった。でも、いまはまず、立ちあがらなければ。

彼女が時間をかけて立ちあがるようすを、彼は眺めた。外套に何本か藁がくっつき、その顔は青ざめている。思わず、ラファエルは彼女を美しいと思い、強い欲望が湧きあがり、股間に痛みが走った。彼は旅行鞄をもちあげ、彼女に背を向けた。「行こう」彼は振り返ることなく、そう言った。

また無駄な骨折りだったわ。そう考えながら、ヴィクトリアは彼のあとをついていった。裸足で鋭くとがった小石を踏むたびに、びくりとしながらも、ラファエルはそのまま歩きつづけた。

気づいたときには、彼をじっと観察していた。まっすぐで力強い背中、長い脚。乱れている豊かな黒髪。ふと、ヴィクトリアはありありと思いだした。結婚初夜に彼にキスをされ、愛撫されたとき、どんなふうに感じたかを。あんな感覚は想像したこともなかった。そう考え、彼女はかぶりを振った。わたし、馬鹿だったわ。もっと処女らしくおびえ、とまどっているふりをすべきだった。それなのに、彼とは自然に接するのがいちばんだと思いこんでいたのだから。男の人って、正直な女はいやなのかしら？　彼女はため息をついた。

男って、ほんとうに奇妙な生き物だ。

ラファエルのあとを追って家にはいると、ミセス・リプルがキッチンにいた。ヴィクトリアは足早に階段を上がっていった。こんな決まりの悪いところを、家政婦に見られたくない。〝ええ、そうなんです〟と、自分が釈明する声が聞こえるようだった。〝わたし、夫から逃げだしたんです。結婚初夜に、わたしがあまりにも奔放に反応したので、夫はお兄さんの話を信じ、わたしのことを売春婦だと思ったんです〟

兄の嘘を信じた彼のことを許せる日はくるのかしら、と彼女はぼんやりと考えた。それもこれも、わたしが彼の妻になりたいと思ったからだ。彼に脚を見られ、嫌悪されるのが怖かったからだ。

「ベッドに戻れ」そっけなくそう言うと、彼女の寝室の前に旅行鞄を置き、彼は去っていった。と、ふいに振り向き、とても穏やかな声で言った。「こんな離れ業は二度とするんじゃない、ヴィクトリア。約束を破ろうものなら、ただじゃおかない。忘れるな」

彼女は服を脱ぎ、コットンのネグリジェを頭からかぶり、ベッドにもぐりこんだ。次はどんな手を打つか、考えなくちゃ。そう思ったものの、疲れきっており、すぐに寝入ってしまった。

ラファエルは続き部屋のドアをそっとあけた。彼女がベッドの真ん中で丸まっているのが見えた。まったく、どうすりゃいい？　ぼくの結婚生活は前途洋々だったのに、あっという間に粉々に壊れた。彼は続き部屋のドアをあけたまま、自室に戻った。そしてベッドに倒れこむと、両腕に頭を載せた。白い天井をじっと眺める。どうにかして、事実をはっきりさせなければ。だが、彼女をレイプするわけにはいかない。その点に関しては、疑問の余地はない。ぼくはそんな真似をする男じゃない。それどころか、彼はつねづね、無神経なやり方で女性を扱う男を軽蔑していた。だから、彼女に手荒な真似などできない。いろいろ考えたあげく、とうとう結論に達した。彼女を誘惑するしか、方法はない。そうすれば、すべてがわかる。そして、彼女が処女ではないことがわかったら？　そのときは、どうするんだ、この間抜け？

彼はそれ以上、考えたくなかった。そうなったら、また考えればいい。それにしても、彼女は何を告白しようとしていたんだろう？　愛しあおうとしている最中に、若い無垢な娘が打ち明けなければならないことなど、ほかにあるはずがない。そんなことを考えていると、自分にたいする彼女の反応のひとつひとつがよみがえってきた。初めてキスをしたとき、彼女は驚いていたっけ？　彼女が身を震わせ、唇をひらいたときの感触がありありと思いだされた。

恥ずかしがったり、おびえたりしてほしいと、ぼくは本気で思っていたのだろうか？　彼女が羞恥心をあらわにすれば、自分が忍耐力のある、器の大きな愛人であるような気分に浸れるから？　こちらが考えだした勝手なルールを彼女に押しつけながら、手とり足とり性愛の基本を教える寛大な夫の役割を楽しむほど、ぼくは愚かな男なのだろうか？

そんなことを考えているうちに、彼の脳裏にパトリシアの記憶がよみがえった。彼女はとても愛らしく、ぼくは彼女が純真そのものだと思いこんでいた。十六歳の自分の頭のなかは、彼女のことでいっぱいだった。恋に夢中になった少年でありながら、彼はせいいっぱいの抑制を見せたつもりだった。そしてついに彼女を抱いたときには、処女である彼女を傷つけるのではと、怖くてならなかった。彼女は悲鳴をあげ、痛いとつぶやいた。だから彼は、許してほしいと謝罪した。そして恋の熱に浮かされた十六歳の彼は、彼女が望む唯一の男——まだ子どもの分際で男とはちゃんちゃらおかしいが——は自分だと信じこんでいた。そんなとき、彼女がダミアンと一緒にいるところを目撃したのである。どれほど兄が自分を愚弄し、嘲笑したことか。

とうの昔に消えたはずの記憶がよみがえり、ラファエルは耐えられなくなった。消えたと思っていた記憶がよみがえるとは。なにもかも、ヴィクトリアのせいだ。彼はすばやく立ちあがり、着替え、家をでた。ガドフライにまたがり、牡馬が疲労のあまり泡のような汗をかき、息を荒らげるまで走りつづけた。

昼も近くなった頃、彼は別荘に戻った。狭い食堂に昼食が用意されていた。ヴィクトリアはテーブルの皿に載ったハムの薄切りと延々と格闘していた。彼が食堂にはいっていくと、彼女はさっと視線を上げたものの、すぐにまた下を向いた。

「船長、昼食をいかがです？」

彼はミセス・リプルに無理に微笑み、うなずいた。

家政婦が食堂からでていくと、彼はなんとかハムを食べようとした。ところが、ハムはあまりにも塩気が強く、バターであえたポテトは胃にもたれた。おまけに、室内に充満する沈黙で耳が聞こえなくなるような気がした。

自分がパンを噛む音さえ、はっきりと聞こえた。パンは、硬い部分と生焼けの部分が交互にでてきた。

「ヴィクトリア」彼はついに言い、フォークをゆっくりとテーブルに置いた。

彼女は何も言わない。

「ミルトン・アッバスにでかけて、観光でもしないか？」

彼女は呆気にとられ、彼をまじまじと見た。「どうして？」

「新婚旅行にきているんだから」と、彼はビロードのようになめらかな声でいった。「少しは楽しまないと」

ヴィクトリアもまた、これから延々と続くであろう空虚な時間のことを考えていた。ほかに、彼にしてほしいことなどない。「いいわ」

「すばらしい」そう言うと、彼はまたハムを嚙んだ。「出先で、何か食べられるかもしれない」

別荘の厩舎にいるのは、老いぼれた弱々しい牝馬だけだった。だがヴィクトリアは、馬車に閉じこめられているよりは、この化石のような馬に乗るほうを選んだ。その日の午後、空は気持ちよく晴れわたり、青空には雲が点在していた。お喋りに花を咲かせるトム・メリフィールドとミセス・リプルを残し、ふたりは出発した。善良な家政婦は、御者が自分に注意を向けてくれたのが嬉しいらしく、頰を染めていた。

天気のおかげで、会話が五分ほど続いた。が、何も話すことがなくなると、ラファエルは彼女の横顔を眺め、深く息を吐いた。「きみさえよければ、あすか、あさって、コーンウォールへの旅を再開しようか。〈ドラゴ・ホール〉には、一、二週間滞在できれば充分だ。それだけあれば、新居用の土地が見つかるだろう」

「あなたはもう、お気に入りの家を見つけたのかと思ったわ」そう言うと、彼女は目を閉じた。ついに〈ドラゴ・ホール〉に戻り、ダミアンとエレインに再会しなければならない。

いっぽうラファエルは、〈ドラゴ・ホール〉への旅をすぐに再開しようという提案を、彼女が却下しなかったので、意外に思った。ぜったいにいや、それだけは勘弁してと、彼女が甲高い声をあげて反対すると思っていたのだが。そう考えていると、彼女がふっと微笑んだのがわかった。何に微笑んだ？ ダミアンにか？

「ずいぶん嬉しそうだな」という彼の声に、ヴィクトリアは疑念を聞きとった。

「ええ。ダマリスが恋しいの。あの娘が生まれたときから、ずっと世話をしてきたんですもの」

「ああ、そういえばそんなことを話していたな。じゃあ、〈ドラゴ・ホール〉にしばらく滞在してもかまわないんだね？」

彼女は下唇を嚙み、老いぼれの牝馬の耳のあいだを見つめた。

「きみの立場は、これまでとはまったく違うものになる。以前は、エレインの言いなりになっていたんだろう？」

「ええ、そうよ。でも、気にならなかった。だって、つい先日まで、わたしはお世話になっている貧しい親戚にすぎないと思っていたんですもの」

「いまは、ぼくの妻だ」

いかにも所有欲が強そうな彼の口調に、彼女は驚いた。が、何も言わなかった。

彼の手がそっと腕に触れるのを感じ、ヴィクトリアは彼のほうを見た。「きみはぼくのものだ、ヴィクトリア」と、彼が繰り返した。「もう言い争いはしたくない」

ヴィクトリアは彼の手を、その長い指を見つめた。「言い争いを始めたのは、あなたのほうよ、ラファエル」

「そのとおりだ。停戦したい」

「本気で言ってるの？」

ラファエルは彼女の腕に手を置いた。希望がこもった彼女の声に、彼は身震いをした。自分に、自分の欺瞞《ぎまん》に嫌気《いやけ》が差した。だが、ぼくはこれを望んでいたんじゃないか。彼女に信頼してほしい。また微笑んでほしい。彼女と愛しあい、確認したい。

「ああ」と、彼は応じた。「本気だ」

11

今後とも、ますます赤の他人でありたいものです。
――シェイクスピア

問題は、とヴィクトリアは客観的に考えた。彼と一緒にいると、わたしがぼうっとなってしまうことよ。ちょうどミセス・リプルが誕生日のお祝い用のハムを棒で叩くように、彼があの独特の魅力を全開にして非難の言葉を並べたてはじめると、わたしの頭は働かなくなってしまう。そんなふうに感じることが気にいらなかった。わたしにあんな仕打ちをしたんだもの、ラファエルに譲歩してあげる価値なんてない。けんもほろろに接していれば、それでいいのよ。そう考え、彼女は吐息をついた。

でも、彼はせいいっぱいの誠意を示し、わたしに停戦を申しでた。

いまみたいに、彼がそばにいないと、あの結婚初夜の胸が悪くなるような出来事を、つい思いだしてしまう。すると、苦い現実を直視せざるをえなくなり、きょうの午後に彼が見せた魅力も色褪せてしまう。

きょうの午後、一緒に馬に乗ったラファエルは、辛辣《しんらつ》で復讐心に燃えた男から、魅力的で愛想のいい男に変身を遂げていたと、ヴィクトリアは信じたかった。とにかく、オリーブの枝（平和を象徴する）をとても愛想よく差しだしてくれたのは事実だもの。そう考えると、彼女はまた吐息をつき、青いシルクのドレスを頭からかぶろうとした。わたしときたら、あれほどつれないそぶりをしていたのに、彼が差しだしてきたオリーブの枝をいそいそと受けとってしまった。そして、彼の魅力に頭をぼうっとさせてしまった。

でも、いまみたいに彼がそばにいなければ、少しはまともに頭を働かせることができる。そう考えながら、彼女はドレスの最後の小さなボタンを乱暴にとめようとした。着替えを終えると、彼女は鏡台の前に座り、ヘアブラシを手にとった。鏡に映る自分に向かって顔をしかめる。どうして？　どうして、ラファエルは態度を変えたのかしら？

四六時中、不和を続けているのは、つらいものだ。でも、言いがかりをつけてきたのは、ラファエルのほうだ。彼はきっと、喧嘩《けんか》を売ったのは自分のほうなのだから、あっさりと停戦にもちこめるはずだと思いこんでいるのだろう。

彼女は鏡のほうに身を乗りだし、頭のてっぺんの巻き毛に濃青色のビロードのリボンを編みこんだ。ろうそくのやわらかい灯りのなか、栗色の髪に赤や金やこげ茶色がきらめいている。わたしったらまずまずに見えるわ。彼女はそう結論をだした。

しばし手をとめ、鏡台の反対側にある鏡のほうを振り向いた。室内に奇妙な陰影が浮かびあがっているのは、ろうそくの灯りのせいかもしれないし、寝室の高い天井のせいかもしれない。そのとき、自分の姿をしっかりと見た彼女は、ぎょっとした。まずまずに見えるなんてものじゃないわ。信じられないけれど、わたし、きれいに見える。そう考えながら、彼女はむきだしの肩やあらわな胸元に目をやった。胸の下にある硬い素材の生地で、乳房はしっかりともちあげられている。抜けるように白い、と彼女は考えた。白くて、やわらかくて、とても女らしく見える。きっと、ラファエルもそう思うだろう。

だからこそ、彼はわたしとの停戦を望んだのだ。

彼はわたしをベッドに連れていきたがっている。

わたしが処女かどうか、知りたがっている。

処女かどうかが、男の人にはどうやってわかるのだろう？　鏡に背を向けながら、彼女はふしぎに思った。男の人が初めての場合、女性にもそれがわかるのかしら？

ヴィクトリアは肩を落とし、曲がりくねる階段を下り、一階の狭い客間に向かった。ラファエルがブランデーグラスを手に、彼女を待っていた。夜用の服を着ている彼は、とても素敵だった。真っ黒な服が雪のように白いリネンに映えている。あれほど銀色を帯びた瞳や濃くて長いまつげに男の人が恵まれるなんて、ずるいわ。

そう考えていると、彼が微笑んだ。ヴィクトリアは、曇り空に突然、強烈な陽射しが差しこんできたような気がした。

「あなた、素敵よ」と、彼女はうっかり口をすべらせた。

ラファエルは目をぱちくりさせた。まったく同じような台詞が、いまにも口から飛びだしそうになっていたからだ。「ありがとう」そう言うと、彼はにっこりと笑った。「きみだって、とても悩みの種には見えない。その青みがかったドレスを着ているると、うっとりするほど美しい」

彼のお世辞に、彼女はただうなずいてみせた。そして、彼を新たな目で見直した。彼はわたしの夫。そうよ、わたしの夫なのだ。くだらない愛嬌《あいきょう》をせいいっぱい振りまいてはいるけれど、その奥には決然とした意志が、鋼のように冷酷な表情が透けて見えている。

「シェリーを一杯、どう？」

彼女はふたたびうなずいた。クリスタルグラスを渡されたとき、彼の指がさっと彼女の指に触れた。彼の肌はあたたかく、なめらかで、硬かった。なんの反応も見せちゃ駄目、と彼女は苦々しく思いながら自分に言い聞かせた。だってわたしは処女のようにふるまうべきなんだもの。彼が近くに寄ってきただけでおびえ、跳びあがってみせるべきなんだもの。彼に触れられようものなら、恐怖のあまり悲鳴でもあげるべきなのだ。そう思いはしたものの、彼女は何もしなかった。ただ静かに立ち、シェリーをひと口飲んだ。

そのとき、ミセス・リプルがにっこりと微笑みながら戸口に姿をあらわした。そして唇を大きく横に広げ、前歯の隙間を見せながら、夕食の支度ができましたと告げた。

「食事の支度ができましたって伝えるとき、彼女、いつもにっこりと笑うの」と、ヴィクトリアが言った。「そうすると、なんだか、いけにえの子羊になったような気がするわ。彼女、今夜はいったい何をこねあわせたのかしら」

「せめて、なんの料理だかわかるといいんだが」と、ラファエルは腕を差しだしながら言った。彼女が微笑んだので、彼はほっとした。停戦はうまくいっている。だってぼくは、どうやら素敵に見えるらしい。彼は思わずにんまりとした。これまで、そんなふうに褒めてくれた女性はいなかった。妻の外見に関して言えば、彼は思ったことを正直に口にしただけだった。青いシルクのドレスからでている部分も、その下に隠れている部分も、とてつもなく愛らしい。多少の女性経験はあったので、彼女がふだんより時間をかけて身だしなみを整えたことが、ラファエルにはよくわかったし、そう思うと嬉しかった。今夜はきっと気持ちよく時間をすごせるだろう。これまでのような殺伐とした夜はもう充分だ。

ミセス・リプルがふたりに料理をだし、でていくまで、狭い食堂で顔を突きあわせているふたりのあいだでは、会話はまったくかわされなかった。

「これはビーフじゃないかしら」とヴィクトリアが言った。「茹でてある」

「ああ、それほどぱさぱさしちゃいない。脂身《あぶらみ》も残っている」

何が残っているにせよ、ヴィクトリアはビーフが載った皿を無視し、茹でたポテトとニンジンを自分の皿にとった。そして、茹でたパセリの味など考えずに食べはじめた。

「彼女、一所懸命、努力しているわよね」しばらくすると、ヴィクトリアが言った。

「ああ、ぼくたちが太り気味なら、彼女は完ぺきなコックだ」

「ラファエル？」

「ふむ？」ラファエルは顔を上げなかった。肉の切り身から大量の脂身をとりのぞくのに専念していたのだ。

「男の人が童貞かどうかって、どうすれば女の人にわかるの？」

フォークが皿にあたって音をたてた。彼は呆気にとられ、真剣そのものの彼女の顔を見た。

「なんだって？」そう言い、彼は少し時間を稼いだ。やれやれ。またとんでもないことを言いだしたな。

「だからね」と、彼女は辛抱強く言った。「男の人が童貞かどうかが、どうすれば女の人にわかるのかしらって訊いてるの」

「夕食の席で、ずいぶん突拍子もないことを言いだすんだな。よからぬ商売でも始めようっていうんじゃないだろうね」

そう言うと、ラファエルがにっこりと微笑んだ。白い歯を見せるその見事な微笑みに、ヴィクトリアは思わず見とれてしまい、侮辱の言葉が耳にはいらなかった。そこで、彼女はただ肩をすくめた。「ほかに尋ねられる人がいないんだもの」

「なるほど、男が童貞かどうかを、女性がどう見分けるのかを知りたいわけか」彼はフォークを長いあいだもてあそんでから、ようやく言った。「女性に見分けることはできない。少なくとも、肉体的な特徴からはわからない。まあ、男がとんでもなく不器用で下手くそだったら、初めてかもしれないと、女性にも推測がつくかもしれない。それ以前に経験がなければ、男はたいてい不器用で下手くそだからね」

そう説明しながら、ラファエルは彼女をしげしげと眺めた。いったい何を考えている？　いいさ、すぐに、真相をあばいてやる。

「それって、女の人の場合でもそうなの？　女性の身体の特徴を見れば、男の人には処女だってわかるんじゃないの？　女の人が下手なときにだけ、ああこの娘は初めてなんだなって、男の人は推測するの？」

そういうことか、と彼は考えた。初めて男と寝たときには、ヴィクトリアは出血しなかったのかもしれない。それにしても、痛い思いはしなかったのだろうか？　まあいい、とにかく、彼女に真実を教えてやろう。もう、とっくに知っているはずだが。処女のふりをするのが彼女の計画だとしても、かまうものか。馬鹿にするのもいい加減にしてくれ。そう考えると、ラファエルは胸の前で腕を組み、落ち着いた声で言った。「女性の身体はね、自分が処女であることを立証できるようにつくられているんだよ」

「どういう意味？」

「つまり」そう言ったとたん、平和にすごそうという意思とは裏腹に、胸のうちに激しい怒りがこみあげてきた。「女性の身体には、一部、収縮するところがある。男が初めてなかにはいってくると、その部分が破れるんだ。破れると、そこから出血する。と同時に、女性は痛みを感じる。いわば通路のような、女性のその部分に、男の一部が侵入してくることにまだ慣れていないからさ。そして、侵入してくる男の大きさによっては、女性は激しい痛みを覚える」

話しているあいだに彼女の顔が蒼白になったが、彼はあけすけな話をしたことを後悔しなかった。いい気味だ。粗野な話をしてほしいのなら、いくらでもしてやる。そう思った彼は、とげとげしい声をあげた。「わかったか?」

その声には猜疑心と不信感と怒りがにじんでいた。オリーブの枝が早くも萎れてしまった光景を想像し、彼女は思わず笑いそうになった。「わかったような気がする」と、ようやく言った。愛しあうという行為は、ちっとも楽しそうに思えない。初夜に見た、彼の男性自身を、彼女はありありと思いだした。わたしの記憶が正しければ、彼のあそこはとても大きかった。とてつもない痛みをもたらすのだろう。わたしのなかに、あれを突くんだもの。あれをすっぽりと? 昼間の光のなかで、彼に触れられもせず、そんな光景を思い描いていると、なんだか気分が悪くなってきた。そんなこと、とてもする気になれない。そう思いはしたものの、初夜の記憶が鮮烈によみがえった。ラファエルのせいで、抑えられない、めくるめく感覚を味わったことを。なんだか、わけがわからない。

ラファエルは、彼の父親ゆずりかと思えるような冷たく毅然とした声で言った。「妙な真似をするんじゃないぞ、ヴィクトリア。ぼくは馬鹿じゃない。そういえば、こんな話を聞いたことがある。処女のふりをしようとした花嫁が、結婚初夜、ベッドに鶏《にわとり》の血をいれたガラス瓶をこっそりもちこんだそうだ。夫がなかにはいると、花嫁は悲鳴をあげ、自分の腿に鶏の血を垂らした。だが残念ながら、計画はうまくいかなかった。枕の下に隠しておいたガラス瓶を、夫が見つけてしまったのさ。ガラス瓶のなかには、まだ鶏の血が残っていた。夫がよろこばなかったのは言うまでもない。ぼくだって、よろこばないね」

「鶏の血」と、ヴィクトリアが繰り返した。「鶏の血を使ったの?」そう言うと、彼女は大声で笑いはじめた――あまりにも滑稽で、我慢できなかった。

「ほら、ミセス・リプルがベイクド・チキンをつくってくれたことがあったじゃない? お皿の上に、脂ぎった肉の塊が載ってたわ」彼女は自分を抱きしめ、いっそう激しく笑いはじめた。「ビーフのように茹でてはいなかったけれど」

ラファエルが彼女をにらみつけた。

「ちょっとキッチンに行ってくるわ。どのくらいの量の鶏肉が必要か、教えてくださる? ああ、でも、その前に、ガラス瓶が必要なのよね。でもミセス・リプルに頼めば、何か代わりの物を用意してくれるはず。ガラス瓶の代わりに……なに、ラファエル? ワインの空き瓶? 駄目よ、あれじゃ大きすぎるわ」涙を両目から流し、ヴィクトリアは声をあげてさらに激しく笑った。

「やめろ、ヴィクトリア。いますぐ」

彼女は鼻をすすり、しゃっくりをし、くすくすと笑った。そうしながらも、どうにかこうにかナプキンをもちあげ、そっと目頭をぬぐった。「許して」と、彼女はついに言った。「あなた、ものすごくお話がおじょうずね。ラファエル、同じくらいおもしろいお話は、もうないの？」

「ご希望とあれば、さっきの話を最後まで聞かせてあげよう」

彼女の返事を待たずに、ラファエルは淡々とした声で続けた。「夫は妻を、ノーサンバーランドの荒涼とした所領に追い払った。はたして半年後、妻は私生児を産んだ。その後、夫は二度と、妻と会おうとはしなかった」

「その話は、好きじゃないわ」と、ヴィクトリアが言った。「ハッピーエンドじゃないもの」

「そうかい？　夫は妻と離婚すべきだったのかな？　それとも、妻を絞め殺すほうがいい？」

「いいえ、夫は妻に尋ねるべきだったのよ。なぜ、そんなことをしたのか、と。きっとご主人には、奥さまに多少の愛情があったはずだもの」

「彼女は夫をだまし、嘘をついたんだぞ。理由など訊く必要はない」

「そのお子さんはどうなったの？」

「さあ」

「そう」ヴィクトリアが言い、座ったまま背筋を伸ばし、ダイニングテーブルの反対側に座っている美しい夫の顔を見やった。「同じことを、わたしがあなたにしていると、そう思ってるの？　わたしが身ごもっていると、そう思ってるの？　私生児を？」

「そうではないことを願うよ」

「あなたの双子のお兄さんの私生児を？　でも、見分けるのは困難でしょうね。いずれにしろ、子どもはあなたに似てるんだもの。じたばたしたって、手遅れよ」

「ヴィクトリア」と、彼が歯噛みをしながら言った。「だまれ。もう、この話はしたくない」

「なるほど、そういうこと。あなたが夫の義務を果たせば、いまからきっかり九カ月後に、あなたの子どもが生まれる。でも、神のご加護を得て、それよりも早くに生まれれば、この世にもうひとり、私生児が増える」

「ヴィクトリア、だまれと言ったはずだ」

「あなたの和平の申し出は、すっかりずたずたになり、もう見分けもつかないほどになってしまったわ、ラファエル」

「ぼくはね、処女にはどんな特徴があるのかなどという質問をしてくる淑女に慣れてないんだよ。会話の種として、これほど礼儀に外れたものはない」

「何も話さずにむっつりとしているほうが、よほど礼儀に外れているんじゃないかしら」

彼女は火をいれた桃の薄い皮をむきはじめた。ラファエルは彼女の優雅な指先を観察した。

「少なくとも、この桃は、ミセス・リプルの手に触れられていないわ」

彼は自分でワインのおかわりをよそった。だが、何も言わなかった。

「会話にふさわしい話題をひとつ、思いついたわ」薄切りにした桃を食べながら、彼女がついに口をひらいた。「〈ドラゴ・ホール〉に戻ったら、問題が山積しているでしょうね。ダミアンはわたしたちの滞在を望んでいないでしょうし、わたしたちのどちらにも会いたくないはず。だって、ラファエル、あなたは彼から五万ポンドを横取りしたようなものなのよ」

「いま、ダミアンがどんな人間になっているにせよ、これまでどんな人間だったにせよ、やつがスキャンダルを毛嫌いしていることに間違いはない。とくに、自分がその渦中にいることは、ぜったいに許さないだろう。そして、双子の弟を自邸に泊めるのを断ったりすれば、とんでもないスキャンダルになる」そう言うと、ラファエルは意地の悪い笑みを浮かべた。「断ろうものなら、ぜったいにスキャンダルになる。それは、ぼくが請けあう」

「なぜ、そこまでして、あそこに滞在したいの？」

「言っただろう。〈ドラゴ・ホール〉を、いわばぼくの基地にしたいんだ。あそこに滞在しながら、将来、ぼくの家を建てる候補地を見つけたいのさ」

ぼくの家、と彼女は考えた。ふたりの家、じゃないのね。「あのあたりには、居心地のいい宿だってあるでしょうに」

「自分の生家なのに、長いこと帰ってないんだぜ。あそこはぼくの家でもあるんだよ、わかるだろう？　五年間はきみの家でもあったように」

「〈ドラゴ・ホール〉には、わたし、べつになんの恨みもないわ。ただ、そこに住んでいる人間が問題なのよ」

「ずいぶん躍起になってまくしたてるんだな。妙じゃないか。きょうの午後、この話をしたときには、受け流していたのに」

「そう？　きっと、わたし、上の空だったのよ。桃をいかが？　いらない？　それなら、わたしが全部いただくわ。とっても甘くておいしいの。果物はどれもコテージの果樹園のものだって、ミセス・リプルが――」

「ヴィクトリア、だまれ」

「もう、これまで充分、だまってたわ。それに、あなたともずっと距離を置いていた。でもね、どうしても知りたいの。なぜ、急に、わたしに和解を申しでたの？」

彼が身をこわばらせた。「もうきみの無駄話にはうんざりだ。客間でコーヒーでもどうだ？」

「けっこうです。それに、わたし、あなたのベッドで眠るつもりもありません。あなたの身体にいくつか欠点があるとしても、ラファエル、もっと早くにあなたの動機を察するべきだったわ」

「おや、ずいぶん変わったお世辞を言うんだな。礼は言わないぞ。だいいち、きみが何を言いたいのか、見当もつかない」

ヴィクトリアはテーブルから立ちあがった。「どうでもいいわ。あなた、ピケット（ふたりで得点を競うトランプのゲーム）をなさる？」

「ああ、いいね。船上では、時間つぶしに、おもしろいゲームはなんだって覚えたものだ」

「じゃあ、ミセス・リプルにトランプを貸してもらわない？　さもないと、わたしたち、また激しい言い争いをしかねないもの」

「きみと言い争いたくはない」

「わたし、〈ドラゴ・ホール〉に帰りたくないの」

「すまない、ヴィクトリア。だが、どうしても帰らなくちゃならないんだよ。約束する、ぜったいに、だれにも許さないから。きみと――」

「あなたより無神経に接することを？」

「きみの口ときたら、たっぷりと油を差した車輪みたいによくまわるな」

彼女が吐息をついた。「仕方ないでしょう。あなたはなんにだって反対するんだもの、ラファエル。あなたと平和にやっていくのはむずかしいわ」

「そんなことはない。ぼくはただの男さ、ヴィクトリア、そして夫でもある。きみの夫だ」

「伝えなくてはならない情報のひとつがそれなの？　ご主人さまには文句を言わずに従えってこと？　わかりました。もう二度と、あなたの自制心を失わせるような真似はしません」

彼女は落ち着いた口調で話していたが、その声には軽蔑の念がたっぷりとこめられていた。と同時に、彼女は話しながら、肩がドア枠に触れるまであとずさりをした。

「それのどこが悪い？　よく覚えているよ。きみは、もっと早くと、ぼくをせっついていた」そう言いながら、彼は白い歯を見せて笑った。その微笑みは、いまや魅力的でもなんでもなく、獲物を狙う猛獣のものだった。

彼女は必死で笑みを浮かべた。「そのとおりよ。でも、いまのわたしにはわかる。処女は一定のルールに従ってふるまわなくちゃならないってことが――ルール、そうよ、何世紀も前に男たちがつくったルール。あなたがわたしに触れるでしょ、ラファエル、そうしたら、わたしは嫌悪感をあらわにして身を震わせ、怒りの悲鳴をあげる。どう？　さすがのわたしも、ようやく正解にたどりついたんじゃない？」

長いあいだ、彼は何も言わなかった。そしてようやく、気楽な口調で言った。「さあ、ピケットでもしよう」

「この件でいちばんふしぎなのは、あなたが怒っていることよ。あなたに触れられて、わたしが反応したら、男として、あなたは嬉しくなるのが当然だと思うの。わたしの反応を見て、男の誇りを感じなかった？　恋人としての自分の腕前に鼻高々にならなかった？　あなたって矛盾そのものの、ひねくれ者よ、サー。それだけは言わせて。じゃあ、ピケットをしましょうか？」

「ぼくにイエスかノーかの返事を求めてるのか？　それで、その前にきみが言ったことは無視しろと？」

「あなたは、同じことをしょっちゅうわたしにしてるじゃない」

「きみがこれほど生意気な口を叩くとは思いもしなかったよ、ヴィクトリア」

それは、あなたに想像力が欠如しているからよ、と彼女は考えた。「それがわかっていたら、わたしとは結婚しなかった？」

「いや、そんなことはない。だが、口やかましい女を相手にするという心構えはしただろうし、油断につけこまれることもなかっただろう」

「想像がつくわ。あなたって、無視しようと思えば、なんだって無視できる人だもの、ラファエル。なんといっても、あなたは戦利品を持ち逃げしたんですものねえ。五万ポンドよ。きっと、北部のどこかに朽ち果てた家でも買い、そこにわたしを追いやるのね。そうすれば、がみがみと口やかましい女抜きで、わたしのお金を好きなように使える」

「ぼくを怒らせるな、ヴィクトリア。五万ポンドのくだらない話もやめろ」

彼はもう微笑んではいなかった。そして微笑んでいない彼の顔は、おそろしかった。人を寄せつけない怖さがある。彼女はうつむき、彼に背を向けた。「ミセス・リプルにトランプを貸してと頼んでみるわ」彼女は振り返らずにそう言った。

彼女は戸口で足をとめたが、彼のほうを見ようとはしなかった。「確認しておきたいんだけど、ラファエル、処女もじょうずにピケットをしていいのかしら？　それとも、途方に暮れてぶるぶる震えているほうがいいの？　カードを切るのも下手なの？　頭の悪い手ばかり打つの？」

ずいぶん見事な攻撃じゃないか。そう考え、ラファエルは怒りを覚えると同時に、彼女を称賛した。彼女には、ぼくの妻には、気概がある。それは、彼が気をもむ彼女のもうひとつの性格だった。彼はなんとかして受け流すように言った。「処女とピケットをしたことがなくてね。だが、女性の人生の目標は夫を獲得することだから、結局はお粗末な手を打ち、勝った夫が優越感に浸るんだろう」

「そのあとは、もちろん妻がご主人さまを称賛するのね？」

「ああ、そうだ。きみはどんなふうに甘えた声をだすのかな、ヴィクトリア？　きみにも、処女だった時代があったとしての話だが」

ほんの短い台詞が、堪忍袋の緒を切ることがあるものだ。彼女は、自分でも驚くほど冷静な声で言った。「停戦は終わったわ、ラファエル。あなたなんか地獄に堕ち、業火に焼かれればいい」

そう言い放つと、嫌悪の情もあらわに肩をいからせ、彼女は毅然と背を向けた。そして、でていくのが遅れたら、彼に何をされるかわからないとでもいうように、あわててスカートの裾をつまみ、玄関ホールへと駆けだし、そのまま階段を上がっていった。

彼は片手を上げたものの、そのまま脇に下ろした。やってしまった。また、事態を悪化させてしまった。この減らず口が。彼は静かに自分に向かって悪態をつき、サイドボードからブランデーのデカンタを引っつかみ、コテージの奥にある狭いながらも男臭い書斎に歩いていった。

翌朝、彼の体調は最高とは言えなかった。メイドのリジーがもってきてくれた湯に浸かると、こわばった筋肉がほぐれ、少しは気分がましになった。それでも頭は鉛管で覆われているように重かった。

目覚めたのは夜明けの頃だった。書斎の椅子に丸まったまま、眠ってしまったのだ。仕方なく、よろよろと寝室まで歩いてきたのである。その記憶に、彼はうめき声をあげた。もう思いだしたくもない。何も考えたくなかった。

窮地から救いだしてくれたのは、トムだった。「顔色が悪いですな、サー」ラファエルが新鮮な朝の空気を深々と吸っていると、トムが言った。ラファエルはうなり声をあげただけで、そのまま深呼吸を続けた。

「おふくろ直伝の二日酔いの妙薬がありますぜ。用意しましょうか？」

かすかな希望を胸に、ラファエルはうなずいた。

水薬は茶色で、薄く、おそろしくまずかったが、ありがたいことに成分はわからなかった。そして、めざましい回復力という効用があった。

「助かったよ、トム・メリフィールド、恩に着る」水薬を飲んでから十分もしないうちに、ラファエルはそう言い、トムの手を強く握った。

トムは彼に同情の笑みを見せた。「ブランデーは、サー、刺客になりますからな。ミス・ヴィクトリアも飲まれたんで？」

「いや」そう言ったとたん、脳裏に記憶がよみがえり、ラファエルは身をこわばらせた。「いや、彼女は飲んでいない。ようやく、ミセス・リプルの朝食を見る元気がでてきたよ」

「卵をたんと召しあがることった、サー。二日酔いにききます」と、トムが賢人ぶって言った。「こいつも、おふくろの請売《うけう》りですが」

トムが急に饒舌《じょうぜつ》になったので、ラファエルは不審に思った。雇ったときから、このコーンウォール人はまるで言葉を出し惜しみしているかのように、ほとんど喋らなかったからだ。

「ミセス・カーステアズとぼくは、一時間ほどしたら乗馬にでかける、トム」と、彼は声をかけた。一緒に乗馬に行こうとヴィクトリアを説得することはできるはずだ。そして〈ハニーカット・コテージ〉に戻りながら、ラファエルは考えた。いったい、男は何度まで、和平の申し出をすることが許されるのだろう？　妻にトランプのカードでぴしゃりと額を打たれる前に。だが、彼女は彼をすっかり怒らせた。かんかんに。

処女に関する彼女の馬鹿馬鹿しい質問、あの美しい瞳、鶏の血の逸話にたいするヒステリックな反応。なにもかもが、癪にさわった。

ラファエルが食堂にはいってきたとき、ヴィクトリアはちょうどダイニングテーブルの椅子に腰を下ろしたところだった。彼はとびきり愛嬌のある笑みを浮かべてみせた。やってみるしかない。こちらの目が血走っていることに、彼女が気づかないといいのだが。

そのとたん、ヴィクトリアはまた曇天に陽射しが差しこんできたような気分になった。そこで、あわてて姿勢を正した。「おはようございます、サー」彼の微笑みにぼうっとならないよう気をつけながら、彼女が言った。

「おはよう、料理をよそってあげようか？」

こんどは何を目論んでいるの？　しばらく彼を見つめてから、彼女はかぶりを振った。

「いいえ、けさはあまりお腹がすいてないの。だって、ベーコンがトーストより脂ぎっているんだもの。残念だわ。きょうはいいお天気になりそうね」

「ああ、そうだね。ところで、ヴィクトリア、きょう、ぼくと一緒に近所を探検しにいかないか？　ミルトン・アッバスにノルマン様式の教会がある。一見の価値はあるはずだ」

「宗教上の理由で？　それとも考古学上の理由で？」

「どちらでもない」

「じゃあ、取りいるための口実ね」

「どういう意味だ？」スクランブルエッグはやわらかすぎて、ぐずぐずだった。ラファエルは怖気づいて卵を見ていたが、トムのおふくろさんの助言に従うことにした。そして、卵を皿にとった。

「またオリーブの枝」

「ミセス・カーステアズ、少し口を閉じる練習をしてくれれば、今後五十年間、停戦を続けることを誓うよ」

「そんな口のきき方じゃ、停戦にもちこめないわ、ラファエル。半なまの卵なんて、よく食べられるわね？」

「自分の皿に専念してくれないか、頼むよ。じゃあ、こう考えてみてくれ。昼間、ぼくたちは友だちになれる。そして憎しみは、夜のためにとっておく。半分ずつだ。そうすれば、退屈せずにすむだろう？」

「予測がつくことって、退屈きわまりないわ」

「きみが喋らなければね、奥さま」

彼女は吐息をつき、バターを塗ったトーストをかじった。少なくとも、バターはおいしい。

「教えてあげるわ、ミスター・カーステアズ」

「どしどし質問しろ」

「わたしは、生まれてから十九年近く、性格が悪かったことが一度もないの。それなのに、あなたには、わたしを激怒させる大いなる才能がある」

彼は一撃を食らったような顔をした。「それは、お互いさまだ。ぼくだって、性格が悪い人間だったことはない。じゃあ、いったい、どうすればいいんだ?」

「簡単よ」と言う彼女の真剣な口調に、彼は身を乗りだした。「ただ、わたしを信用し、信頼すればいい。わたしはあなたの妻なのよ。このささやかな事実を、お願いだから思いだして」

「ぼくがきみを信用し、信頼できることを、きみは手っ取り早く立証することができる」

「いいえ、夫婦の床入《とこい》りの前に、わたしを心から信頼してほしいの」

「床入り《コンシュメイト》だって?　きみみたいなお嬢さんが、どこでそんな言葉を覚えた?」

「辞書で見つけたの。エレインのおばさまが亡くなったあと、肺病《コンサプション》の意味を調べたのよ。おばさまはそれが原因で亡くなったから」

「よろしい。だが、もうひとつ、べつの方法がある。きみの告白とやらを教えてくれ」

　彼女は蜂蜜の壺にスプーンを差し、かきまぜた。蜂蜜は濃厚で、なめらかで、黄金色だった。少なくとも、ミセス・リプルは蜂蜜を台無しにはできなかったとみえる。ヴィクトリアは、正直に打ち明けるべきだと思ったものの、どうしてもその気になれなかった。なにもかもが、ほどけないほどに絡みあってしまっている。とはいえ、打ち明ければ、彼を最低のがさつ者に思わせることができるだろう。そう考えると、彼女の唇に笑みが浮かんだ。彼を悔しがらせることができるのなら、脚のことを打ち明けるだけの価値はある。蜂蜜の壺に向かって顔をしかめながら、彼女は考えた。いったい、いつから、これほど意固地になって不自由な脚の話をしないことに決めてしまったのかしら。そんなの、どう考えてもおかしい。でも、この男性と出会ったときから、わたしはなにひとつ、後ろめたいことはしていない。それを思えば、意固地になるのも当然じゃないかしら。

「卵を全部食べたわね」と、彼女がついに言った。

「ああ。きみと言い争っていると、自分が食べているものまで忘れちまう。で、ぼくと乗馬に行く?」

「いいわ。愛想よくしてくださるわよね? せいぜい、日没までは」

「日没までなら」そう言うと、彼が椅子から立ちあがった。

12

愛する人の言うことなら、頭から信じてしまう。
——モリエール

ラファエルにそっと肩をつかまれ、抱き寄せられると、ヴィクトリアは驚きのあまり動くこともできなくなった。彼が人差し指で彼女の顎先をもちあげ、閉じた唇にキスをした。彼女はただ彼を見あげた。まだ、動けない。

しばらくすると、彼が唇を離し、彼女を見おろした。彼が微笑み、また指先で彼女の顎をやさしく撫でた。

「まだ陽は落ちていない」と、彼が言った。「夜になるまで、まだ少し時間がある。話をする時間が」

「なぜ、こんなことをするの?」

彼が肩をすくめた。「きみは美しい。きみの唇はとてもやわらかく、甘い味がする。そしてきみはぼくの妻だ」

「そう」と、ヴィクトリアは言った。もういちど、キスしてほしい。もういちど抱き寄せてほしい。そうすれば、全身をぴったりと彼に密着させることができる。でも、彼と愛しあう行為に少しでも関心を示そうものなら、自堕落な女だと思われ、はねつけられてしまう。彼女はそう自制したものの、つい、彼の口元に見とれた。彼の唇はなんて美しく、きりりとしているのかしら。わたしの唇なんかより、彼の唇のほうがずっと甘い味がするはず。彼女は懸命になって、そうした思いを顔にださないようにした。

「ただ、ぼくをじっと見つめるんだね、ヴィクトリア。何か言うことはないの？」

どうすることもできず、彼女はただかぶりを振った。だが、無意識のうちに彼の肩に両手をからめ、彼の首にまわした。そして目を閉じ、まつげを重ねた。

彼女はあきらかに誘惑している。彼はまたキスをした。やさしく、そっと唇を重ねたものの、彼女の反応を感じ、驚いた。彼女はしっかりと口を閉じている。彼はその下唇に舌を這わせ、彼女をじらし、あちこちを舌でさぐった。彼女が震えている。ラファエルは彼女を強く抱きしめ、キスを深めていった。

喉で深いうめき声があがり、はっとしたヴィクトリアは目をあけた。抑えようのない激しい感覚に全身が震える。どうすればいいのかわからない。ただただ、ラファエルが欲しい。もっと……いえ、駄目よ。そのとき、彼の両手が背中を伝い、下りていき、お尻を包みこむのがわかった。彼女はそのままもちあげられ、彼に身体を密着させられた。下腹部に、彼のこわばったものがあたり、彼女は思わず声をあげた——降伏、欲望、懇願がいりまじった声を。

ラファエルは自分の身体になぞるようにして、彼女をゆっくりと下ろしたが、彼女の足が床に触れても、その手を離しはしなかった。「リジーに入浴の支度をさせようか?」

「入浴?」彼女の目はぼんやりとしており、その声は弱々しかった。

「ああ」彼はそう言うと、彼女から手を離した。「夕食の前に汗を流したいだろう?」

彼女の身体が火照っていることが、彼にはよくわかっていた。自分もあやうく同じ状態になりかけていたからだ。訓練のすえ、彼は自分を律する方法を身につけていたが、あきらかに、彼女はそんなことを会得していなかった。彼女を熱くさせるのは、じつに簡単だ。まだ理性をとり戻していないのだろう、彼女がなんとか呼吸を整えようとするようすを、彼は見守った。大きく上下する胸の動きを抑え、ふらつく脚をしゃんとさせようとしている。さて、次に、彼女は何を言い、何をするだろう? そう考えながら、彼は待った。

だが、彼女がとった行動に、彼は肝をつぶした。

ヴィクトリアが腕を大きく引いたかと思うと、勢いよく前に振りだし、せいいっぱいの力で彼に平手打ちを食らわしたのである。「あなたなんて大嫌い!」その声は、まるで彼女自身が痛みを感じているようにかすれていた。

ラファエルは頬をさすった。「入浴したいかと、尋ねただけなのに。なんだって平手打ちを?」

「わたしを利用したからよ。わたしをその気にさせれば、あなたはわたしを嘲笑い、はねつけ、軽蔑することができる。もう、こんな真似は二度とさせないわ、ラファエル。ぜったいにさせない」

彼女が勢いよく背を向け、ドアを乱暴に閉め、寝室に歩いていくようすを、彼は見送った。そして、鍵穴がまわる音を耳にした。

甘いキスをしようと思っただけだ。ほんとうに、それだけだった。だというのに、彼女がすぐに反応し、身体を熱くさせたから、それ以上のことをしてしまったのだ。べつに、彼女に恥をかかせるつもりも、彼女を嘲笑するつもりもなかった。それ以上先に進まず、途中で身を引いたのは……どうしてなのか、自分でもよくわからなかった。良心の呵責《かしゃく》から逃れるために、複雑な嘘をついて自分をごまかさない程度には、彼は正直だった。理由については、あとでよく考えよう。彼は自分の寝室に戻りながら、つらつらと考えた。結婚。結婚とは混乱だ。複雑に入り組み、何がなんだかわからない。

それにしても、彼女の告白とは、いったいなんなのだろう?

ヴィクトリアはミセス・リプルへの伝言をリジーに託した。少なくとも今夜は、テーブルを挟んで夫と顔をあわせたくはない。また、彼の罠にかかってしまった。すっかり、警戒心を解かれてしまった。彼がキスするつもりだとわかっていたら、わたしだって心の準備をして、無関心な反応しか見せないようにできたのに。でも、あんなふうに全身を密着されて、無関心をよそおえるものかしら? 彼女は唇を噛んだ。あのときの感覚がじわじわとよみがえる。あまりにも強烈で、圧倒的で、まったく抵抗することができなかった感覚。わたしは自堕落な女なの？　あんなふうに感じるのは、売春婦だけなの？

いいえ。彼は、わたしの自信を喪失させようとしている。ずるいわ。わたしは、ダミアンに嫌悪感しか覚えなかったし、デヴィッドには単純に何も感じなかった。それなのにラファエル・カーステアズは、魔法でも使っているみたいにわたしをくるおしい思いに駆りたて、情熱的にさせる。たしかにあれは情熱だったとは認めるわ。わたしは彼が欲しくてたまらなかった。それが何を意味するのか、よくわからないけれど、すべてが欲しかったのは事実だもの。

彼女は入浴をすませ、あたたかいタオルで身を包んだ。長い夜になりそうだ。

一階の食堂で、ラファエルはテーブルについていた。見事なまでにひとりぼっち。途中まではうまくいっていたのに、また台無しにしてしまった。われながら、たいした腕前だよ。そう後悔しながら、ミセス・リプル特製のうさぎ肉のシチューを少量、どうにかこうにか、呑みこんだ。やれやれ、どうすればこんな味のシチューをつくれるんだ？　鍋にまかせていれば、自然とうまくなるだろうに。ポテトには火が通っていないのに、ニンジンはぐたぐただ。

ミセス・リプルがシチューの残りをテーブルから下げると、彼は考えた。あの料理はこのまま埋葬してもらい、二度とテーブルにはだしてもらいたくない、と。そして、その後も長いあいだポートワインのボトルを肘のあたりに置き、テーブルでぐずぐずしていた。とはいえ、また前後不覚になるまで飲むつもりはなかった。彼は〈ドラゴ・ホール〉のことを、兄のことを考えた。ヴィクトリアを妻としたいま、兄とのあいだの溝はいっそう深いものになっている。その溝は埋まりはしないだろう。

彼は、ウォルトン卿から命じられた任務のことを考えた。そして苦い思いにとらわれた。密輸業者の取り締まりか何かなら、よかったんだが。密輸業者の事情ならよく知っている。だいいち、三歳の頃から、身近にあった存在だ。だが、よりにもよって捜査対象が、例の復活した〈ヘルファイア・クラブ〉とは。ラファエルにしてみれば、じつにくだらない、馬鹿げた存在だった。とはいえ、ベインブリッジ子爵のご令嬢が残忍に凌辱されたとあっては、見すごすわけにはいかない。とにかく、いまは、この放埒《ほうらつ》な若い男たちの暴走をとめなければならないし、〈ザ・ラム〉という名の影の首謀者の正体をあばかなければならない。それにしても、とラファエルは考えた。ラムと名乗るとはずいぶんなものだ。ラムは去勢されていない牡羊であり、男根を象徴するような角《つの》が生えているのだから。あすになったら、魔術や魔女集会に関する本がないかどうか、〈ハニーカット・コテージ〉の狭い図書室をさがしてみよう。

その後もエネルギーをもてあまし、彼は落ち着かない気持ちですごした。そして九時になると、長い散歩にでかけることにした。夜空には雲が垂れこめ、一片の雲が半月に薄くかかっている。さて、ヴィクトリアのことはどうしたものか。それに〈ドラゴ・ホール〉に着いたあと、彼女や自分がどのように扱われるのか、見当もつかなかった。彼女が侮辱されないよう、最善を尽くそう。だが、もし彼女がほんとうにダミアンの愛人であるのなら、兄の腕とベッドに彼女を放りだしてやるまでのことだ。兄は、よろこんで彼女と寝るだろう。夜ごと、彼女を愛していた頃と同じように。くそっ。

夫婦の床入りをすませる前に、わたしを心から信頼してほしいの。

「ああ、ヴィクトリア、まったく、きみとどう接すればいいんだ？」

　オークの木立のあいだに風が吹きわたり、かさかさと音をたてたが、ラファエルの問いかけにはなにも返ってこなかった。彼は海が恋しかった。終わりのない昼と夜、どっしりとした太陽、吹き荒れる嵐、自然に絶えず人間が試される試練の日々。ほんとうにぼくは陸に上がり、落ち着くことができるのだろうか。大地に足を下ろし、堅実な暮らしができるのだろうか。いや、本気になればできるはずだ。そう考えると、彼はうなり声をあげ、小道に転がる石を蹴った。ヴィクトリアとの関係がこのまま平行線をたどれば、シーウィッチ号で半年間の航海にでる自分を、彼女は喝采して見送ることだろう。

　そう考えながら、彼はふと想像した。ヴィクトリアにはこれまで、海にでた経験がないはずだ。だが、船の操縦法さえ覚えれば、彼女はきっと腕のいい船乗りになる。度胸があるし、肝もすわっている。そうだ、コーンウォールに落ち着いたら、スループ（小型の帆船）を買おう。彼はそう心に決めた。

ふいに雷雨に見舞われ、〈ハニーカット・コテージ〉に駆けだしながら、彼はまた心に決めた。これから、嘘をつくしかないことを。だって、仕方がない。彼女が欲しくてたまらない。どうしても欲しい。それに、彼女はぼくの妻なのだ。ああ、彼女に言ってやろう。あの美しい顔を前にして、きみを信じている、心から信頼している、と。そして、彼女と愛しあおう。そうすれば、ついに真実がわかる。

彼はろうそくを灯し、二階に上がり、自分の寝室にはいった。そして、続き部屋のドアの前にたたずみ、思案した。ぼくに関しては努力など必要ないが、さて、彼女をその気にさせるにはどうすればいい？　とにかく、まずキスをして、しばらく愛撫をしよう。そうすれば、まるで何時間も愛撫されつづけていたかのように、彼女はすぐに屈服するだろう。だがそのとき、頭のなかでダミアンの声が鳴り響き、ラファエルは思わず首をすくめた。「ダミアンのことは忘れろ」薄暗い室内で、彼はひとり声をあげた。「くだらない言いがかりのことなど、忘れるんだ」

ラファエルは服を脱ぐと、いつものようにきちんとたたみ、袖付き椅子の背にかけた。そしてまた続き部屋のドアのほうを眺めていた。また鍵をかけられているだろうか。おそらく、そうだろう。彼女はぼくに唾を吐きかけたいほど、怒っているかもしれない。ドアの向こう側に鏡台を置いているかもしれない。やはり、無防備になっているところを狙うしかない。そして彼女がもっとも無防備になるのは、眠っているときだ。彼女が眠っているあいだに乱れさせてやろう。そうすれば、すっかり目覚めたときには、もうぼくのことが欲しくてたまらなくなり、さすがの彼女も抵抗しないだろう。

それは卑劣な策略だった。

見下げはてた下劣な行為に等しいことが、自分でもわかっていた。

そんな目に自分があわされたら、激怒するだろう。少なくとも、行為が終わってしばらくしたら、頭に血がのぼるだろう。そして、ふさわしい仕返しとして、男性自身をつぶすことも考えるかもしれない。

いまはとにかく、待つのがいちばんだ。あしたになったら、ようすを見よう。彼女の怒りを少しはやわらげ、軟化させよう。もういちど、試してみよう。きょうのところは、見事に台無しにしてしまった。仕方がない、ぼくは男たちと一緒にいるのに慣れきっているのだ。羽目を外し、酔狂なことをしたり、罪深いことをしでかしたりする男たちに慣れているのであって、女には慣れていない。

もちろん、彼がこれまで知りあってきた女性の大半は、バーテンのリンディーに似ていた。やさしく、情熱的で、従順で、彼が与えようとしないものを要求するような真似はしなかったのに。


翌日の朝食の席で、ふたりはテーブルを挟んで座っていた。ラファエルはどろどろとした卵とべったりとした脂っこいベーコンを、うんざりしたように眺めた。そして、なんとか口にできそうなマフィンに思わず手を伸ばした。

ヴィクトリアは物憂げな表情を浮かべており、目の下には隈ができていた。彼はそれが気にいらなかった。まるで気にいらない。彼はふいに言った。「コーンウォールの魔術のことを知ってるかい？」

関心をもったのだろう、彼女がマフィンを砕く手をとめ、彼のほうを見た。「みんなが知っているようなことしか知らないわ。魔術を使う人がいるそうね。セント・オーステル近郊で魔女集会がひらかれたとか」

彼は肩をすくめ、ブルーベリーのマフィンを少しかじった。そして芯のあたりが生焼けであることに、遅まきながら気がついた。彼は男らしくそのまま嚙みつづけ、マフィンを呑みこむと、こんどはぱさぱさしたトーストを選んだ。「やれやれ。今後万が一、シャンドス侯爵と言い争いになることがあったら、ミセス・リプルがいかに腕のいい料理人かを説明するとしよう。そして、ここまできてもらい、彼女特製のご馳走を召しあがってもらおう。そうすれば、復讐できる」

「彼女、一所懸命、頑張ってるのよ」

「彼女に少しばかり休暇をやり、自分で料理をするのもいいんじゃないか？　どう思う？」

「ここだけの話だけれど、わたしたちで卵もベーコンも料理できると思うわ」

彼はにっこりと微笑んだ。「そうしよう」善は急げとばかりに、ラファエルはミセス・リプルを呼んだ。すると、エプロンを身につけたミセス・リプルが、両手を小麦粉まみれにして姿をあらわした。ヴィクトリアににらみつけられ、ラファエルはなんとかまじめな顔を保った。

「ミセス・リプル」と、彼はじつに愛想のいい口調で言った。「ミセス・カーステアズとぼくは、これまでのあなたの尽力に心から感謝している。だが、知ってのとおり、ぼくたちは新婚旅行中だ」またヴィクトリアににらみつけられたが、彼はいたって穏やかな声で先を続けた。「これまで世話をしてもらった御礼に、しばらく休暇を差しあげよう。妻とぼくはね、しばらくふたりきりで楽しみたいんだよ」

ミセス・リプルが呆気にとられ、声をあげた。「冗談じゃありません、サー。おふたかたのお世話を、だれがするんです？　そんなこと、ふさわしくありません。だいいち、侯爵さまのお耳にこんな話がはいったら――」

「いや、それは心配無用だ」と、ラファエルが言った。「ほんとうだ。妻は料理が得意だからね。ぼくたちは金曜日に出発する予定だから、金曜の朝に戻ってきてくれればいいんだよ」

ミセス・リプルは、カーステアズ船長の案には乗りたくないというそぶりをせいいっぱいしてみせたものの、十五秒もするとうなずき、エプロンを外した。

「わたし、パンの焼き方を、知らないわ」ふたりきりになるとヴィクトリアが言った。「彼女はいま、パンをつくっていたんでしょう？」

「ぼくが知ってる」と、彼は言った。信じられないという表情のヴィクトリアに、彼はにっこりと微笑んだ。「じつはね、ポルトガルで覚えたんだよ。任務で……いや、数年前、旅行中に――」

「わかってるわ、ラファエル、任務でしょう？　わたしだって馬鹿じゃないのよ。ちゃんと耳だって聞こえるわ。よくもまあ、次から次へと作り話ができるわね。だって、これまで聞かせてくれたあなたの思い出話は、どれも戦地の話だったでしょ？　だから、わかったの――あなたはただの船長じゃないって。で、どうやってパンの焼き方を覚えたの？」

「あのね、ヴィクトリア、ぼくは寝言を言うんだ。というより、寝言を言っていたと、人から言われたことがある。だから、ぼくたちがついに一緒に眠るようになったら、墓場までぼくを恐喝できる情報をたっぷり入手できるさ」

「パンの話よ、ラファエル」

「野営のかがり火で焼くのを覚えた、それだけの話さ。ジプシーの高齢の女性が、ぼくたち――仲間がひとりいた――に、パンを焼いてあげようと言ってくれた。だが、彼女の手はえらく不潔でね、彼女がつくったものなど、とても食べる気になれなかった。それで、彼女に手順を教えてもらいながら、自分で焼いてみたんだよ。それが、意外にうまくてね」

ヴィクトリアが椅子から立ちあがった。「じゃあ、さっそく焼きませんこと、サー？

キッチンと小麦粉に、いざ出陣」

もう怒ってはいないようだ。そう思いながら、彼はヴィクトリアのあとを追い、狭いキッチンにはいっていった。ミセス・リプルはすでに発《た》っており、オークのキッチンテーブルの上に、パン生地が伸ばされたままになっていた。

ねばねばするパン生地に彼女の両手が浸かるのを待ってから、ラファエルは彼女を背中からそっと抱き寄せた。そして両腕を彼女の腰にまわし、耳たぶの下のあたりに唇で軽く触れた。「許してくれ、ヴィクトリア」

ヴィクトリアは、彼のあたたかい息を耳に感じ、呆れた。わたしの両手がパン生地に覆われているところを狙うなんて、たいしたものだわ。でも、と彼女は考えなおし、わびしい気持ちに襲われた。まるでバターを伸ばすかのように簡単にわたしが屈服することが、彼にはよくわかっているのよ。

「きみから二度と離れない。きみを愛しはじめたら、ぜったいにやめない。昨夜、ぼくが無神経そのものだったことを、許してくれるかい？」

彼女は大きく息を吐いた。すでに、爪先からじわじわとぬくもりが湧きあがってきている。それなのに、彼の両手は動かない。しかしながら密着している背中から、彼が硬くなっているのが感じられた。

「ヴィクトリア?」そう言うと、彼が組んでいた手を外し、指を広げ、彼女のお腹のあたりを撫ではじめた。

彼女は目を閉じ、彼の肩に頭をもたせた。「ゆうべ、なぜあんな真似をしたの?」

「ぼくがとんでもなく礼儀正しい間抜けだからさ。きみは甘い香りがする、ヴィクトリア。とても女らしい」彼女は耳たぶをそっと噛まれるのを感じた。

「これじゃ、抵抗できないわ」と、しばらく甘い感覚を味わったあと、彼女は言った。「両手がべとべとなんだもの」

「ちょうどいい。ただ、ぼくのことが大嫌いじゃないと、言ってほしい」

「大嫌いじゃないわ。いまは、嫌いにさえなれない。わたしはきっと、どこかおかしいのよ」

彼女が心配そうに言ったので、彼はうなじにキスをした。

「このへんでやめておくよ。さもないと、パン生地がオーブンにたどりつけないからね。いいかい?」

彼女にもっと続けてほしかった。それはほんとうだった。彼女は、パン生地をいまいましく思った。が、自分が淑女であること、処女であり、乙女であること、おとなしくしていなければならない存在であることを思いだした。駄目よ。キッチンで愛しあいたいと思うなんて、どうかしている。

「いいわ」

彼はうなじにまたキスをし、あとずさりをした。

「では、次に、少しばかり水をくわえるとしよう」

彼女が言われたとおりにした。その手がわずかに震えていることに気づき、彼はいたって男らしく満悦した。

ようやく焼きあがったものが満足このうえない出来とは言いがたいことに、ふたりは同意した。それでも、ミセス・リプルの努力の結晶よりは上出来だった。ふたりはキッチンで、バターやストロベリージャムを塗った熱々のパンを食べた。

ラファエルは食べながら、地中海のジブラルタル海峡での冒険談を話して聞かせた。ヴィクトリアは上の空で聞いていた。彼の口から目をそらすことができないでいる。

「ヴィクトリア、何が欲しい？」

彼女はようやくのことで、彼の目をまともに見た。「あなたの話、おもしろいわ」

「ぼくのくだらない話なんか、ちっとも聞いてないくせに。それにね、いまの話はうっかり漏らしたわけじゃない。任務や使命がからんだ話ではないからね。ただ取引をして、金を稼ぐだけの話だ」

そう言うと、彼は口をつぐんだ。そして、自分を思いっきり絞めあげたくなった。まったく、頭がいかれちまったのか？　彼女のことをまだ信用していないっていうのに、どうしてぺらぺら喋ったりするんだ？

そこで、船長らしい落ち着いた声をだした。「ぼくはきみを信じている。心から信頼している。きみに、妻になってもらいたい。そして、結婚の床入りをすませたい。いますぐ」

彼女は彼を見つめ、急に乾きはじめた唇を舌で湿らせた。彼女は意識していなかったが、そのピンク色の舌がじつに艶っぽく動くようすを、ラファエルが眺めていた。「あなたは」と、彼女がようやく口をひらいた。「とても大切なことをふたつ、一気にまくしたてたわ。じゃあ、わたしからも尋ねさせていただくわ。なぜなの？　どうして突然、わたしが自堕落な女ではないと思うことにしたの？　あなたと一緒にパンを焼いたから？」

「考えを変えたのは、パンを焼く前だ」

その先を待った。が、彼はそれ以上、何も言わない。彼女は顔をしかめた。「わたしがほどよい量のバターを塗った焼きたてのパンを食べたから、売春婦じゃないと考えることにしたの？」

「そうじゃない」と応じながら、彼は考えた。仕方ない、嘘を言うのなら、乏しい能力を最大限に発揮するしかない。「ぼくはただの男だ、それを忘れないでほしい。とにかく、ヴィクトリア、きみが赤ん坊のように純真無垢なことがわかったんだよ。それに、きみの言うとおりだ。きみに触れると、きみはしなだれかかってくる。それは、きみがぼくに反応している証拠だ。夫であり、有能な恋人でもある、ラファエル・カーステアズに」そこまで言うと、彼は言葉をとめ、自分能弁さの効果のほどをうかがった。

彼女は視線を落とし、静かに言った。「その点については、わたしも考えていたわ。ダミアンにキスされたときは、ぞっとして、はねつけた。デヴィッド・エスターブリッジにキスされたときは、何も感じなかった。あれほど親密で素直なキスじゃなければ、やっぱり、気持ち悪く感じたかもしれない」そう言うと、ヴィクトリアは彼の顔を見た。「なのに、あなたのキスは違う。なんていうか、魔法にかけられたみたいになるの。そう、あなたは魔法をかけるのよ」

彼は心を動かされた。当然だろう。彼女は目をきらきらと輝かせ、心からそう言っているように見えるのだから。だが、女性があるひとりの男だけに、あれほどのびのびと反応するなどということがありうるだろうか？　特定のふたりの男女のあいだにだけ存在する、言葉では説明できないものなど、存在するのだろうか？　彼には、とてもありえないことに思えた。これまでベッドを共にした女性には、だれが相手であろうと、同じ反応を示してきたからだ。

たしかに、ダミアンからいろいろと吹きこまれる前は、ヴィクトリアのことを違う目で眺めていた。彼女が貞淑な女性であると信じて疑わなかった。とはいえ、彼女にいちどもキスしたり愛撫したりしたことはなかったのだ。

「ぼくたちは、ふたりで一緒に魔法をかけるんじゃないかな」

　ヴィクトリアが輝くばかりの甘い笑みを浮かべたので、彼はすぐに硬くなった。しばし間を置いたあと、彼は口をひらいたが、その声がかすれているのに気づいた。「さっきぼくが言った、二番目の希望についてはどう思う、ヴィクトリア？」

「床入りをすませ、婚姻を完了させるってこと？」

「形式ばった言い方だが、ああ、そうだ」

「でも、わたしたち、まだ朝食も終えていないのよ」

　彼が肩をすくめ、にやりとした。美しい白い歯がこぼれるその微笑みは、見るからに邪悪だった。

　ふいに、ヴィクトリアは途方もない疲弊感に襲われた。ラファエルのこととなると、どうしてわたしは、こんなにも無力なのかしら。まるで、彼に操られるがままに踊らされている仔犬みたい。こんなの、不公平だわ。言葉では説明できないふしぎな力をわたしに発揮するからという、それだけの理由で、彼の言いなりにならなくちゃいけないなんて。「わたし、馬に乗ってでかけたい。またミルトン・アッバスに行きたいわ。ノルマン様式の教会を、まだ全部見ていないもの。わたし、古いお墓も大好きなの。最古のお墓も見つけたい。あなたさえよければ、古いお墓を見つける競争をしない？」

　彼は微笑んだまま、考えた。きみの顔を、その鏡のような瞳を見ていれば、何を考えているか、手にとるようにわかるよ。そう考え、彼は身を乗りだし、彼女の手を握った。「きみは美しい、ヴィクトリア。たしかに、ぼくは墓地に目がなくてね。以前は考えたこともなかったが、ああ、いまは墓地に夢中だ。よし、トムに鞍の用意をさせよう。あとで、厩舎で落ちあおう。そうだな、三十分後でどう？」

彼はやっぱり、支配権を握っている。ただ、わたしの顔を立て、譲歩しているだけなんだわ。そう考えると、苦々しい思いが込みあげた。とはいえ、自分から言いだしたことなのだから、反対するわけにもいかなかった。彼女はよそよそしく会釈をすると、二階に上がり、乗馬服に着替えた。そしてブラウスのボタンをとめながら、ぼんやりと想像した。ラファエルに混沌とした愛の世界にいざなわれたら最後、わたしは、彼によそよそしい態度なんてとれなくなるに決まっている。彼女はわずかに頬を染めた。今夜、それは起こるのだろう――たぶん夕食のあとに。わたしが彼のことを信じていようがいまいが関係なく。でも彼は、わたしを信じていると言った。それなら、わたしもそう信じることにしよう。夫を信じられないほど、悲しいことはないのだから。

年代の古い墓をさがす競争に勝ったのは、ラファエルだった。古色蒼然とした花崗岩《かこうがん》に刻まれた一四八九年という年号を読みとったのである。

「賞品は？」

彼女は呆然として、ラファエルを見た。「わたし、勝つ自信があったのに」

「賞品が何になるか、教えてあげようか」

そう尋ねながら、ラファエルが近づいてきた。彼の瞳に、彼女はその答えを読みとった。

「けっこうよ」と、彼女は応じた。「わたし、馬鹿じゃないもの」

「キスしてほしい、ヴィクトリア。それを賞品にするから」そう言うと、ラファエルが彼女の両腕を握り、やさしく抱き寄せた。「頭を上げて。そうだ、それでいい。少し唇をひらいて。すばらしい。さあ、あとは、いつものように、ぼくに反応してくれればいい。我慢しなくていいんだよ」

彼女は反応した。いつものように。

我慢しようとは思わなかった。

ラファエルは彼女を抱きしめたまま、動かなかった。そして必死の思いで、彼女の背中から両手を動かさないようにした。「すごく楽しいよ」

「ええ、意外だったわ。あなたも墓地が好きだなんて」

「いいや、ぼくはキスのことを言ってるんだ」

「わたし、もっと練習を積まなくちゃ」

そう言われ、彼は身を硬くしたが、どうにかして力を抜こうとした。そして、ふしぎに思った。以前、キスをしたとき、なぜ彼女はきつく唇を閉じていたのだろう？　まるで、いちども経験がないみたいに……いや、そんなことを考えるな、と彼は自分をいましめた。彼女のことを信じる、心から信頼すると言ったのだから。「なにもかも、ぼくが教えてあげる」

ようやくそう言うと、強く抱きしめてから、彼女を放した。「〈ハニーカット・コテージ〉に戻り、夕食の仕度をしよう」

彼女がうなずいた。「トムの分も用意しなくちゃ」

「じつはね、トムにも休暇をやったんだよ。トムとミセス・リプルは、あさって、つまり金曜の朝、ここに戻るはずだ。その日の午後、ぼくたちは〈ドラゴ・ホール〉に向けて出発する」

彼女はうなずいたが、ちっとも嬉しくなかった。〈ドラゴ・ホール〉は、すなわち、ダミアンとエレインを意味する。ふたりとも、わたしの帰宅など望んでいない。

夕方になり、徐々に陽が落ちていくと、ヴィクトリアは緊張を高めていった。料理などしたくない。どこかに隠れてしまいたい。夫のそばに近寄りたくない。それなのに、彼はいつもそばにいる。どこかに行っても。そして彼の瞳を見ると、髪の生え際のあたりまで自分の顔が赤くなるのがわかった。

「夕食は軽くすませよう、ヴィクトリア」

この一時間、本を前にしてはいたものの、一ページも読みすすんでいなかったヴィクトリアは、彼に声をかけられ、ぎょっとした。「ええ、そうね、ラファエル。あんまり静かに部屋にはいってくるから、驚いたわ」

「隠れているとき、静かに歩くこつを覚えたんだ。おかげでライアンからは、ライオンみたいに音をたてずに歩くやつだなと言われたよ。もちろん、ぼくは笑ったさ。ライオンみたいな名前をもっているのは、やつのほうだと。緊張しなくていいんだよ、ヴィクトリア。きっと楽しめる、誓うよ。ぼくには魔法が使える、そうだろう？」

「ずいぶん高く自分を評価しているのね」

「いますぐ、夕食にしよう。果物、チーズ、パンの残りで」

「でも、まだ暗くなってもいないわ」

彼は無限の忍耐力をこめた口調で言った。「いま頃は、七時半にならないと暗くならない。それまできみに触れないでいたら、夜の半分がすぎてしまう。もう、言い返さないで。キッチンにおいで」

立ちあがった拍子に、スカートの裾が椅子の脚のとげに引っかかった。背中を引っ張られ、彼女はバランスを崩した。そして、不自由な脚のほうに強く体重をかけた。が、踏ん張ることができず、彼女は床に倒れこんだ。

ラファエルがすぐに駆け寄ってきた。「大丈夫？　どうした？」

ヴィクトリアは彼のほうを見ようとしなかった。見ることができなかった。屈辱に打ちのめされていたのだ。不恰好な脚のことを、都合よくすっかり忘れていたなんて。おかげで、彼の目の前で醜態をさらしてしまった。「なんでもないの、ただ足がすべっただけ」

彼に抱きかかえられ、彼女は立ちあがった。ありがたいことに、どうにか自力で立つことができた。「ときどき、ぶざまな真似をしちゃうの」オービュッソン絨毯の深紅の渦巻き模様を眺めながら、彼女は言った。「許してね」

彼が当惑したように彼女を見た。「ぶざまだって？　馬鹿言うな、ヴィクトリア。だれだって、つまずくことはある。きみの完ぺきな夫でもね。ほんとうに大丈夫？」

彼女はうなずき、無意識のうちに脚をさすった。すると、ラファエルにまた声をかけられた。「ちょっと見せてごらん。痣《あざ》ができたかもしれない」

熱いオーブンに触れたかのように、彼女は脚からぱっと手を離した。「いいえ、大丈夫。ほんとうよ。わたしったら馬鹿ね」

きみの告白ってのは、なんなんだ？　そう、彼に何度も詰問されてきた。打ち明けるなら、いましかない。だが、彼女は打ち明けたくなかった。彼にどう思われるかわからない。そう考えると、怖くてたまらなかった。

ラファエルのほうは、彼女のふるまいを緊張のせいだと解釈した。ぼくと寝ることを想像し、おびえているのだろう。そう思うと、いとおしい気持ちがこみあげた。

ヴィクトリアは時間をかけて、最後のパンを嚙みつづけた。そして食べ終えると、震える声で言った。「お願いだから、灯りは消してね」

地元でとれたおいしいチーズを口にいれようとしたところで、ラファエルが手をとめた。「まだ六時だよ。灯りがついていようがいまいが、まだ明るい。言っただろう、日没は七時半だ」

彼女がいまにもわっと泣きだしそうな顔をした。ラファエルは椅子に座りなおし、彼女の表情をうかがった。「どうした？　あのね、ヴィクトリア、ぼくを怖がる必要も、ぼくたちがこれからすることを怖がる必要もないんだよ。きっと、楽しめる。わかるだろう、ほんとうだ。じつのところ、世間の夫婦はしょっちゅう愛しあっているんだから」いずれにしろ、ぼくに触れられたら、きみの緊張など、どこかに飛んでいってしまうさ。そう胸のうちで考えたものの、例の問題が脳裏によみがえった。彼女が処女なら、話は違うかもしれない。そう考え、彼はかぶりを振った。

「どうした？」再度、そう尋ねたものの、その声には苛立ちがにじみはじめていた。

彼女が身をすくめた。「なんでもない」

「わかった、それならいい。じゃあ、そろそろ二階に上がり、入浴したらどう？　キッチンの戦場は、ぼくが片づけておくから」

彼のほうを見ずに、彼女がうなずいた。彼女がキッチンからでていくと、なにやら悪態をつく声が聞こえてきた。男が使う悪態の台詞が、彼女の口からでてくるとは。ラファエルは思わず声をあげて笑いそうになった。

彼女がいなくなると、また例の問題が浮かびあがってきた。彼は歯噛みをした。二階に上がったら、彼女に鶏の血をいれた瓶を投げてやるほうがいいのかもしれない。

一時間ほどたった頃、入浴をすませたラファエルは青い紋織のガウンだけを身にまとい、まだ豊かな髪を濡らしたまま、続き部屋のドアを軽くノックし、そっとあけた。

はたと立ちどまった。室内は真っ暗だ。彼はまばたきをした。闇に目が慣れると、ヴィクトリアがカーテンをすべて閉めきっていることがわかった。隙間がどこにもないほど、ぴったりとカーテンを閉じている。

「おやおや」と、おもしろがっているような、苛立っているような声で、彼は言った。「ぼくの頭にも袋をかぶせるつもりかい?」

13

きみを満足させる準備はできている……。

――ジョン・ゲイ

「ヴィクトリア？」

「ここよ」

低い声のほうを目で追うと、寝室の奥にある袖付き椅子の陰でちぢこまっている彼女の姿がぼんやりと見えた。「ぼくの頭にも覆いをかけようか？　袋がなければ、枕カバーかなにかで」

「いいえ、けっこうよ。お願いだから、ラファエル、灯りはつけないで」

「どうして？」

ラファエルはヴィクトリアの表情を見たかったが、彼女はうつむいている。だが彼女が薄いガウンのようなものを着ていることに気づくと、彼の想像力と肉体にぽっと火がついた。彼女が欲しくてたまらない。ところが妻はといえば、話すのもいやだとばかりに、暗がりのなか、椅子の向こうに隠れている。

「どうして、ヴィクトリア？」と、彼は尋ねた。

「慎《つつし》みよ。ええ、それだけ」

彼は、このうえなく理性的に言った。「夫と妻のあいだでは、恥ずかしがる必要も、気後れする必要もない。ぼくを怖がらないで。ぜったいに、きみを傷つけはしないから。ぼくを信じてくれる？」

「そういう話じゃないの、ほんとうに」

彼は困惑し、だんだん苛立ってきた。思わず、彼女のほうに勢いよく歩いていき、その拍子に小さな椅子を倒しそうになった。「まったく、いい加減にしてくれ」そう言うと、彼は椅子の背をもち、もとに戻した。「ヴィクトリア、話してくれ。なにが問題なのか、話すんだ。ぼくはきみの夫なんだぞ」

「べつに問題なんかないの、ラファエル。お願いだから、さっさとすませましょう」

これから愛しあうというのに、なにも、そんな言い方をしなくても。「どうしてだ、ヴィクトリア？」

彼女は、椅子の背のほつれた糸をいじった。理由を知るまで、彼はあきらめないだろう。どうすればいいの？　彼はこのうえなく素敵だ。というより、素敵に見えるはずだ。真っ暗闇ではなかったので、彼の青い紋織のガウンが見えた。あのガウンの下には、なにも身につけていないのだろう。そう思うと、耐えられないほど身体が火照った。

　思わず、彼女は口走った。「わかったわ、言えばいいんでしょ。わたし、醜いの」

「醜い？」呆気にとられて、彼は繰り返した。クリーム色のシルクの舞踏会用のドレスを着ていた彼女の胸元を、初めて見たときのことを思いだした。むきだしの肩は細く、彼女が着ているドレスと同じようにクリーム色だった。彼女を見れば、どんな男でも誘惑されるだろう。それにルシアの馬車にヴィクトリアを乗せるときに垣間見えた足首から想像するに、脚全体も均整のとれた美しいかたちであるはずだ。

「醜いって、どこが？」

「その話はしたくないの、ラファエル。ただ、灯りはつけないで、お願い」

「こんな真似をしたところで、いつかは朝になるんだぞ、ヴィクトリア。カーテンは朝の陽射しをさえぎるだろうが、少しは陽が差しこんでくる。そうすれば、ぼくは、きみを見ることになる。全身をね」彼女がうろたえ、おろおろしているようすが伝わってきた。さすがの彼も、それ以上深追いしようとせず、あきらめた。「わかったよ、愛する人、こっちにおいで。きみの好きなようにする」

「ほんとうに、さっさと終わらせてくれる？」

「できるだけ時間をかけずに、愛しあうよ」

　彼女は椅子の陰からでてくると、彼の前に立った。彼の顔を見あげようとはせず、ガウンの金色の飾りボタンを眺めている。

「きれいだろう？」

「ええ。でも暗くて、よく見えないわ」

「そりゃそうだ。まったく、きみは謎だよ、ヴィクトリア。でも、ぼくは謎解きが得意だって言ったことがあったかな？」

彼は理性を保ち、手を両脇に下ろしたままだった。あせるな、と考えた。まだ早い。どうにかして彼女を落ち着かせ、リラックスさせなければ。さもないと、大失敗に終わるのが目に見えている。

「あなたが不得手なのは、馬車にずっと乗っていることだけなのね」

その言葉に、彼は声をあげて笑い、大きな手を伸ばし、やさしく彼女の肩を抱いた。「おいで」

彼女がためらうことなく足を踏みだし、だまったまま顔を上げ、唇をわずかにひらいた。彼はにっこりと笑い、指先でそっと唇をなぞった。そして身をかがめ、彼女の鼻に、眉に、顎先に、キスをした。「きみに醜いところがあるのなら、ぼくはスペイン製の鞍のあぶみを食べるよ」そう言うと、彼女の背中に波打つ髪を、長い指で梳《す》いた。そして太い髪の房を肩からもちあげ、自分の唇に近づけ、深く息を吸った。「甘い香りがする。とても甘い」

ヴィクトリアが手を上げ、指先で彼の顔に触れた。「わたしが甘いのなら、あなたは美しいわ」

照れ隠しに、彼は作り笑いを浮かべた。「ぼくはただの男だ。それ以上でもそれ以下でもない。そしてきみと違い、男は美しくなどない。だが、ぼくはきみの夫だ。だから、朝、ぼくの顔を見たときに、無精髭《ぶしょうひげ》が生えていたり、髪に寝癖がついていたりしても、大目に見てくれる？」

「お願い、キスして、ラファエル」

瞳の色を陰らせながら、彼は身をかがめ、そっと、やさしく、キスをした。すぐに、彼女が反応するのがわかった。彼女の胸元から足元へと震えが走る。彼はきつく彼女を抱きしめた。しばらくすると、顔を上げ、彼女を見おろした。その目は閉じており、唇がわずかにひらき、あえぐような小さな息が漏れている。「きみも抱きしめてくれないか、ヴィクトリア」と、彼は囁いた。「ぼくに腕をまわしてくれると嬉しい」

ヴィクトリアは彼の背中に両手をまわし、全身を密着させた。下腹部に彼があたるのがわかる。彼女は顔を上げ、背中を少し弓なりにそらした。またキスをされる。こんどは下唇を舌でなぞられ、そっと、あちこちを舌でまさぐられた。ついに彼女は唇をひらいた。だが、彼はあわてて襲撃しようとはせず、少しずつ舌を差しこんできた。彼女の舌に触れそうで触れない。ヴィクトリアはその圧倒的な感覚に、見る間に呑みこまれた。こんなふうになるなんて、想像したこともなかった。こんなふうに下腹部が切羽詰まった感じになるなんて。あまりにも強烈な欲望。もっと欲しくてたまらない。だまっていることができず、彼女は小さくあえぎ声を漏らした。

彼女の反応に、ラファエルはとてつもなく嬉しくなった。リボンをほどき、ガウンをするりと肩から落とす。やわらかいシルクの生地が彼女の足元にたまった。

彼女は大きく目を見ひらき、物問いたげに、こちらを見つめている。彼は何も言わず、こんどはネグリジェの肩紐を肩から落とした。彼女は横を向くようにして立っている。彼女のウエストから腰のあたりにやわらかいシルクが落ちると、彼は息を呑んだ。と、足元のガウンの上にネグリジェがするりと落ち、彼女の乳房があらわになった。豊満で真っ白だ。薄暗い室内のなかでも抜けるように白い。乳首に指先でそっと触れると、彼女が震えるのがわかった。

「すごくやわらかい」と、彼は言った。「きみの胸も、髪と同じくらい甘いの？」

彼は身をかがめ、乳首を口に含んだ。ヴィクトリアはショックで息を呑み、背中をそらせた。こうなれば、もう彼女はぼくの思うままだ。彼はいっぽうの手で彼女を抱き、もういっぽうの手で乳房を愛撫した。そっともちあげ、てのひらで重さをはかる。両の乳房をまさぐり、とことん愛撫してから、ようやくウエストへと手を這わせていった。「ヴィクトリア」

彼は囁いた。あの部分に触れたときの、彼女の瞳を見ていたい。

それは、彼の想像を超えていた。彼女の下腹部はサテンのようになめらかだった。巻き毛に触れてから、ようやくそこをさぐりあてると、彼は自制心を失いそうになった。細心の注意を払い、そっと彼女に触れた。彼女はぼくを欲しがっている。

「ラファエル」

彼は指の動きをとめ、彼女の秘められた部分をてのひらで包みこんだ。彼女はぶるぶると身を震わせている。われを忘れかけているのだろう。なんて彼女は感じやすいんだ。彼女のなにもかもが、ぼくのものだ。彼はしばらく手を離し、彼女がゆっくりと理性を取り戻すようすを見守った。ぼんやりとした目が少しはっきりしてくると、彼女が唇を舐《な》めた。「あなたを見たいわ、ラファエル」

「きみほど醜くないよ」

彼女の瞳から表情が消え、怒りの色が宿った。彼はあわてて笑った。「からかっただけだよ、お馬鹿さん。そうか、わかった。きみは夫が欲しいんだね？」

「ええ」

彼は一歩うしろに下がり、ガウンを脱いだ。彼女がこちらを眺めるにまかせ、彼はじっと立ちつくした。あのいまいましい結婚初夜のときより、彼女は徹底的に観察しているようだ。彼女の視線が股間に移ったのがわかると、自分がいっそう膨れあがり、屹立《きつりつ》するのがわかった。視線だけで、彼女はぼくを焼き尽くそうとしている。これまで、こんなふうに自分を観察した女性はいなかった。こんなに称賛の念をこめて、いや崇拝するかのように見つめられたことはない。彼は落ち着かなくなった。「ヴィクトリア」そう言うと、彼女を抱き寄せた。

乳房に彼の胸があたり、下腹部に硬くなった男性自身があたると、興奮のあまり、彼女は何も考えられなくなった。「お願い」そう囁くと、唇を覆われた。彼の手があちこちをまさぐり、彼女をもちあげ、ぴったりと抱き寄せた。彼女は夢中になり、うめき声をあげ、彼にいっそう身体を密着させた。もっともっと欲しいのに、何が欲しいのかわからない。彼女の手の下で、彼の背中はすべすべしていた。盛りあがった筋肉が曲線を描いている。

ラファエルは、限界に達しそうになった。そのまま彼女を抱きあげ、ベッドに運んでいく途中で、またテーブルにつまずきそうになった。彼はぼんやりとした頭で考えた。彼女は、いったいどこが醜いと思いこんでいるのだろう？　どこにも醜いところなどないのに。彼は彼女をベッドに仰向けに寝かせると、隣に横たわり、肘をついた。

「はじめまして、奥さま」そう言うと、彼女のたいらな下腹部にそっと手を置いた。薄明かりのなか、しげしげと彼女を観察する。彼女は震えながら、彼の指がもっと下に這うにまかせている。

「ラファエル、やめて……」

「何をやめてほしいの、ヴィクトリア？」

「きっと痛いと思うの。でも、そうしたくてたまらない。どうにかなりそうなの。欲しくて、欲しくて――」

そのとき、彼は蕾《つぼみ》をさぐりあてた。彼女はあえぎ、大きく身をのけぞらせ、われを忘れた。

「ヴィクトリア、快楽を味わいたい？」

彼女は陰影のある彼の顔を見あげ、唇を寄せた。「どういう意味？　またキスするってこと？」

「ああ、でも、きみの顔を見ていたいんだ――この暗がりのなかで見られるだけでかまわない――きみがぼくの腕のなかで溶けてしまうようすを」

「意味がわからない」

「すぐにわかる。約束するよ」こんどは、深くキスをした。彼女の口のなかを舌でまさぐりながら、同時に、彼女のなかに指を差しこんだ。なかは狭かった。だが、きっと大丈夫だろう。彼女は興奮のあまり、もう絶頂を迎えそうになっている。彼はゆっくりと指をだしいれしたあと、愛撫を始めた。彼女が身を震わせ、彼の指を求め、思わず腰を突きあげた。そして、とうとう絶頂に達した。彼は頭を上げ、そのようすを見守った。彼女の瞳に驚愕の色が浮かんだものの、すぐに悦楽に圧倒された。「ラファエル」彼女は悲鳴をあげた。彼は思わず一緒に声をあげそうになった。彼女を解放させたよろこびはそれほど大きかった。

「ああ、愛する人《ラブ》、ああ」

そのとき、彼女が収縮するのがわかった。彼はゆっくりと指の力を抜き、彼女をなだめた。と、快感の余韻のなか、彼女がわずかに痙攣するのがわかった。「いま、きみのなかにはいりたい。ヴィクトリア、いいかい？」

「ええ」と、彼女は囁いた。「ええ、わたしもそうしてほしい」自分が話せることに、彼女は驚いた。思考力がこなごなになってしまったような気がしていたのだ。もう意志の力などなくなり、指を動かす気力さえ残っていない。そのまま、快楽の余韻に浸っていた。

彼が覆いかぶさってくると、そっと彼女の太腿をひらいた。「脚を曲げて。それでいい」

彼女は、彼が自分のなかにゆっくりとはいるようすを眺めた。顔をこわばらせ、痛そうな表情さえ浮かべている。彼がはいってきて、自分のあそこが狭いのがわかった。伸びる感覚があったものの、痛みが走った。

「ラファエル」彼女はかぼそい声で言い、両手で彼の肩を押した。

「もう少しだ、ヴィクトリア。力を抜いて。動かないで」

彼女はじっとしていた。彼がどんどん深くはいってくる。それは妙な感覚だった――ほかの人間が自分の一部になるなんて。だが、ますます痛みが強くなり、彼女は歯を食いしばった。彼に知られたくはない。

ラファエルはじわじわと彼女のなかに突いていった。すると突然、処女膜にぶつかったのがわかった。安堵の波に襲われ、彼はわれを忘れた。理性が吹っ飛び、思わず口走っていた。

「よかった！　ダミアンがきみと寝ていたら、何をしでかすか、自分でもわからなかったよ」

そう言うと、彼はうめき声をあげ、力強く一突きし、処女膜を破った。そして根元までずぶりと突き刺し、彼女を満たした。

裂けるような痛みに、彼女が悲鳴をあげ、彼の下でもがいた。彼は必死で動きをとめ、彼女に身を沈めた。「動きたくないんだ、ヴィクトリア。すまない。もうこれ以上、痛くしないから。約束する」

彼女のなかはあまりにも狭く、彼自身のまわりで彼女の筋肉が収縮した。彼はくるおしい思いに駆られた。ヴィクトリアは処女だった。ほんとうに、彼女はぼくのものだ。ぼくだけのもの。これまでも、これからも、ずっと。

ヴィクトリアは微動だにせず、横たわっていた。彼はわたしのことを信じていなかった。ダミアンのほうを信じていたのだ。彼はわたしを信頼していなかった。わたしと寝たいがために、嘘をついた。彼女は脇に両手を下ろした。そして枕の上で、彼から顔をそむけた。

「少しよくなった？　ヴィクトリア、痛みはやわらいだ？」

彼女は彼のほうを見なかった。そして突き刺された状態で、なす術もなく、怒っていた。

「あなたなんか、大嫌い」と、一言一句、はっきりと言った。

彼女のそむけた顔を、彼は見おろした。が、そのとき、彼女がさっと腰を上げ、彼をどかそうとした。だが、彼はいっそう彼女のなかに深くはいっていった。彼は、圧倒的な快楽の波に襲われた。引いては、深く突き、また引く。全身が砕け散りそうだ。彼は頭をのけぞらせ、背中を弓なりにし、大きくうめき声をあげると、彼女のなかに自分を解きはなった。

彼女は、精液が満ちるのを感じた。これが男の人の種なのね。そう、ぼんやりと考えた。

彼は、自分の好きなようにした。でも、そうさせたのは、わたしだ。わたしは彼を信じたかったし、彼が欲しくてたまらなかった。あの荒々しい感覚の正体を、どうしても知りたかった。そして、そのあとに何が待っているのかも。そうね、ようやくわかったわ。それは短く、はかなく、おそろしいものだ。だって理性が吹き飛び、コントロールがきかなくなるんだもの。彼がはいってきたときの痛みを思いだし、彼女は身を震わせた。身体の奥のほうがまだ痛い。その痛みは、快楽の余韻をかき消した。なんだか身体の芯が冷えきり、死んでしまったような気がする。

「あなたは嘘をついた」と、彼女は動かずに言った。「わたしに嘘をついた。ぜったいに、許さない」

ラファエルの頭はまだ朦朧《もうろう》としており、現実を把握できなかった。あまりに圧倒的な絶頂を迎え、意識が薄れている。彼自身はまだ彼女の奥深くにあり、彼女にくるまれている。彼はゆっくりと、上半身を彼女のほうに下げ、両肘をついた。「いま、何か言った?」彼女が言葉を発したような気がしたが、頭がまわらず、言葉の意味を理解できない。

「あなたは嘘をついた。わたし、決してあなたを許さない」

彼はびくりとし、身をこわばらせ、彼女のよそよそしい顔を見ると、眉をひそめた。「なんの話だか、見当も——」そこで、言葉を詰まらせた。ああ、そうだったのか。あのいまいましい台詞が、実際に自分の口から飛びだしていたんだな? まったく、ぼくは馬鹿だ。なんということをしてしまったのだろう。

「ヴィクトリア」彼はのろのろと、慎重に言った。「誤解だ。きみが考えているような意味で、そう言ったんじゃない」

「もう用はすんだんでしょ。どいてくださる？」

「いやだ」彼の声が鋭くなり、彼女はひるんだ。「いやだ。いま、きみはぼくのものだ。ぼくはきみの夫だ。お願いだ、愛する人、わかってくれ。たしかに、完全に疑念を払うことはできなかったが、きみを信じると言ったときには、疑惑の影のようなものがほんの少し残っていただけだ。きみを信じていたんだよ、心から」

彼女から返事はない。罪の意識と自分への怒りにさいなまれ、彼はそのまま身を横に倒し、彼女を抱き寄せた。まだ彼女のなかにはいったままの彼自身が、ふたたび硬くなるのがわかった。彼は必死で自制心を取り戻そうとした。「ヴィクトリア、きみは快楽を味わったんだろう？」

返事はない。

頭にかっと血がのぼった。「頑固な魔女め、ずいぶんじゃないか。きみをあっという間に感じさせてあげたのに。また愛しあおうか？　そうすれば、素直になるかい？」

「いやよ。わたしに触れないで」

その命令があまりにも状況にそぐわなかったので、彼は思わず笑い声をあげた。そして、哄笑《こうしょう》した。「まったく、ぼくのあそこは、まだきみのなかにはいってるんだぜ。それは触れてることにならないの？　お互いの胸だってくっついてるし、ぼくの両手はきみの腰をくるんでるのに？」

「あなたなんか大嫌い。もう放して」

「きみのどこが醜いんだ？」

彼女が全身をこわばらせた。そして、彼女がすっと引いていくのが感じられた。身体も、心も。彼は気にいらなかった。「わかった、もういい」そう言うと、両腕で抱きしめ、彼女が逃れられないようにした。そして、頬骨にキスをした。「ヴィクトリア、キスしてほしい」彼女は首をすくめ、彼の肩に顔を埋めた。だが、そこで彼女はあやまちを犯した。深く息を吸い、彼の香りを嗅いだとたん、彼の性器を包んだまま、あそこが収縮した。彼がうめき声をあげた。

そして、彼女のなかで動きはじめた。

「いや」彼女は悲鳴をあげ、せいいっぱい、抵抗を始めた。腰を乱暴に跳ねあげ、彼の胸を両のこぶしで叩いた。

「くそっ、じっとしていろ」彼はふたたび彼女を仰向けにすると、両手を頭の上で押さえつけ、彼女に覆いかぶさった。「やめろ、ヴィクトリア。ぼくが欲しくて、こんなに熱くなってるくせに。きみに無理強いしているわけじゃないことは、自分でよくわかっているはずだ。

あと一分だけ、時間をくれ。そうすれば、お願いだからやめないで、続けてちょうだいと、きみに懇願させてみせる」

彼女は彼を見あげた。彼の言うとおりだ。そう思うと、自分のことも彼のことも憎く思えた。彼は彼女のなかでゆっくりと動いている。下腹部に彼があたるたびに、痛みに快感が混ざりはじめた。

「ほら、一分もかからなかった」と、彼が言った。「処女は初体験で快感を覚えないものとされている。でも、きみは感じた。圧倒的な快楽を。それを与えたのは、このぼくだ。それを忘れないでほしい、ヴィクトリア。ほかの男じゃこうはいかない。ぼくだからなんだ。きみが達するとき、ちゃんときみの顔を見ていたんだ。これからは愛しあうたびに、きみは大きな悦楽を味わう。忘れることはできない」

「お願い」高まる快感に翻弄《ほんろう》されながら、彼女はつぶやいた。「お願いだから、わたしに恥をかかせないで。お願いだから、放っておいて」

「いや、それは無理だ。このまま続けてほしいと言え。言うんだ」

彼はふたりのあいだに手を差しこみ、秘所を見つけた。彼の指がそこに触れると、彼女が悲鳴をあげた。

彼女のあそこがきゅっと締まり、自分と同じように彼女が乱れていることが伝わってきた。

「言ってくれ、ヴィクトリア。また感じさせてほしいと、言ってくれ」

彼女の目に涙がにじみ、唇のあたりにしょっぱいものが伝ってきた。彼の指の動きが速くなると、彼女は悲鳴をあげ、背中をそらせた。彼が彼女の手首を放し、両手をついた。そして彼女のなかにはいり、身を引き、ねじり、押しこみ、彼女の全身を震わせた。「言え、くそっ」

だが、ヴィクトリアは何も言えなかった。理性がなくなってしまったのだ。彼の顔は荒々しく、われを忘れているようだ。やがて、彼女は途方もない快感に襲われた。このまま死んでしまいそう。彼の下で、彼女はもだえ、うめき、髪を振りみだし、彼の背中に指を食いこませた。

彼女はすばらしい。信じられないほど、すばらしい、そう思いながら、彼は自分を解放させた。汗がしたたり落ち、息は荒い。彼女の上でぐったりとしたまま、彼女と並んで枕に頭を落とした。

しばらくすると、彼は身を起こし、彼女のゆるんだ唇にキスをし、ふたたびうつぶせになった。「きみはぼくのものだ、ヴィクトリア。それをぜったいに忘れないで」

そう言ったとたんに、彼は寝息をたてはじめた。欲望を十二分に満足させた眠りに。

ヴィクトリアは、落ち着いた寝息に耳を傾けた。やっぱり、彼の勝ちだ。彼の身体は重かったが、どういうわけか、心地よく感じられた。きっと、わたしの頭がおかしくなっているせいね。彼はまだわたしのなかにいるけれど、いまは少し小さくなったみたい。彼女は暗い天井を見あげ、考えた。こんな感覚、目がくらむほどの快楽がこの世に存在するなんて、想像もしなかった。これほど乱れてしまったわたしのことを、やっぱり自堕落な女だと、彼は思っているかしら。さすがに、淑女とは言えないのかもしれないわ。淑女はあんなに奔放に乱れたり、声をあげたりしないのだろうから。

じっとしていることができなかった自分にうんざりし、彼女は身震いをした。と、彼が何かつぶやきながら、身体を動かしたが、何を言っているのか、わからなかった。

ヴィクトリアは息を殺した。いま、彼に話しかけ、彼の目を見、彼の考えていることを察するのは耐えられない。もちろん、ラファエルは考えたとおりのことをすぐ口にする人だから、それほど待つ必要はないはずだ。彼女のなかで小さくなった彼が、でていくのがわかった。あそこがひりひりと痛み、もっと奥のほうには鈍痛が残っている。処女の痛み。そして、女性が感じる途方もない快楽。

彼女は深く息を吐き、彼を押しのけた。彼は眠りながらうめいたが、横に転がるとそのままうつぶせになり、彼女から顔をそむけた。彼女はそろそろと身を起こし、立ちあがった。頑張りすぎたあとのように、脚に力がはいらない。彼女は思わず太腿の傷痕に触れた。間違いなく、彼はこのことを詰問してくるだろう。彼の声が聞こえるようだった。容赦のない厳しい声をだすか、甘言で釣ろうと魅力的な声をだすかわからないけれど、こう言うにきまっている。**きみの告白ってのはなんなんだ？　醜いところがあるっていう話だろう？**

彼女は水盤のところまで歩き、水差しの水を足した。洗面用タオルに石けんをつけ、身体を洗った。室内は暗かったが、真っ暗ではなかった。太腿のあいだのねばねばしたものはとれたが、タオルに血がついていることに気づいた。彼女はあわててろうそくを灯した。わたしの血だ。処女膜の血。たしかに、彼からしつこく声をかけつづけられたから、ひどく痛い思いをするだろうと、おびえずにすんだのかもしれない。

彼女は身体を拭き、床からネグリジェを拾いあげた。彼の低いいびきが聞こえ、ベッドのほうを見やった。そうしようと思ったわけではなかったのに、気づいたときにはろうそくをもち、ベッドに近づいていた。彼を見たい。彼女はろうそくを掲げた。

彼はまだ腹ばいになっていた。両脚を広げ、片腕を上に曲げ、もう片方の腕を脇に置いている。彼女はぴんと張った美しい背中の輪郭を目で追い、しっかりとしたお尻へと視線を下ろした。太腿は筋肉質で太く、黒い毛が生えている。おまけに、足のかたちさえ美しい。長く、細く、弧を描いている。仰向けになってくれればいいのに、と彼女は願った。彼に気づかれずに、全身を見たい。こうして彼に見とれたまま、五十年はすごせそうな気がした。すると、彼が寝言を言いながら、ふいに肘をついて身を起こした。彼女は凍りついた。

彼女はあわてて灯りを吹き消し、静かに立ちつくした。

彼がはっきりと、小声で言った。「ヴィクトリア」

そう言うと、また腹ばいになり、いびきをかきはじめた。

そのとき、ヴィクトリアは決心した。このまま彼と一緒に休んでしまったら、目覚めたとたんに、彼はふたたびわたしを愛そうとするだろう。間違いない。そして、わたしもまたそれを望むだろう。でも、そのときには朝を迎え、室内には陽射しが満ちている。そうなったら、彼に脚を見られてしまう。

想像すると、身がすくんだ。彼はこれほど完ぺきなんだもの。妻の肉体の傷痕に耐えられるはずがない。彼女はまた古傷に手を伸ばし、さすった。

ヴィクトリアは彼に上掛けをかけると、自分の寝室から彼の寝室へと、毅然と歩きだした。彼のベッドはとても大きく、からっぽに感じられた。それに、シーツがとても冷たい。わたしは、これからどうすればいいの?

いくら考えても答えはでなかった。気づいたときにはとてもあたたかいものに包まれていた。彼女はそのぬくもりに身を寄せた。しばらくしてから、ようやく、状況が呑みこめた。ラファエルに背中を愛撫され、お腹のあたりをまさぐられている。

「二度と、ぼくから離れるな、ヴィクトリア」と、彼女の耳元で、彼が荒々しく言った。彼の指が巻き毛をまさぐり、あそこに触れた。そのリズムに、彼女はすぐにあえぎはじめた。「離れなくちゃいけないの」そう言いながら、彼に腰を突きだした。彼が硬くなったのがわかった。ずきずきと脈打ち、震えている。ゆっくりと、このうえなくやさしく、ラファエルが彼女の脚をもちあげ、彼女のなかに指をいれた。彼女は快感が高まってくるのを感じた。

その強烈な感覚に、悲鳴が漏れた。もう抑えられない。彼の指が内側に深くはいってくると、彼女は身をゆだねた。

その圧倒的な力に、彼女はすすり泣いた。そして、彼があそこに深く指をいれたまま、うなじのあたりを甘嚙みした。彼女は自然に腰を動かしていた。もっと、もっと、彼が欲しい。やがて、彼は彼女のなかにはいった。彼女が全身を震わせながら絶頂に達すると、あそこが強く収縮した。と同時に、彼は自分を解放し、その強烈な感覚を彼女と分かちあった。

「きみはすばらしい」それだけ言うと、彼は耳にキスをし、彼女をぎゅっと抱きしめた。

彼はまだ彼女の奥深くにはいっている。

室内はまだ暗い。

彼の落ち着いた深い寝息を、彼女はまんじりともせずに聞いていた。

14

すべてこの世も天国も。

――マシュー・ヘンリー

ラファエルは笑みを浮かべながら目覚めた。それはじつに男らしい、骨の髄まで満ち足りた男の笑みだった。

彼は大きなあくびをした。「ヴィクトリア?」枕の上の頭を横に向けながら声をかけた。彼女の姿はない。彼は身を起こした。はっきりと目が覚めた。彼女の姿がないことに、それほど驚きはしなかった。なにしろ、前夜も一度は自分のもとからいなくなったのだから。そうだ、べつに驚きはしない。だが、気にいらない。

いったい、彼女のどこが醜いのだろう? 彼は謎が大嫌いだった。そして妻に言ったとおり、彼は謎を解くのが得意だった。機転をきかせてこの謎を解くことができないのであれば、欲しい情報が手にはいるまで狡猾な手口を使えばいい。

ぜったいに妻から答えを絞りだしてやる。醜いだって? 馬鹿を言うにもほどがある。指の爪でも折れたっていうのか?

彼は寝ぼけまなこで置時計を確認した。じきに朝の十時。窓からさんさんと陽が差しこんでいる。ヴィクトリアはカーテンを全部閉めてはいかなかったというわけだ。彼は上掛けを払いのけ、立ちあがり、伸びをした。

水盤の水の冷たさにぶつくさ言いながら、髭を剃った。トムとミセス・リプルと同様、リジーにまで休みをやったことを後悔しながら、水で入浴の支度をした。そのとき、性器に血がついていることに気がついた。ヴィクトリアの血だ。ゆっくりと、彼は自分の寝室から彼女の寝室へと歩いていった。すでに陽射しが強いにもかかわらず、室内は真っ暗だ。彼は厚手の紋織のカーテンに手をかけ、勢いよくあけた。そしてベッドに歩いていき、上掛けを引きはがした。白いシーツには、彼女の血と彼の精液が乾いた染みとなって点々と残っている。処女の証《あかし》。彼女は嘘をついていなかった。彼女は完ぺきに純真無垢だったのだ。

と、ふいに、記憶がよみがえった。

彼女の処女膜を破ったときに、心からほっとし、その安堵の気持ちを思わず口走ってしまったのだ――ダミアンがきみと寝ていたら、何をしでかすか、自分でもわからなかったよ、と。

たしかに、ぼくは彼女を三回抱き、そのたびに快楽を与えた。途方もない快楽だったはずだ。その点に関しては自信がある。感じているふりをする女性も多いそうだが、ヴィクトリアは演技をする術さえ知らないはずだ。彼女はぼくに激しく反応した。初めてなのにどうしてあれほど乱れるのか、理由はわからないが。とにかく彼女は感じているふりをするどころじゃなく、乱れに乱れていた。

ぼくが感じさせたあの悦楽を、彼女は決して忘れないだろう。ぼくは彼女を快楽の渦に引きこんだ。いや、彼女にそうさせられたのかもしれないが。彼女がどれほど腹を立てていようと、セックスさえすれば、ぼくは彼女を支配できる。

妙なことに、自然の摂理に反しているように思えた。ふつう、セックスを利用して望みのものを男から手にいれるのは、女の特権なのに。そう考え、彼はにやりと笑った。ぼくの美しい妻は、そうではない。

ラファエルは、彼女の水盤に残っている水を、自分の水盤に足すことにした。そこで彼女の水盤に目をやると、洗面用タオルが残っていた。水盤の水と同様、タオルにも血がにじんでいる。彼女が怖い思いをせずにすんでいればいいのだが。そう考え、彼は目を閉じた。結婚初夜に夫をだまそうと、鶏の血を使った花嫁の話をしたことを思いだし、身がすくんだ。いや、彼女は処女の血を見るのを怖がっていなかったはずだ。ラファエルは、そうみずから言い聞かせはしたものの、自分が無法者のような気がした。いや、もっと悪い。純潔な処女を傷つけ、凌辱した野蛮人のような気がした。

けさ、ヴィクトリアがかんかんに怒っていなければいいのだが。たしかに、愛しあっている最中に口走ったことは、ぼくの真意だった。それは認める。とはいえ、けさは嘘をつくつもりだった。あのぞっとするような言葉を彼女に忘れさせるために、嘘をつかなくては。彼の脳裏に、仰向けに寝ているヴィクトリアの姿が浮かびあがった。ぼくが突いているあいだ、彼女は奔放な荒々しい瞳で、こちらをひたと見つめていたっけ。そう思ったとたん、彼は硬くなった。

彼は自分の寝室に戻った。もし、彼女がまだ怒っているようなら、悲鳴をあげるまで愛してやろう。美しい乳房をまさぐり、長い脚をぼくの脇腹にきつくからませよう。だが彼は、頭のなかからそうした光景をあわてて消そうとした。膨れあがった欲望に歯止めがきかなくなりそうだ。

「好色なヤギめ」そう言うと、彼は歯を磨き、着替えた。

三十分後、ようやくキッチンにヴィクトリアの姿を見つけた。黒いビロードのリボンで髪をうなじのあたりでまとめ、ミセス・リプルの巨大なエプロンをウエストに巻いている。「おはよう、スイートハート」彼はいかにも陽気な声で言うと、すぐに彼女を抱き寄せ、左耳の下に音をたててキスをした。「パンを焼いているの？　シェフのぼくがいないのに？」そう言うと、彼女の顔を自分のほうに向けさせ、そのこわばった表情に気づかないふりをした。「小麦粉がべたべたついてる鼻もかわいいよ」恋人らしい口調に聞こえますようにと願いながら、彼は続けた。「愛くるしい」そして、鼻の頭にキスをした。

ヴィクトリアはゆっくりと彼から身を引いた。まともに彼の顔を見ることができない。歩くたびに、長い前夜の記憶がよみがえっていたからだ。ひりひりして、とても痛い。彼女は頭を下げたが、自分が真っ赤になっていることには気づかなかった。

ラファエルはにっこりと笑い、彼女の顎先をそっと上げた。「どうしたの、愛する人《ラブ》？妻の座におさまったことを、後悔してるのかい？」

彼が本心を吐露した台詞が脳裏によみがえり、彼女は歯嚙みをした。

「あした、コーンウォールに発つ？」

冷たい声で話題を変えた彼女に応じ、彼はうなずいた。「ああ、昼食をすませたら、すぐに発とう」彼は、白い歯を見せる得意の笑みを浮かべた。「あしたは、ぼくたちふたりとも、日の出と同時には起床できそうにないからね」そう言いはしたものの、返事は期待していなかった。彼は振り返り、もう一枚のエプロンのほうに手を伸ばした。そして自分の腰にエプロンを巻き、両手を洗い、さまざまな材料が並べてあるキッチンテーブルのところに行き、彼女の隣に立った。

彼女は、じつによそよそしくふるまっている。ぼくには、これほどつれなくされる謂《いわ》れはない。いや、ないはずだ。だが、さわらぬ神にたたりなし。彼はそう思い、パンの生地をこねはじめた。穏やかな沈黙のなか、ふたりはそのまま協力して十分ほど働いた。

「それは何？」

彼女が、彼の手元のパン生地の塊をじっと見つめた。彼は声をあげて笑った。「ぼくの芸術的試作品を認めてくれないの？　おかしいな、きみのために特別なかたちのパンをつくったのに。きみだけのために」

「でも、それ……まさか……」

「きみには大きすぎるかな？　なら、ダビデ像と呼ぼう。お好みとあれば、きみの夫の像と言ってもいい」

彼女はパン生地の男を見つめた。ラファエルがこしらえた、とても大きな性器がついているパン生地を。そのくだらない付属品のほかにも、そのパン男の顔には大きな笑みが浮かんでいる。

「もっと細部をはっきりさせてほしいかい、ヴィクトリア？　肋骨のあたりとか？　歯とか？　もっと下のほうとか――」

「やめて！　まったく、野蛮人ね。礼儀をわきまえてちょうだい。ほんとうにあなたって――」

「きみとまた愛しあいたくて、どうにかなりそうなんだよ、ヴィクトリア。きみのせいで、こんなになったんだぜ。鼻の頭についた小麦粉を見ただけで、かわいくてたまらなくなり、欲望に駆られたのさ。おはようのキスをしてくれる？　芸術的なパン男をつくったお礼のキスでもいい」

ラファエルは彼女のウェストのあたりに手をまわし、彼女を抱きあげた。そしてくるりと回転させ、自分のほうを向かせると、にっこり笑った。「酵母菌のおかげでパンが膨れて、焼いているあいだにあそこがもっと見事になるかも」

ヴィクトリアはうんざりした。なんて鈍感な人だろう。あれほど不誠実な言葉を口走ったくせに、なんの気づかいも見せないなんて。そのうえ、こうしてわたしを抱きあげ、何もなかったかのように、わたしをからかっている。まるでわたしたちが新婚で、心の底から愛しあっているみたいに。冗談じゃないわ、心の底から愛してなんかいないくせに。それに、なんなの、あの滑稽で猥褻《わいせつ》なパン男性像は。焼きあがったときのようすを、彼女は思い浮かべた。あんなものにバターや蜂蜜を塗り、パン皿に置けっていうの？

「ラファエル」彼女は消えいりそうな声で言った。「お願いだから、いますぐ下ろして」

「わかった」彼は、いかにも同意したようにそう言うと、自分の身体の正面に密着させながらゆっくりと彼女を床に下ろした。彼自身に触れ、彼女の顔が紅潮する。と、すぐに彼もまたいっそう膨れあがった。「ああ」そう言うと、彼は身をかがめ、彼女にキスをした。彼女は、木べらのように身体を硬直させている。

それも、三十秒ほどのあいだだけだった。

ぼくは優秀な恋人だ。それは自覚しているし、彼女もすぐにそう認めるだろう。ここで彼女を抱こう。このキッチンで、明るい陽射しのなかで。そうすれば、彼女の醜いところが判明する。

「さあ、スイートハート。唇をひらいて。うん、もう少し。ああ、それでいい」

彼の舌がやさしく唇に触れた。が、いちど引っこんだかと思うと、また唇をかすめられた。両手で背中を撫でられる。肩をさすられたかと思うと、その手がどんどん下りていき、お尻を覆われた。どうして？　そうぼんやりと考えたものの、自分の身体の奥から危険なほど熱いものが湧きあがってくるのがわかった。

ラファエルは彼女のエプロンの紐の結び目をほどき、乱暴に引きはがした。エプロンをキッチンの反対側に放り投げ、すぐさま彼女の身体を回転させ、うしろから抱きしめた。片手を下腹部にあて、もういっぽうの手で乳房を覆う。モスリンのドレス越しに彼女が熱くなっているのが伝わってきた。彼は低くうめき声をあげ、喉元にキスをした。

「ラファエル」ヴィクトリアは必死で声をだした。昨夜、激しく抱きあったせいで、まだあそこがひりひりと痛む。でも、じきに、いいえ、すぐに、キッチンに朝の光が満ちていることなど、どうでもよくなるのもわかっていた。彼だけが欲しくなり、それしか考えられなくなるのだ。「お願い、やめて……ああ……」

「ああ、ヴィクトリア。ここかい？　ここが感じる？」

「やめて、お願い」彼への欲望と、彼にたいする無力さへの苛立ちとのはざまで、彼女はすすり泣いた。

彼女に愛撫を続けていると、いっそう熱が伝わってきた。彼はドレスの上からあちこちを激しくまさぐりながら、彼女をキッチンの床に倒していった。もう、醜いところをさがそうという思いは消えうせていた——ただ、彼女のなかに深く身を沈めたい。彼女が悲鳴をあげるまで愛し、この腕のなかでとろけさせたい。彼はドレスをぐいと引きあげ、前の部分を引き裂き、その下にあるズロースも破いた。ペチコートやストッキングや上靴は無視すると、息を荒らげ、半ズボンの前を急いでひらいた。

「ヴィクトリア」彼はそうかすれた声で言うと、強い一突きで、彼女のなかにずぶりとはいった。彼女が悲鳴をあげた。それは、これまで彼の耳が堪能したことがないほど美しい声だった。彼女のなかは狭く、彼自身がきゅっと包みこまれた。とはいえ、秘所は充分に濡れていた。彼はできるだけのしかからないようにしたが、彼女がそれを許さなかった。彼女が腰を突きあげ、彼をもっと深くいざなおうとし、彼もそれに従った。両手で上半身を支えながら、彼女の下腹部に自分を強くおしつけると、彼女がくぐもった悲鳴をあげた。彼女に名前を囁かれた瞬間、彼はその瞳をのぞきこんだ。そこには、嵐に襲われる直前の大海原の色があった——荒れ狂う青色だが、その色合いも焦点も揺れ動いている。彼はそのまま、彼女のなかに解きはなった。

彼はしばらく微動だにしなかった。今回は、眠ろうなどとは露ほども思わなかった。ようやく力が戻ってくると、彼は肘をつき、呆然としている妻に微笑みかけた。彼女は目を閉じており、こげ茶色のまつげの影が頬に広がっている。彼女は美しい。そしていま、満ち足りている。ぼくはまだ彼女の奥深くにいる。彼女はぼくのものだ。ぼくだけのものだ。

「すごくよかったよ、奥さま」こちらを見てほしいと思いながら、彼は口をひらいた。「ぼくには偉大なる政治家の素質があるな。だって、控えめな表現がうまいだろう？　ねえ、ぼくを見て、ヴィクトリア」

彼女が従った。まつげを震わせながら目をあけると、彼女はたとえようのない無力感をこめ、彼を見あげた。その瞬間、彼の全身に恐怖の波が襲った。「どうした？　痛かったかい？」

返事はない。

「ヴィクトリア？」

それでも返事をせず、彼女はただ顔をそむけた。彼が身を引くと、彼女が身をすくませるのがわかった。前夜のあとだ、ひりひりと痛むのだろう。それなのに、男の欲望を満たしたいがために、彼女への思いやりをつい忘れてしまった。「すまなかった、ほんとうに。じっとしていて。このまま、動かないで」

彼は立ちあがり、半ズボンの前を閉めると、やわらかいタオルを水で湿らせた。そして彼女の横で膝をつき、タオルをそっとあの部分にあてた。彼女は跳びあがりそうになり、さっと身を起こした。その顔は真っ赤だ。「もう、やめてったら、ラファエル」そう言うと、彼に平手打ちをしようとしたが、その手は空を切った。

「しばらくだまっていてくれないか？　さあ、横になって。板石の床の上で申し訳ないが、あと数分の辛抱だ。いいね？」彼は精液を拭きとると、タオルをゆすぎ、もういちど彼女のあの部分に押しあてた。そして湿ったタオルをあてたまま、キッチンの床の上に彼女と並んで寝そべった。「ぼくを見て、ヴィクトリア」

彼女ができるだけ彼から頭をそむけた。板石に鼻がくっつきそうなほどだ。彼は彼女の身体をしげしげと眺めた。ズロースは真ん中の縫い目のあたりが裂けており、彼の手がその裂け目のなかにはいり、あの箇所にタオルをあてている。ストッキングは細い黒色のガーターで吊られており、淡いピンク色の上靴は、乱れてしまった朝用のドレスにあっている。そしてペチコートはといえば、ケーキの糖衣のようにひらひらと広がっている。

「きみが臆病者だとは知らなかったよ。意外だったし、がっかりだ。男が妻を迎える前には、妻の勇気が立証されるべきだろう？　べつに蛮勇を示せと言ってるわけじゃない。だが、この女性なら信頼できると、男に思わせるべきだ。目に見えるようだよ――ぼくたちが追いはぎに襲われたら、きみは都合よく失神し、ぼくひとりに悪者と戦わせるんだろうな。当然、こっちは丸腰だ。それというのも、きみが武器を見ると失神するからさ。おかげで、ぼくに勝ち目はない。きみが意識をとり戻したときには、とっくにぼくは足元で伸びている。そうなれば、さすがのきみも罪の意識を覚えるかもしれない。もう現世でぼくから与えられる快楽を味わうことはできないからね」彼はそう言い終えると、彼女に強くタオルをあてた。

「きみは罪の意識を覚えるかい、ヴィクトリア？　それとも、血まみれになったぼくの死体を見たら、また気絶する？」

ヴィクトリアは彼のほうに顔を向け、その愉快そうな瞳を見あげた。そして、はっきりと断言した。「あなたって滑稽ね。このうえなく、どうしようもないほど、滑稽。それに、すっかりいい気になってる。わたしは臆病者なんかじゃない。羞恥心と屈辱に震えているだけ。このまま這って逃げだして、うさぎの穴に隠れてしまいたいほどよ。あなたは、わたしをしつこくなじり、あざけり、そして……いま、こんな真似をしている。信じられないわ。それなのに、わたしに忘れろと、しつこく迫る。あなたの裏切り行為も水に流せ、と」

彼が称賛の口笛を吹いた。「すごいな、スイートハート。きみの口からこれほどいっせいに言葉がでるのを聞いたのは……いつ以来だったか……思いだせないよ。おかげで、すっかり萎えちまった。でも、手は動かさないでおくよ。きみをまた愛撫するまではね」彼はそう言うと、彼女がぎょっとして目を見ひらくようすを眺めた。

「やめて」

「わかった」いかにも同意するように言うと、彼女の瞳に失望の色が宿ったのがわかり、彼は思わず微笑んだ。だが残念なことに、すぐに、彼女は正気を取り戻した。「あなたなんか大嫌い。その手をのけて。そして、わたしにドレスの裾を直させて――びりびりになったドレスを」

「ズロースもびりびりだよ。大丈夫、心配無用だ、いくらでも買ってあげるから」

彼女は息を吸いこんだ。彼のユーモアはどこまでいっても尽きない。もうこれ以上、対抗できないわ。

「残念だよ」と、彼が感慨深げに言い、わずかに手を動かした。そして濡れたタオル越しに指を一本、あそこにそっと差しこんだ。「きみの女性らしい部分に近づくには、いろいろと面倒な手順を踏まなくちゃならないのが。ぼくみたいに完ぺきな男は、前のボタンをあけさえすれば一瞬で準備完了となるのに。きみのドレスやら下着やらの替えを買うために、とくべつに資金をとっておかなくちゃならないな。性愛貯金とでも名づけようか」彼女が身もだえしたので、彼は指の力と動きを弱めた。仕方ない、彼女はまだひりひりと痛むのだろうから。それでも、その気になれば、ぼくは彼女を乱れさせることができる。そうすれば、ぼくが彼女を思いのままにできると、立証することができる。だがいまのところ、思うように運んではいない。「キスして、ヴィクトリア。そうしたら、主婦の仕事に戻っていいよ。あの見事なパン男を覚えているだろう？　きみが皿にパン男を芸術的に置くところを、早く見たくてたまらない」そう言うと、ラファエルは彼女を軽く叩き、含み笑いをしながら立ちあがった。

ヴィクトリアはスカートの裾をさっと下げた。激昂のあまり、言葉がでてこない。彼女はきつく唇を結んだまま、考えた。でも、彼の言うとおりよ。いま、わたしの頭はぼんやりとした霧に覆われている。彼女は口をひらいたが、彼がいっそうにっこりと微笑むのを見ると、また閉じた。彼女は怒りにまかせ、自分がこねたパン生地をふたつ、木べらに載せ、オーブンのなかに差し入れた。

それをすませると、彼女は滑稽なパン男を見やり、ぞっとして身を震わせた。そして、木べらを投げつけた。「こんなもの、焼くもんですか。聞こえた?」

「わかったよ、ミセス・カーステアズ。じゃあ二階に上がって、身体を休めておいで。ここでのきみの任務は、ぼくが果たしておく。いや、礼には及ばない。きみが言葉に尽くせぬほど感謝しているのは、よくわかってるから」

ヴィクトリアは、物欲しそうに木べらのほうを見やった。あれで、思いっきり彼のお尻を引っぱたいてやりたい。だが、その思いは、彼女の表情にありありと浮かんでいた。ラファエルはあわてて木べらを引っつかみ、背中に隠した。ヴィクトリアは彼の前に立った。両のこぶしを脇で握りしめてはいるが、黄色のモスリンのドレスも髪もくしゃくしゃだ。いまにも唾を吐きそうな彼女に向かって、ラファエルは軽い口調で言った。「ぼくに木べらを使うつもり? いや、それはきみに使うほうがいいんじゃない? そうしてほしいんだろ、ヴィクトリア? だが、それはいかがなものか。痛みと快楽。苦痛と悦楽は最高の組み合わせだと思う男も多いようだがね。まあ、おいおい考えるとしよう。きみが愛らしく説得してくれれば、ぼくとしてもやぶさかでは――」

「いい加減にして！　もう……静かにして」

彼は声をあげて笑い、彼女がすたすたとキッチンをでていくようすを見守った。頭を高く掲げ、肩をいからせている。

「ヴィクトリア」と、彼女の背中に声をかけた。「きみの醜い部分ってどこだい？　爪先にかたちの悪いところでもあるんだろう？　それなら愛しあっている最中に上靴を履いたままでもかまわないよ。ぼくの繊細な感受性まで気にかけてくれるとは、きみってやさしいね」

足音が速まるのが聞こえ、彼女が階段を駆けあがっているのがわかった。彼はくるりと振り返り、下品なパン男を木べらごともちあげ、オーブンにすべりこませた。

「キッチンで見張り番とは」と、彼はひとりごちた。「男の責務ってものには、際限がないな」

ヴィクトリアの顔に浮かんだ表情は、ラファエルの期待を上まわっていた。あんぐりとあいた口、紅潮した頬。彼女はあわてて目を閉じたが、もちろん、間にあわなかった。

「お気に召さないかい、スイートハート？」

彼女はごくりと唾を呑んだ。きつく閉じた唇をすぼめ、かぶりを振る。

「見慣れた感じがするだろう、ヴィクトリア？」

「似ても似つかないわ」下劣な男。でも、こんどばかりは、彼の好きにさせるものですか。

そう思いはしたものの、まさかむくむくと膨らみ、見事に焼きあがったパンが目の前に差しだされようとは、予想もしていなかった。

「ひどいなあ。だけど、こんどは自分の夫をよく見てくれよ。もちろん、パン男との比較のためにね。さあ、座って。焼きたてあつあつのパンを、きみに切ってあげよう。そりゃ、ぼくとしては、しばらくこのまま屹立させておいてやりたいがね」

彼女は目をあけ、パン男とその巨大な男根を見おろした。夫はしごくご満悦だ。彼女はようやくのことでわずかに微笑んでみせたが、それはじつに弱々しい笑みだった。「あら、それなら、わたしに切らせていただけない？　ほら、ナイフを渡して。渡してくれないのなら、ちょっと引きちぎってみようかしら。そうね、それがいい」そして、彼女はパン男の突起部を引きちぎった。夫が大きな声をだしてうめいたので、彼女は必死で笑いをこらえた。彼女は焼きたてのパンをひと切れ、彼に渡し、彼がバターと蜂蜜を塗るのを眺めた。

すると、彼が振り向き、パンを彼女に差しだした。「食べ方を教えてあげようか、愛しい人？」

「それを口にいれて、むしゃむしゃ食べるんじゃないかしら。しっかり嚙んでから、呑みこむ。それが正しい手順でしょう？」

彼はひるみ、痛そうに顔をしかめた。「きみには想像力が欠如している」

「どういう意味？」

彼は例の胸が悪くなるような意地悪な笑みを見せ、輝くばかりの白い歯を見せた。「まあ、ぼくたちは結婚したんだから、そろそろきみを教育してもかまわないだろう。ショックかもしれないが、ヴィクトリア、ぼくの、その、男性自身をふくんでもらうこともあるんだよ――その――きみの口に」

彼女は呆気にとられて彼を見つめた。

ラファエルは吐息をつき、あきらめた。ここでつまびらかにするのは気がひける。いつか、彼女にちゃんと教えてあげよう。そのときはどうか彼女が、いまのような嫌悪感とはまったく違う感情をもってくれますように。

彼はパン男の巨根を手でちぎりながら、彼女がパンをかじるようすを眺めた。彼女はなんて甘くておいしそうなんだろう。そう思ったとたん、また硬くなった。彼は自分の反応の速さにやれやれと首を振った。駄目だ。いまは待たなければ。ぼくだって高潔な態度をとろうと思えばとれるのだ。いずれにしろ、そんな真似をすれば、また彼女が痛みに苦しむことになる。

伏し目がちに、ラファエルは彼女の観察を続けた。そうは言っても、彼女に悦楽を味わわせてはならない理由はない。ぼくだって、自分の欲望をあとまわしにするだけの経験は重ねている。それに彼女が快感に震えるようすを見たくてたまらない。思わず、彼は想像に耽った。彼女が瞳をぼんやりとかすませて絶頂に達している最中も、そのあとも、あのかわいらしい悲鳴をあげているところも。いや違う、と彼はみずから訂正した。絶頂に達したあとには悲鳴をあげなかった。小さくあえぎ声をあげながら、静かにすすり泣いていたっけ。

彼女はすばらしい。ぼくは幸運な男だ。彼女が機嫌を直してくれさえすれば、なにもかもうまくいく。彼女と仲直りするためなら、ぼくはなんだってする。

その日の午後、ふたりはパンをすべてたいらげてしまったので、夕食はそれほど差し迫った問題ではなくなった。そこでラファエルから散歩に誘われると、ヴィクトリアは応じた。彼女はひとりきりでいることにただ飽きてしまったのだ。そして数々の突飛な行動や裏切り行為を重ねたうえ、とんでもなく忘れっぽいにもかかわらず、彼は彼女を笑わせた――そんなとき、彼の頭を板でぶってやりたいという気持ちは、彼女のなかから消えるのだった。〈ハニーカット・コテージ〉の裏手の庭の細い小道を歩きはじめると、ラファエルが彼女の手をとった。彼に触れられたとたん、キッチンでの光景が脳裏に浮かびあがった。キッチンの床に野蛮なふたりがいる。彼女の上で、彼が突き、うめいている。彼女はといえば、彼以外のことはすべて忘れ、全身を快楽の波に襲われ、彼とひとつになろうと無我夢中になっている。彼と一緒に、彼を通じて、体験できることはすべて体験したくてたまらなくなっている。

でも、とにかく、彼に太腿を見られずにすんだはずだ。彼女のズロースはいま、中央の縫い目がすべて引き裂かれているものの、フリルのついた腿のあたりは無傷だ。そうよ、彼にはまだ〝かたちの悪い爪先〟を見られていない。いい気味だ。

だいぶ陽は落ちていたが、そよ風があたたかく、あたりにはスイカズラとヒヤシンスの芳香が漂っていた。果樹園から池に続く小道には低い石垣が続いていた。ラファエルはそこまで彼女を連れていき、しばし足をとめ、咲き乱れるバラなどの花の香りを嗅いだ。

「きれいだ」と、彼は言った。

返事を待たずに彼女を抱き寄せると、彼は腰を下ろし、長い脚を前に伸ばした。ヴィクトリアはその隣に座り、淡い黄色のモスリンのスカートでしっかりと脚を覆った。

「蛙がたくさんいるし、葦《あし》もたくさん生えてるわね」と、彼女が言った。

「うん」彼が仰向けに寝そべり、両腕に頭を載せた。

彼を見つめないようにしようと、必死で葦のほうを見やりながら、ヴィクトリアが出し抜けに声をだした。「コーンウォールのどのあたりに、自分の家を建てたいの？」

「ぼくたちの家のこと？」

「ええ、そうね、そう呼びたいのなら」

「〈ドラゴ・ホール〉に近すぎるところはいやだな。北部の海岸沿いはどうだろう？　セント・アグネスのあたりとか。行ったことがある？」

「ええ」彼女は振り向き、彼を見た。「行ったことがあるわ。きれいなところよ。手つかずの荒々しい大自然が残っていて。あなたとよく似ているかも」

「それはお世辞なのかな？」そう言うと、彼は銀灰色の片方の目をあけた。

「でも、どうして〈ドラゴ・ホール〉に滞在しなくちゃいけないの？」

それはもっともな疑問だったが、彼としては、計画をもっとあやふやにしておきたかった。すでに検討している土地があると、彼女に伝えるべきだろうか？　いや、先延ばしにするほうがいい。そこで、この話題を打ち切りにすべく、話題を変えた。「長いあいだ、実家に戻っていなかったから、〈ドラゴ・ホール〉に帰りたいんだよ。兄とその妻が暮らしているのは残念だが、まあ、どうにかなるさ」

「簡単にはいかないわ」

「ぼくはきみの夫だ。だから、言われたとおりにするんだ。そして、ぼくに助言と庇護を求めろ――そしてもちろん、夜の気晴らしも。それで、万事うまくいく」

彼女は歯噛みをしながら、ふーっと息を吐きだした。「あなたって、最低ね――」

「ぼくを侮辱するな、ヴィクトリア。さもないと、いますぐここできみを抱くぞ」

彼はやさしい口調で話していたが、本気であるのが伝わってきた。そうなれば、わたしはごく短時間しか抵抗できないだろう。そして、そのあとは、屈服するしかない。彼女はうつむいた。自分が手つかずの荒々しい、野蛮な人間のような気がした。涙で目がうるんだ。彼はわたしのことなど気にかけていない。ほんの少しも、気にかけていない。そのうえ、彼にたいするわたしの弱点まで知られてしまった。彼は好きなようにわたしを操ることができる。

二粒の涙が頬にこぼれた。

唇に塩の味を感じるまで、彼女は自分が泣いていることに気づかなかった。

彼が例の穏やかな、やさしい口調で尋ねた。「なぜ泣いている?」

「泣いてなんかいない」

「きみは愉快なほどのあまのじゃくだ。理由を説明してくれないと、ぼくが……」そこまで言うと、彼が顔をしかめた。「なんでもない、忘れてくれ。具合でも悪いの?」

「べつに」彼女はさっと立ちあがったが、悔しいことに脚がくずおれ、ぶざまに倒れこんだ。あんまりだ。彼女は甘い香りのする草に顔を近づけ、お腹を抱えこむようにした。口に土がはいったが、もう気にならない。

長いあいだ、ラファエルは動かなかった。彼は混乱していた。そしてゆっくりと膝をつき、彼女の肩をつかみ、やさしく背中を引きあげた。「大丈夫かい? 転んだ拍子に、どこか怪我をしなかった?」

彼女がかぶりを振り、乱れた髪が彼の頬にあたった。彼はカエデの木に寄りかかり、そのまま彼女を膝の上に抱き寄せた。彼女はぐったりしており、骨も意志もないように感じられた。彼は気にいらなかった。彼女には、憤激の闘士でいてほしいのに。

しっかりと抱きしめると、彼女が肩にもたれかかり、しゃっくりを始めた。彼女の頭の上で、彼は微笑んだ。「妙なものだな。いや、人生の話だよ。一カ月前、ぼくはきみの存在すら知らなかった。それなのにいまや、きみに足枷《あしかせ》をされ、取り返しのつかないことになっている」

「足枷をされているのは、わたしのほうよ」と、しゃくりあげながら彼女が言った。先ほどより、辛辣な口調になっている。「結婚しただけじゃなく、以前と同じように貧乏になったんだもの。でも、あなたは違うわ。足枷をされてはいるけれど、お金持ちでしょ」

「ぼくはすでに金持ちだった。きみの金は、この国の法律によりぼくのものだが、ほんとうは必要なかったんだ。だが、ダミアンの強欲な手から守るためなら、ぼくはなんだってする」

「あなたはなんだってしたわ。みずから自分に足枷までした。でも、運命を語ったところで無意味よ、ラファエル。あなたが〈ドラゴ・ホール〉に帰ってきたら、わたしたちは結局のところ、出会っていたんですもの」

「その頃には、ダミアンがきみを凌辱することに成功していたかもしれない」そう思うと、怒りがこみあげた。兄の首を両手でへし折ってやりたい。そのとき、彼は気づいた。そういえば、ここ数日、シーウィッチ号のことをいちども考えていない。ロロ、ブリック、フラッシュなど、一緒に航海した男たちについても思いだしていない。彼はヴィクトリアの頭のてっぺんに頰を寄せた。彼女は怒りを爆発させるのをやめ、ぼくに身体をすり寄せることにしたらしい。それはぼくを信頼している証に違いないと、彼は考えることにした。

「いや、きみはあのまま〈ドラゴ・ホール〉に留まりはしなかっただろう。逃げだしただろう。実際にそうしたようにね。そして逃げだしたら、きみの身に何が起こった？　考えるだにぞっとする。だが、ぼくはきみを見つけた。きみはすごく幸運な娘だ、ヴィクトリア・カーステアズ」

問題は、彼が真実とたわごとをごっちゃにして考えていることよ、とヴィクトリアは決めつけた。そんな彼に戦いを挑むのは、もはや彼女の手にあまった。

いっぽう、だまっている彼女を尻目に、ラファエルはどんどん先のことを考えていった。これから、しなければならないことが山積している。だが正直なところ、少なくとも一カ月は、花嫁とふたりきりですごしたい。それが本音だった。だれの邪魔もはいらないところで、尽きることのない情熱を彼女にそそぎ、ふたりで耽溺《たんでき》してすごしたい。

「ラファエル？」

「うん？」

「もうコテージに戻りたい」

「ぼくは、椅子としては失格だった？　椅子の袖が冷たいとか、頼りないとか？　座面が硬くて座り心地が悪いとか？」

そう言う彼の声は笑いを帯びていた。こんなときに、彼をぶちたくなるんだわ。彼女はそう思い、彼の太腿から飛びのきたくなった。だが、そんなことをしたら、また脚がふらつき、恥をかくことになる。彼にまた支えてもらうのはまっぴらだ。

「手伝ってくださる？　お願い」

それは妙な要求だったが、彼はすぐに応じた。まず自分が立ちあがってから、彼女を抱きかかえ、立ちあがらせた。「転んだときに、怪我でもしたの？」

彼女は首を横に振った。その瞳は、彼の喉のあたりの高さにある。

「もうコテージに戻りたい」

だが、その夜遅く、ヴィクトリアは真の恥辱の意味を知ったのだった。

15

そなたは具合が悪いのか、それとも機嫌が悪いのか？

――サミュエル・ジョンソン

「ちょっと失礼するわ」どうにかして落ち着きを取り戻したい。そう切望しながら、ヴィクトリアは言った。ラファエルが立ちあがる前に、椅子をうしろに押し、ひとりで立ちあがった。

「どうしたの？　具合でも悪いの、ヴィクトリア？」

「べつに。すぐに戻るわ。どうぞ、夕食を続けていらして」そう言うと、彼女は食堂をでていった。

深紅の赤ワインがはいったクリスタルのグラスをのぞきこみ、ラファエルは顔をしかめた。彼女は具合が悪いようには見えなかったが、たしかに、夕食の席に下りてきてからというもの、口数が少なく、よそよそしかった。彼は心配でいたたまれなくなった。

完ぺきに焼けた豚の腿肉をまたひと切れ食べながら、ラファエルは考えこんだ。

ヴィクトリアは胸のあたりを抱きかかえるようにして、自分の寝室の真ん中に立っていた。

下腹部のあたりがぴくぴくと痙攣しており、どうしてもやわらげることができない。彼女はまたアヘンチンキをさがした。アヘンチンキを飲めば、痙攣を抑えることはできるはず。ふだん生理痛なんてほとんど感じないのに、こんなふうになるなんて。きっと、結婚したせいね。そう考えたとき、ひときわ激しい痙攣に襲われ、顔をゆがめた。あちこちさがしたものの、結局、アヘンチンキは見つからず、彼女は深々とため息をつき、一階に戻った。

彼女は食堂の入口に立ち、夫がこちらを見るのを待った。「疲れました」と、文章を朗読する女学生のような口調で言った。「先に休ませていただくわ。気分が悪くて。ラファエル、だから、わたしの寝室にこないでいただけるとありがたいんだけど——」と、崖から平たい石が落ちるように、最後は消えいるような声で言った。

ラファエルが彼女を見たが、その顔は無表情だった。そしていかにも船長らしい声で言った。「どうかしたのか?」それはこれまで、即刻の服従を強要してきた声だった。

ヴィクトリアはあやうくほんとうのことを口走りそうになったが、すんでのところで言葉を呑みこんだ。そして口を閉じたまま、彼を見つめた。

「ヴィクトリア、訊いてるんだよ」いまや、その声は独善的な断定を帯びている。「質問に答えろ、いますぐに」

「べつに、たいしたことじゃないの。ただ、眠りたいだけ。あすの朝にはよくなってるわ」それは真実に違いなく、そう言うと、しばらく細いブレスレットをいじった。「あなた、アヘンチンキをもってる、ラファエル？」

その質問に、ラファエルは思わず立ちあがった。食堂を横切っていくと、彼女がおびえたようにあとずさりをした。彼はぎょっとし、急に足をとめた。

「どうしてアヘンチンキがいるんだ？　どこか具合が悪いんだろう？」

彼女がずるずるとあとずさりをし、食堂から離れようとした。「たいしたことはないの。お休みなさい」

「もう一歩でも足を踏みだしたら、お尻をむきだしにして、引っぱたくぞ」

どうしてこんなときに涙がでるの？　彼女はみじめな気持で考えた。こういうふうに感情が高ぶって、涙腺がゆるむのは、月のもののせいだ。涙で目をうるませながらも、些細《ささい》なことで泣いている自分に腹が立った。「冗談じゃないわ」そう言うと、彼女は顎先をつんと上げた。すると、彼が一歩、近づいてきた。「そんな真似をさせるもんですか。あなたはわたしのお金を全部、自分のものにした。どうして、それで満足できないの？　なぜ、こんなふうにわたしをいじめるの？」

「いじめるだって？　きみの安泰な生活を守ろうと、あれこれ思いやり、手を打ってきたんだぞ。だが、どうやら、きみはそれを望んでいないらしい。わかった。具合が悪いんだろう？　それなら、さっさと二階に上がり、縮こまって、我慢していればいい。だが頼むから、静かにしていてくれよ。邪魔されたくないからな。悪いが、アヘンチンキの持ちあわせはない」そう言うと、彼はくるりと背を向け、テーブルのほうに闊歩した。

ヴィクトリアはスカートの裾をもちあげ、寝室目指して走りはじめた。

その晩、十時をすぎたころ、ラファエルは一階の狭い図書室のなかを歩きまわっていた。酔ってはいなかった。これくらいで、酔ってたまるか。ブランデーのボトルをたったの三分の一、空けただけだ。ブランデーは、当然のことながらフランス産の密輸品であり、上等なものだった。彼は漫然と歩きまわるのをやめ、天井を仰いだ。彼女はほんとうに具合が悪いのだろうか？　まさか。そう考え、かぶりを振った。あれほど頭の鈍い頑固な女が病気になるはずがない。だいいち、このぼくから逃げだしたのだ。文字どおり、逃走したのだ。それでも、頭のなかから彼女を消し去ることができず、どうにかなりそうだった。

ラファエルは自分の寝室に戻ると、ガウンに着替え、灯りを消し、続き部屋のドアからそっと彼女の寝室にはいっていった。窓のカーテンは閉まっておらず——少しは理性を取り戻したのだろう——ベッドの真ん中に盛りあがっている身体の輪郭が見えた。よし、彼女の具合が悪くないかどうか、確かめよう。それだけだ。他意はない、と彼は自分に言い聞かせた。

ラファエルは彼女の横にそっと立った。影が動いた程度にしか見えないはずだと思ったものの、ほどなく、彼女が目を覚ましていることに気づいた。彼は立ったまま、やさしく尋ねた。「ヴィクトリア、どこが痛いの？」

「お願いだから、放っておいて、ラファエル」そう言うと、横たわったまま、彼女は彼と反対のほうに身体を少し動かした。そして、下腹部からそろそろと手を動かした。どうか彼に気づかれませんように、と祈りながら。

それはむなしい祈りだった。「お腹？　お腹が痛いんだね？　何か食べ物があたったの？」そう言うと、彼はやさしく彼女の上腕に触れた。

「いいえ、あなたにはわからないことよ。わたし、あなたとは違うの。わたしの身体には起こるけれど、あなたの身体には決して起こらないことがあるのよ」

「まあ、それはそうだが」彼はのろのろと言うと、彼女の言葉を頭のなかで分解し、その意味を推しはかった。そして、しばらくすると合点がいった。

「そういうことか」

彼女は身をこわばらせた。知られてしまったのだから、仕方がない。彼女は歯を食いしばった。彼がこれ以上、何もしないでくれるといいのだけれど。藁にもすがる思いで願った。だが、そうはいかなかった。彼がさっと上掛けをはがし、彼女の横にもぐりこんできた。そのあたたかい大きな身体は全裸だった。

「駄目、できないの」

「しーっ、ヴィクトリア。ぼくは心配のあまり、疲れはててしまった夫なんだぞ。抱きしめさせてくれ。朝には具合がよくなっているよ——それは請けあう」

それ以上、彼は何も言わなかった。

ヴィクトリアは、彼に背中から抱き寄せられ、お尻のあたりに彼の下腹部をあてられても、何も言わなかった。だが、彼の大きな手を下腹部にそっと置かれると、息を呑んだ。そのぬくもりはすばらしく、彼女は大きく吐息をついた。

彼女が眠りに落ち、一定の寝息をたてはじめると、ラファエルはひとり微笑んだ。彼女の耳元にやさしくキスをし、寝心地のいい体勢をとり、ひとりごちた。まったく、ぼくは粗野で哀れな田舎者だ。


翌日は計画どおり、昼食を終えるとふたりは出発した。ミセス・リプルはこれを最後とばかりに、ふたりに料理の腕をふるってくれた。

「ふしぎでたまらないよ」と、ラファエルが悲しそうに言った。「いったいどうすりゃ、完ぺきに焼けた豚の腿肉をあそこまで台無しにできるんだ？　きみとぼくとで、あれほど申し分なく料理した肉なのに」

「きっと、ハーブを足しすぎたのよ」

「そうだな。ディルの足しすぎかもしれない。どっさりいれたんだろう。ミセス・リプルにも、ぼくの特製パン男を焼いてあげようかな――料理の方向性を変えてくれるかもしれない。ここまできたら、それしか策はなさそうだ」

「ああ、トムがきてくれたわ」と、ヴィクトリアが笑みを含んだ声で言った。

ラファエルはそれを聞き、彼女の顔をさっとうかがった。どうやら、昨夜の不快感は残っていないようだ。血色がいいし、目も輝いている。彼はそっと指先で彼女の頰に触れた。

「まだ例の感じが残ってる?」

「ええ、もちろん」そう言うと、御者のトム・メリフィールドとラファエルが手を差しだすのを待たずに、彼女はさっと馬車に乗りこんだ。

ラファエルが窓から車内に首を突っこんだ。「馬車をとめてほしかったら、いつでもそう言うんだよ、いいね?」

「ええ」と、彼女が応じた。「ねえ、ラファエル、二日後にわたしたちが〈ドラゴ・ホール〉に到着することを、ダミアンは知ってるの?」

ヨーク産の黄褐色の革手袋をしげしげと眺めてから、ラファエルが応じた。「当然だ。兄に手紙を書いておいた。教区牧師と同じくらい礼儀正しく、ダミアンはぼくたちを歓迎するだろう」

「でしょうね」と、彼女が切り返した。「エレインのほうも、わたしたちに敬意を表して、舞踏会を開催するんじゃないかしら」

「それも悪くない」と、考えこみながら、ラファエルが言った。たしかに、悪くない。あのあたりに住む上流社会の血気盛んな若い連中に、自分が帰郷したことを知らせる必要がある。

そして最後には〈ザ・ラム〉の正体をあばかなければならない。舞踏会はその完ぺきなスタートになるように思えた。「その件について、到着したらすぐにダミアンに相談してみるよ」

彼女は首を横に振った。「冗談で言ったのよ。あなたは本気みたいね」彼、いったい何を企んでいるのかしら？　彼女はふしぎに思った。何か企んでいるにきまっている。だって彼にはなんとしても〈ドラゴ・ホール〉に戻らなければならない理由があるみたいだもの。先祖代々の土地に戻るという巡礼の旅以上の理由があるはずだ。どうすれば、その理由を彼から聞きだせるかしら？　彼女はとうの昔に気づいていた。彼女を誘惑したり、人に愛嬌をふりまいたりしていないとき、彼が二枚貝のように固く口を閉じ、けっして情報を漏らさないことを。

「トム・メリフィールドとは、アクスマウスで別れよう。フラッシュ・セイヴァリーのことを、きみに話しただろう？　覚えてる？」

「ええ、ロンドン一腕のいい掏摸でしょう？」

「ああ、そうだ。アクスマウスでやっと会う約束になっている。〈サー・フランシス・ドレイク亭〉で待っているはずだ。そこから〈ドラゴ・ホール〉までは、ミスター・モウルズの馬車を借りていこう」

「〈ドラゴ・ホール〉には、フラッシュも一緒に滞在するの？」

「ああ。やつは、貴重な働きをしてくれるはずだからね」

ラファエルったら、やっぱり、何か企んでいるんだわ。彼が牡馬にまたがるようすを眺めながら、ヴィクトリアは考えた。だって、そうでなければ、そのフラッシュとかいう若者を〈ドラゴ・ホール〉にわざわざ連れていくはずがないもの。

駈足《かけあし》するガドフライにあわせ、悠然と身体を揺らしながら、ラファエルは軽々と馬をあやつった。そして、フラッシュの多才ぶりについて考え、〈ドラゴ・ホール〉に到着したあとの攻撃計画を練りはじめた。思案のすえ、自分も一員になるしかないと、彼は腹を決めた。その馬鹿げた〈ヘルファイア・クラブ〉とやらのメンバーになるのだ。現時点では、それしか方策がない。

彼はその後もなんとか欲望を自制しつづけ、ついに〈ドラゴ・ホール〉に到着し、ヴィクトリアを守る使命も無事に果たした。

〈ドラゴ・ホール〉に到着したのは、日曜の昼すぎのことだった。子ども時代をすごした故郷の光景を見ても、どうということはないはずだと、甘く見ていた。だが、久しぶりに見た故郷の風景に胸をかきみだされ、泣きたいような気分になった。周囲を見渡しながら、彼は考えた。なにひとつ、変わっていない。

本館は初期エリザベス様式のデザインで、初代ドラゴ男爵のアークリー・カーステアズによって一五六四年頃に建てられていた。その後、歴代の男爵たちは三つの棟を増築した。増築を重ねた建物は不気味な怪物のように見えてもおかしくなかったが、〈ドラゴ・ホール〉は違った。その後も増築は続いたが、ラファエルの父親に言わせれば、その増築は〝こぢんまりと経済的〟に継続されてきた。子どもの頃に、自分が刻みをいれたカエデの木を眺めながら、ラファエルは物思いに耽り、感謝した。先祖の男爵たちが全員、ステナリーズから切りだされた、やわらかい赤石を使って増築をしたため、いまでも全体の調和がとれている。

ラファエルの父親は、館の正面に曲がりくねる私道をつくり、柱廊式玄関を広げるだけで満足した。そのうえ増築や改築に、オークの木やカエデの木を使わずにすませた——それどころか、断固として木を伐採しようとはしなかった。そのため、私道の幅は場所によってまちまちになった。林を守るために、私道があちこちで湾曲しているからだ。とはいえ、それがかえって奇妙な魅力を生みだしていた。

ラファエルの母親は〈ドラゴ・ホール〉があまりにも殺伐としており、人を寄せつけない雰囲気が漂っているのではないかと懸念した。そこでコーンウォール南部の海岸に自生するありとあらゆる花を植えた。これも、見事な成果をあげていた。豊かな色彩がくわわり、館の直線的なデザインの印象がやわらぎ、いかめしい外観から客人を歓迎する雰囲気が醸《かも》しだされている。

「おれから見れば、いかにも金持ちのお屋敷ですよ」と、フラッシュがラファエルのほうを見ながら言った。

ラファエルがにやりと笑った。「ここに滞在するのは、ほんの短期間ですむはずだ。きっと居心地よくすごせるさ」

船長ときたら、いったいこんどは何を企んでいるのだろうと、フラッシュはラファエルのほうを見ながら考えた。まあ、じきに教えてもらえるだろう。船長は自分のやり方でものごとを進める。だから船長が話す気にならないかぎり、いくら詮索したところで、何も聞きだすことはできない。その船長も、いまや花嫁を娶っている。それは、とびきりすばらしいことだ。フラッシュが振り返ると、ミセス・カーステアズが馬車の窓から身を乗りだし、なにもかも吸収しようとしているところだった。かわいいお嬢さんだが、これが、なかなかに生意気だ。そして彼女の懐にあぶく銭がはいったおかげで、船長も思わぬ金を手にいれた。きのう、アクスマウスで初めて会ったときには、おれが〈ドラゴ・ホール〉の銀器を片っ端から盗むんじゃないかと、気を揉んでいたのかもしれない。奥さまの挨拶ときたら、えらく用心深かった。だが、船長がいたずらっぽく目を輝かせ、こう言ってくれた。「あのね、ヴィクトリア、あっちではなにひとつ失敬しないと、フラッシュが約束したんだ。だから〈ドラゴ・ホール〉は安全というわけさ。約束する」

自分の考えがあからさまに顔にでてしまったことを、奥さまは恥ずかしがっているようだった。それでもすぐに気をとりなおし、例のごとく、船長に生意気な口を叩いた。「じゃあ、フラッシュはすぐに帰ってしまうの？　お先に失礼なさるんでしょう？」

「失敬ってのは、盗むって意味なんですよ、奥さま」と、フラッシュが説明した。

「失敬の意味ぐらい、わたしにもわかるわ、フラッシュ。ちょっとからかっただけ。あなたとお知り合いになれて、光栄だわ」そう言うと、彼女がさっと手を差しだしてきたので、フラッシュはその手を握った。「彼のことをいろいろと教えてね、フラッシュ。なにしろ、知りあってからまだ日が浅いし、彼には天《あま》の邪鬼《じゃく》の血が流れているみたいだから」

「そうでさ、おっしゃるとおりで」と、フラッシュが気安い口調で言った。「これからは何かあったら、奥さまに告げ口しますよと、船長を恐喝することにします。どうです、船長？」

「フラッシュ、勘弁してくれ。おまえに尻尾《しっぽ》をつかまれたんじゃかなわん。減らず口を叩くと、厩舎のドアに釘づけにしてやるぞ」

気持ちのいい笑い声があがり、ミセス・カーステアズにはようやく、それが冗談なのだとわかった。

「まっすぐ厩舎に行こう」と、ラファエルがフラッシュに声をかけた。「あっちだ、東側の」

中庭には、馬丁の少年がいた。見たことのない少年だったが、すぐに〝男爵〟と呼ばれたので、ラファエルはにっこりと笑った。「〝船長〟と呼んでくれないか。きみの名は？」

「ロウボウって呼ばれてます、サー、えっと、船長……男爵、サー」

ラファエルはかぶりを振り、いつもの魅力的な笑みを浮かべた。そしてヴィクトリアが馬車から降りるのを手伝った。彼女は少し顔色が悪かった。「心配ない。すぐに落ち着くさ。きみはいまや既婚女性だ。無力ではないし、保護者のいない娘でもない。ぼくのことを信じてくれるね？」

彼女からは返事がなく、ラファエルは少しむかっ腹を立てた。すると、あの方はドラゴ男爵じゃないんだよ、とロウボウに説明するフラッシュの声が聞こえてきた。

ラファエルは繰り返した。「ヴィクトリア、もう怖くはないよね？」

「いいえ、少し、怖い」彼女がついに認めた。そう言うと、彼女が手をすべりこませてきたので、彼は胸を躍らせた。そこで白く輝く歯を見せながら微笑むと、彼女も少し迷ったあと、笑みを返してくれた。

「これはこれは、放蕩《ほうとう》息子のご帰還だな。いや、放蕩息子ご一行がお立ち寄りくださったと言うべきか」

そう言いながら出迎えたダミアンとラファエルが一緒にいる光景を見て、ヴィクトリアはまた混乱し、うろたえた。片方を見てから、もう片方を見、また元に戻った。ふたりはあまりにも瓜二つで不気味なほどだった。とくにラファエルの日焼けした肌の色が薄くなりはじめているいま、違いはないに等しかった。漆黒の髪、銀灰色の切れ長の瞳、高い頬骨、まっすぐな鼻、精悍《せいかん》な顎。まるで区別がつかない。これほど似ているふたりの人間を目の前にしていると、少しおそろしくなった。どうしてなのかしら、と彼女は呆気にとられて考えた。

なぜわたしは、ダミアンにこれほど嫌悪感を覚えるの？　それなのに、一卵性の弟のほうから微笑みかけられ、軽くキスされたり愛撫されたりするだけで、わたしは彼の意のままになってしまう。まるで、ナポレオンにひとりで戦いを挑んでいるみたいに。

「久しぶりだな、兄さん」と、まだ脇にいるヴィクトリアの手を握りながら、ラファエルが言った。「館はまったく変わっていない。相変わらず荘厳だ。兄さんがきちんと管理しているからだろう。ああ、そうそう、フラッシュを紹介するよ。フラッシュ、こちらはドラゴ男爵」

こりゃ驚いた、とフラッシュは考えた。おそろしいほどそっくりだ。フラッシュはひと言も発することなく、ただ会釈した。

紳士ふたりが挨拶をかわすようすに驚きながら、ヴィクトリアは考えた。なるほど、ロンドンでの兄との再会などなかったかのように、話を進めているわけね。あれほど顔色を変えて怒っていたのに。

ダミアンが首をかしげた。「おまえはあのそっけない手紙で、自分の家を買うか、建てるかする場所を決めるまで、ここに滞在したいと言ってきた。きっと」と、ヴィクトリアのほうにゆっくりと視線を這わせながら、ダミアンが物思わしげに言った。「ヴィクトリアも、〈ドラゴ・ホール〉に帰りたくてたまらなかったのだろう」

「ぼくの妻であるヴィクトリアは、もちろん、夫と一緒ならどこにだってよろこんでついてくる。当然、ぼくがそばにいれば、いつでも安心していられるからね」

鳥小屋の前の庭で、二羽の雄鶏《おんどり》が対決しているみたい。ヴィクトリアはそう考えながら、フラッシュのほうをちらりと見た。フラッシュは、好奇心もあらわにふたりの男を見比べている。ヴィクトリアは、フラッシュのことが好きだった。ラファエルから彼の素姓を初めて聞かされたときから、好きになったのかもしれない。フラッシュは痩せていて、彼女と同じくらいの年齢で、とても知的な茶色の瞳と茶色の巻き毛の持ち主だ。だが、その微笑みはどこか邪悪で、貧しい孤児だった頃の面影を留めている。

「そりゃそうだろう。ちょっと前に、ここを大慌てで飛びだしていった娘と、ヴィクトリアは同じ身体ではない。そうなんだろう？」

「ああ」と、ラファエルは淡々とした声で応じたものの、じつのところ、性的なあてこすりを言った兄の顎に、一発、お見舞いしてやりたい衝動に駆られていた。「いまやぼくの妻だからね」

「ああ、愛しい人《マイ・ラブ》」と、ダミアンがエレインに声をかけた。「弟を紹介するよ。そして、弟の魅力的な奥方も。たまたま、彼女はきみのいとこだがね。ここ数週間、見かけてなかったろう？」

ラファエルは、〈ドラゴ・ホール〉の玄関前のすりきれた階段を優雅に下りてくるエレイン・カーステアズを観察した。長身で、黒い——夫と同じくらい黒い——髪の持ち主で、文句なしに美人だ。とはいえ、ラファエルの好みからすれば、少々、顎先がとがっている。さらに体型に関しては、なんとも言えなかった。なにしろ懐妊中で、それも相当、腹がせりだしている。彼女がヴィクトリアに向かって微笑むのに難儀しているようだったので、ラファエルは不謹慎にも愉快になった。

そしてヴィクトリアと同様、エレインは兄と弟の顔を交互に見ては、あんぐりと口をあけた。「驚いたわ」と、彼女がついに口をひらいた。「ラファエル、〈ドラゴ・ホール〉にお帰りくださって、嬉しいわ」そう言うと、彼女が差しだした真っ白な手に、ラファエルはうやうやしくキスをした。

「ダマリスは元気?」と、ヴィクトリアが出し抜けに言った。

エレインは、〈ドラゴ・ホール〉より二マイルほど東側にあるどろどろした沼――ペンヘイル沼と呼ばれている――からヴィクトリアが這いでてきたかのような顔をした。「お久しぶり、ヴィクトリア。ここを発ってからあなたが楽しくすごしていたと、夫から聞いたわ」「なにもかも楽しかったかどうかはわかりませんが」と、ラファエルがすばやく救いの手を差しだした。「まあ、ヴィクトリアは楽しくすごしているはずです――少なくとも、ぼくと結婚してからは」

「ええ、まあ、そうね」と、ヴィクトリアが言った。「それでダマリスはどうなの、エレイン？　元気にしているの？」

「どうしていまさら気にかけるのか、わからないわ――あなたはあの娘を置いて、さっさとでていったくせに。でも、ええ、あの娘は元気よ」

「そろそろ、なかにはいろうか、ラファエル、ご婦人がた」と、ダミアンが言った。ラファエルはうなずき、フラッシュのほうを向いた。「馬の世話を頼む。それをすませたら、館にきてくれ。執事のリガーが、ぼくの部屋の場所と、おまえが寝泊まりする場所を教えてくれるだろう」

「どうして逃げだしたりしたの、ヴィクトリア?」と、エレインが尋ねた。

ずいぶん単刀直入な質問ね。そう考え、ヴィクトリアはいとこのほうを向いた。そして、ふたりの男性がずっと先のほうに歩いていくのを待ってから、口をひらいた。もちろん、なんと応じるか思案したあとに、できるだけくだけた口調で言った。「わたしが遺産を相続していることがわかったからよ、エレイン。だけど、あなたもダミアンも、わたしに伝える必要はないと思っていたんじゃない? だから、わたし、ひとりでロンドンに行き、事務弁護士に会うことにしたの。それだけの話」

「ダミアンもそう言っていたわ」

きちんと同じ理由が述べられたというのに、エレインはちっとも満足していないようだった。だが、さすがのエレインも、夫がわたしを乱暴しようとしたことは知らないだろう。

「ダミアンにじかに訊けばすむ話でしょ。どうして何も尋ねなかったの?」

「尋ねようという気にならなかったのよ。だって、わたしがただの貧乏な親戚ではないことを、あなたもダミアンも、そぶりにあらわさなかったんだもの」

「あなたの大切なお金は、完ぺきに守られていたのよ、ヴィクトリア。あなたが成年に達したら、ダミアンは話すつもりだった」

ヴィクトリアは思わずエレインの顔をにらみつけた。「わたしはね、結婚するか、二十五歳になるかしないかぎり、お金を自分のものにできなかったのよ。成年に達したらって、あなたはさっき言ったけれど、それって二十五歳のことだって知ってた、エレイン？　それに夫は——ああ、ダミアンがあのお金をどうするつもりだったのか、想像もつかないわ。ダミアンはね、デヴィッドのこともうまくあしらったのよ。ほんとうに、信じられない。いとこであるあなたが、わたしのことを裏切るだなんて」

「馬鹿なことを言わないで。あなたはいつだって家族の一員として扱われていたでしょ」そう言いながらも、エレインの顔から血の気が引いた。「それにね、あなたに相続する遺産があるなんて、あたくし、知らなかったのよ」

ヴィクトリアはただじっとエレインを見た。「そうでしょうね」と、のろのろと言った。

「あなたは知らなかった」

「客間に行かないか？」という、ダミアンの声が聞こえた。彼は太い梁がめぐらされた玄関ホールのところで、立ちどまっている。

ヴィクトリアはうなずき、ラファエルのほうをうかがった。ラファエルは静かに立ったまま、あたりを見ている。ヴィクトリアは彼の視線の先を追った。洞窟のような暖炉は真っ暗で奥が深く、牡牛を何頭も丸焼きにできそうなほど大きい。そして遠くの壁には、イングランド式、フランス式、フランドル式というさまざまな甲冑《かっちゅう》が並んでいるが、ほとんどが錆《さ》びついている。それに、十六世紀以降のすべての代のカーステアズの旗幟《きし》と紋章もずらりと飾られている。

「昔のままだ」と、ラファエルが言った。

「甲冑にはあまり近づかないで」と、エレインが言った。「ご存じでしょうけれど、危険なの。メイドたちがみんな役立たずで、きちんと埃を払ったり掃除したりしないのよ。このあたりには騎士の幽霊がうようよいて、甲冑のなかに隠れているらしいわ。そりゃ、馬鹿げた迷信だけれど、そう言われたら、どうしようもないもの」

そのあいまいな物言いにはだれも返事をせず、四人は客間にぞろぞろとはいっていった。と、ラファエルは変化を認めた。おそらくエレインの指図だろうが、客間は改修されていた。重苦しい重厚な家具がすべてなくなり、もっと色調の明るいアン女王様式の調度品に置き換えられている。カーテンは透明に近く、陽射しがさんさんと降りそそいでいる。床の中央には、クリーム色の幅広の渦巻き模様がある水色のオービュッソン絨毯が置かれている。

「とてもいい雰囲気になりましたね」と、ラファエルがエレインのほうを振り向き、微笑みかけた。「やあ、リガーじゃないか」と、敷居のところに立っている高齢の使用人に気づき、声をかけた。「久しぶりだな。ちっとも変わっていない。元気そうだ」

「ありがとうございます、サー。またお目にかかれて嬉しゅうございます」

「ああ、ぼくも帰ってこられて嬉しいよ。そうだ、知ってたかい、リガー？　ミス・ヴィクトリアとぼくが結婚したってこと？」

もちろん、リガーは知っていた。〈ドラゴ・ホール〉の使用人はひとり残らず知っていた。ここ一週間ほど、それは極上の話題だった。そのうえリガーは、ミス・ヴィクトリアが逃げだした理由も承知していたが、その事実をいっさい他言していなかった。彼の忠誠心はカーステアズ一家に向けたものであり、現在の家長がどんな卑劣な行動をとろうと関係のないことだった。いっぽう、ラファエルの若旦那さまは――やんちゃではあるが、まっすぐで正直だ。人々が信頼を寄せる紳士、それがラファエルの若旦那さまだ。

「お紅茶をお願い、リガー」

「いま用意しております、奥さま」そう言うと、リガーがふたりのメイドのほうを向き、指示をだした。ふたりのメイドは、ワゴンに巨大な銀器を載せて、やってきた。銀器にはケーキ、ビスケット、小ぶりのサンドイッチが芸術的に並べられている。

リガーが威風堂々と客間をでていき、使用人たちがひとり残らずそのあとを追ってでていくまで、客間には沈黙が広がった。

「しばらく滞在なさるんでしょう、ラファエル？」

ラファエルがエレインに微笑んだ。「ええ、そのつもりです。船に未練はありません。うちの一等航海士は厳しい訓練を重ね、見事な判断力を発揮できるようになっている。いま頃は、シーウィッチ号の船長として指揮をとっているはずです。とはいえ、ぼくだって、暇をもてあます紳士になるのはごめんですから」そう言うと、彼は長椅子に背を預けた。「長年、仕事をしてきたから、のんびり暮らすのは性にあわない。ここで、事業の監督を続けるつもりですよ。それに、ヴィクトリアと一緒にこのあたりで所帯をもちます」

「そうすると」と、ダミアンが言った。「おまえはここ五年ほどで、自分の土地を買えるほど稼いだというのか？　それとも」と、やさしい言い方ではあるものの、嘲笑を帯びた口調で続けた。「自分が欲しいものを得るために、ヴィクトリアの財産を使うつもりなのか？」

「どちらの答えもイエスだ」と、一瞬たりとも微笑みを陰らせることなく、ラファエルが応じた。「ヴィクトリアの財産の半分は、じきに、ぼくらの子どもたちの信託財産になるのでね」そう言うと、ヴィクトリアのほうにその愛嬌のある笑顔を向けた。だがヴィクトリアは、彼の美しい灰色の瞳が微笑みをたたえていないことを見てとった。

「あなたって高潔な人ね、ラファエル」と、エレインが甲高い声で言った。

「とんでもない」と、彼はくつろいだ口調で応じた。「彼女の財産がいますぐ必要なほどには、切羽詰まっていないだけです。まあ、たとえ彼女が文無しであろうと、ぼくは結婚したでしょうが」

嘘つき。ヴィクトリアの表現豊かな瞳が、彼にそう言った。この大嘘つき。それでも彼女はずっと口を閉じていた。ラファエルは、そのささやかな努力に深く感謝した。「ヴィクトリアのように美しい若い娘が」と、彼は続けた。「保護者もいない状態で世間に放っておかれてはならない。彼女にはどうしても夫が必要だった。この取引に、彼女が失望していないと信じていますよ」

ヴィクトリアは、ありったけの理性をかきあつめ、唇に明るい笑みを浮かべたまま、うやうやしくうなずいた。

ラファエルは紅茶を飲みながら、エレインのことを考えた。彼女とヴィクトリアの会話を一部、小耳に挟んでいたのだ。もしかすると、夫の奇行について、エレインはもっと深く知っているのかもしれない。だからヴィクトリアのことを警戒しているうえ、嫌っているのだ。それとも、貧乏ないとこに、もうあれこれ指図できなくなったことに憤慨しているだけなのだろうか？

ラファエルは笑みを浮かべ、口をひらいた。「拝見したところ、お祝いを申しあげたほうがよさそうだね。跡継ぎができるのかい、ダミアン？」

「ああ、図星だ。ルドコット先生の話じゃ、予定日はクリスマスのあとぐらいだとか。それに見てのとおり、エレインは健康そのものだよ」

突然、ヴィクトリアが椅子から立ちあがった。「子ども部屋に行って、ダマリスに会ってくるわ」

「ダマリスは寝ているの」と、エレインがきつい口調で言った。「ブラックばあやの機嫌をそこねると大変なのは、よくわかってるでしょ——とにかく、あのおばあさんときたら、縄張り意識が強いのよ」

「では、そろそろ、ぼくたちはお先に失礼させていただこう。エレイン、かまいませんか?」と、ラファエルは立ちあがりながらエレインに挨拶をすると、ヴィクトリアに手を差しだした。ヴィクトリアが彼の横に歩いてきた。

「どうやら」と、ダミアンが言った。「エレインは、きみたちに〈白目の部屋《ピューター》〉を用意したらしい」

ヴィクトリアは呆気にとられ、しばらくいとこを見つめた。〈白目の部屋〉は、何もかもが銀灰色の色調でまとめられた美しい部屋だ。三十年前までは主寝室として使われていたが、いまはまったく使われていない。その部屋に宿泊するのがふさわしいほど価値があると認められた客人がいないからだ。それを考えると、エレインの采配《さいはい》は意外そのものだった。

いっぽうラファエルは、采配を振ったのがエレインだとは思っていなかった。ダミアンに違いない。だいいち、エレインはむっとしているように見える。だが、ラファエルには理由がわからなかった。なぜ兄は、あれほど広い部屋を自分とヴィクトリアに用意したのだろ示しているのだろうか？ そう考え、彼は胸のうちで肩をすくめた。双子の兄は和平協定を結ぼうという意志を示しているのだろうか？

いや、どう考えても、それはありえない。

数分後、ヴィクトリアは風通しのいい、広々とした部屋を見まわした。どこか、畏怖の念を感じさせる部屋だ。「理由はわからないけれど」と、ラファエルにというよりは、自分に向かって言った。「こんなに美しい灰色の陰影がついたカーテンは、見たことがないわ。この椅子の灰色のシルクは少し擦《す》りきれているけれど、とっても優雅。そう思わない？」

「ああ、そうだね。ぼくにも理由がわからない。それに、この続き部屋を用意させたのは、エレインじゃないと思うよ、ヴィクトリア。采配を振ったのはダミアンだ、間違いない。だが、おかげでもうひとつ、謎が増えた」

「もうひとつって、ほかにも謎があるってこと？」

彼はすばやく頭を回転させた。そして彼女に近づき、やさしく肩に手を置いた。「きみだよ、ヴィクトリア。きみはまぎれもなく謎のかたまりだ。だいいち、きみはまだ、かの有名な――悪名高いとも言えるのかもな――告白でぼくを楽しませてくれていないだろう？ それに、例のかたちの悪い爪先をぼくに見せていないし」そう言うと、ラファエルは彼女の頭越しに幅の広い窓を見た。はるか向こうには海が広がっている。「それにくわえて、双子の兄という謎もできた。じつに胸躍る、そう思わないか？」当然のことながら、彼は〈ヘルファイア・クラブ〉のいまいましい謎については口にしなかった。いや、ウォルトン卿に言わせれば、〈新生ヘルファイア・クラブ〉か。まったく、こんな任務を引き受けてしまうとは。そこまで考えて、はっとわれに返った。ヴィクトリアがむさぼるようにこちらを見あげていたのだ。

「それはやめてくれ」と、彼はかすれた声でいかめしく言った。「その目で見られると、きみを押し倒したくなる。いますぐ、ここで」そして、悲しそうな笑みを見せた。「でも、いまは無理だ。だからぼくを誘惑するな」

「わたし、なんにもしてないわ。自分の顔つきなんて変えられない。そうでしょう？」

「さっきまでのきみの顔つきは、貪欲そのものだったぞ。おかげでぼくは、クリスマスのご馳走のガチョウみたいな気分になったよ」

ヴィクトリアは彼から身を離そうとしたが、彼は放してくれなかった。「駄目だ、恥ずかしがるな、ヴィクトリア。夫に欲望を覚え、この世で最高の恋人のように感じさせるのは、いたって健康なことなんだから。それにね、ぼくはそう感じるのが大好きさ」

「あなたなんか嫌い、ラファエル」

彼のよきユーモアがまた彼女の身体に流れこんできた。なめらかであたたかい蜂蜜のように。「どうして嫌いなんだ？　ぼくを傷つけないで、ヴィクトリア。いまだけは、ほんのしばらくでいいから、ぼくを許すと言ってくれ。男の愚かさを許すと」

「あなたは、わたしのことを、まるで信じていなかった。許せるはずがないでしょう？」

女性の義務は許すことにあるんだよ、だって男は寛大になれないんだから。彼はあやうくそう言いかけたが、彼女の瞳に痛み、失望、混乱、不安の色を読みとった。「心からあやまる」と、このうえなくやさしい声で言った。「すまなかった、ヴィクトリア。どれほど後悔しているかを証明するには、ドラゴンを殺さなくちゃ駄目かい？」

「ドラゴンなんていないって知ってるくせに。だから、あなたの提案には意味がない」

「手強い女だな」彼はそう言うと、すぐに意地悪な口調でつけくわえた。「いや、裏の意味なんかないよ」するとヴィクトリアが彼のみぞおちにこぶしをお見舞いした。彼はちゃんとうなり声をあげた。「ぼくが言いたかったのはね、愛しい人、ほかの手段に訴えれば、ぼくの救いがたい誠意を立証できるってことさ」

「救いがたい誠意？」

彼の尽きることのないユーモアとのびのびとした機知に、彼女は態度を軟化させた。もちろん、彼はユーモアでわたしを攻略できることを承知している。悔しいけれど、そのとおりだわ。

「疲れちゃった」と、彼女は大きなあくびをした。

「一緒に昼寝しよう、いいだろう？　ぼくはね、いちどでいいから、この大きなベッドで寝てみたかったんだ。子どもの頃、ダミアンとぼくは、この部屋にはいることを禁じられていたんだよ。ベッドの高さは、床からたっぷり三フィートはあるぞ。夜になったら、カーテンを閉めてあげようか」

夜の空気は気持ちがいいものね。そうあやうく言いかけたものの、ヴィクトリアは理解した。部屋を真っ暗闇にして、きみが見られずにすむようにしてあげようかと言ってくれているんだわ。

「ええ。そうしていただけるとありがたいわ。この世でふたりきりみたいな気分になれるもの」

彼女がそう明るく応じたので、全裸を見られずにすむと彼女が安堵していることがわかった。そう、彼女の醜さを。彼はため息をついた。もう、うまい返事が思いつかなかった。あまりにも馬鹿げた事態になっている。彼はぼんやりと考えた。〈ドラゴ・ホール〉のキッチンから使用人がいなくなることはあるのだろうか、と。〈ハニーカット・コテージ〉のキッチンの床は、ぼくに至福をもたらしたのだが。

「ぼくの記憶が正しければ、夕食は六時だったよね」

「ええ。わたし、夕食のために着替えるわ。ぜったいに着替えなさいと、エレインがうるさくて」

「桃色のシルクのドレスを着てくれ、ヴィクトリア。いちごのタルトよりおいしそうに見える」

「売春婦ですって？」（tartには「タルト」と「売春婦」の意味がある）そう言うと、ヴィクトリアはまた彼のみぞおちをぶったが、彼は大笑いしており、わざとうめき声をあげることができなかった。

ラファエルは、まだ笑いながら目をこすった。「ドレスの着替えを手伝おうか、ヴィクトリア？」

「ええ、お願い」それは、ルシアが選んだものだった。メイドがつくはずだとおばさまは思われたのだろうが、彼女は自分専用のメイドなどもったことがなかったし、まさか、もつことになるとも思ってもいなかった。

彼のあたたかい手に触れられると、彼女はすぐに反応した。わたし、これからいつもこんなふうになるのかしら？　そう思いながらも、そうなることを心から願った。それでも、反応していることを悟られないよう、身をよじったりはしなかった。

彼女はあわててインド製の衝立のほうに歩いていった。巨大な寝室の隅のほうに、絵を描いた衝立が置いてあったのだ。それはラファエルの大叔父の、そのまた父親がセイロンからもちかえった物であり、その陰に隠れたヴィクトリアは、旅行用ドレスのボタンを外しはじめた。そして、衝立の端から彼のほうをうかがった。「ラファエル、ガウンをとってくださる？　ベッドの上にあるの」

十数分後、ふたりは巨大なベッドに並んで横たわっていた。ラファエルがあくびをして、口をひらいた。「こっちにおいで。きみを抱きしめたい。ここじゃ遠すぎるよ」

それは名案に思え、彼女は従った。あまりにも長い一日だった。昨夜から。長すぎた。彼の肩に頭を預け、彼の胸にてのひらを置くと、彼女は眠りに落ちた。

16

おれさまは礼節の鑑《かがみ》だ。
——シェイクスピア

ヴィクトリアは感じがいい。たしかに過剰に礼儀正しいところはあるが、どこから見てもほれぼれする、とラファエルは考えた。彼女は〈白目の部屋〉のすばらしさについて熱弁をふるっており、それは使用人たちが夕食を供しているあいだの話題としてはあたりさわりのないものだった。「ほんとうに、このうえなく荘厳なお部屋ね」と、彼女は称賛を終えると、従僕のジェフリーが気前よく皿によそってくれたヒメジをちらりと見た。

彼女が話しているあいだ、ラファエルはダミアンの顔を観察していたが、その表情はあくまでも穏やかな関心を示す主人のものだった。

「ワインのおかわりはいかがです、サー？」

ラファエルはうなずいただけで、何も言わなかった。やがてジェフリーが、食堂の両開きのドアの前という持場《もちば》に戻り、静かに立った。

「ふしぎなんだ、兄さん」と、ラファエルはとうとう口をひらいた。「なぜ、妻とぼくに、あれほど壮麗な部屋を用意してくれたんだい？　子どもの頃、あの部屋の絨毯に泥の足跡をつけて、隠れたことがあったじゃないか」

「そして、こう言われた――というより、命じられた――あの部屋に二度と汚い足ではいるんじゃありません、とね。ああ、よく覚えているよ。たしかに、おまえとヴィクトリアのために、あの部屋を用意させた。かまわないだろう？　おまえはもう、手も足も泥だらけじゃない」

「場合によるが、まあ、できるだけ行儀よくするよ」そう言うと、ラファエルはエレインのほうを向き、流暢《りゆうちよう》に続けた。「姪の顔を見るのが楽しみですよ」

「あら、めずらしい」とエレインが言い、切れ目のはいったサーモンに自分でオランデーズソースをかけた。

「めずらしいとは？」黒い眉をぴくりと上げ、ラファエルが尋ねた。

「紳士は、子どもたちのことでわずらわしい思いなどしたくないと思っているからよ」彼女は、テーブルの反対側に座るダミアンのほうに目を向けた。「とくに、相手が幼い娘だと」

「ダマリスの心配は無用だ」と、ダミアンが気楽な口調で言った。「じきに、一緒に遊べる弟もできるし」

「あなたの大切な〈ドラゴ・ホール〉の跡継ぎがね」と、エレインがつけくわえた。ヴィクトリアは、その声に苦々しい響きを聞きとった。でも、なぜかしら？　所領と地位のある紳士には、それを継承させる跡継ぎが必要なのに。

「まあ、そうだな」と、ダミアンが軽い口調で応じた。会話はそこで途絶えた。ヴィクトリアは気のきいたことを何か言おうと思ったが、何も思い浮かばず、そのままうつむき、ヒメジ（白身の魚。別名アカムツやイトヨリと呼ばれる）と仔牛の胸腺のトマトソースを食べつづけた。

しばらくして顔を上げると、ダミアンがこちらを見ているのに気づいた。ダミアンの視線にさらされていると、自分の肩がむきだしになっていることや、胸が前に大きく突きだしており、凝ったデザインの上質の金色のレースがそれを覆っていることを意識せずにはいられなかった。このドレスを着るときに手伝ってくれたラファエルは、タルトになぞらえられて嫌悪を示したわたしに、きみはクリームたっぷりのブラマンジェのようにおいしそうだと言った。ヴィクトリアはドレスを着ると、髪を高く結いあげ、巻き毛に淡い桃色のリボンを編みこみ、ふたつに分け、ゆったりと肩に垂らした。鏡を見た彼女は、その出来栄えに嬉しくなった。だが、その嬉しさは、食堂でダミアンとエレインに合流し、ダミアンがこちらを見たとたんに消滅した。まるで彼女が全裸であるかのような視線を向けてきたのだ。思わず、彼女はラファエルに身を寄せた。ラファエルは、ふだんはそんなことをしないヴィクトリアが急に妻らしく寄り添ってきたのをふしぎに思ったかもしれないが、何も感想を述べなかった。

ヴィクトリアはできるだけ無表情を保とうとしながら、ただダミアンのほうにうなずいた。

その後、テーブルの皿には鹿の腿肉、茹でた鶏、牡蠣《かき》、グリーンピースが盛られた。

最後にダミアンがうなずいてみせると、使用人たちがだまって食堂からでていった。

「この部屋は、見るからに中世風だな」そう言うと、ラファエルが細長い、あまり広くはない部屋のあちこちに置かれた暗い色調の重厚な家具に目をやった。三方の壁には天井まで黒っぽい羽目板が張られている。マホガニーのテーブルの上にある古風でありながら現代的で優雅なシャンデリアではなく、灯心草《とうしんそう》ろうそくの大燭台が壁に掛かっている往年の光景を、ありありと想像することができた。

エレインがラファエルに会釈をすると、いきなりヴィクトリアに声をかけた。「あなた、きょうはずいぶん違って見えるわね」

「ドレスのせいじゃない？　もう女学生風の服を着ていないもの。レディ・ルシアが選んでくださったの」

「あたくしはてっきり、ここで暮らしていた頃のあなたは、その女学生風とやらの服を着るのが好きなんだと思っていたわ」

「エレイン、あの服だって素敵だったわ、ほんとうよ。でも、もうそれほど若くはないのだから、違う素材やスタイルのドレスを着るべきだと、レディ・ルシアがおっしゃったの」

「どなたなの、その、レディ・ルシアとやらは？」

「ロンドンでお世話になったご婦人よ。わたし、彼女のタウンハウスに滞在させていただいたの。威厳ある老婦人」

「レディ・ルシアなんて方のお名前は、聞いたことがないわ」と、エレイン。「でも、いったいなんだって、そのご婦人があなたの世話をしてくださったの？」

「ぼくがお願いしたので、レディ・ルシアはヴィクトリアの面倒を見てくださったんです」と、ラファエルが穏やかな口調で言った。「彼女は昔からぼくに目をかけてくださっていたのでね」と、一流の詐欺師さながらの流暢な口調で嘘をついた。「無論、レディ・ルシアはすぐにヴィクトリアのことも気にいってくださいましたよ。それで、そのまま、ぼくたちが結婚するまで、ヴィクトリアはレディ・ルシアのところにお世話になっていたんです、ダミアンも知ってのとおりね」

エレインの視線がさっと夫に飛んだ。が、ダミアンは一心不乱に食べており、テーブルでかわされている会話には気づいていないようだった。

「ダミアン？　あなた、ご存じだったの？」

そういうこと、とヴィクトリアは考えた。エレインは夫の背信行為については、何も知らないのだ。フォークの歯で豆を落とさないようにしながら、ダミアンがなんと応じるのか、返事を待った。「ああ。残念ながら、そのささやかな結婚式には参列できなかったが、そのあとの会には駆けつけたよ。もちろん、花嫁と花婿のご多幸を祈るために。まあ、それはわたしに課せられた義務でもあった。ヴィクトリアの後見人として、彼女と結婚する許可を弟に与える必要があったからね」

「そのとおりだ」と、ラファエルが言った。

紳士って人たちはわけがわからない、とヴィクトリアは考えた。ふたりとも、いまにも爆発しそうなほど怒っているくせに、どこ吹く風という顔をしている。

「ところで、兄さん」と、ラファエルがクリスタルのワイングラスのふちに指先を這わせながら言った。「ぼくたちへの結婚祝いに、舞踏会の開催を考えてくれないか？　そうすれば、ヴィクトリアは近所の人たちと知り合いになれるし、友人とも再会できる。ぼくも旧交をあたためられる。五年は長い。一軒ずつまわって挨拶をしていたら、おそろしく時間がかかる」

その瞬間、エレインが叫んだ。顔からは好戦的な表情が消えていた。「名案だわ、ダミアン。そうしましょう。舞踏会なんて、久しくひらいていないもの――」

「ヴィクトリアが大慌てで〈ドラゴ・ホール〉を発った日の前夜以来だな」と、顔色ひとつ変えずにダミアンが言った。「おまけに彼女は、その舞踏会に出席する機会に恵まれなかった」

「だって、無理だったんですもの。言ったでしょ、ヴィクトリアが出席したがらなかったの。とにかく、ヴィクトリアときたら――」

「いいや、愛しい人、それは違う。ヴィクトリアは、わたしが選んだドレスが気にいらなかったんだろう。そうだね、ヴィクトリア?」

ラファエルはそれまであまり真剣に耳を傾けていなかったが、いまは耳をそばだてていた。エレインは何を言うつもりだったんだ? そのとき、妻が蒼白になっているのに気づいた。おそらく、ヴィクトリアに決まりの悪い思いをさせようとするダミアンの見え見えの策略のせいだろう。あすになったら兄のものの考え方を正してやろう、とラファエルは考えた。

「わたし、ここを発つことを決めていたの」と、ようやくヴィクトリアが口をひらいた。

「だから、舞踏会に気をとられたくなくて」

「あのドレス、まだあなたの衣装部屋にあるんじゃないかしら」と、エレインが言った。

「舞踏会。ほんとうに名案だわ、ダミアン。まさか、乗り気じゃないなんてことはないわよね」

「まさか。全面的に同意するよ。その気晴らしの夕べの計画を練らなくては。打ち合わせはいつにする?」

「こんどの金曜日はどうだい?」と、ラファエルが言った。

ヴィクトリアはエレインのほうを見た。いつなんどき〝不自由で醜い脚〟についてわめきはじめてもおかしくない。だが、エレインはダミアンのほうをじっと見つめており、しばらくすると、ようやく口をひらいた。「ええ、金曜日でいいんじゃないかしら。きっとリガーが野戦将軍さながら、使用人たちの指揮をとってくれるわ。リガーはね、お客さまをおもてなしするのが大好きなの」と、最後はラファエルに向かってつけくわえた。

ヴィクトリアは、エレインが脚のことをだまっていてくれたので、ほっと安堵の息を漏らした。あまり長時間でなければ、脚をがくがくさせずに踊ることができるはず。そう思い、彼女は夫に尋ねた。「あなたはダンスがお得意なの、ラファエル？」

「得意だ」そう言うと、ラファエルが身を寄せ、つけくわえた。「ダンサーとしての才能は、恋人としての才能には及ばないかもしれないが、まあ、いい線いってると思うよ、ヴィクトリア。ぼくと踊れば楽しいはずだ。ぼくがベッドで味わわせる快楽には負けるが……さもなきゃ、キッチンの床でね」

彼女はあんぐりと口をあけ、あわてて閉じ、フォークを握りしめ、「やめて」と言った。目の前の顔に平手打ちをして、白い歯を見せているその笑みを吹き飛ばしてやりたい。「悪魔みたいに邪悪ね。あなた、三つ又に分かれた尻尾をつけなくちゃ駄目よ。そんな輝くばかりの笑みを浮かべていると、あなたの正体が悪魔だってことがだれにもわからないもの」

彼は気持ちよさそうに声をあげて笑った。「悪魔だって？　ぼくはこの世にしっかりと足をついて生きてるぜ、ヴィクトリア。そして、この世のものはなにもかもがよろこびだ。とりわけ、とても感度のいい情熱的な妻をもつよろこびときたら。ぼくに尻尾が生えていたら――」

「なんの話をなさってるの？」と、エレインが口を挟んだ。

「いや、とくにおもしろい話ではないですよ、エレイン」と、ラファエルが軽い口調で言い、座ったまま背筋を伸ばした。「ヴィクトリアも、こんどの金曜日に打ち合わせをしたいそうです」

「じゃあそろそろ、ヴィクトリアとあたくしはお先に客間に失礼いたしますわ、紳士のみなさん」そう言うと、エレインは立ちあがり、ヴィクトリアのほうに視線を据えた。ヴィクトリアは、もう少し食事をしたいと言いたかったものの、しぶしぶ、いとこのあとを追い、食堂からでていった。

巨大な廊下にでると、錆びたフランドル式の甲冑の横で、ヴィクトリアが明るい口調で言った。「椅子を引いてくれるのを待たないで、席を立ったでしょう。きっといま頃、リガーがあたふたしてるわよ、エレイン。わたしたちが初めて〈ドラゴ・ホール〉にきたときのリガーの顔を、覚えてる?」

「我慢にも限界があるわ」そう言うと、軽蔑をこめたとしか言いようのない視線で、エレインが彼女を見た。「ご主人はいまにもあの場であなたのスカートをまくりあげそうな勢いだった。これ以上、あたくしの前で不適切な行動をとるのはやめてちょうだい。あなただって、失礼しますとも言わないで、彼の半ズボンのボタンを外しかねなかったわ」

ヴィクトリアは呆気にとられ、彼女を見つめた。

「ええ、そうですとも。あなたが彼としていることが目に浮かぶようよ。きっと変態のような真似を——」

「おだまりなさい。この気取ったやかまし屋」その言葉が口から飛びだしたとたん、ヴィクトリアは胸がせいせいした。ついに、言いたいことを言ってやった。ヴィクトリアは頭を高く掲げ、黒い大理石のタイルにヒールの音を響かせながら、客間にはいっていった。だが、いとこを言い負かしたと思ったのは誤算だった。

「ここに戻ってきて、またうちの夫を誘惑できるとは思わないで」

ヴィクトリアはさっと目を閉じた。これほど低い、脅すような口調でエレインが話したのは初めてだ。ということは、やっぱり、エレインは疑っていたのだ。だから、あれほどわたしに突っかかってきたのだ。いっそ、エレインに真相を話そうかしら。そう考え、彼女はかぶりを振った。妊婦には不快な思いをさせてはならないって、よく聞くもの。エレインに真実を告げようものなら、流産とか、悲惨な結果を招くかもしれない。ただうっぷんを晴らしたいからって、そんな真似をするわけにはいかないわ。

「エレイン」そう言うと、ヴィクトリアはいとこのほうにゆっくりと振り向いた。「わたし、ダミアンのことを、好きというわけではないのよ。ただ義理のお兄さんだと思ってるだけ。どうしてそんなふうに言うの？」

「そりゃ、あなたが彼を好きだからよ。あなたは、ダミアンと瓜二つの男性と結婚した。ダミアンを自分のものにできなかったから、双子の弟で我慢した。あたくしにはお見通しよ、ヴィクトリア」

「わたしはね、ダミアンと瓜二つであるにもかかわらず、ラファエルと結婚したのよ。言いがかりをつけるのはやめて、エレイン。わたしが嘘をついていないとわかってるくせに。ああ、もうこの話はやめましょう。ピアノを弾いてくださらない？　ここを発ってから、あなたと同じくらいピアノをじょうずに弾く人にはお目にかからなかったわ」

「でもね、ラファエルがあなたと結婚したのはお金目当てよ。それは肝に銘じることね。それに、あたくしたちには、あなたがラファエルと結婚した理由がよくわかってるの。ああ、ほんとうに、あなたには戻ってきてほしくなかった」ヴィクトリアが何も言わなかったので、エレインはすねたように肩をすくめ、重い荷物を載せた小舟のように、客間の隅にあるピアノのほうにゆったりと歩いていった。

エレインがモーツァルトのピアノソナタハ長調を弾いていると、紳士たちが客間にはいってきた。ラファエルが見るからに驚いたようすで足をとめた。エレインは不器用で、ゴシップに興じるくらいしか能がないと見くびっていたのだ。ところが、エレインのピアノの腕は見事だった。他人のことを簡単に判断しちゃいけないな、とラファエルは反省した。彼は妻の隣に腰を下ろし、その手を握り、自分の腿に置いた。

そして彼女の耳元で囁いた。「あと、いく晩、ぼくは独身生活を続ければいいんだ？」

そう言うと、吐息をつき、左手を上げ、指を折り、残りの日数を数えはじめた。

エレインは見事なアルペッジオを弾きあげ、最後の和音を勢いよく叩いた。

「アンコール」ラファエルが言い、熱心に拍手を送った。

「すばらしかったわ、エレイン」と、ヴィクトリアが声をあげた。「お得意のフランス・バラッドもお願い」

エレインは弾き語りを始めた。その力強く澄んだ歌声に、ラファエルは意表を突かれた。すると、兄がピアノのほうに歩いていき、妻と一緒に歌いはじめた。そのテノールは、妻の声と同様に美声だった。

「あなたにも才能があるの?」と、ヴィクトリアが夫に尋ねた。

「いいや、ぼくの声は錆びた車輪みたいなものさ」

「そうなの。あなたときたら、馬車のなかに閉じこめられると気分が悪くなるうえに、音楽の才能もないのね。この取引が賢明だったのかどうか、不安になってきたわ、ラファエル」

「ぼくと結婚するというきみの決断が、人生でもっとも賢い決断であったことを立証したくてたまらないのに、ぼくはお預けを食らってるんだぜ」

「あのふたりは、ああしているとお似合いね」彼の言葉を無視し、ヴィクトリアが言った。その口調はとげとげしさを帯びていた。「ダミアンがそれに気づいてくれればいいのに」

「どうでもいいさ。だが、きみを自分のものにできないことは、じきにわかるだろう」

ヴィクトリアは彼の言葉を信じた。「もう、わたしを放っておくしかないって、気づいてくれるわよね。それに」と、少しやわらいだ口調で言った。「もうわたし、生贄になる処女じゃないもの。そうなったら興味が失せるわよね」

「ぼくは違う」と、ラファエルが言った。その声は、彼女がこれまでに聞いたことがないほど真剣そのものだった。「処女じゃなくなったからって、なんだというんだ？　それどころか、きみが処女だとわかったときは、おそろしかったよ。きみを傷つけたんじゃないかと不安でたまらなかった。ちっとも楽しくなんかない」

「嘘ばっかり。あなたの言うことなんて、信じるもんですか。処女じゃなければ、いつまでもわたしを非難しつづけて、あげくのはてにはノーサンバーランドの荒涼とした所領に追いやったでしょうに」

「鶏の血を添えてね」

「ちっともおもしろくないわ、ラファエル」

「わかったよ。きみの予測はまったくあたっていないが、そう言われても仕方がない。とにかく、ヴィクトリア、きみを見ているだけで、ぼくはどうしようもなくなるんだ。われながら驚きだよ。これまで、こんなふうに感じたことはなかったんだから」

ヴィクトリアは彼の言葉を信じなかった。そして、ダミアンとエレインのほうに注意を戻した。

〈ザ・ラム〉はご満悦だった。彼は、侍者たち――八人の男たちの面前では使わないようにしている呼称だった――とは少し距離を置き、腰を下ろしていた。かれらは全員、暖炉のそばに座り、ブランデーグラスをもった手をあたためている。みな、男の欲望を十二分に満足させていた。そしてひとり残らず、自分たちは黒いマントと黒い頭巾に身を包み、夜の闇に乗じて非道な行為を終えた極悪人だと考えているはずだった。だが〝女の供儀《くぎ》〟――この儀式に〈ザ・ラム〉がつけた呼称――の最中に、なぜ娘の意識がはっきりしていたのかと尋ねる者はいなかった。

それどころか、連中はただ自分に順番がまわってくるのを待ち、思う存分、娘に乱暴を働き、〈ザ・ラム〉の望みどおりのことをした自分に満足している。不意を突いた彼の贈り物に、連中がよろこんだのに間違いはない。だが、ひとつ残念なのは、いつもとは異なり、娘を適切な方法で調達できなかったことだ。少々、厄介な事態になるかもしれない。ことによると。

とはいえ、十四歳の娘の言うことを、だれが信じる？　夫も息子もいない母親の話に、だれが注意を払う？

〈ザ・ラム〉は一団を解散させた。次の会合は、ハロウィンの夜だ。ジョニーが笑い声をあげ、この狩猟小屋までほうきで飛んでくるかと冗談を飛ばした。大釜を持参して三人の魔女を連れてこようかと、ヴィンセントが応じた。笑うがいい、と〈ザ・ラム〉は考えた。それは彼が教えこんだ儀式の一部であり、だれもがその教えに従っていた。従うしかないのだ。かれらが大きなあくびをした。オークのテーブルに手足を大きく広げて横たわっている娘に、かれらがすっかり関心を失っているのはあきらかだった。

もちろん、娘は器であり、それ以上の存在ではないと、〈ザ・ラム〉はかれらに教えてきた。無意識の器。彼としては、初体験のあいだは娘の意識があるほうが好きだったが、終わってしまったことは仕方がない。そうしたくはなかったものの、彼は娘の身体から血と精液を拭きとり、服を着せた。

約一時間後、〈ザ・ラム〉はセント・オーステルにある娘の小さな家に着いた。すべての部屋が明るく、人々があたりをうろうろしていた。〈ザ・ラム〉は悪態をついた。そしてしばらく考えてから、家から五十ヤードほど離れたところの細い溝に娘を打ち捨てた。

そして馬に乗り、ゆっくりと自宅に戻りながら、あすの予想を立てた。

翌朝の十時、ヴィクトリアは子ども部屋のドアをあけた。

「トリー！　トリー！」

ダマリスが飛びあがり、ヴィクトリアのほうにちょこちょことした足どりで走ってきた。

ヴィクトリアはすばやく身をかがめ、ダマリスをひしと抱きしめた。

「トリー、会いたかった……どこに行ってたの？　ばあやはね、トリーはもう帰ってきませんって、ぷんぷん怒ってたのよ。ご主人さまの弟と結婚するなんて、こんな妙な話はありませんって――」

「戻ってきたわ、ダマリス。大切なのはそれだけでしょ？」

ふいにダマリスが身をこわばらせ、つぶやいた。「パパ」

ラファエルがにっこりと笑った。「こんにちは、ダマリス」

「あなた、パパじゃないのね？　どなた？」

「この娘《こ》ったら、ほんとうに単刀直入でしょ」ヴィクトリアはそう言うと、ダマリスのシルクのようにつややかな黒髪をくしゃくしゃにした。父親ゆずりの髪、ラファエルとそっくりの髪。そして、顔も父親とよく似ている。「どうしてお父さまじゃないとわかったの、ダミー？　お父さまとそっくりでしょ？」

「そうでもない」

「ぼくはひどく侮辱されたのかな？」そう言うと、その修辞的な質問にたいする答えを待つことなく、ダマリスの前に膝をついた。「ぼくは、ラファエルおじさんだよ。ぼくの名前を言えるかな？」

「変てこりんなお名前ね。あたしのは、変てこじゃない」

「そうかなあ。ダマリスだって、変わったお名前だよ。ラファエルみたいに」

「ラフール」と、ダマリスが言った。「ほら、言えたでしょ。あのね、パパはぜったいにこの部屋にこないの」

　ラファエルが物問いたげな顔でヴィクトリアを見あげた。彼女がただうなずくと、彼はダマリスに尋ねた。「この部屋に遊びにきてもかまわない？」

「いいわ。ばあやがいいって言えば。でも、だいじょぶ、ばあやはきっとご機嫌がいいから」

「お久しぶり、ブラックばあや」と、ヴィクトリアが言い、陰気な老婦人に微笑みかけた。

「ばあや、こちらはわたしの夫の、ラファエル・カーステアズ船長よ。ばあやはね、エレインがお兄さまと結婚したときに、一緒にこのお屋敷にやってきたの」

「瓜二つですこと」そう言うと、ブラックばあやが不審そうに若者を見やった。ラファエルはあわてて立ちあがり、手を差しだした。ばあやがその手をとった。

「ダマリスは、そうは思っていないようですよ」と、ラファエルが言った。「ぼくが父親ではないことを、すぐに見抜きましたから」

「それは、男爵さまが決して子ども部屋にお越しにならないからですわ」

　気を引こうとスカートを引っ張っているダマリスに、ヴィクトリアが言った。「ラファエルおじさまとわたしと一緒に、乗馬にでかけない、ダマリス？」

　少女が大よろこびで声をあげた。「ばあや、行きたい。あたし、行きたい」

「ちっちゃな暴君ですこと」と、いとおしそうにブラックばあやが言った。

「ちゃんとした乗用馬をもってるのかい、ヴィクトリア?」

「トディで充分よ。わたしの前にダマリスを乗せるわ。あのユーモアのかけらもないあなたの暴れ馬には乗りたくないもの、ラファエル」

「ガドフライにはユーモアが欠けているわけじゃない。ただ勇ましいんだよ、ぼくの花嫁と同じさ。それでも、ぼくが主人であると承知しているから、ぼくに従う。だれかさんと一緒――」

「ダマリスに外套はいらないと思うわ、ばあや」と、夫の言葉は無視し、あわててヴィクトリアが言った。

「一階まで、おじさんが使用人になってあげよう」そう言うと、ラファエルが勢いよく少女を肩にかつぎあげ、その細い脚を顔の両側に置き、妻ににっこりと笑った。「準備はいい?」

「ダマリス」と、ヴィクトリアがやさしく声をかけた。「しっかりつかまってるのよ――おじさまの髪に」

ラファエルはわめいた。頭皮が痛いからではなく、ダマリスをよろこばせるためだ。

「ちっちゃな暴君ですこと」と、ブラックばあやが言った。

三人は、一階の廊下でエレインに会った。「娘をどこに連れていくの?」

「乗馬に」と、ヴィクトリアが答えた。

「ママ」と、ダマリスが言い、ラファエルの髪を引っ張った。「この人ね、パパじゃないの。

ラフィルおじちゃまよ」

けさのエレインは顔色がすぐれず、目に隈もできていることに、ヴィクトリアは気づき、「気分がよくないの、エレイン?」と、すぐに尋ねた。

「ええ」と、エレインが応じた。「だって、お腹が膨らむいっぽうなんだもの、見ればわかるでしょ、ヴィクトリア」

「ええ、ごめんなさい。でも、あなた、とてもきれいよ。つい忘れてしまうけれど」

エレインの全身から見る見る力が抜けた。「娘のこと、くれぐれも気をつけてね、ラファエル」

一段と強く髪を引っ張られ、ラファエルがたじろいだ。「お嬢さんに先に殺されなければね」

「ちっちゃな暴君ですこと」と、ヴィクトリアがブラックばあやの口調をせいいっぱい真似て言うと、ダマリスが大笑いを始めた。

「このお嬢ちゃんは、きちんと言うことを聞くんだろうね?」と、ふいにラファエルが心配そうな顔をした。

ヴィクトリアはまじめくさった顔で応じた。「たいていはね。ただあんまり興奮すると、つい忘れて——」

エレインが口を挟んだ。「もちろん、聞きわけのいい娘よ、ラファエル。ヴィクトリアったら、あまり彼をからかわないで」

「それくらいされて当然なのよ」と、ヴィクトリアが言った。「フレッチャー池に行ってこようと思うの、エレイン。そこでお昼にするわ。お昼寝の時間までには、ダマリスを連れて帰ってきますから」

馬にまたがったヴィクトリアに、ダマリスを抱きあげて渡したのはフラッシュだった。

「あなたのお名前、ラフールおじちゃまと同じくらい変てこりんね」ヴィクトリアの前に身体をおさめると、ダマリスが言った。

「ラフールおじちゃま、へぇえ」フラッシュはそう言うと、船長にからかうような笑みを向けた。「じゃ、まあ、お嬢ちゃま、おれのことはミスター・セイヴァリーと呼んでください。それでちょっと偉そうになるでしょ？　おれだって威厳ある礼儀正しい人間なんですよ」

「あなたっておもしろい」と、ダマリスが言った。「準備できたわ、レフィルおじちゃま」

「かしこまりました、奥さま。またあとでお目にかかりましょう、ミスター・セイヴァリー」と、ラファエルがふざけて言った。

ヴィクトリアは、ただラファエルのあとをついていった。彼は数分ごとに牡馬をとめては、来《き》し方《かた》を振り返り、あたりの光景に目をやった。そしてしばらくすると、ヴィクトリアのほうを振り向き、言った。「スクワイア・エスターブリッジの家は、あっちのほうだったよね。ちょっと寄ってみようか。立派な息子殿を表敬訪問しようじゃないか。懐かしきデヴィッド、あの意気地なしの臆病者を」

彼女は首を横に振り、顔をしかめた。デヴィッドに会いにいくなんて、ありえない。たしかに、だまされやすい人ではあるけれど、わたしにはいつもやさしく接してくれた。フレッチャー池で午後をすごした、あの日までは。

三人は、ようやくセント・オーステルに到着した。

「ああ、なにも変わっていない、なにひとつ」ラファエルが言い、トディの横に自分の牡馬を寄せた。「なにがあったんだろう？　ほら、あそこに人だかりが見える、ヴィクトリア」

ヴィクトリアはトディをゆっくり前進させ、町の端に集まっている群衆に近づいていった。

「ここで待っていてくれ」ラファエルが言ったので、ヴィクトリアはあわててトディを走らせ、振り返って叫んだ。「ここの人たちのことは、わたし、知ってるもの。何があったのか、訊いてみる」

ラファエルは彼女の後ろ姿に向かって顔をしかめたが、彼女の言うとおりであることもわかっていた。実際、群衆のなかのミスター・ジョサイア・フロッグウェル――地元の宿を所有する古代の遺物のような老人――が、ラファエルに目をとめると、すぐに隣の男になにやら話しかけた。

すると、囁き声が広がるのが聞こえた。「ドラゴ男爵」……「ほら、男爵だぜ」

「ミスター・フロッグウェル」と、ラファエルは大声で呼びかけた。「ぼくは男爵じゃない。

ラファエル・カーステアズだよ、双子の弟のほうだ」

　男が顔をぱっとほころばせたので、ラファエルはふしぎに思った。兄はセント・オーステルの住民を遠ざけるようなことをしたのだろうか？　いったい、なにをやらかしてくれたんだ？

「お帰りなさい、ラファエルの若旦那さま」

　ラファエルはにっこりと笑い、ラルフ・ビクトンの姿を認めた。幼馴染で、肉屋の息子だ。血の染みのついた長いエプロンを身につけているところからすると、父親の跡を継いだのだろう。

「ほんとうに、おまえなのか、ラファエル？」ラルフが声をあげ、いつものようにありがたそうに両手を拭きながら、勢いよく近づいてきた。

　陽気な挨拶が続いたが、ふいに、ラルフがふたりの地位の違いを思いだしたように身を引き、ほかの人間の陰に引っこんだ。いっぽうヴィクトリアは微笑みながら、あのメネバールの未亡人と対面したときでさえ、気軽に話しつづけていた。ミセス・メネバールとは、いつからかわからないほど長年、髪をソーセージ形に巻き続けており、同様にいつ悪くなるかわからない機嫌の持ち主だ。

　ようやく言葉を差し挟む隙を見つけると、ヴィクトリアが口をひらいた。「それにしても、どうしてみなさん、ここに集まっていらっしゃるんです、ミセス・メネバール？　なにかあったんですか?」

ミセス・メネバールはふくよかな頰の横でソーセージ形の巻き毛を揺らしながらトディのほうに歩みより、ラファエルの耳にも楽々と届くほどの声をあげ、聞こえよがしに言った。「暴漢がでたんですよ、ミス・ヴィクトリア……じゃなくて、ミセス・カーステアズ」と、眉尻をわざと上げて言いなおした。「かわいそうに、ジョアン・ニュードーンズが乱暴されたんですよ、そのろくでなしたちに。ジョアンは溝に捨てられていたんです。ひどい話でしょ、あんまりだ。おまけに、ジョアンは連中の正体がわからないって言うんです。薬を飲まされていたそうです」ヴィクトリアが驚いて息を呑むと、ミセス・メネバールはいかにも嬉しそうな顔をし、いっそう身を寄せてつけくわえた。「あの娘の手首と足首には、おそろしい青痣が残っていたとか。連中はあの娘を縛りあげ、売春婦のように扱った。かわいそうな娘。あんまりだわ」

「でも、どうしてみんな、ここに立っているんです?」

すると、つるりとした頭と血色のいい顔の持ち主のセント・オーステルの町長、ミスター・メレドーが説明を始めた。自分のもったいぶった声を聞くのがなによりも好きな町長は、バリトンの声を響かせながらこう言った。「情報を集めておりましてね、ミセス・カーステアズ。その悪党どもの正体をあばいてみせますよ」

「〈ヘルファイア・クラブ〉と自称する一団の仕業なのか?」と、ラファエルが低い声で尋ねた。

「そうです、ラファエルの若旦那さま、そう考えております。連中は若い娘たちに乱暴を働いてきた――何人の娘が犠牲になってきたのか、想像もつきませんが。娘の父親に代金を支払ってるそうですから、違法にはあたらないのかもしれません。だがね、いずれにしろ、とんでもないことです。だが、とうとう事件となった。前回のお嬢さんはただのメイドではなく、貴族のご令嬢だった。連中が間違えたんでしょうな。だから蜂の巣をつついたような大騒ぎになっているというわけで。そしてまた、こんどは幼いジョアン・ニュードーンズが犠牲になった。娘には、自分の身に何が起こったのか、ほんとうのところがまだわかっていない。しかし、母親は娘の身に何があったかを察し、ルドコット先生を呼んだ。ジョアンの身体はきれいに洗われていたようですが、ルドコット先生の診察によれば、もうあの娘は処女ではないそうです。血や精液のあとが残っていたとか。なんとしても、やつらの悪行をとめなければなりません。ラファエルの若旦那さま、とめなければ」

「青痣が残っていたことも忘れちゃ駄目よ」と、目をぎらつかせ、ミセス・メネバールが言った。

「ええ」と、ラファエルが応じた。「なんとしても、とめなければ」

ダマリスがそわそわしはじめたので、ヴィクトリアがあわてて言った。「もう行きましょう、ラファエル。そろそろお昼の時間だし、フレッチャー池はここからゆうに二十分はかかるわ」

彼はしばらくヴィクトリアのほうを見てから、静かに言った。「古い知り合いと少しばかり話がしたいんだ、ヴィクトリア。きみは先に、ダマリスをフレッチャー池に連れていってくれるかい？　三十分ほどしたら、ぼくも合流するから」

彼女は首をかしげたが、すぐに言った。「いいわ。行きましょう、ダミー」

トディを速歩《はやあし》で走らせていると、周囲からつぶやきが聞こえてきた。「そうさ、ラファエルの若旦那さまが、このとんでもない事態を収拾してくださるだろう」「あの若者が帰ってきてくれてよかった――長いこと留守だったからな」「だが男爵のことは？」

「大騒ぎだな」と、ラファエルはジョージ・トレリオンに話しかけた。ジョージは、いまや自分の農場を所有している若者だ。「その哀れな娘は、大勢いる犠牲者のひとりにすぎないと聞いたが」

「はい」と、ジョージが応じた。ずいぶん口数の少ない男だ。「何人かはさだかじゃない」

そういえばこいつは子どもの頃から無口だったなと、ラファエルは思いだした。そこで話題を変え、ジョージの家族について尋ねたあと、町長のミスター・メレドーのことに話を戻した。子どもの頃、よくダミアンと一緒にメレドーの果樹園に忍びこみ、果物を盗んだ記憶がよみがえる。ある晩夏の夜、見つかってひとしきり狩猟用の弾《たま》を浴びせられ、あやうく命中されかけたっけ。

「はい、おそろしいことで、ミスター・ラファエル」

「連中の正体について、何か手がかりは？」

「それが、いっさいないんですよ。もちろん、例によって、噂はいろいろ流れていますがね。けど、ひとつだけ、間違いなさそうなことがあります。治安判事のサー・ジャスパー・キャスワースもそうお考えだとか——サー・ジャスパーのことは、覚えてますか？」

ラファエルはうなずき、唇を噛む癖のある、背中の曲がった、頭髪のなくなった老人の姿を思い浮かべた。

「で、その、サー・ジャスパーもこう考えてるそうです。その、いわゆる〈新生ヘルファイア・クラブ〉のメンバーは、全員仮面をつけていて、メンバー同士でさえ、互いの正体を知らないと」

「ずる賢い連中だ」とラファエルは応じた。だが、互いの正体を知らずにいられるはずがない。そんなことは無理だろう。そう思いはしたものの、反論はしなかった。

「ええ、ずる賢い連中ですよ、まったく」

「連中は、若い娘たちを襲う以外にも悪さをするのか？」

「殺人です」と、こんどはミスター・メレドーが不吉な声で言った。「ええ、殺人ですよ。連中は父親に金を払い、娘に乱暴を働いていることはわかっています。ところが、その娘のひとりが、出血多量で死亡した。当然のことながら、父親は狼狽していました。そりゃそうでしょうな」

「だれから金を受けとったか、言わなかったのか？」

「言いませんでした」と、ミスター・メレドーが不愉快そうに言った。「万事、手紙で用をすませていたとか。馬鹿な男だ」

「その〈新生ヘルファイア・クラブ〉とやらに何人の男が関わっているのか、わからないのかい？」

ミスター・メレドーが咳払いをすると、よく肥えた顎に赤みが差した。「じつは、その娘が亡くなったあと、町にまた噂が広がりましてね。八人の男に乱暴されたと、娘が言っていたそうです」

しばらくすると、ラファエルは町長と握手をかわし、ほかの知人に会釈をし、旧友に話しかけてから、出発した。そしてフレッチャー池を目指し、できるだけ速く牡馬を走らせた。

いっぽうヴィクトリアは、自分がひっくり返ることもダマリスを落とすこともなく、なんとかトディの背中から降りられた。時候は十月の初頭で、あたりにはじつに美しい光景が広がっていた。「池に落ちないように気をつけてね、ダミー」と、身をよじらせる少女に向かって注意した。とはいえ、いくら言ったところで、子どもの頭には、はいっていかないかもしれないが。

「クラレンスに餌をやりたい」と、ダマリスが言った。

「いいわ、あげていらっしゃい。ほら、クラレンスの鳴き声が聞こえる」

ヴィクトリアはテーブルクロスの横に毛布を広げ、ラファエルがくるのを待った。おそろしい事件について考えていると、牡馬が近づいてくる音が聞こえた。

彼はガドフライから降りると、馬をトディのそばに連れていき、低いイチイの茂みにつないだ。「待たせたね、ヴィクトリア。やあ、ダマリス。その欲張りな鴨にあげるパンが、もっと欲しいかい？」

ヴィクトリアは彼を見あげながら言った。「あなたがこの事件をすべて終わらせてくれると、みんなが言っているのが聞こえた？」

「ああ、聞こえた」

「あなたって、大変な人気者なのね。なのに、どうしてこの五年間、だれもあなたのことをわたしに話してくれなかったのかしら」

「理由は想像がつく」ダマリスに鴨用のパンを渡すと、ラファエルはヴィクトリアの横に腰を下ろした。「簡単な話さ。きみはダミアンの被後見人だった。そして、ダミアンとぼくが、はっきりしない理由で決別したことは周知の事実だった。そうなれば、だれもわざわざぼくのことをきみに話そうとはしない。ダミアンの逆鱗《げきりん》に触れると困るからね。単純な話だよ」

そう言うと、草の葉を引き抜き、長い指で撫でた。「みんながダミアンの名前をだすのが聞こえたよ。どうやら、ダミアンは毛嫌いされているらしい。いや、おそれられているのかな。

とにかく、信頼はされていない。そう思われるようなことを、ダミアンは何かしでかしたんだろうか」

彼女はかぶりを振った。「わからない。でも、セント・オーステルの人たちは、いつだって、わたしとエレインにはやさしく接してくれた。ただエレインと一緒だと、少しよそよそしくはなったけれど。理由はわからない」

「ぼくが真相をさぐりだしてやる。見てろ」

「探偵になる前に、お昼をいかが？」

ラファエルはお得意の笑みを見せ、うなずいた。彼はふたたび指折り数え、吐息をつき、指を一本立てた。

「あと一日だ、ヴィクトリア。きみはどんなふうに——」

「ラファエル、考えていることをそのまま口にだすのはやめてちょうだい」

17

男の話をまじめに聞くと、ろくなことにならない。
――ジャン・ジオノ

ラファエルは上の空だった。彼が小間使いを演じるときにはいつだって、わたしのうなじにキスをしたり、甘噛みしたりしながら、両手であちこちをまさぐり、ドレスのボタンを外していくのに、今夜は左の耳たぶにおざなりのキスをしただけで、頭を上げ、またぼんやりとしている。

ヴィクトリアは鏡台の前に座ると、鏡のなかの彼を見た。「で、何を悩んでいるの？」

彼がぴくりとした。「どうして、悩んでいると思うんだい？」

その狼狽ぶりに、ヴィクトリアは笑った。「見ていればわかるわ。わたしには何もわからないと思ってるの？　だれにだってわかるわ、ラファエル。何も悩んでいないのなら、あなたがわたしを悩ませるもの。手をぴしゃりと打たれるまで」

「ああ」そう言うと、彼はにっこりと笑い、いつもの好色な表情を浮かべてみせた。

「教えて。〈ヘルファイア・クラブ〉の事件のことを考えてたの？」

ラファエルは観念した。少しなら話してもいいだろう。彼女からアイディアを得られるかもしれない。「そうだ。たまたま、ルドコット先生と会ってね。事件の話を聞いたんだ。どうやら、そのジョアンという娘は、部屋いっぱいに全身黒づくめの男たちがいたことを覚えていたらしい。連中は、頭も顔もすっぽりと黒い衣装で覆っていた。部屋に連れていかれた娘は縦長のテーブルに寝かされ、眠ってしまった。薬で眠らされたんだろう」彼は言葉をとめ、オービュッソン絨毯をしげしげと見てから、つけくわえた。「知ってたかい？　ジョアン・ニュードーンズは十四歳なんだ」

ヴィクトリアがたじろいだ。「若いとは聞いていたけれど、まさか……そんな、ひどすぎるわ、ラファエル。彼女、連中の声をどれかひとつでも聞きわけられなかったの？　役に立ちそうなことを、何か覚えてないの？」

彼は長いあいだヴィクトリアを見てから、こう言い、彼女を驚かせた。「ああ、覚えているそうだ」

「冗談じゃないのね。ほんとうに？」

「ああ。だが当然のことながら、自信はないそうだ。それでも眠りに落ちる直前に、連中の話し声が聞こえたそうだ――というより、言い争っているように思えたようだ。母親にはこう話したそうだよ。デヴィッド・エスターブリッジの声が聞こえた、と。その話を母親から聞かされたルドコット先生は、驚きのあまり、その場で腰を抜かしそうになったらしい。先生はどうすればいいのかわからず、ぼくに相談したというわけだ。十四歳の娘の言うことをだれが信じるだろうと、哀れな声で嘆いていたよ」

「スクワイア・エスターブリッジの息子がからんでいるとは、だれも思わないわ。エスターブリッジ家は何世代にもわたる名士の一族だもの。それに父親のスクワイアは——まあ、みんなに好かれているわ」

「そのとおりだ。興味深い問題だ」ラファエルは口を閉じ、真剣な面持ちでヴィクトリアを見ると、落ち着いた声で言った。「ルドコット先生にも言ったんだが、町のちんぴらや下層階級のごろつきが、あんなふうに少女に乱暴を働くとは思えない。犠牲になったほかの娘たちの場合も同様だ。第一、町のちんぴらどもには、娘の父親に支払う金などない。それに、黒い覆面をつけて顔を隠したり、儀式をしたりするのも、ちんぴららしくない。ルドコット先生も、ぼくの意見に同意したが、じつに無念そうだった。想像がつくだろう。ぼくはね、しばらくこの件は他言しないほうがいいと、先生に忠告した。相手がデヴィッドだろうが、スクワイア・エスターブリッジだろうが、あのふたりと対決したら負けるにきまっている。時間の無駄だよ。大きなわだかまりも残るだろう。それにしても、なんだって自分たちのグループを〈ヘルファイア・クラブ〉と呼ぶことにしたのか、ふしぎでならないよ。よりにもよって、四十年以上も前に死に絶えた悪名高い一団の名前をよみがえらせるとは。どう考えても、メンバーはこのあたりの無軌道な紳士どもだろう。なんとしても、連中の行為をとめなければ。とまあ、こんなことを考えていたから、きみの目にはぼくが上の空に映ったというわけさ、ヴィクトリア」

「許してあげる。ジョアン・ニュードーンズは、ほかの男の声に聞き覚えはなかったの？」

「ないそうだ。それにね、デヴィッド・エスターブリッジに話を戻すと、やつはセント・オーステルによく遊びにでかけている血気盛んな紳士のひとりだ。ジョアンの母親は、フロント通りのミセス・レマースの店の縫物の仕事をしている。だから、ジョアンは店によくお使いにだされていた。デヴィッド・エスターブリッジの顔を見たり、声を聞いたりしたことがあるのは、自然なことなんだよ」そう言うと、彼は口をつぐみ、物思わしげな顔をした。

「それどころか、次の生贄として、ジョアン・ニュードーンズに目をつけたのはデヴィッドだという可能性もある」

「だから、あなたは舞踏会を開催したいのね」

「頭がいいのをずっと隠していたな、スイートハート。とにかく、舞踏会をひらけば、その無軌道な紳士たちが一堂に会することになる。そうすれば、いわば、こちらも業火《ヘルファイア》を燃やす準備をひそかに整えられるというものだ」

「ほんとうはジョアン・ニュードーンズの身に災厄が降りかかる前に、舞踏会を開催したかったのね」

彼は低く悪態をつき、あわてて無関心な笑みを浮かべようとした。が、当然、失敗した。

ヴィクトリアは、黒いサテンの上等な上着を着た彼が肩をすくめるようすを見守った。

「この事件が起こる前から舞踏会をひらきたかったのなら、当然、あなたはロンドンのだれかさんから〈ヘルファイア・クラブ〉の捜査をしてくれと依頼を受けていたことになる。わたしの推理は、あたってる？」

ラファエルが襟元のスカーフをぼんやりと直しはじめた。それは彼の東洋趣味があらわれたスカーフだったが、うまく直せなかった。彼はひと言も応じないまま、鼻歌を歌いはじめた。

「貴族のご令嬢が襲われたから、あなたは捜査を依頼された。被害者がただの農夫の娘さんだったら、おそらく関心は引かなかった。でも、貴族のご令嬢となれば話は違う。そうでしょう？　そして、あなたは捜査への協力を引き受けた」

そのとき、ラファエルが振り向いた。瞬時にして、ヴィクトリアの頭のなかから、彼以外のことは消えうせた。雪のように真っ白な麻のシャツとスカーフを身につけた彼は、なんておいしそうなのかしら。彼の服をゆっくりと脱がせていく光景を想像した。そして、ついに彼の半ズボンのボタンに指をかけるところを。ヴィクトリアは空想の光景に思わず身を震わせた。

「いったいぜんたい、なんなんだ？」と、ラファエルが尋ね、彼女の顔に浮かんだ夢見るような表情に気づき、にっこりと微笑んだ。意外なことに、彼女は真っ赤になった。「ほお、そういうことか。いますぐ教えてくれ、ヴィクトリア。まさかきみは、あすの夜明けにぼくがきみにすることを想像してたわけじゃないよね?」

「教えてほしいのなら、教えてあげる」ようやく口をひらくと、ヴィクトリアが嫌悪感もあらわに彼を見た。「わたしがあなたにすることを、想像していたの」すると、見るからに彼が唖然としたので、ヴィクトリアはついに自分が支配する側になったような気がした。

「教えてくれ」彼の声は深く、なめらかで、その灰色の瞳が彼女をひたと見すえた。「何を想像していたのか、教えてほしい」

彼に凝視されてたじろぎ、ヴィクトリアはうつむいた。「それほど複雑なことを想像してたわけじゃないわ。ほんとうよ」

「想像の世界で、きみはどんなことをしたの?」

「あのね、わたし、ゆっくりとあなたの服を脱がせるところを想像していたの。そしてあなたをじっくりと観察しているところを」

彼の瞳が銀色にきらめき、黒ずんだ。

「そして、あなたの半ズボンのボタンを外すところを」

しばらくすると、彼がようやく声をだした。「そうしてほしいと、ぼくが頼んだ、そうだろう? ああ、そろそろ夕食に行かなくては。きみにそうさせてあげる前に――きみをうっとりさせてあげる前に、まだすることが残っている」彼は腕を差しだした。

ヴィクトリアは、彼の腕に手をからませながら言った。「約束してほしいの、かならず用心すると。あなたの、その、いわゆる任務について、いずれなにもかも教えてくれると嬉しいんだけど。わたしには忍耐力があるから、待ってるわ。とにかく、くれぐれも用心してね」

「ぼくはいつだって慎重だ」と、彼は言った。それはどうかしら、とヴィクトリアは考えた。

客間でエレインとダミアンに合流する前に、ふたりは子ども部屋に寄った。

「トリー」

「まあ、なんて甘くていい香りなんでしょう。ブラックばあやがお風呂にいれてくれたの?」

「そうよ。それにまたきてくれたのね、ラフィルおじちゃま」

「ぼくのこと、おじちゃま、とだけ呼ぶほうがいいかもね、ダマリス」

「おじちゃま」そう素直に繰り返すと、ダマリスがヴィクトリアの脚にしがみついた。そしてラファエルに、たかいたかいをしてもらった。甲高い声を聞きつけたブラックばあやがあわてて子ども部屋にはいってきた。

「ああ、あなたでしたか、ラファエルの若旦那さま、ミス・ヴィクトリア。ダマリスはべとべとに汚れていたんですよ。なのに、楽しいことをしたとしか言わなくて。もう寝る時間ですよ、お嬢ちゃま。さあ、いらっしゃい」

ブラックばあやのあとを追い、おとなしくベッドにはいる気など、ダマリスにはさらさらなかった。そして癇癪を起こし、すわ殺人事件でもあったかと使用人たちを子ども部屋に集結させるような声をあげた。

「もうたくさんだ、お嬢さん」

ふいに、ダマリスが金切り声をあげるのをやめた。そして、ラファエルの顔を見た。もういちど悲鳴をあげようとしたが、ラファエルにさえぎられた。「もうたくさんだと言ったんだよ、ダマリス・カーステアズ。泣くふりはやめなさい。ぼくとヴィクトリアにおやすみのキスをしなさい。それがすんだら、ブラックばあやの言うことを聞く。それで終わりだ、いいね」

ヴィクトリアが心底驚いたことに、ダマリスはしばらくラファエルにふくれっ面をしてみせたものの、すぐににっこりと笑った。そして文字どおり、彼の命令に従った。

「信じられないわ、見事なお手並《てなみ》でした」と、子ども部屋をでながら、ヴィクトリアが言った。

「船乗りたちと一緒さ。子どもは限度があることを知らなければならない」と、ラファエルが応じた。「船上では——あるいは子ども部屋では——どんな行動がふさわしく、ふさわしくないかを」

「そして、子ども部屋の主権を握るおとなとして、あなたは判断した。ダマリスが限度を超えていると」

「そういうことだ」

「その点については反論しないわ」言うと、ヴィクトリアは吐息をついた。

「同じことは、女性にもあてはまる」

「なんですって?」

「限度があるってことさ、ヴィクトリア、限度が。船上でも、子ども部屋でも、寝室でも、限度を設けるのが支配の本質だ」

「あのディアナの全裸の大理石像で、あなたを殴ってやる」

ラファエルはただ微笑んでいたが、しばらくすると出し抜けに言った。「〝トリー〟という呼び方は気にいらない。あれは駄目だ。何か、ほかの呼び名を考えよう。独創性にあふれる呼び名を」

「あれこれと」と、ヴィクトリアが応じた。「文句が尽きないのね。もう、何か思いついた?」

「なんにも。だが、いずれひねりだすよ」

〈ドラゴ・ホール〉の夕食の席は、〈新生ヘルファイア・クラブ〉の話でもちきりだった。ジョアン・ニュードーンズが連中に乱暴されたらしいと、ラファエルが話したのだ。当然、意図があってこの話をしたのだろうと、ヴィクトリアは考えた。

「残念ながら、その娘は、ろくでなしどもの顔を見分けることができなかった。いや、失礼、エレイン――」

「いいのよ。あたくしもまったくの同感だわ。連中はけだものよ、下劣で悪意に満ちた、残酷なけだものだわ」

「そうかな？　たしかに、かれらの所業は褒められたものではないが、ちょっとした悪ふざけだろう」

ほほう、とラファエルは考えた。ダミアンもやはり、金持ちの若い紳士たちの仕業だと考えているのだ。

ヴィクトリアはダミアンを唖然として見つめていた。彼の手で乱暴されかけたにもかかわらず、信じられない思いに打ちのめされ、ショックを受けていた。まさか、教養ある面々の目の前で、あれほどの悪行を非難しない男の人がいるなんて。

「相手が何歳であろうと、悪行に変わりはない」と、ラファエルが気楽な口調で言った。「だが、あの娘はなんといってもたったの十四歳だ。子どもを凌辱するのを気晴らしにしようとする男の気が知れないよ」

「気持ちがゆがんでいるのね。病んでるのよ」と、エレインが言った。「ラファエル、ライチョウの煮込みをいかが？」

「ほかにも事件があったんじゃないかしら？」と、ヴィクトリアが会話に参加し、ダミアンの返事を待った。わたしにだって応戦できるのよ。彼女はそう夫に言いたかった。

ラファエルは、伏し目がちに兄の表情をうかがった。少女が乱暴されたというのに、ダミアンが傲慢な台詞を吐いたので、彼もまた驚いていたのだ。

ダミアンは何も言わず、じっくりと時間をかけてワインを飲んだ。そして「そんなこともあったかな」と、のんびりした口調で言った。「事件のことは、ほとんど覚えていない。あれは数カ月前のことだっけ？」

「ええ。でも、あんな事件のことを、そう簡単に忘れられるものじゃないわ。あれも、この事件と関係があると思う？　あの悪名高い〈ヘルファイア・クラブ〉が、おそろしい復活を遂げたんだと思う？」

ダミアンは退屈そうな表情を浮かべている。兄らしくない反応だ、とラファエルは考えた。話題になっている事件の重大さを考えれば、妙な話だ。「わたしには何もわからないし、とくに興味もないね、エレイン。わたしにはいっさい関係のないことだ。ラファエル、ヤマウズラの煮込みをもう少しとってくれないか？」

さすがにだまっていられなくなり、ヴィクトリアが口をひらいた。「でも、わたしたち全員と関係がある話よ。あの少女の身に起こったことを大目に見るなんて、できないわ。だって、ダミアン、ルドコット先生はね、彼女が薬を盛られて、大勢の男に乱暴されたとおっしゃってるのよ」

ダミアンがゆがんだ笑みを浮かべた。「なにも悪意があって言ったわけじゃない」そう言うと、さっと両手を上げた。「もう放免してくれ、弟よ、そして、ご婦人がた。わたしはただ冗談で――」

「お粗末な冗談だわ」

「ああ、だがべつに深い意味があったわけじゃない。だがね、実際のところ、あの娘にはなんの価値もない。ただの村の娘だ、一介の――」

「もう充分だ」と、ラファエルが低い声で言った。ダマリスを叱ったときと同じ声色で。

「兄さんは、ヴィクトリアとエレインをふたりとも動揺させている」

「そんなつもりは毛頭ない」と、ダミアンが言い、妊娠している妻に愛想笑いを向けた。

「なんとしても、わたしの跡継ぎの健康と安全は保持しなければならない。そのことは、わたしと同様、エレインもよく承知している」

「あす」と、ラファエルがふいに話題を変えた。「ヴィクトリアと一緒に、セント・アグネスまで足を伸ばすつもりだ。調査をしたい土地があってね。妙なことに、あのあたりにはまだ中世の城跡があるんだよ。城の名前もまだ刻まれている――ウォルフェトンだ。もちろん、館は城跡とはべつの場所に残っている。おそらく十七世紀初頭に、デ・モレトン家の分家によって建てられたものだろう」

「ノルマン人ね」と、ヴィクトリアが口を挟んだ。

「ああ。非常に古くからある名家だ。一族は延々と子孫を残せたのだから、みな、おそろしく健康だったに違いない。直系の子孫は十五世紀半ばまで存続していたはずだ。一族はいま、デモートンと名乗っている。イギリス風の発音にはなったが、デ・モレトンという昔の名前に近い」

「そこの地所が、なぜ売りにだされてるんだ？」ダミアンがのんびりとした口調で尋ねた。

「ありきたりの理由さ。金だよ。というより、金欠《きんけつ》だ。一族には代々、浪費家の家長がいた。デモートン家最後の家長は、アルバートという名前で、親からゆずられた全財産を二十五歳になる頃にはギャンブルで失ったあげく、みずから命を絶ち、その後、遺族は金の工面に苦労している。だから、ぼくとヴィクトリアがその土地と建物を気にいれば、なかなか有利な取引ができるはずだ。きみはウォルフェトン館の女主人になりたいかい、ヴィクトリア？」

「ウォルフェトン。ロマンティックな名前ね」と、ヴィクトリアは言った。そして、ヘーゼルナッツのプディングを静かに食べ終えた彼をずっと見つめていたのに気づいた。ラファエルはこれまで、その土地のことをいちども話してくれなかった。それなのに、そのウォルフェトンという館と土地のことなら何から何まで知っているようだ。

「セント・アグネス」と、彼女は声にだして言った。「覚えてない、エレイン？　ダミアンがセント・アグネスに出張にいらしたとき、ふたりで一緒についていったことがあったわね。たしか四年前に。コーンウォール北部の海岸沿いだった。荒涼とした大自然が美しかったわ。それに、海風が吹き荒れていた。一帯の木々が――海岸沿いの木はどれも、曲がったり、ねじれたりしていたじゃない？」

　夢中になって記憶をたどるヴィクトリアに、ラファエルが微笑んだ。そして、彼女が話を終えると、口をひらいた。「あのあたりを見ていて、きみがきっと気にいるだろうと思ったよ」

「まあ、いい勘ね」

「セント・アグネスなら覚えてるわ。セント・アグネス岬も」と、エレインが辛辣な口調で言った。「あなたはまだ十五歳だったでしょ、ヴィクトリア。だから、あのひどい嵐のことをすっかり忘れてるのよ。あなたときたら、絶壁から吹き飛ばされそうだったじゃない」

「当時からヴィクトリアは、少女というより、野生のヤギみたいだったからね」と、ダミアンが口を挟んだ。

「どのくらいのあいだ、留守にするつもり？」と、エレインが尋ねた。

　ラファエルがのんびりと応じた。「ゆっくりと旅を楽しむつもりですよ。なんといっても、コーンウォールに帰ってきたのは久しぶりですから。あすの夜はトゥルーロに、翌日はセント・アグネスに泊まり、そのあと帰宅する予定です。それだけ時間があれば充分でしょう」

　ヴィクトリアはラファエルを見ながらふしぎに思った。なぜ、もっとじっくり土地を調査しないのかしら？　その程度ではとても時間が足りないように思えたし、そもそも、彼女を〈ドラゴ・ホール〉に連れて帰ってきた表面上の目的は、土地の調査だったはずだ。ところがいまは、〈ドラゴ・ホール〉を短期間でも留守にするのが耐えられないようだ。そこまで考えた彼女は、はたと思いあたった。やっぱりラファエルは〈ヘルファイア・クラブ〉の捜査のためにここにやってきたのだ。そう確信した彼女は警戒するように身震いをし、口をきつく結んだ。

「それなら、ちょうどいい頃合いに帰ってくることになるわね」と、エレインがヴィクトリアを見ながら言った。「あなたたちのために舞踏会を開催するにあたっては、いろいろ仕度があるのよ」

「どうぞ、ぼくたちをこき使ってください」そう言うと、ラファエルが兄のほうを向いた。「トゥルーロの〈グウィシアン亭〉はまだ経営を続けているのかい？」

「ああ。フージのじいさんが、密輸した最高級のフランス産ブランデーをだしているし、おかみさんは相変わらず最高のスターゲージーパイを焼いてるよ」そう言うと、ダミアンが意地悪く微笑んだ。「ああ、忘れていた。おまえはスターゲージーパイが苦手だったな」

「わたしもよ」と、ヴィクトリアが断言した。「頭を突きだしているイワシを見ると、かわいそうで」

ラファエルが妻に言った。「ぼくが苦手になったのには、それ相応の理由があるんだよ。十歳の頃、親愛なる双子の兄さんが、パイを分けてあげようと皿に盛ってくれた。ところが、そのパイにフォークを刺したとたんに、生きているイワシが飛びだしてきたんだ。ぼくはダミアンの息の根をとめてやろうとしたが、家庭教師のマクファーソン先生に阻止された。以来、スターゲージーパイのイワシをまともに見ることができなくてね」

テーブルに笑いが広がり、ダミアンが尋ねた。「ところで、おまえが話していた地所だが——そこにはスズの鉱山があるのか?」

「ああ、鉱山は操業できる状態にある。再稼働のためには、資金を投じねばならないが。給水ポンプの大半は交換が必要だし、機関室もほとんど使い物にならない。以前は、鉱山の労働者たちの健康に悪影響が及んでいたようだ。おまけに、いつなんどき立坑《たてこう》に水が氾濫するかわからないから、だれも働きたがらない」

ラファエルの説明どおり、鉱山の状況が惨憺たるものなら、再稼働には大金が必要になるはずだわ、とヴィクトリアは考えた。つまり、わたしのお金がたっぷり必要になるのね。でも、ラファエルは鉱山に本気で関心をもっているような口ぶりで話している。もしかすると、陸での生活に満足し、もう船と海の生活には戻りたくないのかもしれない。

その夜遅く、〈白目の部屋〉で、ヴィクトリアはラファエルにまた食い下がった。ほんとうのことを教えてちょうだい、と。だが、彼はただ微笑み、首を横に振った。「もう話しすぎたくらいだ」そう言うと、彼が服を脱ぎはじめた。腹が立つほど鈍感なふうを装い、二枚貝のように固く口を閉じている。そして、どうしようもない沈黙が続いたあと、しかめっ面をしているヴィクトリアに「あのね」と、ラファエルが物思わしげに声をかけた。「あのとき、きみがあそこまで色気をださなかったら、この話はいっさいせずにすませたんだぞ。そうすれば、こんなふうに甲高い声で怒られることもなかったのに」

「わたしはただ、あなたがどこまで関わっているのか知りたいだけよ」と、彼女は繰り返した。

「危険はないから心配無用だ。さあ、こっちにおいで。ドレスのボタンを外させてくれ」そう言われ、彼女が背中を向けると、すぐにうなじのあたりを唇で軽く愛撫された。もっと続けてほしい。そう思い、彼女は下を向き、うなじを差しだした。

彼の両手が腰にまわり、うしろから抱きしめられた。「待っている時間が長すぎる」と、彼が言い、うなじにあたたかい息がかかった。「正直なところ、一日だって長すぎる。そう思うだろう?」

そのときの彼女なら、なんにでも同意しただろう。彼の両手がじわじわと上がってきて、乳房を包みこんだ。彼はてのひらを広げ、乳房を撫であげ、揉みしだき、愛撫した。彼女は背を弓なりにそらせ、彼の肩に頭をもたせかけた。そして彼女がかぼそい声で悲鳴をあげると、ラファエルは嬉しそうに目を閉じた。

「このまま、いっていいんだよ、ヴィクトリア?」いたずらっぽくそうした言葉をかけられているうちに、彼の手がどんどん下腹部のほうに下がってきた。やがて、彼の手がもっと下がり、あの部分をそっとまさぐり、指を押しつけてきた。きっと、ドレスや下着越しにでも、わたしが熱くなっているのがわかったはず。そう思うと、彼女は無意識のうちに腰を前に突きだし、彼の指にあの部分を押しつけた。彼は嬉しくなった。

ヴィクトリアは、羞恥心と欲望が混然となったものを感じた。立ったまま、彼にうしろから抱きしめられ、あそこを指でまさぐられているなんて……もう、我慢できない。

そうしたくはなかったが、必死の思いで、彼女はゆっくりと彼から身を離し、「駄目よ」と、かすれた声で言った。

「なぜ？　そうしてほしいんだろう？」

「駄目よ。そんなこと、できない」

彼の笑みを見ることはできなかったが、そっと腕をまわされた。「きみの夫として、あと一カ月、くれないか。そうすれば、淑女はこうあるべきとか、何を望んではならないとか、何をしてはならないとか、そんな馬鹿な戒律を忘れさせてあげる。そうなったら、ヴィクトリア、ぼくたちがその気になったとき、いつでも、どこでも、快楽を分かちあおう。いいだろう？」

「そんなこと訊かれても、わからないわ。恥ずかしくって」

「だが、それが真実だ。戒律など関係ない。さあ、スイートハート、ぼくたちの愛の巣に行こう。そしてカーテンを閉め、欲求不満の夢でも見よう」

暖炉を取り囲むようにして施された小壁の右上の隅に、精巧に彫られたブドウの房がある。その真ん中に据えられたごく小さな羽目板が、音もなくすっと元の場所に戻った。ラファエルの腕のなか、全裸で身悶《みもだ》えする彼女の姿を見たかったのはたしかだが、その短い序幕の部分を見るだけで、彼は興奮していた。たまらない。ラファエルにうしろから抱かれたまま、愛撫され、背を弓なりにしている彼女の姿がまだ目に焼きついている。彼は思わず息を呑み、腿のあいだで一物がいっそう膨れあがるのを感じた。痛いほど勃起している。彼は蜘蛛《くも》の巣だらけの通路をゆっくりと歩いて戻り、ついにボタンを押し、〈ドラゴ・ホール〉の裏手にある狭い書斎に音もなくはいっていった。そして、そのまましばらく立ち尽くしていた。通路には湿気が多く、じとじとしていたため、少し寒気がした。もう少し待ってからだ、と彼は考えた。

「ああ。腰が抜けました、旦那さま。こんなところにおいでとは、夢にも思いませんで」

ダミアンは顔を上げた。執事のリガーが蒼白な顔をして、片手を胸にあててこちらを見ている。老人がどれほど肝をつぶしたか、想像がついた。

「そろそろ部屋に戻って休もうと思っていたところだよ、リガー。おまえも、もう休みなさい。一階の灯りをすべて消し、ドアにも差し錠をかけておくから」

「はい、旦那さま。ありがとうございます」そう言うと、リガーがよろめきながら書斎をでていった。たった五分前にはだれもいないことを確認した部屋から。

ダミアンはユーモアのかけらもない笑みを浮かべ、まだ膨らんでいる性器を服で隠すようにして、妻の寝室へと階段を上がっていった。

〈ドラゴ・ホール〉の私道から四輪馬車が走りはじめると、ヴィクトリアは急に肩の荷が軽くなったような気がした。すると出発して五分もたたないうちに、ラファエルが馬車の屋根に杖を叩きつけ、フラッシュに合図を送り、路肩に馬車を寄せさせた。彼女はラファエルの腕を軽く叩いた。

「すまない、だがぼくの弱みは知ってるだろう」

「顔色の悪い男の人と一緒に馬車に乗っているのは、わたしだっていやだわ」

彼は馬車を降り、牡馬のガドフライにまたがった。

彼女はかぶりを振り、やわらかい革のシートに背を預けた。ダミアンの馬車はとても乗り心地がよく、豪華だった。仕方ない、そのくらいは認めてあげよう。

その日の夕方、一行はトゥルーロの賑《にぎ》わう市場に到着した。ラファエルは途中で何度も休憩をとり、トラヴェルランドのスズ鉱山の所有者と話をしたり、トゥルーロから二マイルほど東にある鉱山を訪ねたりした。〈グウィシアン亭〉は繁盛しており、主人のミスター・フージは最初、ラファエルのことをドラゴ男爵だと勘違いしたが、弟のほうだとわかると、態度を変えてあたたかく歓迎した。

「ああ、ラファエルの若旦那さまでしたか」ミスター・フージが言い、肉づきのいい手をすりあわせた。「いや、じつに、お兄さまと瓜二つですな。こちらが美人の奥さまで？　お目にかかれて光栄です、奥さま。こちらへどうぞ、ラファエルの若旦那さま」

「相変わらずよく喋るな」数分後、風通しのいい広い寝室に案内されると、ラファエルが彼女に話しかけた。

ヴィクトリアは彼に微笑むと、市場の広場に面した窓のほうに歩いていった。きょうは市《いち》が立っておらず、屋台に人気《ひとけ》はなく、広場にはうらさびしい雰囲気が漂っている。ラファエルが彼女の背後にくると、やさしく言った。「きょうがなんの日か知ってる、ヴィクトリア？」

「あなたの誕生日？」

「いや、ぼくの誕生日は一月だ。覚えてくれるね。で、きょうはお祝いの日だ。カーステアズ夫妻が欲求不満を解消させる記念日さ」

「まあ」そう言ったとたんに、彼女は身体が熱くなり、恥ずかしくなった。そして正直なところ、たまらない気持ちになった。

ラファエルは女性の気持ちの変化に鈍感でもなければ、不慣れでもなかった。自分がしっかりと花嫁の手綱を握っていることを自覚し、彼は平然と微笑んだ。どのくらい、彼女をじらしてやろうか。これからはぼくがそばにいても、彼女は少しずつ恥ずかしがらないようになるだろう。

「夕食のために着替えるかい？」

ヴィクトリアが彼を見あげた。「なあに？」

「夕食の着替えだよ」と、彼は辛抱強く繰り返した。

「でも、わたし……」

「なんだい？」

だが、厳しい躾《しつけ》を受けてきたヴィクトリアに、夫といますぐベッドに行きたいなどと明言できるはずがなかった。

「いじめるんだから」そう言うと、ヴィクトリアは彼から身を離した。

「わかったよ、ヴィクトリア。すまないが、夕食の前にちょっと用をすませたい。ミスター・リンゼイに話があってね。彼はデモートン家の事務弁護士で、ぼくがこれまでずっと商談をしてきた相手なんだ」そう言うと、ラファエルは彼女の頰を軽く指ではじき、部屋をでていった。

18

自然が彼を創《つく》り、そして鋳型《いがた》を破壊した。

——ルドヴィーコ・アリオスト

つむじ曲がり、とヴィクトリアは考えながら、おいしいローストラムと肉入り団子の煮込みを口に運んだ。小さなオークのテーブルの反対側に座っている夫は、男には特権があることにいたくご満悦のようだ。ラファエルはいかにも自信たっぷりの男らしく、デモートン家の事務弁護士を務めるミスター・リンゼイの説明に熱弁をふるっている。あの眼鏡をかけた猫背の男は、デモートン家の所領を一刻も早く売りたくて仕方がないことが、一目瞭然だったよ、と。

最後に、ミセス・フージがアプリコットの濃厚なブラマンジェをだすと、ラファエルは独白を垂れ流すのをやめ、ヴィクトリアに黒い眉を上げてみせた。

「何か言ったかい、ヴィクトリア？」

「わたしが？　何か言うですって？　あなたが外交官よろしく雄弁をふるっているときに？とんでもない。わたしはただ、心のなかで想像上の会話を楽しんでいただけ」そこまで言うと、彼女は急に口をつぐんだ。今夜をどう乗り切ればいいのだろう？　そう考え、彼女はうつむき、膝の上でこぶしを握った。ぜったいに、見られないようにしなくちゃ。何がなんでも。でも、二階の寝室のベッドの天蓋は四方を覆っているわけじゃない。それに、あの幅広の窓からは月の光が充分に差しこむだろう。そのうえ夜空には半月が光輝いている。

　彼が信頼してくれなかったことに、彼女はいまだに腹を立てていた。彼なんかに、告白できなかった秘密を教えてあげる義理はない。真実を伝えれば、きっと彼は罪の意識を覚え、落ちこむだろう。と同時に、わたしの傷痕に嫌悪感も抱くはずだ。そんなことは耐えられない、と彼女は悟った。脚の傷痕を見られて、彼に嫌われるのはいや。彼は嫌悪感を必死に隠そうとするだろうけれど、隠しきれるはずがないもの。

　この五日間というもの、夜に彼と愛しあっていない。ただ、眠っているあいだにそっと抱かれていただけだし、わたしもずっとフランネルの裾の長いネグリジェを着ていた。でも今夜は、たとえ真っ暗闇のなかであろうと、わたしと愛しあえば、左腿の外側に醜く盛りあがる長い傷痕に触れ、ラファエルは気づくはずだ。それに今夜の彼は、その醜さとやらを知ろうと、わたしの全身にくまなく手を這わせるに違いない。

　そう考えたヴィクトリアは、思わず傷痕に指を伸ばし、ドレスとペチコート越しに筋肉を揉みはじめた。

　しばらくすると、自分が脚をほぐしていることに気づき、夫の顔を見て、口をひらいた。

「なんだか、すごく疲れちゃったの、ラファエル」

そのつらそうな声を聞いたラファエルには、彼女がどんなゲームを仕掛けてきているのか、わからなかった。そこでただ微笑み、ゲームにくわわるのを拒否した。「ブラマンジェを食べながら居眠りされても困るからな」そう言うと、彼はこれ見よがしに懐中時計に目をやった。「十五分だけあげよう。それ以上は駄目だ」

ヴィクトリアは、その断固とした口調に敏感に反応した。

「いい加減にして！」そう声をあげると、彼女が勢いよく立ちあがった。その拍子に椅子がバランスを崩し、ミセス・フージの分厚いウールのラグに鈍い音をたててひっくり返った。

狭い個室の居間であがった甲高い声は大きく響き、閉じたドアの向こうからミセス・フージの声が聞こえても、ふたりは驚かなかった。「どうかなさいましたか、ラファエルの若旦那さま？」

「万事順調だ、ミセス・フージ。妻がちょっと足をすべらせてね。怪我はない」

狼狽したような低い声に続いて、ミセス・フージが立ち去る足音が聞こえた。

ラファエルは伏し目がちに彼女を観察した。ひどく動揺している。まるで、頭から消えない悩みの種を思いだしたかのようだ。いったい、それはなんだろう？　夕食が始まるまでは、ぼくとベッドを共にしたいという強い欲望に襲われていたのに。その点については、自信がある。

「どうして変わったんだ、ヴィクトリア?」考えていたことが口にでてしまい、彼はわれながら驚いた。

「変わった?」と、彼女がよそよそしい態度で、警戒したような声で応じた。「変わったって、どういう意味?」

「だって、あれほどぼくを欲しがっていたのに、いまはまるで……そうだな、ぼくと一緒にベッドに行くのが怖いみたいに見える。いいかい、ぼくだってただの男なんだぞ。そりゃ当惑するさ」

ヴィクトリアは彼の美しい瞳をまっすぐに見た。「いまは、あなたが欲しくないの。とにかく、そういうこと。なんだか疲れちゃって。ほんとうよ。もう、休むわ」

彼はしばらく何も言わず、ただ彼女を眺めていた。「わかった」ついにそう言うと、両腕を上に伸ばし、頭をのけぞらせた。「おやすみ、ヴィクトリア。よく寝るといい。あすは早くに起こすからね。デモートン家の所領で、ミスター・リンゼイと十一時に会うことになっている」

彼女は立ったまま彼を見つめた。まるで自分が穏やかな海に浮かぶ縮帆した船になったような気がした。今夜は一緒に休みたくないと宣言したあと、彼がどんな反応を示すのか、たしかによくわからなかった。でも、まったくの無関心は予想していなかった。

「おやすみのキスが必要かい?」

彼女は個室の居間から逃げだしたが、彼の声がいつまでも頭のなかで鳴り響いていた。

ヴィクトリアは長いあいだ寝つけなかった。ベッドにはいってから二週間はたったように思えたが、懐中時計をもっていないので、時刻を知る術はなかった。

ラファエルは、窓から差しこむ月明かりでくっきりと浮かびあがっている彼女の身体の輪郭を眺めた。ヴィクトリアは身体の左側を下にして寝息をたてている。髪はゆるく乱れ、枕の上で頭のまわりに扇形に広がっている。右脚は引きあげられており、彼は思わず微笑んだ。寝ているあいだでも、ヴィクトリアの身体はぼくに降伏したがっているふうに見える。妖しい誘惑に満ちた招待状を送っているようなものだ。

彼はすばやく全裸になり、たったひとつしかない椅子の背にきちんと服をかけた。できるだけ音をたてないようにして、彼は上掛けのなかにもぐりこみ、彼女の隣に横たわった。ありがたいことにベッドは硬めで、彼女の隣に身を横たえても、それほど窪《くぼ》むことはなかった。彼女はまだ身体の左側を下にしたまま眠っている。ラファエルは彼女のネグリジェの裾を少しずつめくりはじめた。

「かわいい娘さん」彼がそう囁くと、彼女はなにやら寝言をつぶやいた。そして両腿の上までネグリジェがめくりあげられると、協力するかのように少し寝返りを打った。

ラファエルは、彼女の細く長い脚と、おいしそうな腰をじっと見つめた。丸く、やわらかい腰はあまりにも艶っぽく、彼は手を離すことができなかった。蝶の羽のように、できるだけそっと彼女に触れていたが、さすがに我慢できなくなり、少しひらいた腿のあいだにそっと中指を押しつけた。やさしくまさぐり、愛撫を続けたあと、ついに指をいれた。彼女はとても熱くなっていて、狭く、やわらかい。彼は目を閉じ、うめき声をあげた。

彼は彼女の隣に横たわり、ゆっくりと彼女のなかにはいっていった。彼女がもっと、もっと、と、彼を深く受けいれようとするその感覚は、信じられないほどだった。彼女のなかは狭く、無意識のうちに彼をしっかりととらえようと筋肉をぎゅっと締めつけてくる。そして、また奥深くへといざなわれたとき、彼は切望のあまり、どうにかなりそうになった。彼女に目覚めてほしい。そう思いながら、ラファエルは右手で彼女のやわらかい下腹部を愛撫し、左腕を彼女の身体の下にすべりこませた。

「ヴィクトリア」彼女の右の耳たぶに、喉に、頰に、甘嚙みするような軽いキスを繰り返しながら囁いた。「ねえ、愛する人、起きておくれ。ぼくを感じて、ぼくのために声をあげてくれ」

ヴィクトリアは目覚めた。そして、驚きのあまり呆然とした。が、それも一瞬のことだった。彼がなかにはいったまま、あそこに触れようと、両手で彼女の下腹部をまさぐっている。

「ああ」と、彼女は囁いた。

ラファエルはてのひらを彼女にあて、自分のほうに下腹部を押しつけさせた。もっと深くいれたい。そして、ついに彼の指が蕾に触れると、彼女が喉から絞りだすようなあえぎ声を漏らし、身をよじろうとした。そのチャンスを逃さず、ラファエルは彼女にキスをした。

「ああ、ヴィクトリア、腰をもっと突きだして。ああ、そうだ。さあ、楽しんで。これが好きだろう、ね？」彼が一定のリズムであそこに触れつづけると、彼女は身を震わせた。

「好きだろう？」

「……好き……」

「じゃあ、これは？」彼の指が彼自身と一緒にあそこにはいってきたのを感じ、彼女は悲鳴をあげた。もっともっと欲しい、たまらない気持ち。彼女の懇願するような声を聞いたラファエルは、世界を支配する君主になったような気がした。

ラファエルはスピードを上げ、できるだけ強く、深く、突きつづけた。そのあいだ、彼女の敏感な部分を指でまさぐり、愛撫を続けるのも忘れなかった。やがて彼女が絶頂を迎えそうになったのがわかり、自分の動きと彼女の反応に意識を集中させた。すると、彼女が背を激しく弓なりにそらせ、すすり泣くような声をあげ、くずおれると、そのすばらしさに彼も叫び声をあげそうになった。ゆっくりと、彼はペースを落とし、彼女をなだめた。そして、彼女が落ち着きを取り戻したとたん、また突きはじめた。

すると、彼女が自然に全身で反応を見せたので、ラファエルは心底嬉しくなった。そしてふたたび彼女を絶頂へと導き、こんどは自分も同時に愉悦を味わった。

「気持ちのいい汗をかいてるね」

彼のやさしい、のんびりとした声が右の耳元で聞こえた。わたしったら、話せるかしら。自信がなかった。まともにものを考えることもできない。ふと、自分の胸がまだ大きく波打っているのに気づいた。まるで空気を求めているようにあえいでいる。「ほんとうに?」

意味の通じている返事がなんとかできたのだから、悪くはなかった。

「ああ、汗をかいてる」ラファエルが彼女の頬と喉元にキスをした。彼はまだ彼女のなかに深くはいっている。「それに、きみはすばらしい。きみも楽しんだよね、ヴィクトリア」

「たぶん」

「あのね、二度も大声をだしていたんだぜ。この部屋の壁が薄かったらどうしようと、心配になったよ。近所に人が住んでいたら、あの家ではよからぬことが起こっていると誤解されるところだ。いや、何を考えてるんだと、怒られるかな」

「静かにして。わたしはまだ、あなたのことなんてちっとも好きじゃないのよ」

「好きじゃない? ほんとうに? ぼくがまだきみの一部になってるのに? それも、とても深いところで」

彼女は身をふるわせ、うかつにも彼自身をぎゅっと締めつけた。彼はうめき声をあげ、彼女の肩に唇を押しつけた。「いとおしい」そう言うと、ラファエルが彼女をしっかりと抱きしめた。「きみのせいで、もうくたくただ。しばらく眠らせてもらうよ。夫の義務は果たした」

ヴィクトリアは暗闇のなかでにっこりと微笑んだ。が、ふと、脚のことを思いだした。喉元で息が詰まった。そういえば、わたしはずっと身体の左側を下にして横になっていた。だから、彼は左腿に触れなかったのだ。そうできなかったから。今回もなんとか危機を脱し、左腿を見られずにすんだのだ。

「あら、これは妻の義務なんじゃないかしら」そう言うと、彼の股間にお尻を強く押しあてた。彼がこわばるのがわかった。「許してね、このほうがおさまりがいいの」

彼が笑い声をあげ、彼女の耳のうしろにキスをし、いっそう身を寄せたかと思うと、深い眠りに落ちていった。

ヴィクトリアは眠れなかった。しばらくすると、彼自身が自分のなかからでていくのを感じた。それでも、彼女は抱きしめられたままだった。なめらかな背中に、彼の濃い胸毛があたる。いい感触。彼に触れているところは、どこも気持ちのいい感触で満たされている。それに、興奮させられる。それに、じらされる。そのうえ両脚まで、彼女の両脚に密着させている。彼女は吐息をついた。

「でも、わたしは一生、左側を下にして寝ることはできないわ」静まりかえった寝室のなかで、彼女は疲れた声でつぶやいた。

「ふむ？　まだ寝られるよ、ヴィクトリア」と、ラファエルの声が聞こえた。「まだ暗い。起きる時間じゃないだろう」

翌朝、かれらは約束の時刻より早めにセント・アグネスの町に到着した。フラッシュが腕よりも熱意で馬を御し、石畳の狭い通りを進むあいだ、ヴィクトリアは馬車の窓から身を乗りだすようにして、あたりの光景に見いった。

ラファエルが馬車の横にガドフライを寄せた。「あっちを見てごらん、ヴィクトリア。あれはね、スティッピー・スタッピーと呼ばれている長屋だ。スズ鉱山の労働者たちが暮らす小屋が階段状に長く連なっているんだよ。あそこから男たちは、ウェスト・キティ、ホイール・キティ、ブルー・ヒルズといった鉱床に働きにでていた」

「スズ鉱山のことを、どうしてそんなによく知っているの？　スティッピー・スタッピーとか、鉱床の名前まで」

「ぼくは男のなかの男だから、自然と、そうした知識が身につくのさ」と、ラファエルが応じた。

「あら、じゃあ、あなたのポケットにはいっていたあのガイドブックは、なんだったのかしら？」

石畳の道がどんどん狭くなり、ラファエルは馬車の前にまわり、ガドフライを御していかざるをえなくなった。ハイ通りへと曲がると、ヴィクトリアは花崗岩でできたスレート屋根の小屋の列に見いった。

セント・アグネス岬、そしてデモートン家の所領まで、あと少しだった。十数分後、馬車が狭い田舎道にはいっていくと、雑草の生い茂った私道が見えてきた。やがて、びっしりとツタで覆われたアン女王様式の館が見えてくると、ヴィクトリアは大きな失望を覚えた。館のなかも思いやられるわ、と彼女は憂鬱な気分で考えた。

事務弁護士のミスター・リンゼイは、ラファエルの説明どおりの人物で、領主館はじつに陰鬱な建物だった。すでにデモートン家は三カ月前に引っ越していた。買い手がつきそうになったのだが、最終的な契約を結ぶ直前に話が流れてしまったという。

「ですから、残念なことに、しばらくこの館にはだれも住んでいなかったのです」と、ミスター・リンゼイが申し訳なさそうに言った。彼がびっしょりと汗をかいていることに気づき、ヴィクトリアは心から同情した。

彼女はラファエルに言った。「山ほど庭師を雇って、この生い茂るツタを植木バサミで全部きれいにさせたら、ましになるんじゃない？」

「まったくだ。庭師が十三人はいるな。さあ、なかにはいり、何が待ち構えているのか、拝見するとしよう」

一行は館のなかを見てまわった。一階の部屋はどこも暗く陰気で、ヴィクトリアの悲観的な予想を裏切らなかった。とはいえ、客間の気味の悪いセイヨウバラの壁紙をはがし、一階の窓をほぼ覆いつくしている、身の毛のよだつような暗赤色の紋織のカーテンをすべて燃やしてしまえば、ずいぶん魅力的になるのではと思われた。二階の部屋に関していえば、ヴィクトリアが見るかぎり、住めなくもなかった。ただ、閉めきった部屋のかび臭さには我慢ならなかったが。主寝室は巨大なL字形の部屋で、遠くに絶壁と大海原を望む、陽当たりのいい部屋だった。

「ぼくたちのベッドはここに置こう」と、ラファエルが彼女の耳元で囁きながら、指を差した。「眠るときも、目覚めるときも、海が見られる」

「すばらしい場所ね」そう言うと、彼女がにっこりと微笑んだ。その笑みを見たとたん、ラファエルはミスター・リンゼイを部屋から追っ払い、妻を押し倒したくなった。

庭は、もう何カ月も庭師の手がはいったようすがなかったが、それでも、ヴィクトリアは手入れをしたあとの光景を想像し、胸を躍らせた。〈ドラゴ・ホール〉は彼女の家ではなかった。そんなふうに思ったことはいちどもない。けれど、ここなら、わたしの家にできる。わたしの個性を反映させた、わたしの家に変えることができるのだ。

「城跡はどこ?」と、ヴィクトリアは尋ねた。

「ウォルフェトン? たしか、ここからすぐのところにあるはずだ。失礼、ミスター・リンゼイ。ちょっとでてきます。すぐに戻りますよ」

城跡には、城の立派な主郭が残っており、四つの塔のうち残っているのは東の塔だけだった。高いどっしりとした塔だが、いまにも崩落しそうだ。

「ここは、内壁だった」と、ラファエルが言った。「こっちには、巨大なオークの扉があったはずだ。想像できるだろう、領主が巨大な軍馬に乗り、戦いにでていく光景が。『デ・モレトン！　デ・モレトン！』と雄叫びをあげながら」

夫の声と同様、ヴィクトリアの瞳が夢を見ているようにぼんやりとした。「ええ、それに、この広さのお屋敷を維持するには、文字どおり、数百人もの使用人が必要だったでしょうね。このあたりには墓地があるの？」

「あるだろうが、場所はわからない」

「この領主館の改修には、大金が必要になるんじゃないかしら」と、ヴィクトリアが慎重に言い、ラファエルを見あげるのをやめた。

「ああ、それにスズ鉱山の再稼働には、もっと金がかかる」

「この所領を維持するためには、スズ鉱山からの定期的な収入が必要になるわ」

ラファエルはにっこりと微笑んだ。さすがにぼくの妻だ、頭がいい。鉱山自体にはなんの問題もなかったが、取引には慎重を要した。自力で金を稼いできた自分のような男を、いかにも貴族らしく馬鹿にする紳士たちの鼻持ちならない態度には、つねづね反感を覚えてきたが、どうやら妻も自分と同じような考え方をしているらしい。

ヴィクトリアが口をつぐんだ。ふたりはセント・アグネス岬へと、古くからありそうな小道を歩いていった。すると、ラファエルが息を呑み、指を差した。「この地所には、大西洋に面した海岸が三十マイルは続いている。それが全部見渡せるとは。ほら、あそこがセント・アイヴズだ。そのいちばん奥に見えるのがトレヴォース岬だろう。じつに絶景」

「ええ、手つかずの自然が残っていて、荒涼としていて、わくわくする。わたし、ここに住みたいわ、ラファエル」

「そう思う、ヴィクトリア？　そうだね、なんとかなるかもしれない」

「子どもたちのための信託財産から、一部を使ってもいいいんじゃない？　いま、有効活用するほうがいいかもしれないわ」

ラファエルは彼女に愛情のこもった、やさしい笑みを浮かべた。「ふたり一緒に腰を据えて、しなくてはならないことの果てしないリストをつくろう。それから、いくらぐらい必要になるか、計算しよう。いいだろう？」

彼女は幸せそうにうなずき、崖の端まで歩いていくと、振り返った。「ほんとうに、ここで幸せになれると思う？　シーウィッチ号の船長じゃなくて、スズ鉱山の経営者になるのよ。それでかまわないの？」

「船ではるか彼方を目指し、異国の地で山ほどの美女に囲まれてすごさなくていいのかってこと？」

「その高慢な鼻をへしおってやりたいわ」

「わかったよ、奥さま。そうとも、ここで暮らしたい」

ヴィクトリアが彼に微笑んだ。そして、成長がとまり、曲がってしまった木の幹を左手で撫で、爽やかな海風を深々と吸った。

その瞬間、彼は伝えたくなった。きみが一緒にいてくれるのなら、どこにいようと、ぼくは満足して暮らせるよ、と。

ラファエルは何も言わず、ただじっと立ったまま妻を眺めていた。彼女はほんとうに理想の妻としか思えない、と彼は考えた。ベッドでは情熱的であるうえに、夫と趣味と夢まで分かちあってくれる。ああ、なにもかも、ぼくの望みどおりに運んでいるが、残る問題は、例のいまいましい告白だけだ。そのかたちの悪い爪先とやらは、いったいどこにあるのだろう。自分の身体のどこが醜いと、彼女は思っているのだろう。じつは、けさ、早起きして自分の目でたしかめるつもりだったのだが、彼が目覚めたときには、ヴィクトリアはすでに着替えをすませていたのである。

「決めたよ、何はともあれ、きみを手放さない」

ラファエルは、彼女の背後に静かに近づいていた。ヴィクトリアは抱き寄せられ、彼に背中を預けた。

「どうして?」

「ほんとうの理由を伝えたら、つまり、ぼくの男の思考回路を包み隠さず伝えたりしたら、きみに殴られて、崖から突き落とされかねない」

彼の腕のなかでヴィクトリアが振り返り、いたずらっぽく微笑んだ。「〝何はともあれ〟って、どういう意味？」

「だって、かたちの悪い爪先とやらの謎がまだ解けていないからさ」

「あら、ミスター・リンゼイがこちらに歩いていらっしゃるわ。また汗をびっしょりかいてるわよ、お気の毒に。彼になんて言うつもり？」

「あの男はじつにタイミングを心得ているな」と、ラファエルが言った。「きみにとっては、だが」

そう言うと、ラファエルはヴィクトリアにウィンクをし、彼女をそこに残し、ミスター・リンゼイと話しにでかけた。ラファエルが金額に関する提案をすると、ミスター・リンゼイは上等の麻のハンカチで眉の汗をぬぐいながら、あす、デモートン家を訪問し、カーステアズ船長のご提案をお伝えします、と言った。「いま、ご一家はニューキーに住んでおいでです。わたしの個人的な感想を申しあげれば、カーステアズ船長、おそらくこの提案を受けいれられるでしょう。奥さまとはまだ〈ドラゴ・ホール〉に滞在なさっておいでですね？」

ラファエルが肯定し、しっかりとした握手をかわすと、ミスター・リンゼイは去っていった。ふたりで歩いて馬車に戻る道すがら、ラファエルが言った。「デ・モレトン家初代のように、ぼくたちは、これから数百年も続く名家を始めることになる」

「ずいぶん大きくでたわね。名家だなんて」

「ああ、名家だ。ただし、そのためにはきみの協力が欠かせない、もちろん、きみの、その、繁殖力が」

ヴィクトリアは彼のあばらのあたりを小突き、くすぐったが、彼の好色そうな笑みは消えなかった。

とはいえ、ラファエルがセント・オーステルと〈ドラゴ・ホール〉に一刻も早く戻りたがっていることが、彼女にはわかっていた。だが、いざ出発しようという段になったとき、フラッシュが思わぬ行動にでた。〈入江のねぐら亭〉をいたく気にいったため、意見を尋ねられもしないのに、一年のうち半年はここに滞在するとおっしゃらないかぎり、自分はここを動きませんと宣言したのである。

「ペルセフォネ（ギリシア神話の冥府の王の妃。一年のうち半年を冥界で、半年を地上ですごした）みたいね」そう言うと、ヴィクトリアがにっこりと笑った。

そのギリシア神話の登場人物の名前が、フラッシュには外国のヘビのように気味悪く聞こえたのだろう。そんな、めっそうもありませんと、フラッシュがあわてて応じた。

その夜、ようやく〈ドラゴ・ホール〉に帰着したときには十時になっていた。これで今夜は、暗くなった寝室で休むことができるわ、とヴィクトリアは安堵した。玄関で出迎えてくれたのは、リガーだけだった。ラファエルはすぐに彼を下がらせると、ヴィクトリアの腕をとり、彼女を二階に連れていった。

「疲れただろう」階段を上がりながら、彼が心配そうに言ったので、ヴィクトリアは驚いた。自分の目の下に隈ができていることにも、酸っぱくなって固まった牛乳のように顔が蒼白なことにも、気づいていなかったのだ。その日、フラッシュは速いペースで馬車を走らせており、ヴィクトリアの胃のなかでは、お昼に食べたコールドビーフときゅうりのサラダが反逆を企てていたのである。

「わかったよ」と、唇に皺をよせ、わずかに微笑みながら、ラファエルが言った。「今夜は、きみにぼくを好きなようにはさせない。でも、あすの朝になれば——話はべつというものだ」

ヴィクトリアに異存はなかった。だが、ラファエルは知らなかった。彼女には、まばゆい朝の光のなかでラファエルに一枚ずつ服を脱がせるつもりも、愛しあうつもりも、まったくないということを。

彼女の早朝の脱走に立腹していたとしても、ラファエルはそれを顔にはださなかった。それどころか、その日、彼女とはほとんど一緒に時間をすごさなかった。

リガーの慎み深い指導のもと、ヴィクトリアは銀器を磨き、花を活けるのを手伝い、従僕が鉢植えのヤシを舞踏室に運ぶのを手伝った。おまけに、エレインがいますぐ必要だと判断した物を買いに、セント・オーステルまで三度、お使いにでかけた。

セントオーステルに三度目のお使いにでかけるとき、ヴィクトリアはトディに乗っていった。すると、レイモンド通りにあるルドコット医師の家からラファエルがでてくるのが見えた。いったい何をしているのかしら？　具合が悪いのかしら？　彼女は心配になり、眉根を寄せた。そこで彼のほうに近づき、注意を引こうと勢いよく手を振った。

ラファエルは上の空だったが、思わぬところでヴィクトリアの姿を認め、最初は決まり悪そうな顔をしたが、すぐにわざとらしい歓迎の笑みを浮かべた。「きれいだよ、ヴィクトリア。エレインにこき使われていないだろうね」

「ちっとも。どうしてルドコット先生のお宅にいらしたの？　どこか具合でも悪いの？」しまった、というような表情が浮かんだのを見て、ヴィクトリアは安心した。ところが、彼があわてて言い訳を始めようとしたので、ヴィクトリアは手を振り、さえぎった。「やめて、ほんとうのことを教えて。手のこんだ作り話は聞きたくないわ」

「それほど手のこんだ話にはならないよ」と、彼が応じた。「ぼくだって、ただの男だからね」

「いいわ。じゃあ、訊くわよ。〈ヘルファイア・クラブ〉の件で、先生のお宅にいらしたんでしょ。かわいそうなジョアン・ニュードーンズが乱暴された件で。さあ、もう言い逃れはできないわ。舞踏会の前に、ちゃんと話を聞かせて」

「あの濃いクリーム色のシルクのドレス」と、彼が間髪いれずに答えた。「舞踏会であれを着たきみはさぞ素敵だろう……それにああ、すごく——だが、これ以上は話せない。わかってくれるね？」

「わかったわ」彼女はそう言うと、ため息をついた。

「ここには、なんの用で？」

「エレインにまたお使いを頼まれたの。仕出し屋のカットミアさんのところに行くところよ」

ふたりが別れると、ヴィクトリアは振り返り、〈グリビン岬亭〉にはいっていくラファエルの後ろ姿を見送った。きっと地元の噂話を集めにいくんだわ。セント・オーステルのお喋りな男たちはみんな〈グリビン岬亭〉に集うのかもしれない。でも、そんなことってあるかしら？　いやだ、どうしよう。夫にはまたべつの事情があるのかもしれない。もっと艶っぽい事情が。

だが夜になると、その件について心配する必要はなくなった。ラファエルは彼女に飢えており、巨大なベッドにふたりで横になったとたん、彼女のネグリジェをめくりあげ、両手と口で、彼女の全身と唇をくるおしいほどに求めたからだ。彼女の欲望も彼と同じくらい高まっており、その夜の荒々しい行為はすぐに終わった。それでも彼女は、夫の腕のなかで眠りに落ちる前に、ふたたびネグリジェを身につけることを忘れなかった。

そして、もちろん、翌朝は彼より早く起きた。その日は金曜日で、舞踏会の開催日だった。てんてこまいとはこのことね。いいえ、大混乱って言ったほうがいいかしら。その日、彼女は何度もそう考えた。

その晩、七時きっかりに、彼女はとうとうドレスを着て、化粧台の前に座った。

「このうえなくきれいだよ」

ヴィクトリアは鏡に映る夫の顔を見た。あなただって素敵よ。彼女はそう思い、それを口にだした。彼が身をかがめ、彼女の肩にキスをした。「なにもかも、ぼくのものだ」と、彼女にというよりは自分に言い、ラファエルが彼女の肩を食いいるように見つめた。「クリーム色のシルクと真っ白なビロード。駄目だ、動くな。きみにプレゼントがある」

そう言うと、彼がポケットからピンク色のビロードでふちどられた箱をだし、彼女に渡した。

ヴィクトリアはその宝石箱の蓋をそろそろとあけた。真珠のネックレスがはいっていた。箱の内側のピンク色のビロードと同じようにピンク色の粒が揃っている。彼女は息を呑んだ。

「まあ」

「クリーム色のシルクに映えるだろう?」

「こんなに美しいネックレスは、見たことがないわ。わたし、母の形見のブローチと指輪以外に、宝飾品をもっていないんですもの」

彼女の淡々とした口調に、彼は思わず目を閉じた。ダミアンとエレインにたいする怒りで、はらわたが煮えくりかえる。それに、彼女にたいする包みこむような思いも湧きあがってきた。焼きがまわったものだ。そう、あわてて思い直すと、わざと好色そうな表情を浮かべ、いやらしい口調で言った。「きみの真っ白なビロードのようなあそこと同じくらいきれいだよ」

「あなた、いま、白日夢に耽ってるんでしょ、ラファエル。真っ白なビロードだなんて、やめてちょうだい」

彼が微笑み、彼女の首に真珠のネックレスをつけた。彼女は鏡のなかの自分を見つめ、それから彼のほうに視線を移した。決意のみなぎった表情を浮かべている。彼はほんとうに凜々しくて素敵だ。それに気持ちがやさしく、気前もいい。そして兄とは違い、残酷ではない。

「ありがとう」と、彼女は言った。「ほんとうに、ありがとう」

「ぼくの美しい花嫁は、今夜のいまいましい舞踏会で、いちばんの羨望の的となる」

「あなたが言いたいのは、あなたを見たとたんに、ほかのご婦人がたがわたしの髪をかきむしりたくなるってことでしょ」

「そう思うかい？」その光景を思い描いたのか、彼が得意そうな顔をしたので、彼女は笑った。

だが、彼がほんとうに頭のなかで思い描いていたのは違う光景だった。そして、こう考えた。あの幅広の階段を彼女と一緒に下りていったら、自分のことを双子の兄と簡単に勘違いさせることができるはずだ、と。

19

浮気しない男をひとり見つけるより、好色な山鳩を二十羽見つけるほうが簡単だ。

——シェイクスピア

ジョニー・トレゴネットは、八歳の頃から町でひったくりをしていた悪ガキだった。そして成人となったいま、三杯目のブランデーのグラスを勢いよくテーブルに置き、ラファエルの肩をまた叩いた。

「いや、久しぶりだな！　帰ってきてくれて嬉しいよ、じつに。ブランデーをもう一杯よこせ！」

ジョニーなら〈ヘルファイア・クラブ〉のクズどもの一員となってもおかしくない、とラファエルは目をつけていた。こいつなら、いたいけな少女に乱暴を働いてもおかしくない。そう考え、彼はまた哀れなジョアン・ニュードーンズのことを思いだした。

「それにしても、信じられないほどそっくりだな！　まるで合《あわ》せ鏡を見ているようだ」そう言うと、ジョニーがラファエルからダミアンへと視線を移した。ダミアンはといえば、二十フィートほど離れたところで、やはり血気盛んな放蕩者であるチャールズ・セント・クレメントとなにやら話しこんでいる。チャールズの父親は陰気で厳格そのものの治安判事だ。

「おまえとダミアンは、ほかのところもそっくりなんだろ、なあ、ラフェ？」

ラファエルは、名前を省略して呼ばれるのが昔から嫌いだったが、わざわざ訂正するような真似はしなかった。そして狙った獲物を逃すまいと好奇心をむきだしにして、わざと好色な口調で尋ねた。「そりゃ、なんの話だ、ジョニー？　ああ、ご婦人がたのことだろ？」

ジョニー・トレゴネットが大声で笑いだした。「ご婦人がた」そう言うと、笑いすぎてむせそうになった。「ご婦人がたとはね！　そりゃ、ペチコートの種類が違うってもんだ。おれたちがこのコーンウォールから離れないのは、わかるだろ、ラファエル、ちゃんとしたお楽しみがあるからなのさ」

「たしかに、このあたりには、いろいろな女がいるな」と、ラファエルは気楽な口調で応じた。ジョニーのやつ、このままぺらぺらと喋りつづけてくれるといいんだが。

「だが、おまえはちょうど足を縛られちまったところだからな。それにしても、ヴィクトリアはたいした別嬪さんになったもんだ。あの奥さんなら、夜、旦那を家に引きとめておけるってもんだ。そういえば、デヴィッドが彼女にご執心《しゅうしん》だったっけ。だが、うまくいかなかった」ジョニーは言葉をとめ、グラスのなかのブランデーを揺すった。「そういえば、デヴィッドのやつ、もう二度と女なんぞ信じないと言ってたな。女なんてものは、どいつもこいつも……いや、なんでもない。いまとなっちゃ、もうどうでもいいことだ」

ジョニー、頼むから、これ以上ヴィクトリアを侮辱するような台詞を吐かないでくれ。ラファエルはそう切に願った。だまっていられないほど侮辱されたら、この馬鹿の息の根をとめざるをえない。さもなければ、少なくとも、血まみれになるまで殴るしかない。

「ああ」と、ラファエルは応じた。「もう、どうでもいいことだ」それにしても、デヴィッドの件でジョニーが口を濁《にご》したのはなぜだろう？　それに、なぜデヴィッドは女性不信になったのだろうか？

ありがたいことに、さすがのジョニーも二十五年という歳月を経て、自衛本能を身につけていた。

「ところで、おまえには男の気晴らしなんぞ、しばらく必要ないよな？」

「それが、そうでもないんだよ」と、ラファエルは平然と言ってのけた。「男ってものは、とどのつまり、男なのさ。気晴らしが必要なくなるのは、死んじまったときか、老いぼれて役立たずになったときだろう」そう言うと、こんどは自分からジョニーの背中を叩き、おもむろに背中を向けた。あと一時間かけて、ジョニーにブランデーをもう三杯、飲ませるとしよう。そうすれば、またうっかり口をすべらせるに違いない。いや、あと一杯飲ませれば充分かもしれない。その頃には、きわどい冗談にまた低い声をあげて笑いはじめるだろう。

いっぽうヴィクトリアは、友人や隣人たちと愛想よくお喋りに花を咲かせていた。結婚を祝福されれば優雅な物腰で応じ、陰険なご夫人がたからくびれた腰をじろじろと見られても気にしなかった。そして、そのあいだずっと、夫が久しぶりに地元の若者たちと再会するようすを観察した。だが、夫が帰郷を報告しているだけではないことが、彼女にはよくわかっていた。というのも、ラファエルが話しこんでいる相手はリチャード・ポーストワンやティモシー・ボテレットといった感じのいい若者ではなく、いちばん下品で感じの悪い男たちだったからだ。どう考えても、ポール・キーソンやジョニー・トレゴネットといった自堕落な放蕩息子たちと、ラファエルが子どもの頃から親しく遊んでいたはずがない。

するとと、その夜初めて、デヴィッド・エスターブリッジが彼女のほうに近づいてきた。そして硬い表情で彼女を見つめると、もごもごと言った。「きみと踊るべきだと思ったんだ。そうしないと、失礼にあたるだろ」

仏頂面でそう言うデヴィッドに向かって声をあげて笑いたかったが、ヴィクトリアはなんとかこらえ、皮肉を少しにじませて応じるにとどめた。「義務を果たしてこいと、お父さまに言われてきたのね」

それを否定しようともせず、デヴィッドがただ肩をすくめた。「ああ、父は礼儀にうるさい人だからね。それに、仕方ないだろ、きみはエレインのいとこなんだから」

ヴィクトリアは、父親のスクワイア・エスターブリッジのほうを見た。ひとりで立っている彼に向かって、ヴィクトリアは微笑んだ。こちらをじっと見ていたスクワイアがうなずいた。いったい、彼は何を考えているのかしら。五年前に〈ドラゴ・ホール〉にやってきたときから、スクワイアのことは知っていた。彼はいつもやさしく接してくれた。だがそのいっぽうで、息子のデヴィッドはもう二十三になるというのに、いまだに父親の支配下にある。スクワイアは小柄な男性で、細身で、頭頂部だけ髪がない。それでも――おそらく若い頃からそうだったのだろうが――いまだに眼光が鋭く、瞳は明るいモスグリーンで、わずかに目尻が吊りあがっている。

彼女の視線の先を見たデヴィッドが、意地の悪い口調で言った。「きみ、カーステアズの片割れと結婚したそうだね」

「そのようね」と、ヴィクトリアは応じ、スクワイアに向かって手を振ってから、デヴィッドに視線を戻した。

「なぜだ？　彼が、きみの愛人とそっくりだからか？」

「いいえ」

「じゃあ、妊娠したんだな？　あの兄弟は、きみを共有してるのか、ヴィクトリア？」

「どちらもノーよ」

彼はいまにも唾を吐きそうだった。「図々しい女だ。ぼくはね、きみのことをまるで誤解していた。まさか、否定もしないとは」

彼に平手打ちを食らわせるのを、ヴィクトリアは必死でこらえた。「どちらもノーだと言ったでしょう？　何を否定してほしいの、デヴィッド？　あなたの心根が腐ってるってこと？　心根だけじゃなく、口も腐ってるってこと？　でもねえ、それを否定するのはむずかしいわ」

「ほざくな、ヴィクトリア。きみは魔女だな。だが、そろそろ、きみとダンスしたほうがよさそうだ。父が例の視線でこっちを見ている。ダンスをしないと、くどくどと説教を食らうはめになるんだよ」

彼女の微笑みは一瞬たりとも陰らなかったが、しだいにあざけりを帯びはじめた。「あなたって、ほんとうに無能なのね、デヴィッド」そう言うと、口をひらきかけた彼をさえぎるようにして、横柄に小さく手を振った。「それに、このうえない大馬鹿者よ」彼女は背を向け、立ち去った。

デヴィッドは激怒し、唇を強く結んだまま、彼女の後ろ姿をにらみつけた。あのあばずれめ。もう、ぼくには興味がないということか。ダミアンから真実を教えてもらい、すんでのところで救ってもらわなければ、あやうくあの女と結婚するところだった。そう考えると、デヴィッドは、パンチボウルを客にふるまいおえたダミアンのほうに歩いていった。

「デヴィッド」と、ダミアンが言い、エレイン特製のシャンパンパンチがはいったグラスを差しだした。

デヴィッドはひと息にパンチを飲みほした。

「ヴィクトリアと話しているところを見たよ」と、ダミアンが言い、ヴィクトリアのほうをちらりと見やった。「あまり愉快そうじゃなかったね」

「ああ」と、デヴィッドが応じ、「呆れたよ」と、意地の悪い口調で言った。「彼女ときたら、きみと弟の両方と関係をもっていることを、否定しようとさえしなかったんだぜ」

それは意外だな。そう考えたものの、ダミアンは顔にはださなかった。なぜヴィクトリアはこの愚かな青二才をからかったのだろう？「ほんとうか？」

「ああ」デヴィッドがシャンパンパンチをもう一杯、飲みほした。「弟のほうは、妻の正体を知ってるのか？」

「なかなかいい質問だが」と、考えこんだようにダミアンが言った。「答えることはできない。だが、おまえのそのきれいな歯をこのまま維持したいのなら、花嫁を侮辱するような台詞を弟に言わないほうが身のためだ」

「そこまで馬鹿じゃないよ」

馬鹿じゃないだと？ダミアンは胸のうちで反論したが、何も言わなかった。そして、デヴィッド・エスターブリッジが従順に父親のほうに戻っていくようすを眺めた。まったく、あのやかまし屋の老いぼれときたら。そう考えていると、エレインが満足そうに微笑みながら近づいてきて、「万事、うまくいってるわ」と、えらくご満悦の体で言った。

「ああ、きみの見事な采配ぶりと、リガーの実行力のおかげだよ」と、ダミアンが応じた。

「だれもかれも、ラファエルのことと、彼の今後の計画について訊いてくるのよ。だからね、あたくし、あなたか本人に訊いてくださいと言っておいたわ」ダミアンがうなずくと、エレインが場をわきまえ、声をひそめた。「ほら、彼女を見て」

「彼女？　だれのことだ？　マリッサ・ラリックかい？　いつもほど顔色が黄ばんでは見えないが、あの色調の黄色いドレスは着るべきじゃないな」

「いいえ、ヴィクトリアのことよ。彼女、わたしの後釜に座ろうとしているのよ、ダミアン。でも、そうはいかないわ」

だが、ダミアンが見るかぎり、ヴィクトリアはエレインを怒らせるような真似は何もしていなかった。彼はただ黒い眉を上げ、待った。少し待てば、勝手に喋るだろう。

「それにね、ヴィクトリアときたら、デヴィッド・エスターブリッジを怒らせたのよ。彼を馬鹿にしたような顔をして、立ち去るのを、あたくし、見たんですもの。いまは手あたり次第に殿方たちとダンスをしているわ」

「いけないのかい？」

「夫の立場はどうなるの？　だって、いちどもラファエルと踊っていないのよ。おまけに恥ずかしげもなく、ほかの殿方たちといちゃついているんですもの」退屈そうにうなずいただけで、ダミアンは返事をしなかった。エレインはつけくわえた。「そろそろ、くたびれて脚がもたないんじゃないかしら。この一時間、踊りっぱなしよ。限界がきているといいんだけれど」

嫉妬心がエレインの美しさをそこなっている。皺の寄った眉根ときつく結ばれた唇を見ながら、ダミアンはそう考えた。だがありがたいことに、そこにランティヴェット伯爵夫人が到着し、エレインはすぐに愛嬌のいい女主人に変身した。そして、伯爵夫人に至れり尽くせりのもてなしをすることに集中した。

いっぽう、ヴィクトリアのほうも抜かりなくふるまっていた。子爵の四男坊であるオスカー・キリヴォースからダンスを申しこまれたときには、できるだけ失礼がないよう辞退した。そして目立たないようにして、ずらりと並んだヤシの鉢植えの陰に置かれたソファーのほうに移動した。鉢植えは、けさ、彼女が従僕とふたりで舞踏室に運んできたものだった。無意識のうちに、彼女は太腿をさすりながら、楽団が演奏しているカントリーダンスにあわせて鼻歌を歌った。

「突然、既婚女性になったのかい?」

振り返ると、夫がにっこりと笑っていた。「既婚女性?」

「にぎやかなダンスの輪から外れて、ぽつんと座っているからさ。それとも、熱心な求婚者から逃げだしてきたとか?」

「なのに、あなたに見つかっちゃったわ」と、ヴィクトリアがわざと悲しそうな声で言った。そして、嬉しそうに少し身を震わせたので、ラファエルはまたたく間に欲情した。「ああ、じきにオリヴァーって青年にも見つかっちゃうわね。そうしたら踊るしかないわ、ラファエル。強く押して、受け流して、前進して、後退する」

ラファエルが灰色の瞳を輝かせた。「ああ、そうだ、ヴィクトリア。そのとおりだ」

彼女は笑い声をあげ、横にある水色のソファーのクッションを叩いた。「しばらく一緒にいてちょうだい。ほかのご婦人と踊る約束をしていなければの話だけれど」

「いいよ」と、ラファエルが気楽な口調で言った。「それにね、ダンスの約束はしていない。いまのところ、きみと同様にフリーだ」そう言うと、ラファエルは彼女の隣に腰を下ろし、黒いサテンのズボンをはいた脚を伸ばした。「きょうは気分がよさそうだね」

「当然よ。舞踏会は大成功。エレインもご満悦だわ」

「ああ、だろうね。次のダンスはワルツだ。ご一緒していただけるかな?」

ワルツ。ラファエルと踊るのだ。「ええ」そう応じると同時に、脚が耐えてくれることを祈った。

「何か飲み物をもってきてあげようか?」

彼女はかぶりを振った。「いいえ、ありがとう。わたし、ずっとあなたを見ていたのよ」

彼が濃い眉を上げ、その先を待った。それはダミアンとまったく同じ策略的な仕事だったが、どういうわけか、ラファエルにそうされると、ヴィクトリアは彼の眉を撫で、頭の回転が遅くなったかのようにぼうっとした顔で笑いたくなるのだ。彼にうっとりしていることを隠そうと、彼女は軽い口調で言った。「あなた、あらゆる地域のろくでなしのお坊ちゃまたちと話していたでしょう？　とくに、あのヴィンセント・ランドウワーのだらしのない口とうさんくさい目つきときたら、虫唾《むしず》が走る」

「親愛なるヴィンセントをそこまで観察していなかったよ。うかつだったな。それにしても、近所のお行儀のいいお坊ちゃまたちをぼくが無視していると、どうして思うんだい？」

「いい加減、わたしを馬鹿にするのは、やめていただける？　そろそろ、全面的にわたしを信用してくれてもいいんじゃない？　何から何まで話してほしいの、じらして小出しにするのはやめて」

彼女がこれほど鋭いとは。彼はようやくのことで無表情を保ちながら、口をひらいた。

「じきに話すよ、約束する。その前に、リンカン・ペンハロウについて教えてくれないか」

「准男爵の息子よ。二十五、六かしら。両親が手を焼いているそうよ。無責任な行動をとりつづけて、勘当されかけているとか。ファルマスでは、ギャンブル好きで、ちょっと風が吹くとぱたんと倒れる船みたいに——あなたがた紳士はそう表現するんでしょ？——誘惑に弱い男として知られているみたい」

「ああ、ヴィクトリア、ついにワルツだ。おいで。みんなをあっと言わせよう」

そして、観客は息を呑んだ。唯一の問題は、数人の客が、ヴィクトリアは義兄のダミアン・カーステアズ、すなわちドラゴ男爵と踊っていると勘違いしたことだった。

ラファエルがあまりにもダンスがじょうずだったので、ヴィクトリアは少し緊張した。とはいえ、彼女の脚はそれほどもつれなかったし、ワルツを踊ったあとは、もう夕食の時刻になった。

「ダンスがとてもじょうずね」彼の腕に手をすべりこませ、ヴィクトリアが言った。

「きみもだよ。腹が減った。腹ごしらえをしたら、ぼくのほかの欲求も満たしてくれるだろう?」そう言うと、ラファエルが好色そうに微笑み、わざとらしく美しい歯を見せたので、ヴィクトリアは笑わずにいられなくなった。

「少し、お行儀よくしてちょうだい」と、彼女はくすくす笑いながら言った。「その変な顔は、お願いだからやめて」

「なんて言ったの、ヴィクトリア?」

背後からエレインの声が聞こえた。鋭く、疑わしそうな声だ。ヴィクトリアが微笑みながら振り返ると、いとこは瞳に怒りをたぎらせており、首を片方に振った。「こっちにいらして、ダミアン」と、エレインが小声で叱るように言った。「わたしを夕食にエスコートしてくださる約束だったでしょう?」

ヴィクトリアは判断をあやまり、またくすくすと笑ってしまった。「彼はラファエルよ、エレイン」

エレインが呆気にとられ、ラファエルを見つめた。「でも……ミセス・メイディズがそうおっしゃったのよ……ああ、気にしないで、なんでもないの。あそこにダミアンがいるわ」

「こりゃ、問題だな」と、ラファエルが考えこんだように言った。

「ええ。でもね、わたしたちがここに戻ってきてから、ダミアンは何もしてこないわ」

「指一本触れていない？」

「ええ、わたしに何を感じていたにせよ、それはもうすっかり過去の話になったんじゃないかしら」

「きみがもう処女じゃないのは事実だ。兄は、処女だからこそ、きみに固執していたのかもしれない」

「以前ね、エレインがダミアンにこう言っていたの。お産が近くなったら、あなたはあたくしに関心をもたなくなるんでしょって」

「妊娠している妻に関心をもたなくなっても、兄がきみに手をださずに生き延びることを願うよ」

ヴィクトリアはしばらく間を置いてから、彼を見あげた。「もし、デモートン家がこちらの提示額に応じたら、できるだけ早く〈ドラゴ・ホール〉を発ちましょう。来週だっていいわ」

「ああ、だが……いや、そういうわけにはいかないんだよ、ヴィクトリア」

「ほら、白状した。さあ、これまでは我慢してあげたけれど、わたしだって堪忍袋の――」

そこまで言いかけたものの、ヴィクトリアがすばやく笑顔をつくった。「まあ、こんばんは、レディ・コラム。今夜はなんておきれいなんでしょう。コラム卿はお元気でいらっしゃいまして?」
ふたりの婦人が話しているあいだ、ラファエルは関心があるような笑みを顔に貼りつけて立っていた。そして、そうしながらも、その晩、話を聞いてきたさまざまな若者に注意を向けた。シーウィッチ号を賭けてもいい、やつらは全員、〈ヘルファイア・クラブ〉に関わっている。だが、どうしても解《げ》せないのは、あのような集団をつくるという思い切った行動をとるだけの頭を、だれももちあわせていないということだ。その首謀者——〈ザ・ラム〉——は、ジョニー・トレゴネットでも、リンカン・ペンハロウでもあるはずがない。ほかの放蕩者たちでもない。とはいえ、ブランデーをしこたま飲ませれば、ジョニーがまた何か情報を漏らすかもしれない。舞踏会が終わる前に、ジョニーをもう少し突っついてみようと、ラファエルは考えた
「お腹がぺこぺこ」と、ヴィクトリアが彼の袖を引っ張った。「わたしがまだ妊娠していないことに、ようやくレディ・コラムが納得してくださったの。それで、ほかのお客さまのゴシップの真相をたしかめるべく、ついにわたしを解放してくださったというわけ」
「ぼくだって努力してるんだよ、ヴィクトリア、きみを妊娠させる努力を。さて、そろそろ腰を下ろしてもらおうか。料理をもってこよう。そうすれば、努力が実るさ。紳士がウェイターになるのが、いちばんの近道だ」

「わかったわ。リンカン・ペンハロウとミス・ジョイス・カーニックとご一緒させていただかない？　あなた、リンカンとお知り合いになりたいんでしょう？」

「ああ、そうだ。紳士はウェイターで、飾りボタンで、奥方たちの冗談の種だからね」そう言うと、ラファエルは彼女の頬を軽く指ではじき、リンカンとジョイス・カーニックのほうに妻をエスコートしていった。すでに着席しているジョイスはお世辞にもきれいとは言えない娘だったが、山ほどの持参金でその埋め合わせをしていた。

ドラゴ男爵と美しい妊婦の妻は、しばらくテーブルにふたりきりになった。「わたし、馬鹿なことしちゃったの」と、お腹のあたりで手をひらひらさせながら、エレインが言った。

「ほう？」ダミアンが妻から視線を外し、マーザー卿夫妻に手を振った。「あのふたり、すぐに、こちらにくるぞ」と、ものうげに言った。「さすがのマーザー卿も、お腹の大きいきみの膝に手を置くのを控えるだけの礼儀はもちあわせているだろう」

エレインはなんの関心も示さず、その話題を無視し、話を戻した。「あたくしね、ラファエルのこと、あなただと勘違いしちゃったの。ヴィクトリアが笑い声をあげていて、ラファエルが彼女に触れていたから……思わず、その、かんかんに怒っちゃったの」

「もう、結婚して五年になるんだぞ。まだ、わたしと弟の見分けがつかないのか？」

エレインは彼のハンサムな顔を見た。弟ほど細身ではないかもしれないが、全裸にならないかぎり、見分けるのはむずかしい。瞳は明るい銀灰色で、鼻筋はまっすぐ通っており、頬骨は高い。そして艶のある黒髪――なにもかも同じなのだ。美しい唇を広げる微笑も同じだし、少し片側に寄る笑顔も同じように魅力的なのだから。とはいえ、ひとつだけ違いがある。慎みに欠けるほど大笑いすると、口元からは完ぺきに白い歯が見えるのだが、ダミアンには奥のほうに金歯が見える。

「見分けがつかないわ」と、彼女がようやく応じた。「だから不安なときは、しばらく話をしてみるの」そう言うと、彼女はしばらく彼を観察した。「でも、自分のことをラファエルだとあなたが思わせようとしたのなら、あなただってわかるまで、だいぶ時間がかかるかも」

「じゃあ、きみがそばにいるときには口を慎めと、ラファエルに言っておくよ。ああ、奥さま、お席にどうぞ」そう言うと、ダミアンが立ちあがり、レディ・マーザーの巨体を椅子に押しこめる手伝いをした。レディ・マーザーは、彼女には若すぎるデザインのドレスを着ており、これでもかと言わんばかりに胸を高くもちあげ、乳房が見えそうになっていた。おまけに、四回の妊娠のせいであちこちに深い皺ができており、青い静脈まで見てとることができた。それでも、ダミアンは笑みを絶やさなかった。

ラファエルは午前三時近くまで待ってから、ジョニー・トレゴネットをさりげなく部屋の隅に連れていった。「なんの用だ?」と、ジョニーがフクロウのような表情で彼を見た。「おまえはラファエルだ、そうだろ?」

「ダミアンだとは思わなかったよ、あいつはお高くとまっているからな。それに、ここでおれと話をしたがる理由もないし」

「ああ、そうだ」

「〈ヘルファイア・クラブ〉のことを教えてくれないか、ジョニー。ぼくも仲間にいれてもらいたい」

ジョニーはぎょっとした表情を浮かべた。ところがブランデーを七杯飲んだあとで、もうまともに頭が働かなかった。助けを求めて懸命に周囲を見まわしたが、だれもいなかった。

「その話、どこから聞いた？」

「おまえがメンバーだってことは聞いた。ヴィンセント・ランドウワーやリンカン・ペンハロウもそうだろう？　だからさ、どうすれば〈ザ・ラム〉と接触できるのか、教えてくれ。仲間になりたいんだよ、ジョニー」

「おれには、そんな……」そう言いかけたものの、悩んだような顔をしてから、ジョニーがふたたび口をひらいた。「〈ザ・ラム〉に話してみよう。あとは、やつの一存できまる。それでいいな？」

「〈ザ・ラム〉に伝えてくれ。メンバーとして、ぼくは信用の置ける男だ、と。この州の処女をひとり残らず、味わいたいんだよ。だがね、万が一、入会を断られるようなことがあれば、こっちはてのひらを返すぞ。わかったな、ジョニー？」

「さあな」と、ジョニー。

「ぶちのめすぞ、ジョニー……ああ、そうだよ、何が起こったのか、おまえにはわからないほど、すばやくぶちのめしてやる。いいな、〈ザ・ラム〉にぼくのことを伝えろ。正確に話を伝えるんだ。わかったな?」

「ああ」

ラファエルはうなずき、ふらふらと歩いていくジョニーの後ろ姿を見送った。

その晩、〈ドラゴ・ホール〉には、三組の夫婦が宿泊した。というのも、かれらの自宅は日帰りで戻るには遠すぎたからだ。舞踏会が終わったのは、夜明けも近い頃だった。エレインは満足し、ヴィクトリアに笑顔さえ見せたものの、くたくたに疲れきり、階段を上がるのもやっとだった。

リガーは、いつもの冷静沈着ぶりを発揮し、最後まで客の面倒を見て、無事に帰宅できるよう手配した。

ラファエルとヴィクトリアは、天蓋があるベッドに着衣のまま倒れこんだ。「ああ、大変な夜だったわね」

「シャンパンパンチを飲みすぎだぞ」と、ラファエルが言い、彼女の隣で肘をついて身を起こすと、音をたててキスをした。

「じきに夜が明けるわね」

彼の灰色の瞳が銀色に輝いた。「そうだね」そう言うと、ラファエルが彼女の片方の乳房をそっと手で包みこんだ。「そうだね」ふたたびそう言い、やわらかい肌をまさぐりながら、キスを始めた。そうしながらも、彼女の反応を正確に見きわめ、この世でもっとも偉大な男のような気分を味わった。彼は頭を上げ、ひと言も言わずに、彼女の身体をひっくり返し、うつ伏せにした。ヴィクトリアは振り返り、彼のほうを見たが、だまって首を横に振られた。彼女は、ドレスの留め具に彼の指がかかるのを感じた。

彼女はまた仰向けにされた。ゆっくりとドレスが下げられ、乳房があらわになる。「ああ、なんてきれいなんだ」と、彼が嘘偽りのない感想を述べた。そして身をかがめ、キスを始めた。彼の舌はやわらかく、肌に触れると熱い。

「きみにこうしたいと、今夜、ずっと思っていたんだ」今度は唇をあてていたところに指をあてた。「それに、きみが隠している醜さってのはなんだろうと、ずっと考えていたんだ。ぼくはね、きみが全裸になったところをまだ見ていないんだよ、ヴィクトリア。ぼくだけのために、全裸になってくれるかい?」

ラファエルは、彼女の瞳に恐怖の色が宿るのを見てとった。そして、彼女が身体をこわばらせ、身を引くのを感じた。「どこか、恥ずかしいところがあるんだね?」彼の声には意外そうな響きがあった。「そうなんだね、ヴィクトリア?」

「ええ」

「教えてほしい」

ヴィクトリアは彼のほうを見ずに、かぶりを振った。

「じゃあ、その醜さとやらを自分でさがしだすしかないな」彼はドレスをいっそう下げはじめた。ヴィクトリアは隙をつき、身体をよじると、彼からさっと身を離し、上半身を起こした。

「いや」彼女はベッドの端に移動し、立ちあがると、ドレスを胸のあたりまで引きあげ、彼を見つめた。「お願い、ラファエル、やめて」

彼は動かなかった。「こんなこと、馬鹿げている、ヴィクトリア。きみはぼくの妻だ。これから五十年間、ぼくから隠れつづけるつもりか？」

彼女はなす術もなく、彼を見た。

「ぼくはそれほど残酷な男じゃないし、妻に暴力をふるう男でもない」と、ラファエルは冷たい声で言った。そしてベッドから起きあがり、彼女のことなど完全に無視して、夜会服を脱ぎはじめた。

きっと、気持ちの準備ができたら、彼女は教えてくれるだろう。だから、彼女に懇願するような真似はしまい。ましてや、無理強いするつもりもない。そう思いはしたものの、ラファエルの怒りはおさまらなかった。それなら、こっちだって、好きなときに、好きなだけ、腹を立ててやる。

まったく、その醜さとやらは、いったいなんなんだ？　眠りに落ちるまで、その疑問がしつこく頭に浮かんだ。やがてラファエルは眠りに落ち、ヴィクトリアの不規則な寝息が静かな寝室に響きわたった。

翌朝、宿泊客たちは遅くまで眠っていたが、ヴィクトリアは早朝に目覚めた。そしてブラックばあやからダマリスを預かり、厩舎に連れていった。自分のことをあれこれ批判しない仲間と一緒に乗馬を楽しみたかったのだ。フラッシュがトディに鞍をつけながら頭を振り、「まいりましたよ、金持ち連中が山ほどいたじゃありませんか」と、嘆かわしそうな声で言った。フラッシュがそんな声をだすのを聞くのは、ヴィクトリアにとって初めてのことだった。「一晩中、指がむずむずしましたよ。だから、ずっと船長に愚痴をこぼしてたんです。我慢するのも一苦労ですよ、とね」

ヴィクトリアはせいいっぱい同情の意を表明し、自分のポケットから何かくすねてもかまわないとまで言った。フラッシュは彼女の申し出に深謝し、考えさせてもらいますと応じた。そこでヴィクトリアは、しばらくのあいだは盗み甲斐のある物をポケットにいれておくことを約束した。こうして、ふたりは友好的に別れた。

ヴィクトリアとダマリスは、フレッチャー池まで馬に乗っていった。ヴィクトリアは馬から降りると、鳴き声をあげる鴨にダマリスが餌をやるようすを眺めた。クラレンスというそのよく肥えた老いぼれの鴨は――強情っぱりで鼻持ちならないところから、ヴィクトリアはその鴨が牡だと決めつけていた――少女の脚をくちばしでつつき、分け前のパンをもっとくれと要求した。

ダマリスが嬉しそうに甲高い声をあげた。

ヴィクトリアは微笑み、仰向けに寝そべると、甘い草原の香りを嗅いだ。インディアンサマー（晩秋から初冬に、通常より暖かく穏やかな日和の続く現象）もじきに終わり、冬がコーンウォールを覆いつくす。そして、来週はハロウィンだ。来週になれば、ラファエルと一緒に〈ドラゴ・ホール〉を出発できるだろう。そう考えると胸が躍ったものの、彼女はふいに顔をしかめた。真実をいつまでも隠していると、ラファエルは激怒した。あの件をどうにかしなければ。もうほかに選択肢はないのだろう、これ以上……。

ヴィクトリアは、はっと目を覚ました。自分がいまどこにいるのか、すぐにはわからなかった。彼女は頭を振ると同時に、声をあげた。「ダミー！　ダミー！」

彼女はあわてて立ちあがった。「ああ、どうしよう、ダマリス！」

どのくらい、眠っていたのだろう？　ほんの一瞬……それとも一時間？　恐怖の波に襲われ、必死で深呼吸をした。そしてフレッチャー池のほうを見た。さざなみは立っていない。大丈夫、ダマリスが池に落ちたのなら音が聞こえたはず。それに、三歳の子どもにさえ、この池は浅いはず。

彼女は何度かダマリスの名前を呼びつづけたが、返事はない。震える手でトディの手綱のつなぎを解き、牝馬の背に自分で乗った。落ち着いて、ヴィクトリア、お願いだから落ち着くのよ。ダマリスがそれほど遠くまで行っているはずがない。

フレッチャー池に落ちていたらどうしよう?

頭に繰り返し浮かぶ疑問に、ヴィクトリアはかぶりを振った。いいえ、そんなことがあるはずがない。彼女はトディを前進させ、フレッチャー池のまわりをさがしはじめた。カエデやブナの木はまだ夏と同じように茂っていたが、葉だけが鮮やかに色づきはじめている。彼女は間を置いては、ダマリスの名を呼びつづけた。

突然、彼女はトディをとめた。右手の林の奥に所有地の境界線がある。そこに、柵が見えた。そして、その柵のすぐ向こう側に、サー・ジェイムズ・ホリーウェルが所有する、品評会で入選した牡牛がいた。

ダマリスが、その気性の荒い不愛想な牡牛にうっとりと見入っている。ヴィクトリアはこれまで、ダマリスに何度も言い聞かせてきた。ぜったいに、何があろうと、柵に近づいては駄目よ、と。

彼女はトディの脇腹を出し抜けに蹴った。トディがあわてて前進した。三分後、ヴィクトリアは柵のそばに馬をとめた。

彼女は牡牛を見た。そしてダマリスを見た。

喉のあたりで悲鳴が凍りついた。ダマリスはまったく怖がるそぶりを見せず、ゆっくりと牡牛のほうに歩いていき、小さな手を差しだした。てのひらにはパンのかけらが載っている。

「ダマリス」絶望的な恐怖が声にでないよう必死で努力しながら、ヴィクトリアは大声をあげた。「ダマリス、こっちにいらっしゃい」

「牡牛さんを撫でてあげたいの、トリー」と、ダマリスが応じたものの、歩みをとめる気配はない。「餌をあげるのよ、クラレンスにあげたときみたいに」

ヴィクトリアはトディの背から飛びおりると、胸のうちで誓った。ダマリスを安全に確保したら、思いっきりお尻を引っぱたいてやる。彼女は這うようにして柵を登ると、向こう側の硬い地面に勢いよく着地した。「ダマリス」と、おだてるような声で言った。「こっちにきて、手を貸してくれない？　その牡牛さんは頭が悪いから、子どもが好きじゃないし、パンも好きじゃないのよ」

「そんなことないもん」と、ダマリスが応じた。「クラレンスみたいに、あたしのこと、好きになってくれるもん」

そのとき、牡牛がダマリスを見た。牡牛は大きく鼻を鳴らし、巨大なひづめで岩だらけの地面を打った。戦闘の準備ができている。

ヴィクトリアは牡牛に向かって走りはじめた。そして、牡牛の注意をダマリスからこちらに向けようと、あらんかぎりの力を振りしぼって金切り声をあげた。そして走りながらペチコートを引き裂き、それを勢いよく振りあげ、頭がおかしくなったようにわめいた。

突然、地面から突きでた、先のとがった岩につまずき、ヴィクトリアは膝から転んだ。左腿に激痛が走る。だが痛みにかまわず、彼女はすぐに立ちあがり、牡牛に向かってペチコートのきれはしを振りあげた。

ついに、牡牛がこちらを向いた。

「走って、ダマリス！　走るのよ、聞こえた？　牡牛はクラレンスとは違う。あなたのことが嫌いなの。走って！」

ダマリスはようやくヴィクトリアのほうに少し注意を向けたものの、きめかねているように、その場に立ち尽くしている。

そのとき、フレッチャー池の境界線沿いのブナの木立から、馬に乗ったラファエルがあらわれた。彼はヴィクトリアの悲鳴を聞き、牡牛を見て、次にダマリスを見た。血の気が引いた。彼はガドフライの進行方向を変えさせると、足を踏ん張り、鋭角に曲がらせた。ガドフライは優雅に柵を飛び越え、向こう側に着地した。牡牛との距離はあまりない。

「ヴィクトリア」と、ラファエルが叫んだ。「走れ。ダマリスをつかまえて、あの柵を飛び越えろ」

無理よ、とヴィクトリアは叫びたかった。だが、恐怖心が痛みに打ち勝った。彼女は走りはじめた。脚が不自由な鴨のように、脚をひきずり、やっとのことで動かす。目に涙がにじみ、しょっぱい液体が頬を伝う。彼女はダマリスをつかまえるまで速度を落とさずに走りつづけた。そしてダマリスを脇に挟むようにして、ふたたび柵のほうに走りはじめた。柵にたどりつき、必死でダマリスを柵のあいだから向こうに押しこんだとたん、膝からくずおれた。痛みが全身を突きぬける。柵のあいだをすり抜けるには、ヴィクトリアの身体は大きすぎた。そのうえ、もう柵をよじ登る余力はない。ヴィクトリアは無力に座りこんだまま、ラファエルがサー・ジェイムズの牡牛の気を引こうとするようすを眺めた。

ついに、牡牛がラファエルと馬からあとずさりをしたかと思うと、背を向け、尻尾を振りながら、巨大なニレの木のほうにゆっくりと歩いていった。

ラファエルがガドフライの向きを変え、柵のほうに近づいた。そして牡馬に好きな速さで柵を飛び越えさせ、着地すると馬をとめ、馬から降りた。彼はダマリスの横に膝をついた。全身に注意深く視線を這わせてから、その細い肩をつかんだ。「ここで待っていなさい。少しでも動こうものなら、トゥルーロまでずっとお尻を叩くぞ。まったく、なんて馬鹿なことをしてくれたんだ。動くな。わかったか、ダマリス?」

ふたつの大きな涙の粒が、少女の頬を伝った。

「わかったか?」

「は、はい、おじちゃま」

「動くな」

ラファエルは柵をよじ登り、ヴィクトリアの横に飛びおりた。

「大丈夫？」彼の声はおそろしいほどに落ち着いていた。

「ええ」

だが、大丈夫ではなかった。ラファエルは、彼女の頰に涙を、その瞳に痛みを見てとった。

「どこを痛めたの、ヴィクトリア？」

「とくに、新しいところはどこも」そう言うと、ヴィクトリアが彼にもたれかかった。ラファエルは彼女を抱きかかえた。そして、何も言わずにそのまま抱いていたが、ついに彼女が脚をさすっていることに気づいた。彼は顔をしかめた。

「新しいところはどこも、か」と、彼は繰り返し、彼女の背をゆっくりと柵の支柱にもたせかけた。「動くな」そう言うと、ラファエルは彼女の手を払いのけ、乗馬用スカートを引っ張りあげた。

「やめて、お願い、ラファエル――」

「うるさい、だまってろ」

もう、観念するしかない。脚がむきだしになったときに彼の瞳に浮かぶであろう苦悩と非難と嫌悪の情を想像し、彼女は目を閉じた。

下着が引き裂かれる音が聞こえた。そして、彼が息を吞む音。

「ああ、なんてことだ」

20

変えられないものには耐えるしかない。
——トーマス・フラー

彼の言葉ににじむ苦悩が、腿の痛みより深く彼女の胸をえぐった。彼のショック、不信、そして沈黙。ヴィクトリアは言葉を発しなかった。言葉を失っていたのだ。彼女はラファエルから顔をそむけ、きつく目を閉じた。次に何をするのか、それをきめるのは彼だ。こちらが何か言ったところで、事態を変えることはできない。彼女は待った。

ラファエルは彼女が肩をこわばらせ、身を縮ませているようすを見た。そして、小刻みに震える肩と彼女の沈黙に、その痛みを見てとった。ゆっくりと、彼はヴィクトリアの横に腰を下ろした。声をあげずにすすり泣いていた彼女は身をかわそうとしたが、そのまま抱き寄せられ、彼の胸に顔を埋めた。ラファエルは片方の腕で彼女を抱いたまま、もういっぽうの手で彼女の腿をすっかりあらわにした。やめてと懇願するように彼女が手を上げたあと、膝の上に力なくその手を置いた。ラファエルは、痙攣し、こぶのように盛りあがっている彼女の腿の筋肉を、そろそろと揉みほぐしはじめた。

彼女が息を呑む音が聞こえたが、ラファエルはやめなかった。一定のリズムを保ち、抵抗する筋肉を強い指で深く揉みほぐしていく。その途中でいちど振り返り、ダマリスがさきほどの場所にまだ立っているかどうか確認した。ありがたいことに、少女はその場からまったく動いていない。

しばらくすると、ヴィクトリアの身体からようやく力が抜け、痛みがやわらいできたことが伝わってきた。彼は手をとめ、彼女の青白い肌にぎざぎざと残る赤い傷痕を観察した。筋肉はもう盛りあがっておらず、傷痕の下で波打ってもいない。

彼は指の力を弱め、いっそうゆっくりと、ふたたび腿をさすりはじめた。「少し、よくなった？」

永遠と思われるほど続いた沈黙のなか、ふいに聞こえた彼の声に、ヴィクトリアはびくりとした。彼女はようやく、彼の胸に顔を埋めたままうなずいた。身を引き裂かれるような激痛はおさまり、激しい痙攣も肌に小さなさざなみを立てる程度になっている。痛みが軽くなると、自分がまともにものを考えられなかったことを痛感した。というより、何か言おうものなら、彼になんと言い返されるかわからず、怖くてたまらなかったことを。

「ぼくが支えれば、なんとかガドフライに乗れそう？」

「ええ」これはわたしの声？　糸のようにかぼそく、弱々しい。

そう考えたヴィクトリアは、彼から身を離そうとしながら、声に力をこめて言いなおした。

「ええ、もちろん」

ラファエルは、引き裂かれた下着類をできるだけ整えてから、乗馬用スカートの裾を下ろした。そして片腕で彼女を抱きかかえると、できるだけ身体全体を支えながら、そろそろと立ちあがった。そして彼女の青白い顔と伏せたままの目をしげしげと観察したあと、口をひらいた。「こんどは、あの柵を乗り越えよう。きみを柵の上まで押しあげたら、ぼくが先に柵の向こう側に下り、きみを抱きかかえて地面に下ろす。できるね、ヴィクトリア？　大丈夫？」

「ええ、できるわ」

「ええ」彼女はふたたびそう言うと、目の前の岩だらけの地面に目をやった。「ええ、できるわ」

彼はヴィクトリアを柵の上までもちあげると、次に自分で柵を乗り越え、両腕を彼女に差しだした。彼女の顔はまだ蒼白で、唇もきつく結ばれている。きっと脚の痛みがぶり返しているのだろう。だが、なんとしても彼女を館まで連れ帰らねばならない。

「ヴィクトリア」と、ラファエルは言った。「あと一歩だ、それですむ」

決意したように、彼女の瞳がふいに黒ずんだ。「ええ」彼女が言った「あと一歩だけ」

彼はもう何も言わなかった。彼女が身を起こし、両脇で彼の腕を挟むと、柵から身を乗りだし、彼の胸のなかに勢いよく身を預けた。彼はヴィクトリアの全体重を受けとめ、地面に下ろした。そのままきつく抱きしめていると、ゆっくりとした一定の胸の鼓動が聞こえてきた。「よくやった。トディはここに置いていくしかない。さあ、ガドフライにまたがらせてあげよう。それとも、横乗りのほうが、脚が楽かい？」

「いいえ」

ラファエルは、ガドフライの背に彼女を乗せると、ダマリスのところに歩いていった。「おいで、ダマリス」さきほど叱られたダマリスは、すっかりおとなしくなっていた。ラファエルは叱責の効果が薄れない程度に、少女をなだめることにした。「ダミー、これからきみをヴィクトリアの前に乗せる。静かにして、じっと座っているんだよ。ヴィクトリアのことを気づかってあげてほしいんだ。わかるね？」

「ええ、おじちゃま。トリー、どこか痛いの？」

「なんでもないよ、ダマリス、なんでもない。ほんとうだ」

ひと言も口をきかないヴィクトリアの前にダマリスを乗せると、ラファエルはふたりのうしろにまたがった。背中が重くなったガドフライは不満の意を表明し、横のほうに少し跳ねながら鼻を鳴らした。ラファエルがガドフライを叱り、ヴィクトリアをしっかりと抱きしめると、ようやくガドフライが落ち着いた。

「トディのことは心配いらない。あとでフラッシュに迎えにこさせる」

ヴィクトリアは何も言わなかった。ダマリスを抱きかかえることに集中していたのだ。無事にこの娘を家まで連れて戻らなければ。だが太腿がずきずきと痛み、筋肉が大きく波打ち、こぶとなって盛りあがった。泣くわけにはいかない。ぜったいに泣くもんですか。

十分後、ラファエルはガドフライを〈ドラゴ・ホール〉の正面玄関の前にとめた。最後の客人が三十分ほど前に出発したあとだったので、かれらの世話にあたる者の姿は見あたらなかった。それが、彼には好都合だった。ラファエルは細心の注意を払って馬から降り、ヴィクトリアからダマリスを受けとった。

さて、ダマリスをどうしたものだろう？

リガーのやつ、どこにいる？　そう思ったとき、〈ドラゴ・ホール〉の巨大なオークの扉があき、リガーが姿を見せた。強風のせいで、豊かな白髪が額から逆立っている。

「ラファエルの若旦那さま？　何か問題でも？」

「ああ」と、ラファエルが声を張りあげた、「ダマリスをブラックばあやのところに連れていってくれ」リガーがうなずいたので、ラファエルは少女の頬にキスをし、やさしく言った。

「もう大丈夫だよ、ダマリス。ヴィクトリアと一緒に、あとできみに会いにいく。いいね？」

「わかったわ、おじちゃま」

彼はにっこりと笑い、ダマリスをリガーに手渡した。

「さあ、こんどはきみの番だ、奥さま」

ヴィクトリアはよろこんで両腕を伸ばし、彼の首に抱きついた。すると、彼がガドフライの背から抱きあげ、両腕で抱きかかえてくれた。

「同じことをきみにも言おう……もう大丈夫だよ、ヴィクトリア」

たしかに、もう大丈夫だわ。万事、まったく問題なし。ヴィクトリアはそうむなしく考えた。そしてほんのつかの間、夫の腕に安心して身をゆだねることにした。彼は強い人ね、とぼんやり考えた。それなのにわたしときたら、脚が痛くてどうにかなりそう。

ラファエルは、角を曲がってきたメイドの姿に目をとめた。モリーだ。どういうわけか、頭の上のモッブキャップがひどく傾いており、頭がいかれてしまったような印象を与えている。彼はてきぱきとした口調で言った。「熱いタオルをもってきてくれ、モリー。十五分たったら、またもう一枚、頼む」

その命令に、娘は目をぱちくりさせたものの、うなずいた。

「脚に熱いタオルをあてたことはある？」と、ラファエルが階段を上がりながら尋ねた。

「いいえ、でも、お風呂にはいると、少し具合がよくなったことはあるわ」

「そうか、じゃあ、やってみよう。痛くはならないだろう。うちの船医のブリックが、ある男のひどく痛めた脚をあたためていたことがあってね。効果があったんだ」

ヴィクトリアにとっては残念なことに、二階の廊下でふたりはエレインとすれ違った。エレインはふいに足をとめ、せいいっぱいの非難をこめた視線でふたりをにらみつけた。

「いったいどうしたっていうの、ヴィクトリア？　なぜラファエルは、そんなふうにしてあなたを抱きかかえているの？」そこまで言うと、その非難がましい視線を少しやわらげ、エレインがつけくわえた。「脚が痛くなったのね？　そうなるだろうと思ってたのよ。昨夜はずいぶん激しく踊っていたものねえ。あたくし、ダミアンにも言ったのよ、あなたが殿方全員と踊ってたって。あんなに踊れば、そりゃ――」

「あとでまた、エレイン」ラファエルが穏やかにそう言うと、エレインの話をさえぎり、ふたりの寝室のドアをあけた。そして室内にはいると、足でドアを閉め、そのままヴィクトリアを巨大なベッドに運んでいき、仰向けにそっと寝かせた。

「熱いタオルがすぐに届くはずだ。その前に、服を脱ぐのを手伝わせてくれ」

ヴィクトリアは何も言わなかった。やさしいのね、と胸のうちで感謝したとたん、ラファエルに乗馬用ブーツを脱がされ、脚に激しい痙攣が起こった。彼女は思わずうめき声をあげ、脚を抱えこみ、横に転がった。ラファエルはどうすればいいのかわからず、しばらくそのようすを見守った。とにかく、この皺くちゃになった服を脱がせなければ。それが先決だ。そのあとに熱いタオル、それから少量のアヘンチンキだ。

「大丈夫、あと少しでおさまる。痛みが軽くなるよ。ヴィクトリア、間違いない」

ぼくの言葉を信じたようなふりをしているな。彼女のドレスをできるだけ手際よく脱がせながら、ラファエルはそう考えた。ようやくヴィクトリアをシュミーズ姿にすると、毛布をかけてやった。と、そのとき、ドアにノックの音がした。

それはモリーだった。いまやモップキャップはいっそう危なっかしい角度にずれている。

モリーは何枚かのタオルでくるんだ熱いタオルを一枚もってきていた。ラファエルは、どうやって用意したのかと尋ねこそしなかったものの、モリーの努力をありがたく思った。彼は礼を言い、もう一枚用意しに戻らせた。

彼はベッドのほうに戻り、ヴィクトリアをしばらく見つめた。彼女は目を閉じたまま、腿を揉んでいる。

「これを試して」そう言うと、ラファエルは彼女の隣に腰を下ろし、できるだけやさしく熱いタオルを腿に巻いた。「毛布をかけて、熱を逃さないようにしよう」

彼女は息を呑み、その熱さにびくりとした。

ラファエルは彼女の隣に身を横たえ、右腕を彼女の肩の下に差しこみ、以前と同じように、熱いタオル越しに筋肉を揉みはじめた。「焼けるように痛いだろうが、我慢してくれ。じきにおさまる。じきに、気分がよくなるはずだ」われながら同じことばかり繰り返していると、彼はいまいましく思った。

ヴィクトリアが心からありがたく思ったことに、腿に三枚目のタオルを巻かれた頃には、うずきしか感じなくなっていた。ついに痛みが消えたのだ。

「もう大丈夫」と、彼女は驚いたように言った。

「よく頑張ったね。しばらく、このタオルを巻いておこう」そう言うと、彼は身を起こし、ベッドの横に立ち、彼女を見おろした。「アヘンチンキが欲しい?」

「いいえ、あれを使うのは好きじゃないの。使うのは、わたしがおそろしく馬鹿なときか、よっぽどひどい怪我をしたときだけよ」

彼がまた口をつぐみ、ヴィクトリアは目を閉じた。彼はとても立派にふるまっている。顔には、嫌悪の情や反感をいっさい浮かべていないのだから。

彼がふいに口をひらき、とげとげしい声をだしたので、彼女はびくりとした。「どうして言わなかった？　ぼく以外の人間は、みんな、きみの問題を知っていたようじゃないか。おかしいだろう、ぼくはきみの夫なのに」

その言葉は、彼女の胸に突き刺さった。

「なぜだ、ヴィクトリア？　これが例の醜さとやらなんだろう？　それに、きみの告白でもあるんだろう？　なんだって、ぼくに言わなかった？」

怒ってる、と彼女は思った。すごく怒ってる。彼女は目をあけると、枕に載せたまま頭を横に向け、彼のほうを見た。いいえ、と彼女は考えなおした。怒ってるなんてものじゃない、かんかんだ。見ればわかる。冷静沈着に激怒して、身体の脇で両のこぶしを握りしめている。

「ええ」と、彼女はのろのろと応じた、「これがわたしの醜さ。おそろしく不快な傷だってことは否定できないでしょ。それに、ええ、これがわたしの告白」

「なんで言わなかった？　結婚式の夜に。さもなければ、結婚する前に」

「結婚式の夜に言いたかったの。でも、いざ告白しようとしたら、わたしの告白は、あなたのお兄さんに処女を奪われた話に違いないって、あなたが勘違いした。そんなあなたに、真実を伝える義理はないと思ったの」

彼は何も言わなかった。しばらくすると、深く考えこんだようすで口をひらいた。「この一時間で、これまでずっとふしぎに思っていた疑問にようやく答えが得られたよ。あの密輸業者どもからきみを救った夜のことだってそうだ。あきらかに脚を痛めたようだったが、きみはぼくから走って逃げだしたが、つまずいて倒れた。そういえば、ほかにも似たようなことが何度かあった。きみは頑としてそれを認めようとはしなかった。きみは、その、自分が完全無欠ではないのをぼくに知られるのをおそれた」

彼女がたじろいだ。

「そこで、きみはぼくを沈黙で罰することにした。ほんとうに、ぼくに言うつもりがあったのか？　ぼくが妻の全裸を見ることは、許されなかったのか？」

「言うつもりだったのよ」と、彼女はぼんやりと言った。

彼がなにやら粗野な台詞を口にした。

「ほんとうよ」彼の言葉に、ついにヴィクトリアが怒りを爆発させた。彼女は肘をつき、身を起こした。「なんなの、ラファエル。あなたに告白したいことがあると言ったとき、よくもまあ、わたしがダミアンと親密だったと思いこんでくれたわね？　それほどひどい仕打ちをされたんですもの、あなたに真実を伝えなくちゃならない義理はないわ。あなたにそんな価値はない。冗談じゃないわ、まったく」

するとと、彼が落ち着き払った声で応じた。「この前、ふたりで愛しあったとき、たしかきみは、左側を下にして寝ていた。きみはぼくにすごく反応した、いや、反応なんてものじゃない、きみはぼくに貪欲だった。それでも、きみは安全だった。そうなんだろう、ヴィクトリア？　ぼくはきみに、仰向けになってくれとか、うつぶせになってくれとか、いちども要求しなかった。きみの全身に触れたい、身体じゅうにキスしたいとは言わなかった」

「怖かったの」と、ヴィクトリアは言った。「わたしの傷を見たら、あなたが不快に思うんじゃないかと、怖かったの」

「不快に思うにきまってるだろ」

痛みのあまり、彼女は息を呑んだ。それは脚の痛みではなく、心の奥底の痛みだった。

「でていって」もう、これ以上、耐えられない。「とにかく、でていって」

「ああ」と、彼がおもむろに言った。「でていこう。だがその前に、始めたことを終わらせなければ」そう言うと、ラファエルは彼女の隣に腰を下ろし、毛布とタオルをはがした。そして、熱いタオルのせいで紅潮している腿に目をやり、ジグザグとした長い傷痕にそっと指を這わせた。「筋肉の痙攣はおさまったようだね」

彼女は何も言わなかった。

彼はただうなずき、彼女にまた毛布をかけると、立ちあがり、遠くを見るような表情でしばらく彼女を見おろした。「もう休みなさい」そう言うと、ラファエルは背を向け、寝室からでていった。

彼女は閉じたドアをじっと見つめた。そして長年の習慣から、左脚を揉みはじめた。眠らなかったし、眠るつもりもなかった。数分もすると、彼女は立ちあがり、ベッドの脇に勢いよく両脚を垂らした。もう、腿に痛みはない。試しに立ちあがってみた。痛くない。ようやく終わったのだ、今回は。

十数分後、彼女はまたドレスを身につけていた。トディはまだ厩舎に戻っていないだろう。それでもかまわない。フレッチャー池まで、歩いていけばいいのだから。

カエデの木の幹にもたれると、すぐに眠くなった。クラレンスが不満そうにガーガーと鳴く声がうるさい。パンをもってくることまで頭がまわらなかったわたしは、いま懲らしめを受けているんだわ。そう思っていると、クラレンスの家族たちも一緒になってやかましく鳴きはじめ、ヴィクトリアは口元に笑みを浮かべながら、まどろみはじめた。

ふいに目が覚めた。頭ははっきりしている。彼女は少し身震いをした。陽射しがさえぎられていたのだ。目をひらく直前、すぐそこに立ち、陽射しをさえぎっているのがラファエルであるのを察した。目をあけた。彼が両手を腰にあて、足をひらいて立っている。バックスキンの半ズボンが似合ってるわ。彼女はそう思いながら、彼の全身に視線を這わせた。彼はたくましく、筋肉質で細身だ。ヴィクトリアはこれまでどんなに彼に腹を立てていても、彼の男性特有の美しさを意識していた。足元のヘシアンブーツが髪と同様に黒くきらめき、陽射しが頭上に光輪をつくり、瞳は鮮やかな灰色だ。

彼が低い声で言った。「このやかましい鳴き声のなかで、よく眠れるものだ」

「クラレンスには慣れてるもの。パンを忘れてきたから、わたしに怒ってるのよ」

「クラレンス？」

「クラレンス公（一八三〇～三七年のイギリス国王）にちなんで、そう呼んでいるの。大声でわめきたてるところなんか、そっくりでしょ」

ラファエルがにやりと笑った。「太っていて、よたよたと歩くところもかい？　われらが国王さまはお気に召さないだろうね」

「たっぷりとパンさえあげていれば、愛想はいいわ」

「なるほど」と、ラファエルが言った。そして、しばらく沈黙が続いた。クラレンスが池の土手のほうによたよたと歩いて戻り、音をたてずに水中にすべりこんでいった。ラファエルがとうとう口をひらいた。「話を聞きたい」

ヴィクトリアは、ただ彼を見あげた。

「いつ、何があったのか、話してくれ」

ラファエルが彼女の横に腰を下ろし、カエデの木の幹に背中を預けた。そして、それ以上何も言わず、ただクラレンスとその家族のほうを見やった。

「じきに八歳という頃だった。わたし、馬に乗っていたの。いつだって乗馬をしていたわ、得意だったのよ。馬丁はいなかった。わたしときたら、まだ八歳なのに、すっかりおとなと同じ気分になっていたの。それに、あの日は不運だった。乗っていたポニーが蜂に刺されて、大暴れして、わたしを柵に放りだしたの。そしてまた不運なことに、柵から釘が一本、突きだしていて、わたしの脚を切り裂いた」あの激痛を思いだし、彼女はしばらく言葉をとめた。当時のショックがまざまざとよみがえる。顔から血の気が引き、彼女はめまいを覚えた。

「それで？」

「わたし、アバーマール屋敷まで、ひとりでポニーに乗って帰ったの。ようやく帰宅するやいなや、両親が亡くなったと告げられた」彼女の声が穏やかで超然としていることを、ラファエルはいぶかしく思った。「何をすればいいのか、わからなかった。だから、何もしなかった。翌朝、使用人が、わたしのドレスについた血の染みに気づき、手当をしてくれたけれど、手遅れだった。それでも、おかげで脚を切断せずにすんだわ」その言葉に、ラファエルはひるんだが、何も言わなかった。ヴィクトリアはさきほどと同様に穏やかな超然とした口調で続けた。「すぐに、わたしはモンゴメリー叔父一家のところに送られた。エレインは一家の末娘で、自宅で暮らしている唯一の子どもだった。わたしより五歳上。でもエレインのお父さまは、わたしの後見人ではなかった。どういう理由で後見人にならなかったのか、理由はわからないけれど。とにかく、わたしの脚はようやく治ったものの、動きすぎたり、馬鹿なことをしたりすると、すぐに痙攣が起こり、こぶが盛りあがってしまうの」

「まるで取るに足らないことのように言うんだな」と、ラファエルが言った。彼は頭のなかで、幼い少女が激痛に耐えながらポニーに乗り、自宅に戻ってきたようすを思い浮かべた。だが自宅には、少女の魂を突き刺すような痛みが待っていた。冗談じゃない、取るに足らないことであるものか。彼女は、当時の傷の痛みについては説明したが、それ以上、ぼくを悲しませないよう配慮してくれたのだ。そう考えると、彼は大きく息を吐いた。「ご両親はどうして亡くなったの？」

「馬車の事故で。車輪がひとつ外れたせいで、馬車、御者、馬たちもろとも、崖から落ちた」

「うちの両親はフランス軍に殺された。この話は、もう知ってるよね」

「ええ、セビリアに暮らすお母さまのご両親を訪ねるため、スペインに向かう船の上で亡くなったそうね」彼女はそこで言葉をとめたが、彼のほうに顔を向けはしなかった。「わたし、あなたがただの船長じゃないってこと、わかってるのよ、ラファエル。あなたは政府のために、ナポレオンを倒すために働いている。そしておそらくは、ご両親の復讐をするために」

ラファエルは、ついに認めた。「最初は、それが動機だった――復讐、そのとおりだ。だが、歳月を経るにつれ、なんらかのかたちで貢献したいと思うようになった。ぼくの働きにより、イギリス人の命を救っていることに、ときには戦闘やひとつの町の命運を変えることもあるのに気づいたんだよ。するとしだいに、復讐したいという動機は弱まっていった。フランシス・ベーコンがこう言っていたはずだ。復讐とは、野蛮な正義の範疇《はんちゅう》にはいる、とね。だからぼくは、ついに復讐心を捨てることにした。そしてようやく認めることができたんだよ、自分が危険を愛し、敵との知恵比べや挑戦を楽しんでいるのを。だがね、きみに話を戻すが、ヴィクトリア、結婚初夜にあれほどぼくが馬鹿な真似をしなければ、きみは脚のことを、ほんとうに打ち明けるつもりだったのか?」

「ええ、もちろん。打ち明けるつもりだった。そりゃ、怖かったわ。あなたが傷痕を見たら、わたしを欲しがらなくなるんじゃないかと不安だった。だから結婚前には、とてもじゃないけれど、打ち明けられなかった。打ち明けるべきだと、わかっていたのよ。でも、あの頃のわたしは、とことん臆病だった。打ち明けたりしたら破談にされると、そう思いこんでいたの」

「馬鹿だなあ。そんなに悩むほどのことじゃないのに。だいいち、きみにはその美貌がある。自分の顔を、ちゃんと鏡で見たことがないのかい?」

「あるわ。でも、顔なんてどうだっていいでしょ。たしかに容姿に恵まれている人もいれば、そうじゃない人もいる。でも、ほんとうに大切なのは——その人の性格、品行、人との接し方だもの。あなたが少しずつわたしを好きになってくれたのはわかったけれど、傷痕が気にならないほどではないと思ったの」

「ぼくはきみが好きだったし、その気持ちに変わりはない」

「いまも？　ほんとうに？　傷痕を見たあとでも？」

ラファエルが彼女をまっすぐに見た。「こっちを向いて、ヴィクトリア。さあ」

彼女は動かなかった。

「ほら、スイートハート、ぼくを見て」

彼女は従った。

「ぼくはそんな間抜けだと思う？　それほど薄っぺらな人間だと？」

「あなたは薄っぺらな人間なんかじゃないわ。ただ、わからなかっただけ。だって、わたし、あまり男の人に囲まれて育ってこなかったでしょう。ダミアンがわたしの脚の醜い傷痕を見たとしたら、嫌悪感を隠そうともしないでしょうね。それになにより、あなたは完ぺきなんですもの。なのに、わたしは違う。わたしが多少、容姿に恵まれているとしても、あなたの美しさにはかなわない。完ぺきな男と不完全な女が一緒になるなんて、滑稽よ」

無表情のまま、ラファエルは長いあいだ彼女を見つめたあと、うるさいハエを無頓着に振り払った。「滑稽か——そのとおりかもしれない。だって、きみはぼくをだましていたんだから。詐欺罪だよ、ヴィクトリア。事務弁護士ならそう言うだろう。きみは結婚する三日前にぼくに脚を見せるべきだった。そして、婚約を破棄する機会をぼくに与えるべきだった。

だが、きみはそうしなかった。きみは、ぼくをだましていることを明確に自覚しつつ、結婚した。おかげで、ぼくはきみにしっかりと縛りつけられてしまった」

彼女は何も言わなかった。涙が一粒、頰を伝った。

ラファエルは長いあいだ待ってから、低い声で言った。「きみはとことん馬鹿だ、ヴィクトリア。いや、ぼくは薄っぺらな人間にはなりたくない。遅ればせながら、これからふたりで一緒にシーウィッチ号まで長旅をしよう。船医のブリックに会ってもらいたい。腿をブリックに診てもらってもいいかい？」

ぜひ、診てもらいたかったが、彼女はこう応じた。「その先生がどんな治療をなさるっていうの？　何ができるの？」

「わからない、見当もつかないよ。だがブリックは、ぞっとするような場所に生えている妙な名前の植物を治療に使っていた。きみは、やつのことが好きになるよ。だがね、これだけは言わせてくれ、ヴィクトリア。きみの脚の傷痕の見映えをよくしたいという理由で、ブリックに会わせたいわけじゃない。脚がこわばったときの痛みをやわらげる薬を処方してほしいと思っているだけだ。きみの脚の見てくれなど、どうでもいい。激痛をやわらげてあげたいだけだ。善は急げだ。あす、ファルマスに発たないか？　船の修理状況も確認したいし、船員たちは、ぼくの美しい、頑固で、気の強い妻と会えれば大喜びさ」

彼女は泣き笑いしながら、嗚咽《おえつ》を漏らした。「わたし、ずっと、怖かったの」

「怖がる必要などなかったんだよ、あたりまえじゃないか。だが、きみにそれがわからなかったのも無理はない。とくに、結婚初夜に、ぼくがいいがかりをつけて怒ったあとなら、なおさらだ」彼はため息をつくと、彼女に手を伸ばし、膝の上に抱き寄せた。ヴィクトリアが彼に身をゆだね、彼の肩を抱き、喉元に頭を押しつけた。「〈ハニーカット・コテージ〉のキッチンの床で愛しあって、このうえなく満ち足りたことを、覚えてる？」

ひと言も返ってこないだろうと思いながら、ラファエルは彼女の頭の上で微笑んだ。

そのとき、嬉しいことに、とても小さく「ええ」という声が聞こえた。

彼はしばらく間を置いてから口をひらいた。「〈白目の部屋〉にきみを連れていきたい。そして、お母さんの胎内からでてきたときのように、きみを一糸まとわぬ姿にしたい。そして、窓からさんさんと差しこむ陽光のなかできみを愛したい。このアイデアを、どう思う？」

彼女は、体内の奥深くで、ぶるっと何かが震えるのを感じた。いっぽうラファエルは、こう考えていた。彼女はぼくが欲しくなる。全身全霊で、ぼくが欲しくなる。「ぼくがきみに何をするつもりか知りたい？　ぜったいに、知りたいはずだ」その誘惑の言葉に、彼女が反応するのがわかった。そうした言葉が彼女の想像力に火をつけ、彼が欲しくてたまらなくなることが、ラファエルにはわかっていた。ただ、ぼくだけを求めるのだ。彼は彼女の耳たぶにキスをし、耳元で囁いた。

「何？」

「きみを全裸にしたら、ふたりでしばらく立っていたい。それからきみを抱きあげたら、きみはぼくの腰にその美しい脚をからめてほしい。そうしたら、ぼくはきみのなかに深くはいりたくなって――」

「でも、そんなことができるはずないわ。無理よ」

「さあ、どうかな」

ラファエルは彼女を抱きあげ、ふたたびガドフライの背に乗せた。そして一緒に馬にまたがると、折に触れて彼女の喉元を甘噛みし、唇にキスをし、両手で腹部を撫であげ、乳房の下側に触れた。彼は、彼女の注意を痛みからそらそうとしており、それは成功していた。彼はにっこりと笑い、彼女の鼻にキスをした。そして耳元で、彼女のなかに深くはいったらどんなことをするつもりか、囁いた。

〈ドラゴ・ホール〉に到着するころには、ヴィクトリアはすっかり欲情していた。

ふたりが長い玄関ホールを小走りに歩き、階段を上がっていくようすを、ダミアンはだまって眺めていた。ふたりは彼に気づかなかった。だれのことも目にはいっていなかった。互いのことで頭がいっぱいだったのだ。

小さな羽目板をそっと横にすべらせ、ダミアンは〈白目の部屋〉をのぞきこんだ。ラファエルがヴィクトリアの衣服を一枚一枚脱がせながら、笑い声をあげている。そして、むきだしになった彼女の肌のいたるところにキスをしはじめた。彼女のあらわになった乳房は、きらきらと輝いており、豊満で、クリーム色のシルクのように白い。乳首はつんと立ち、濃いバラ色だ。ラファエルが、彼女を欲しいままにし、すばらしい乳房を愛撫し、乳首を吸い、彼女を乱れさせた。彼女は弓なりに背をそらせ、ラファエルにみずからを差しだし、このうえなくやさしいうめき声をあげ、彼の黒髪に指をからめ、自分のほうに抱き寄せた。

するとラファエルがまた笑い声をあげ、輝くばかりの乳房を両の手で包みこみ、押しあげると、頭を下げ、ふたたびキスの雨を降らせた。彼女は快楽に瞳を陰らせながら、彼にもてあそばれるたびに笑ったりあえいだりした。ダミアンは見ていた。彼女がそのほっそりとした白い両の手を、ラファエルのバックスキンの半ズボンの下にすべりこませるのを。するとラファエルが大きく目を見ひらき、瞳孔まで広がった。彼女が両手で愛撫を始めると、ラファエルの性器が見る見る膨らんだ。

そして、彼女は足元に衣類を脱ぎ捨て、ラファエルの手でシュミーズを半分引き裂かれたあと、全裸になった。彼女はまばゆいほどに美しく、見ているのがつらいほどだった。おまけにラファエルが彼女を心ゆくまで堪能しているところを見ていると、胸が引き裂かれた。するとヴィクトリアが笑いながら、ラファエルのみぞおちのあたりを小突きはじめた。

「こんなの不公平よ。さあ、こんどはわたしの番よ。〈ハニーカット・コテージ〉のキッチンのようにはいきませんからね」

そう言うと、彼女がすばやくラファエルの上着や白いシャツのボタンを外し、服を脱がせていった。すぐに、ラファエルが椅子に座った。ヴィクトリアが背中を向けたまま、ラファエルの上に座り、笑いながら彼のブーツを勢いよく引っ張った。ラファエルもくぐもった笑い声をあげ、彼女のお尻に触れ、指を広げ、身をかがめると彼女の白い肌にキスをし、両手を彼女の腿に下ろしていった。

左の太腿に、ぎざぎざの傷痕が見えた。

醜い。ダミアンはそう思ったが、彼女の脚はほっそりと長く、なめらかな筋肉がついていた。彼女の腿のあいだに広がるやわらかい毛の茂みは美しく、秘めやかな部分を隠し、男の手と口で探求されるのを待っていた。

ブーツを脱がされると、ラファエルも彼女と同様に、全裸になった。ふたりは抱きあった。彼女は爪先立ち、ぴったりと彼に身体を密着させ、彼の首に腕をまわすと、もっとキスをしようと抱き寄せた。彼女が小さく悲鳴をあげ、あえぎ、ラファエルが彼女の全身をまさぐり、尻を愛撫した。やがて、ラファエルが彼女を抱きあげ、自分の腰に彼女の脚をからませた。

ダミアンの心臓の鼓動が速まった。彼もまた勃起していた。その荒々しい痛みに、ヴィクトリアと抱きあっているのが自分であればいいのにと願った。そして、彼女を欲しいままにしているラファエルを憎悪した。

ラファエルがふいに彼女を抱きあげ、太腿のあいだに片手を挟み、彼女の両脚を広げると、ダミアンは息を呑んだ。始まるぞ。そして、なんの警告もなしに、ラファエルが彼女のなかに深く突いた。彼女が悲鳴をあげた。痛みのせいではない。頭をのけぞらせると、ほどいてある髪が乱れ、背中に栗毛のベールとなって垂れた。彼女が彼の腰にからませた脚に力をこめ、彼の胸や腕に両手を乱暴に這わせた。ラファエルが深く突きあげ、さっと身を引き、いっそう深く突きあげた。そして、彼女のなかにすっぽりとおさまった。

彼女がわれを忘れ、何度も何度も、悲鳴をあげた。

ダミアンは激しい痛みに襲われていた。欲望の渦に呑まれ、思わず低くうめき声をあげた。するど、ラファエルが彼女をきつく抱きよせた。もう自制心を失っているのだろう。またキスの嵐とうめき声が続き、ラファエルが彼女の唇を覆いながら、きみが欲しくてどうにかなりそうだというような台詞を吐いた。しばらくすると、ヴィクトリアが彼から身を離し、ベッドの上にあおむけになり、両脚をひらいた。ラファエルが彼女に覆いかぶさり、身体を密着させると、ふたりのあいだに手を挟みこんだ。そして、彼女の濡れた部分をまさぐりはじめた。

やがて、彼女が絶頂に達した。終わりがないと思えるほど荒々しい絶頂に。

くそっ、もう我慢できない。ダミアンは羽目板をそっと元に戻したが、小さな木の取っ手からするりと手が外れた。汗をかいて、手がべとべとしている。ダミアンは額にまでびっしょりと汗をかいていた。そしてズボンは、欲求のあまり膨張していた。

ダミアンは、暗く細長い廊下を走るように歩いていった。耳のなかで自分の荒い息づかいが響く。

「愛する人《ラブ》」と、ラファエルが言った。「もう待てない」

ヴィクトリアは彼を深く抱き寄せた。その瞬間、彼のことが永遠に欲しいような気がした。愛しているわ。彼女がそう言うと、彼の目がふいに輝き、力強い喉元で静脈が収縮するのがわかった。彼は目を閉じ、背中を弓なりにそらせ、自分が彼女を満たしていることを実感した。

ヴィクトリアが彼を包みこみ、ひしと抱きしめた。ふたりはひとつになり、ラファエルは彼女の一部となり、ヴィクトリアは彼の一部となった。これが永遠に続けばいい、と彼女は思った。永遠に続いてほしい。

ラファエルは全力疾走したかのように、荒い息をついた。もはや言葉はでてこなかったし、考えることもできなかった。彼はヴィクトリアの上にくずおれ、彼女の隣で枕に頭を落とした。これほど深いよろこびを感じたことは、いまだかつてなかった。

〈ザ・ラム〉は、ジョニー・トレゴネットの手紙にもういちど目を通し、前夜の舞踏会で、ラファエルがジョニーを言いくるめた、その真意を測ろうとした。ジョニーの野郎、馬鹿にもほどがある。そう考えると、彼は怒りに駆られ、その一枚の便箋《びんせん》を皺くちゃに丸めた。ということは、カーステアズ船長は、このささやかなグループにご加入なさりたいというのか？　それとも、すべてをぶち壊そうとしているのか？　いずれにしろ、厄介なことになった。

〈ザ・ラム〉は居心地のいい革張りの椅子に背を預け、暖炉の残り火に目をやった。ここはひとつ、船長の好きなように暴れさせてやるとしよう。ちらりとそう思ったが、あわてて考えなおした。やつは間違いなく、メンバー全員の身元を突きとめるだろう――それどころか、もう当たりをつけているのかもしれない。だが、だれも、メンバーのだれひとりとして、〈ザ・ラム〉の正体は知らない。連中は、黒い頭巾をかぶるのはただの悪ふざけだと思っている。匿名であれば、抑制する必要などないと思いやすいからだ、と。とはいえ、当然のことながら、頭巾をかぶっていようがいまいが、連中は互いの正体を知っている。つまり、黒頭巾は彼を守るためにあったのだ。〈ザ・ラム〉の正体を守るために。

このグループで秘密の伝言箱が利用されたのは、今回が初めてだった。〈ザ・ラム〉は、いやな予感に駆られ、配下をひとり、伝言箱の中身を確認させにやったのだ。すると、案の定《じょう》、箱のなかにこの手紙がはいっていた。さすがのジョニーも、秘密の箱の存在を思いだす程度には、酔いがさめたらしい。さて、どう手を打ったものか？

〈ザ・ラム〉は、例のおそろしい失態を思いだした。あのいまいましい子爵の娘め。どう考えても、カーステアズ船長は子爵に頼まれて、ここにやってきたとしか思えない。それが真実であるなら、ジョニーにどんなたわ言を並べたてたにせよ、船長はこの自分を破滅させるためにやってきたのだ。

はて、どうしたものか？〈ザ・ラム〉は椅子から立ちあがり、こわばった筋肉を伸ばし、グラスにブランデーをついだ。

手はひとつしかあるまい。ほんとうは、そんな真似はしたくない。よもや、自分がそういう手段に訴えざるをえなくなるとは、以前は想像もしていなかった。

だが、その手を打てば、ヴィクトリアには守ってくれる男がいなくなり、彼女はまた身よりのない女に戻る。そうなれば、彼女には隙ができる。たしかに、そこまで算段するのは、時期尚早というものだ。だが、〈ザ・ラム〉は彼女が欲しかった。ずっと昔から、欲しくてたまらなかったのだ。

とはいえ、事は慎重に運ばねばならない。ひとつのミスもあってはならない。〈ザ・ラム〉は、自分の計画をメンバーのだれにも伝えるつもりはなかった。そんな危険は冒せない。メンバーのなかに、たったひとり間抜けがいるだけで、すべてが水の泡となるかもしれないのだから。

21

突如として、極悪非道になる者などいない。
――ユウェナリス

ヴィクトリアは厩舎のドアの外に立ち、人の話を鵜呑《うの》みにしやすい馬丁のジェムに向かって、フラッシュがお得意の昔話を披露している声に耳をそばだてた。フラッシュは、ロンドンのソーホーで大冒険を繰り広げたときの話を詳しく聞かせている。「だからさ、ジェミー坊主、獲物の視線がこっちから外れたら、そんときがチャンスだ！　一瞬の早業で、そいつの硬貨を一枚残らず頂戴する。そのためには、すばしっこい手と俊足が欠かせない。ところで、船長の財布を軽くしようとしたときの話はしたっけ？」

「何をしている？」

彼女が振り返り、微笑んだ。その目もくらむばかりの微笑みに、彼はひるんだ。「ラファエル。セント・オーステルにお出かけになったものとばかり思っていたわ。ええ、できるかぎり説明するとね、フラッシュがジェムにこう話していたの。おれがロンドンの街にいた頃はよ、見事な手際で掏摸に精をだしたものさ、目にもとまらぬ早業だぜ、わかるだろって。

それに、彼、あなたから金貨をくすねようともしたみたい。わたし、立ち聞きするつもりはなかったんだけれど――」

彼は無頓着に手を振った。「じつは、いま、セント・オーステルから戻ったところなんだよ――」

「ええ、それで、ファルマスに発つ準備をしてほしいんでしょう？　出発は昼食のあと？あなたの船を見るのも、船員のみなさんとお目にかかるのも、楽しみだわ」

「ああ、そうだね。でも、ぼくが言おうとしていたのは」そこで言葉をとめると、彼が声を低めた。「きのうの午後のことを思いだすたびに、きみがまた欲しくなる。ヴィクトリア、きみが欲しくてたまらない」

彼女は真っ赤になり、なにごとかつぶやくと、乗馬用ブーツの先で泥を蹴った。

「これまで何度も言ってきたが、きみにはうっとりする。まだ昼食には早いし、〈ハニーカット・コテージ〉のようなキッチンの床があるわけでもないが、森のなかに人目につかない空き地がある。地面は苔とやわらかい草に覆われていて、巨大なカエデの木に囲まれている」

彼女の心臓が大きく音をたてはじめた。

彼女が無意識のうちに下唇を舐めたので、彼はすぐに硬くなった。彼女を引っつかみ、服を引き裂きたい。くそっ。だが、彼は鉄の意志で自制した。

せめて、ここで、いますぐキスしたい。ふたりは厩舎の東側にいたが、あまり人目につく場所ではなかったし、あたりにはだれもいない。「ヴィクトリア、こっちにおいで」

ヴィクトリアが期待に満ちた表情を浮かべ、近づいてきた。そして、彼の腰に両手をまわし、爪先立った。彼は、ヴィクトリアの腕から背中へと両手を這わせ、きつく抱き寄せた。そしてゆっくりと頭を下げ、彼女にキスをした。荒々しいキス。そして、彼女の下唇にそっと舌を這わせた。

ヴィクトリアはぎょっとした。彼女はキスを返し、唇までひらいたものの、まだ何も感じない。どうしちゃったのかしら？

「ラファエル？」

彼はヴィクトリアの口のなかに舌を突っこみ、口のなかをさぐり、彼女の舌に触れた。彼女が身を引き、混乱した表情で彼を見あげると、眉をひそめた。

「いますぐ、きみが欲しい、ヴィクトリア。さあ」

「でも、これは正しいことじゃないわ」と、ヴィクトリアが彼を見あげて言った。「いやよ」出し抜けに、手首をつかまれた。彼女はバランスをくずし、彼にもたれかかった。衣服越しに、彼の硬さが下腹部に伝わってくる。そしてヴィクトリアは、彼が目的を達成させようとぎらりと目を光らせるのを見た。

「ダミアン。あとで、弟さんに釘を刺しておかなくちゃ。ほら、彼とヴィクトリアを見て。厩舎の脇の、あそこにいるでしょう？　いまにも、あんなところで愛しあうんじゃないかしら、これ見よがしに」

彼はふいに足をとめた。「なんの話だい、エレイン？」

「だからね、ラファエルとヴィクトリアのことよ。そりゃ、あのふたりは結婚しているけれど、それでも、あまりだらしがないことはしてほしくないの」

彼はエレインをしばらく見つめると、あわてて窓のほうに歩いていった。もう、ふたりの姿はない。

「ダミアン？　どうかしたの？」

「べつに」と、彼はそれだけ言った。「なんでもない。きみのだらしのないいとこと、ぼくの弟は、厩舎の二階に上がっていったんだろう」

ダミアンは、彼女の手首を握る手の力を弱めることなく、そのままぐいぐいと厩舎の裏へと引っ張っていった。

「放して。やめてったら」

「ヴィクトリア、こっちにおいで。わかるだろう、きみのことが欲しくてどうにかなり――」

「わかってるのよ、ダミアン、あなただって」そう言うと、ヴィクトリアが彼の手を引きはがし、手の甲を唇でぬぐった。「卑劣な男ね。彼の上着を着て、彼みたいにスカーフまで巻くなんて。わたしたちの寝室に忍びこんだの？」

ダミアンは笑おうとしたが、むずかしかった。見破られたか。「どうしてだ？」と、彼は微動だにせず尋ねた。切羽詰まった欲望のあまり、身体が痛い。「ラファエルじゃないと、どうしてわかった？」

ヴィクトリアがまっすぐに彼をにらみつけ、氷のように冷たい声で言いはなった。「あなたに触れられたとき、何も感じなかった。キスされたときも、何も感じなかった。そして、あなたの舌が唇に触れたとき、吐き気を覚えた。ラファエルなら、なにもかもがすばらしいのに。あっちに行って。虫唾が走るわ、ダミアン」

彼の顔が醜くゆがんだ。「おまえは嘘をついている、ヴィクトリア。わたしが欲しかったくせに。ああ、たしかに、おまえは弟と激しく乱れていた。それは知ってるよ。わたしが相手でも、同じように乱れるはずだ」

ヴィクトリアが彼に平手打ちを食らわした。それは容赦のない一撃で、彼の頭が横に大きく揺れた。ふたりとも動かなかった。ダミアンが指先で頬をそっと撫でた。そして、おそろしく低い声で言った。「この借りは返してもらうぞ」

だが、ヴィクトリアはもうダミアンのほうを見ていなかった。彼女は乗馬用スカートの裾をつかみ、〈ドラゴ・ホール〉を目指し、全速力で走りはじめた。すぐに呼吸が荒くなり、身体が震えはじめた。ダミアンだったのだ。ずっと、ダミアンだったのだ。彼はラファエルの服を着ていた。そのうえ〈ハニーカット・コテージ〉のことや、キッチンの床のことまで話していた……。

彼女はふいに足をとめた。目の前に〈ドラゴ・ホール〉の威容が浮かびあがる。彼女は目を閉じた。あまりの恐怖心と羞恥心で、頭がまともに動かない。

「こっちにおいで」

彼女はまばたきをし、〈ドラゴ・ホール〉の玄関の石の階段の上に立っているラファエルのほうを見た。

「ラファエル？」と、彼女がためらいがちに、不安そうに言った。彼はわざとおそろしい形相をつくり、彼女をにらみつけた。

黒い眉尻を上げ、意地の悪い口調で言った。「だれだと思った、ヴィクトリア？　双子の兄か？」

「自信がなかったの。だって――」

彼は宙にさっと手を振った。「もういい。こっちにこいと言ったんだ、さあ」そして彼は勢いよく背を向けると、振り返りもせず、巨大な玄関のなかへとはいっていった。

ヴィクトリアは彼のうしろ姿を見つめた。背中がこわばり、全身に怒りが満ちた。ラファエルったら、なんだっていうの？　彼女はラファエルのあとを追いかけたが、彼が狭い書斎にはいっていくのが見えた。そこで、彼にかまわず、ふたたびスカートの裾をもち、階段を駆けあがっていった。子ども部屋に、ダマリスのところに行こう。

ラファエルは書斎にはいると振り返った。「よし、ヴィクトリア、説明してもらおうか――」そこまで言うと、あんぐりと口をあけた。ヴィクトリアの姿がない。よくもコケにしてくれたな。全身に怒りが走る。だがそのとき、兄の姿が視界にはいり、怒りを抑えた。兄は上着を着ておらず、なにやら深く考えこんだようすで、玄関ホールを横切っている。

「ダミアン」

「やあ、弟よ。わたしの書斎で何をしている？」

ラファエルは、殺意に駆られた。いますぐ、兄を素手で絞め殺してやりたい。だが、彼自身は、兄がヴィクトリアと一緒にいる現場を見たわけではない。ただ、エレインが見たと言っていただけだ。そこで、ラファエルは穏やかな声で言った。「ちょっと、見物していたんだよ。きれい好きだな、ダミアン」彼は整然としたデスクや本棚の本の列を見やった。

「上着はどうした？」

「暑くてね」そう言うと、ダミアンが肩をすくめた。「脱いで、どこかに置いてきたんだろう」

「ぼくは、兄さんの奥方と一緒にいた」

か」

「それはどういう意味だ、弟よ？　おまえにしては、ずいぶん謎めいたことを言うじゃない
「エレインはね、ぼくが妻と一緒にいるところを見て、馬丁たちの目の前で愛しあおうとしている、人目もはばかることなく冗談じゃないと、ずいぶんおかんむりだった。だがね、エレインが見ていたのはぼくじゃなかった。兄さんだった」

「なんの話かさっぱりわからん」と、ダミアンが気軽な口調で言った。そしてオービュッソン絨毯の上を歩き、細長いサイドボードのところに行き、自分でブランデーをついだ。「おまえもどうだ？」

「いや、いま欲しいのは、兄さんからの返事だけだ。答えろ、ダミアン」

「エレインは臨月にはいっただろう。だんだんヒステリックになっている。ヒステリックなのは母親ゆずりだが、妊娠中は、とりわけひどくなる。おまえがなんの話をしているのか見当もつかないが、そうしてほしいのなら、エレインにひと言、言っておくよ」

「ああ」ラファエルがのろのろと言った。「ああ、そうしてくれ。ぼくはヴィクトリアと話してくる」

ラファエルは階段をのっそりと上がっていった。そして長い東の回廊を歩き、〈白目の部屋〉にはいった。暖炉の掃除をしているモリーのほかはだれもいない。きょうのモリーは薄茶色の髪を三つ編みにしており、モップキャップをきちんと頭に載せている。彼女が恥ずか

しそうに微笑んだ。

ラファエルはモリーにうなずき、部屋をでた。しばらくすると、こんどは子ども部屋にはいっていった。彼の姿を認めると、ダマリスが甲高い声をあげ、脚に飛びついてきた。ヴィクトリアは床に座ったまま動かない。目の前に人形をずらりと並べている。

「トリーとお人形さんごっこをしてたの。おじちゃまもはいる？　ベス女王の役をさせてあげるわ」

ベス女王とは大役だ。「いや、またこんどにしよう」ラファエルが言い、妻の顔色をうかがった。ヴィクトリアは青白い顔をしており、おびえているようだ。ラファエルは身をこわばらせた。ぼくにおびえる理由などないだろうに。

「ヴィクトリア。あす、一緒にファルマスに発とう。それでかまわない？」

彼女はうなずいたものの、何も言わなかった。そして人形をひとつ手にとり、ひしと胸に抱きしめた。

ラファエルが唇を嚙みしめた。そしてダマリスを抱きあげると、床に下ろし、振り返ることなく、子ども部屋をでていった。

ヴィクトリアは動かなかった。彼の後ろ姿を見送り、長い廊下を歩いていく彼の足音に耳をすました。わたしがひとりきりだったら、彼はどうしていただろう？　彼女は身を震わせた。彼女は心の底からダミアンを憎悪していたが、いとこのエレインのことは、たいてい、好きだった。
だから、エレインを傷つけたくなかった。

もう夕方になっていた。彼は寝ころび、じっと待っていた。これからしようとしていることを考えると、われながら自己嫌悪を覚えたが、同時に、断行する決意を固めてもいた。彼の頑固そうな顎がいっそう頑固そうになった。

彼女がこちらにやってくるのが見えた。うつむきながら、のろのろと歩いてくる。彼女は何を考えているのだろう？　何を感じているのだろう？

「ヴィクトリア」

ふいに、彼女が足をとめたが、こちらを直視しようとはしなかった。それどころか、フレッチャー池のほうに行進していく鴨の群れを眺めている。

「きみをずっと待ってたんだ。よく、ここにくると聞いてね」

その言葉に、彼女が注意を向けた。そして、冷静ではあるものの、とまどったような表情を浮かべ、彼のほうを見た。

「どういう意味？」彼のほうに近づこうとはせず、彼女が尋ねた。

彼は、ヴィクトリアのほうに歩いていった。「きみは鴨や池が好きだと、旦那から聞いたんだよ」

「そういうこと。何が欲しいの、ダミアン？」

「そりゃ、けさ始めたことを終わらせたいだけさ。きみもそれを願っているんだろう？」彼は手を伸ばし、彼女の手首に指先を軽く這わせた。彼女が飛びあがり、さっと身を引いた。

彼女は七月の残り火のように寒々とした感覚を覚えた。その手でくるのね。彼女はそう考えると、おもむろにうなずき、彼を見あげた。「ええ」そう言うと、両のてのひらを彼の肩にあて、石でも溶かしそうな微笑みを浮かべた。「けさ、あなたを拒絶したから、わたしのことを悪く思ってるでしょうね。でも、ああしなくちゃならなかったのよ。ラファエルがどこにいるかわからなかったでしょ。すぐそばにいたかもしれなかったんだもの。でも、ええ、いまはふたりきりだってわかってる。あなたが欲しい」

彼が大きく息を吸い、歯嚙みをしながら言葉を吐きだした。「ヴィクトリア」彼は囁き、キスをしようと頭を下げた。

彼の唇が自分の唇に触れた瞬間、怒りに駆られているにもかかわらず、彼女は強烈な快感を覚えた。彼にはわからないのかしら？　そう考えると、またもや怒りがこみあげ、その怒りは刻々と激しくなった。なぜ、彼はわたしのことをただ信じてくれないのだろう？　彼女は微笑み、彼にもたれた。唇をひらき、身をゆだねる。彼女の全身が彼を欲していた。

「ああ、そうよ」と、彼の口元で囁いた。その息はあたたかく、甘い。「あなたが欲しくてどうにかなりそう、ダミアン」

その言葉に彼が身をこわばらせるのがわかった。彼女は下腹部を強く押しつけた。彼が両手で彼女のお尻を愛撫し、やわらかい肌に手を這わせ、そのまま彼女を抱きあげた。彼女は抵抗しなかったし、それどころか、いっそうきつく彼を抱きしめた。

彼が彼女の腿のあいだに手を差しこみ、敏感な部分に触れ、衣服越しに愛撫した。

突然、なんの前触れもなく、彼女がさっと身を離した。そして、彼の向《む》こうずねを思いきり蹴飛ばした。彼が大声をあげ、右脚で飛びあがった。

「この人でなし。最低よ、性根が腐ってる。ぜったいに許さないわ、ラファエル。ぜったいに」

「ヴィクトリア」彼は奇妙な感覚に襲われた。自作自演の舞台に立ったというのに、主演女優が急に台本とは違う台詞を言いだしたような気がした。そして、いつの間にか、自分は舞台から降ろされている。だが、いつ？　どの時点で降ろされたのだろう？

彼女がまた攻撃しようと体勢を整えたのを見て、彼は叫んだ。「やめろ」

「地獄に堕ちるがいいわ、ラファエル」

彼にそう言うやいなや、ヴィクトリアが走って逃げだした。「脚だ」と、その後ろ姿に向かって、ラファエルは声をかけた。「脚に気をつけて」

「ふん」

彼女の嘲るような声が遠くから聞こえてきた。彼はそのまま動かずにいた。まあ、こうなっては仕方がない。彼は向うずねをさすってから、立ちあがった。クラレンスだけがこちらを見ている。

「悪いね、クラレンス公、きょうはおまえにやるパンはない」

クラレンスが、大声でわめいた。

「それに、きょうはぼくにも、何もない」そう言うと、彼はゆっくりと背を向け、〈ドラゴ・ホール〉を目指し、とぼとぼと歩きはじめた。


「きみに話がある、ヴィクトリア」

「でていって」

「そうはいかない。必要とあれば、きみを縛りあげる。話があるんだ」

ヴィクトリアは作業の手をとめ、背筋を伸ばした。羽根のはたきをゆっくりと置き、ヴォルテールの本を本棚に戻した。「いいわ、そうおっしゃるんなら。さっさとすませましょ」そう言うと、彼女は間を置き、うんざりしたような顔で彼のほうを見た。「すばらしいお話を聞かせていただけるんでしょうね。さっきの演技も、お見事だったもの」

「ぼくが悪かった、それは認める。そして、きみに一撃を食らった」

「わたしにもっと力があれば、いまごろ、あなたはフレッチャー池に沈んでいたわ」

「エレインに言われたんだよ、きみとぼくが厩舎のそばで愛しあっていたと。エレインは、ぼくのことをダミアンと勘違いして、そう話したんだ。そして、きみにキスしている男がぼくだと勘違いした。だから、きみが話してくれなくなったあと、自分でも試してみることにしたのさ。自慢できることじゃないのはわかってる、ヴィクトリア。だが、そうせざるをえなかった」

「まただわ」と、彼女はテーブルの埃をのんびりと払いながら、穏やかな口調で言った。

「だが、ぼくにあれほど反応していたじゃないか、あなたが欲しいとかなんとか言って――」

「あなたって、どこまでお馬鹿さんなの。それに、すごく退屈だわ、ラファエル。ほかにすることがないの？　奥さんが貞淑かどうか試すことしか？」

「わざと演技をしたと言ってくれ。ぼくがダミアンのふりをしていたことが、最初からわかっていたと言ってくれ」

「あなたには、なにを言うつもりもありません。なにひとつ。で、あなたはどんな結論をだしたの？　きっと、わたしのせいになるんでしょうね。あなたが関わると、なんでもかんでも、わたしのせい。もう片方の向うずねも蹴っ飛ばしてやればよかった」

そう言うと、ヴィクトリアが羽根のはたきを彼に放り投げた。「夕食のために着替えるわ」そして、突然立ちどまり、振り返った。「あのね、わたしたち、〈白目の部屋〉をでていかなくちゃ」

「なんでまた？」

「ダミアンがあなたのふりをしていたとき、〈ハニーカット・コテージ〉やキッチンの話題に触れたの。それに、きのうの午後のあと、とりわけわたしが欲しくてたまらないとも言っていたわ」そう言うと、ヴィクトリアは彼の顔を観察した。

彼の顔から血の気が引いた。やがて、怒りのあまり紅潮した。「あの破廉恥野郎」

「ええ」と、彼女が言った。

「だから、ぼくたちに〈白目の部屋〉をあてがったんだな。のぞき穴があるに違いない。ダミアンのやつ、ぼくたちをのぞき見していたんだ」そう言うと、ラファエルは口をつぐんだ。頭に血がのぼり、もう言葉がでてこない。

「ええ」と、彼女が繰り返した。

彼は必死の努力のすえ、なんとか自制心を取り戻した。「のぞき穴をさがしにいこう」そう言うと、ラファエルは彼女の手をとり、彼女を引きずるようにして歩きはじめた。

十五分もすると、のぞき穴が見つかった。「ブドウの実の真ん中にあるとは」と、ラファエルが吐き捨てるように言った。「ほら、ここだよ、ヴィクトリア」

彼女は炉棚の装飾帯に彫られた果物の花綱に目を凝らした。「暖炉の裏に、秘密の通路があるんじゃない？　ほかの部屋とつながっているんじゃないかしら？」

「それで辻褄があう。信じられない。全然、気がつかなかった。きっと、ぼくがこの家をでたあとに、ダミアンが見つけたんだろう。どこかに秘密の入口があるはずだから、さがしてみよう」

あちこち試したあと、ついに、装飾帯に彫られたオレンジが時計の針と反対方向にまわることがわかった。すると、暖炉の右側にある縦長の壁板が音もたてずに横にひらいた。ふたりはただ、急に出現した黒い穴を見つめた。「信じられない」ヴィクトリアがようやくそう声をだすと、足を踏みだした。「探検しにいきましょう。そして、どこの部屋とつながっているのか、確認しましょう」

「怖くない？」

「いいえ、猛烈に腹が立ってるだけ。あなたのお兄さんに、何かひどいことをしてやりたい気分よ。わたしたちのことをのぞき見していたなんて、想像するだけでぞっとする」

「わかるよ。よし、探検しにいこう」

ラファエルはろうそくを一本、手にとり、狭い通路にはいっていった。天井が低いので、頭をかがめる。「大丈夫」と、振り返らずにヴィクトリアに声をかけた。彼女は通路にはいったところで足をとめた。そして、小さな木製の取っ手を静かにまわすと、小さな羽目板が横にひらいた。彼女は〈白目の部屋〉をのぞきこんだ。そして身震いをすると、ラファエルが見えるよう、横にのいた。

彼は低い声で悪態をついた。だが、腕にヴィクトリアの手を感じ、暗いトンネルのほうに向きを変えた。深呼吸をすると、かび臭い湿気が鼻孔を満たす。すると、ヴィクトリアが次の縦長の扉のところで立ちどまった。〈白目の部屋〉をのぞいたときのように、彼女がまた木製の取っ手をまわした。

そこは、エレインの寝室だった。エレインは下着しか身につけていない。下腹部が大きくせりだしている。エレインは目を閉じ、背中をかいている。

ヴィクトリアはあわてて羽目板を閉じた。

「エレインの部屋?」

「ええ」

ラファエルは、この秘密の通路が曲がりくねっているさまを想像することができた。うちの両親はこの通路の存在に気づいていたのだろうか。そうぼんやり考えた。いや、知らなかったはずだ。父親が知っていたなら、ふたりの息子とここで思う存分遊んだはずだ。では、ダミアンはどうやって見つけたのだろう?

ラファエルは次の羽目板をあけた。そこは、客室のひとつだった。そして、部屋には人がいた。ダミアンとメイドのモリーがベッドにおり、スカートが顔のあたりまで上げられている。モリーの両脚が大きく広げられ、ダミアンが彼女を突いていた。ラファエルは、モリーの頭の上でモップキャップが斜めになっていたことを思いだした。メイドが雇用主と逢い引きしていたというわけか。彼は大きく息を吐き、そっと羽目板を閉めた。

「どこの部屋?」と、ヴィクトリアが背後から尋ねた。

「ただの客室さ」と、できるだけ無頓着な口調で、ラファエルが応じた。

「何が見えたの、ラファエル?」

彼はのろのろと振り返った。「ベッドに、ダミアンとモリーがいた。さあ、進もう」

ふたりは坂を下りていった。主客間にも、書斎にものぞき穴があった。ラファエルは書斎の秘密の扉をあけた。そしてヴィクトリアの手を握り、書斎に足を踏みいれた。そして、秘密の扉を閉じたそのとき、執事のリガーが姿を見せ、息を呑んだ。

「やあ、リガー」

「しかし、ラファエルの若旦那さま。どうして……いや……わけがわかりません」

「見せてやろう、リガー」そう言うと、ラファエルは小さな羽目板をあけた。そして、カエデの葉の彫刻の裏にある小さな木製の取っ手を見せた。リガーは呆気にとられていたものの、やがて、その瞳に合点がいったような表情が浮かんだ。おそらくリガーはこれまでに、いるはずのないところにいるダミアンと何度か出くわしてきたのだろう。そして不審に思っていたのだろう。だが、それももう、これまでだ。〈ドラゴ・ホール〉にもはや秘密の通路はない。すべての使用人が、そして近隣のすべての客人が、秘密の通路の存在を知ることになるだろう。そうなれば、もうダミアンが独占し、好き勝手な真似をすることはできなくなる。

「通路はくねくねと二階まで伸びている。通路には、二階の大半の部屋をのぞき見できる穴があるし、秘密の扉もある。一階では、この書斎と客間だけだ。通路は書斎の少し先で終わっている。ぼくの推測が正しければ、そこの扉は東の庭に面しているはずだ。外側にはツタがからまっているだろう」

リガーがおもむろにうなずいた。そして、ヴィクトリアを見てから、ラファエルに視線を移し、低い声で言った。「この件をどうなさるおつもりですか、船長?」

「そうだな、リガー、この件を使用人全員に伝えてくれ。ひとり残らず、全員に伝えろ。おまえさえよければ、通路を自由に案内してやってくれ。もちろん、この件に関しては、ぼくが男爵と話をつけておく」

リガーがうなずいた。ヴィクトリアは、老執事の目に理解の色が宿るのを見て、恥ずかしさに身体が火照った。

「〈白目の部屋〉に戻ろう」そう言うと、ラファエルはリガーにうなずき、ヴィクトリアの手をとり、薄暗い通路へと消えていった。ふたりの背後で、羽目板が音もなく閉じた。

ラファエルが先に立って歩いた。ろうそくを高く掲げて歩いていると、ちらちらと光る灯りのなか、ある曲がり角で、古色蒼然としたトランクの上に何かが載っているのが見えた。ビロードかサテンの黒い生地でできており、きちんとたたんである。あとにしよう、と彼は考えた。あとで、ここに戻ってこよう。この件にヴィクトリアを巻きこみたくはない。

寝室に戻ると、ラファエルは物思いに耽った。背もたれの高い袖付き椅子に座り、指で尖塔のようなかたちをつくり、とくに何を見るでもなくぼんやりとした。

ヴィクトリアはしばらく彼を眺めていた。そして、ブドウの房をまたじっと見つめた。彼女は身震いをした。ダミアンは、またここにきて、わたしたちをのぞき見するだろうか。いまにもやってくるかもしれない。

「まず」と、夫が彼女のほうを見ずに、ようやく口をひらいた。「きみはもうひとつ名前をもつべきだ。ヴィク、がいいんじゃないか。かわいい名前だし、目的にかなう。きみと出くわしたときには、かならずヴィクと呼ぶよ」

「ヴィク？　もっといいアイディアがあるわ。ふたりであす、〈ドラゴ・ホール〉を発ちましょう。ファルマスに行き、それからセント・アグネスに行くの。わたしたちの新居があるんですもの」

「そこに新居を設けるかどうか、まだ決まっていないよ」

「あの一族は提案を呑むわ。なのに、あなたときたらいつまでもぐずぐずしているのね、ラファエル。どうして〈ドラゴ・ホール〉に留まっていたいの？　わかってるのよ、〈ヘルファイア・クラブ〉の件でしょ？　あなたは連中の悪行をとめる任務を帯びている。ねえ、そうだと認めてちょうだい。そうすれば、もう何も言わないから」

「そうだ」と、彼が静かに言った。

「じゃあ、ダミアンのことはどうするの？　わたし、もうこれ以上、彼に目の保養をさせたくないわ」

「ああ、させるつもりはない。兄の仕業を考えると、殺してやりたくなる。それが怖いんだよ、ヴィクトリア。怖くてたまらない。だって、やつはぼくの兄なんだぜ。いまいましい双子の兄だ。まあ、リガーが秘密の通路の噂を広めてくれるだろう。そして、ダミアンは烈火のごとく怒るだろう。あそこのブドウの房の穴は板でふさげばいい。それから、どうすべきか、考えるよ」

「わかったわ」そう言うと、彼女はため息をついた。「ほんとうに、ひどい話ね」

「ヴィクトリア、もういちどだけ、ぼくを許してくれないか。すまなかった、ほんとうに。そうしたいなら、また蹴っ飛ばしてくれてかまわない。そして、許してほしい」

長いあいだ、彼女は何も言わなかった。ラファエルは落ち着かない様子でそわそわし、いったん口をひらきかけたものの、また閉じた。

ふいに、ヴィクトリアがこぶしを握りしめ、彼のみぞおちのあたりにお見舞いした。「許してあげる」

彼は頭を振り、微笑みながら、彼女から離れ、秘密の通路にそっと戻っていった。そして三十分ほどたった頃、フラッシュと話しているヴィクトリアをさがしあてた。「ファルマスに発とう。そうだな、三十分後でどうだい？　何かもっともらしい口実を考えておくよ」

彼の突然の計画変更に、ヴィクトリアは首をかしげた。何かが起こったのだ。わたしには言うつもりのない、何かが。そう考えながら、彼女はフラッシュに目をやった。シーウィッチ号に戻れることがわかり、フラッシュは全身でよろこびをあらわしている。

ヴィクトリアもなんとか笑みを浮かべた。「三十分で仕度するわ」

「ありがとう、ヴィクトリア」そう言うと、ラファエルは彼女の頰を指の関節で撫で、フラッシュのほうを向いた。

ヴィクトリアは〈ドラゴ・ホール〉に歩いて戻った。突然、出発することにした理由を、どうにかして彼から聞きださなければと思いながら。

二日後の午後、ラファエルは〈だちょう亭〉のオークの梁が張られたバーで、傷だらけの硬い長腰掛けに座っていた。宿は、いつからあるのかだれも気にしないほど古くからあるが、主人のピムバートンは由緒正しい宿であることを自慢にしており、一二一五年にジョン王がラニーミードに行く途中でここに立ち寄ったときの話を語って聞かせた。だが、この宿がラニーミードに通じる道の途中にはないことを、だれもあえて指摘しようとはしなかった。

ラファエルは、カーノン・ダウンズの〈だちょう亭〉にひとりで宿泊していた。前日、シーウィッチ号にヴィクトリアを残してきたのである。彼女の世話は、船医のブリックとロロに頼んであった。フラッシュは、シーウィッチ号に戻ってきたことに興奮し、カササギのように喋りつづけていたものだ。ここカーノン・ダウンズは、トゥルーロの南東にあり、ファルマスからはたった二時間のところにある。彼はもちろん、ヴィクトリアに何も説明しなかった。ちょっと仕事があるんだよと言うと、彼女はこちらを見て、何か企んでいるのはお見通しよという顔をして、肩をすくめると、ブリックの腕をとり、甲板に散歩にでていった。

ラファエルがエールのはいったマグを大事そうに抱えていると、ピムバートンがこんどは黒太子（エドワード三世の王子。一三三〇〜七六年）のことを話している声が聞こえてきた。「……そうでさあ、そりゃたまげたでしょうよ」ピムバートンがそう言うと、大きな腹の前で手を揉んだ。「王子がフランスの国王ジャン二世を捕虜として連れてきたんだから……そのうえ、王子はこの〈だちょう亭〉で、エドワード三世に出迎えられた……ええ、まさにこの部屋でね。一三三五年のことだったそうで、はい、ほんとうでさ。歴史ですよ、サー、この宿は歴史そのものだ」

ラファエルはにやりと笑ったが、ふいに大声が聞こえ、身構えた。「ピンビー、最高のエールを頼む」

例のメモに書いてあったとおり、ジョニー・トレゴネットが店にきていたのだ。

「どうぞ、ジョンの若旦那」と、ピムバートンが言い、若者に笑顔を向けた。その若者の父親は、カーノン・ダウンズに広大な所領をもっている。

「やあ、ダミアン」

「早めにきてくれて嬉しいよ」と、ラファエルは言った。実際、ほんとうに嬉しかった。ダミアンがそろそろ到着する頃合いなら、急がなければ、なにもかもがご破算になる。「仕事が忙しくてね。調子はどうだい、ジョニー？」

「元気さ、相変わらず。なんだってそう他人行儀なんだ？　いつもはおれのことを小馬鹿にするくせに」

ラファエルは面倒くさそうに手を振った。「酔いがまわってね。で、なんの用だ？」

「あんたの弟のことだよ。おれたちのことを知っている。舞踏会で、おれを脅してきやがったんだ。グループにいれてくれないのなら、おれたちのことをばらすとさ。だから〈ザ・ラム〉にメモを残したんだが、返事はない」

「ラファエルのことを伝えたら、〈ザ・ラム〉はなんと言っていた？」

ジョニーがまじまじと彼の顔を見た。「わかってるだろ、〈ザ・ラム〉の正体を知っている人間はいないんだぜ。おれは、秘密の伝言箱にメモを残してきただけだよ。ほら、ペルウェイの交差点に箱が隠してあるじゃないか。いったい、どうしちまったんだ、ダミアン？」

「あれか」と、ラファエルが言い、あわてて声を張りあげた。「ピンビー、こいつにエールのおかわりを頼む」ちくしょう、と彼は考えた。やはり、〈ザ・ラム〉の正体を知っている人間はひとりもいないということか。だが、じきにまた動きがあるだろう。ジョニーが

〈ザ・ラム〉に、ぼくに関するメモを残したのだから。

「おい、待て」と、ジョニーが叫び、ラファエルが座っていた椅子の背を揺さぶった。「おまえ、ダミアンじゃないな！」

「よくわかったな、ジョニー。そうだ。ぼくはダミアンじゃない。ほら、おまえのおかわりのエールを、おやじがもってきたぞ」ジョニーが彼のほうによろめいたので、ラファエルは迷うことなくジョニーのみぞおちに右のこぶしを放った。ジョニーは音もたてず、床に伸びた。

ピムバートンは、エールのマグを手にもち、失神した男を見やった。「やれやれ、男爵、これはちと――」

「いや、当然の報いだ」と、ラファエルは穏やかに言った。そしてエールのマグを手にとり、ジョニーの顔に中身をぶちまけた。

「でしょうな」と、ピムバートンが言った。「かみさんに、きれいにさせますよ」

「悪いね、恩に着るよ」と、ラファエルは言い、ピムバートンに乾杯の仕草をしてみせた。そして、意識をとりもどし、うめき声をあげているジョニー・トレゴネットを一瞥すると、宿をでた。宿の前の道を歩いていくと、向こうからダミアンがやってくるのが見えた。骨ばった鹿毛に乗っている。「ちょっとした余興が待ってるぞ、兄さん」と、ラファエルは低い声で言った。

舞踏会で、ジョニー・トレゴネットに向かってメンバーになりたいというそぶりを見せたことも、脅迫したことも、もはや後悔はしていなかった。〈ザ・ラム〉は何か手を打ってくるに違いない。ラファエルは臨戦態勢を整えていた。

22

愛は往々にして結婚の結実である。
——モリエール

ヴィクトリアは、船長室にあるラファエルの寝台の端に辛抱強く座り、船医のブリックがラファエルに進言するのを聞いていた。「わたしが手当したからといって、筋肉が痙攣を起こすのを防ぐことはできないんだよ。とはいえ、痙攣が起きたあと、その痛みに長いあいだ耐えるのはつらいものだ。熱いタオルをあてるというアイディアは名案だが、それでも筋肉が落ち着くまでに時間がかかる」

ラファエルが妻に微笑んだ。「ブリックなら、何か策を思いつくはずだと、以前きみに話したことを覚えてるかい？　中国南部の海岸にでも自生する植物の秘薬でもあるのか？」

「残念ながら、西インド諸島の植物だ。二種類の植物を一緒に使うという策はどうだろう——チェッダとカワパテという、どちらもマルティニク島産の植物を使うとしよう。ヴィクトリア、チェッダという葉をあたため、それを湿布替わりにお使いなさい。カワパテは、紅茶にいれて飲むといい。それに、チェッダにはほかにも使い道がある。ラファエルがあなたの苦労の種になったら、ご主人の紅茶にチェッダを混ぜるといいですよ。数時間もすれば、ご主人の内臓はこのうえなく清潔になる」

ラファエルがうなり声をあげた。「おまえが混合薬を調合するときは、ぼくが監督するとしよう、ブリック」

「ありがとう」ヴィクトリアが言い、部屋をでていこうと立ちあがったブリックに手を差しだした。

「どういたしまして」ブリックが彼女の細い指をとり、微笑んだ。「これほどご満悦のラファエルを見られたのだから、お安いご用です。ご主人はこれまで数々の大海原を航海し、三人分の男の冒険を楽しみ、同じだけの危険も味わってきた。ご主人は幸運だ、いや、ほんとうに。奥さまも幸運ですぞ。ご主人は強靭で、高潔で、やさしい男ですから。では、また、夕食の席で」

「余《よ》は満足だ、ヴィクトリア」と、ラファエルが言った。

「まだ満足しないでちょうだい。強靭で、高潔で、やさしい男であるあなたが、どこで何をしていたのか白状するのが先よ。さあ、洗いざらい白状しなさい、ラファエル」

「手強い女だなあ、ヴィクトリア。白状するしかなさそうだ。じつはね、敵を窮地に追いこんだんだ。というより、そうなっていることを願うよ。ジョニー・トレゴネットがダミアンにあてたメモを見つけたんだ——秘密の通路に置いてあったダミアンの黒いマントのなかにね」

ヴィクトリアは悲しそうにうなずいた。「残念だけれど、それほど驚かないわ。つまり、ダミアンは現実に〈ヘルファイア・クラブ〉の一員なのね？」

「ああ」ラファエルが吐息をつき、髪をかきあげた。そして、ブランデーをグラスについだ。「例のグループは、〈ザ・ラム〉と名乗る男をリーダーに据えている。メンバーの名前なら、もう、ひとり残らずわかっている。子どもの頃の知り合いの不快な男どもと、舞踏会で再会を果たしたあと、だいたい当たりをつけたんだよ。きみがぼくの立場なら、同じことができるだろう。だが、腹立たしいことに、〈ザ・ラム〉の正体だけはわからない。メンバーでさえ、だれひとり、やつの正体を知らないときている。だが、ぼくは〈ザ・ラム〉に狙いを定めて脅迫をした。じきに、動きがあるはずだ」

「きょうはどこにいらしたの？」

「〈だちょう亭〉という宿で、ジョニー・トレゴネットと会っていた。ダミアンのふりをしたら、〈ザ・ラム〉の正体はだれひとり知らないと言っていたよ。頭にくる」

「つまり」と、ヴィクトリアがゆっくりと言った。「いよいよ、〈ザ・ラム〉の出番というわけね。なんと言って彼を脅したの？」

「ぼくをメンバーにくわえなければ、そんなちっぽけなクラブ、息の根をとめてやると脅したんだ。嘘だよ、もちろん。だが、うまくいくかどうか。〈ザ・ラム〉がそれほどの馬鹿とは思えない」

ヴィクトリアがそっと彼の上腕に触れた。「ラファエル、ほんとうに気をつけてね」

「ブリックかロロに言われなかったかい？　ぼくがしぶとい男だと。ぼくはいつだって、軽快に戻ってくる。だからね、奥さま、ぼくを追っ払わないでくれ。それにね、女子修道院を手さぐりで歩く修道士のように慎重をきわめると約束するよ。ぼくは妻を愛している、そして妻はぼくを崇拝し、あがめている。あとは少しの運に恵まれさえすれば、甘い人生を送ることができるだろう」

ヴィクトリアの上唇の端に、ゆっくりと微笑みが浮かんだ。「そう思う？」

「ああ、思うよ。さてと、きみとしばらく一緒にいてもいいかい？　なにしろ、ずいぶんご無沙汰だった」

彼女は笑った。「つい昨晩のことでしょう？」話しながらも、彼女は胸のうちで彼の言葉を味わっていた。〝ぼくは妻を愛している〟。

「そんなに前だった？」

「ええ」そう口にしたとたん、彼に抱かれ、キスされた。ヴィクトリアはいつものように彼に反応した――すぐに夢中になり、われを忘れた。

「ああ、ヴィクトリア、きみはすばらしい」そう言うと、ラファエルが両手で彼女のお尻を包みこみ、自分のほうに抱きあげた。

深夜も近い頃、彼女はすばらしいと、ラファエルはまだ考えていた。彼は自分の寝台に仰向けになっており、ヴィクトリアが隣で身を丸めて眠っている。彼は暗闇のなかで微笑み、若い妻を徹底的に疲労困憊させたという事実に満悦した。彼女はぐったりしており、しなやかで、このうえなくやわらかい。これぞ甘い人生だ。彼は胸のうちでそう考えた。そして、人生はこれからもっと甘くなるはずだと信じた。

自分がいつそれをあきらめたのか、さだかではなかった。だが、自分はたしかにあきらめた。そしていまでは、さまざまな感情に翻弄されること――冷静沈着になったかと思えば、荒々しく乱れるときもある――にすっかり慣れ、そのすべてを受けいれ、心身にそうした感情が流れこむのを楽しんでいる。ヴィクトリアを抱き、彼女と愛しあい、一緒に笑ったり、言いあったりできること。ああ、それができるのなら、ほかのことなど、どうでもいい。

結婚したときには、彼女がこれほど大切な存在になるとは、夢にも思わなかった。だが、いまや、彼女は自分にとって欠かせない存在であり、その避けられない運命にもはや抗《あらが》うつもりはなかった。ラファエルは彼女の鼻先に軽くキスをすると、少し伸びをし、あっという間に眠りに落ちた。

ヴィクトリアはちぎったマフィンに、バターと蜂蜜を塗った。「わたしたちは、これから何をするの？」

「わたしたちだって、スイートハート？　そんなふうに鎌《かま》をかけるのはやめてくれ。これまで、ぼくがきみを危険な目にあわせたことがあったかい？　ああ、いや」彼女が眉をひそめ、怒ったような顔つきをした。彼は微笑もうとしつつ、あわてて言いなおした。「きみを見ていると、きみはぼくのものだ、なにもかもぼくのものだっていう思いが強くなる。すると、世間にそう叫びたくなる。男の所有欲丸出しだが、許してほしい。だが、我慢できないんだよ」

「これからは我慢できるわ」

「じゃあ、悪気があって言ったわけじゃないと、信じてくれる？」

「ええ、わたしはいたって理性的な女ですからね。それに、わたしはあなたの妻で、あなたとなんでも分かちあっている。だから、隠し事はやめて、ラファエル。そんなの不公平よ。それに忘れないで、あなただってわたしのものなのよ。わたしだって、あなたを守っているんだから」

「忘れないようにするよ」彼はお得意の白い歯を見せた笑みを浮かべた。それは、エデンの園のヘビやその仲間でさえ魅了するであろう笑顔だった。ヴィクトリアは、自分がうっとりしていることに気づいた。そして、それが命綱であるかのようにマフィンに目をやると、断固とした口調で言った。「駄目よ、だまされないわ。さあ、何を考えてるのか、白状して」

「兄さんと真剣に話し合いをするつもりだ。そろそろ、真実を語るべき頃合いだろうからね。

これまで兄さんは、自分の好きなように放埒な生活を送ってきた。そしてぼくも、それに歯止めをかけるようなことはいっさいしなかったし、口も挟んでこなかった。きみと一緒に〈ドラゴ・ホール〉に滞在するようになってから、ぼくとダミアンがしたことといえば、ただの言い争いにすぎない。だが、そろそろ、兄の悪行をとめなければ。なにもかも」

「ぺしゃんこにのしてやるつもり？」

「その光景を想像するだけで、嬉しくてたまらないという口調だな。いや、そこまではいかないだろう。まあ、見ていてほしい」

彼の視線が自分からそれると、彼女はあわてて問いただした。「ほかにも計画があるはずよ。聞かせて」

「フラッシュが、ジョニー・トレゴネットの監視を続けている。どこにでもくっついていってる。われらがソーホーの悪名高い掏摸は、いまや悪名高いコーンウォールの影法師になている」

「そのグループのリーダー、〈ザ・ラム〉とかいう男の正体が、ダミアンだっていう可能性はないの？」

「ないと思う。ほら、ジョニーがダミアンに残したメモがあるだろう？　つまり、ジョニーは、ダミアンがメンバーだと知っていたことになる。だが、だれも〈ザ・ラム〉の正体は知らない」

「ええ、そこが肝心ね」

「そのとおりだ」

「かならず慎重を期すと、約束して」

「もう約束しただろう？」

「わたしの助けが必要になったら、迷わず、そう言ってね」

「一瞬たりとも迷いはしない」と、彼はまじめな顔で、即座に嘘をついた。

翌日、〈ドラゴ・ホール〉に戻ると、デモートン家がついに所領の売却に応じたという知らせが待っていた。エレインがじつに嬉しそうにふたりを祝福した。わたしとラファエルが新居に越していったら、エレインは狂喜乱舞するんじゃないかしらと、ヴィクトリアは想像した。いっぽうダミアンはといえば、おざなりの返事をしただけで、心ここにあらずだった。いつ出発するのと、エレインに穏やかな口調でたたみかけられると、ラファエルが気軽な口調で応じた。「こんどの月曜あたりかと。それでいいかな、ヴィクトリア？」

ヴィクトリアはうなずいた。つまり、事態を収拾させるまでに、あと四日あるということだ。きょうが月曜日で、この館から遠く離れたところにいられればいいのにと、彼女は心から願った。だがそのとき、ダマリスのことを思いだした。ダマリスはどんなに寂しい思いをするだろう。成長するって、つらいものね。三杯目のシャンパンを飲みながら、彼女はいっそう考えこんだ。心から愛している小さな女の子と別れるという現実と直面しなくちゃならないんだもの。

寝室に戻る前に、ラファエルはまっすぐに兄の顔を見すえ、静かな口調で言った。「通路とのぞき穴の件について、リガーと話し合いをしたんだろうね？」

ダミアンはまばたきもしなかった。「ああ。おまえもあの通路を発見したらしいな。わたしはたまたま、激しい嵐の夜に見つけたんだよ。あの通路には反響効果があるらしく、派手に音が響いてね。果物の彫刻がほどこされているあたりをいじってみたら、動いたというわけさ」

「もう大工に頼み、のぞき穴を板でふさいだか？」

「いや」

「そろそろ、そうすべきだ」ラファエルは言うと、ヴィクトリアの手をとり、客間からでていった。

ふたりは〈白目の部屋〉にはいっていった。ラファエルはブドウの房の彫刻のところに上着をかけた。

「あしたまでは、これで大丈夫だろう」

「わたしたちが発ったら、ダミアンはきっとまたのぞき穴の羽目板を外すわ」

「使用人たちがひとり残らず、通路のことを知っているのに？　このままにしておいたら、困ったことになるぞ——使用人たちが自分の逢い引きのために通路を使うようになる」

ラファエルは、これからダミアンと話をするつもりであることを、ヴィクトリアに言わなかった。そして彼女がダマリスに会いにいくのを待った。ヴィクトリアが子ども部屋に行ってしまうと、彼はついに書斎に兄の姿を認めた。ラファエルが書斎にはいり、そっとドアを閉めると、窓辺に立っていたダミアンが振り返った。胸の前で腕を組み、なにやら考えこんでいる。

ダミアンはなにも言わず、ラファエルが小さな大理石の暖炉の横にある革張りの椅子のほうにつかつかと歩いていき、腰を下ろし、長い脚を伸ばすようすを見ていた。「話しあわないと」

「本気か？」

ラファエルは癇癪を起こすまいとした。そして指先をあわせ、気楽な口調で言った。「そろそろ真実を話すべきだ、ダミアン。ヴィクトリアに関する嘘では、兄さんを殺してやりたいと思っていた。ぼくになりすまし、妻を誘惑したことでも、殺してやりたかった。ぼくとヴィクトリアが愛しあっているところをのぞき見されているのがわかったときも、殺意に駆られた。そうしたぼくの個人的な感情を脇に置いても、兄さんが複雑な男であるのはわかっていた。そして、兄さんがどれほど意地の悪いことや邪悪なことをしても、道義心を少しはもちあわせているのだろうと思っていた。だが、ヴィクトリアとぼくにたいする行動は、あまりにも悪趣味で、下劣で、言語道断だ」

「彼女はきみになんと言った？　ぼくが彼女を誘惑しようとしたとでも言い張ったのか？　そりゃおもしろいな、ラファエル。あれほど警告してやったのに――」

「だまれ」と、ラファエルが言った。「さもないと、いまにも怪我をするぞ。もうヴィクトリアのことでも、ほかのことでも、ぼくに嘘をつく理由はないだろうに」

「それが兄のもてなしにたいする返礼か？　わたしを攻撃し、侮辱するのが？」

ラファエルは兄をにらみつけることしかできなかった。「兄さんには驚かされるよ、ほんとうに。ぼくはヴィクトリアと月曜に出発する。だがその前に、例の下劣きわまりない異端クラブを消滅させなければならない。ぼくが〈だちょう亭〉でジョニー・トレゴネットをのしたあと、やつと話したんだろう？　やつの顎は折れていなかったはずだ」

ダミアンはただ頭を横に振り、弟に背を向けると、西の芝生を眺めた。ふたりの庭師が細くなりはじめた秋の草を大鎌で刈っている。かれらの動きには無駄がなく、優雅だった。

「馬鹿なことをしたものだ」と、ダミアンが過去の出来事に思いをはせるような口調で言った。「ジョニーからのメモをとっておいたのはまずかった。だが、よりにもよって、おまえにあの通路を発見されるとは」

「ぼくが発見したと、言うにとどめておこう」

「わたしたちのささやかな秘密クラブを、どうしてそこまで躍起になってつぶしたいんだ？」

「じつはね、ダミアン、ぼくはここ五年ほど、イングランド軍のために、フランス軍の動きを偵察するスパイのような任務を負っていた。まあ、兄さんは、ぼくがそんな真似をしていると想像もしたことがないだろうが。いずれにしろ、もうその話はどうでもいい。身を隠す必要がある稼業とは、おさらばしたからね。だが、陸軍省のウォルトン卿から最後の任務を依頼された。そりゃ、〈ヘルファイア・クラブ〉のことなんぞ、本来であれば、政府はいちいち気にかけちゃいられない。だが、兄さんたちはうっかりベインブリッジ子爵の令嬢に乱暴を働いた。あれは致命的な間違いだった。だから、兄さんのささやかなクラブは解散するしかないんだよ。そして手をかけた〈ザ・ラム〉《男根崇拝男》──男根崇拝男は、裁きを受ける」

ダミアンが嘲笑した。「裁きを受ける？　そうなれば、ベインブリッジ子爵の愛娘《まなむすめ》が八人の男たちにレイプされたことが知れわたるぞ。冗談はよせ、ラファエル。そんなことを公表したい父親がいるものか」

「いや、もっと正確に説明してやろう。〈ザ・ラム〉の正体がわかったら、ぼくはウォルトン卿にそれを伝える。すると、それが子爵に伝わる。おそらく、〈ザ・ラム〉にはふたつの選択肢が与えられるだろう。その一、イングランドから永遠に姿を消す。その二、死ぬ。あんな虫けらみたいな野郎が地上から姿を消せば、決闘をする必要もないし、紳士たちの名誉に傷がつくこともない。それも、すぐに姿を消せばの話だ」ラファエルはそこで言葉をとめ、兄の顔をしげしげと観察した。その表情からは、ほとんど何も読みとれなかったが、かすかな苛立ちと、わずかな恐怖と、攻撃性が浮かびあがったような気がした。だが、そうしたものを凌駕《りょうが》するほどの激しい感情は、いっさい認めることができなかった。

「やつがいなくなったからといって、寂しく思う者はいないだろう。根性の腐りきった悪魔のことなど、だれが気にかける？　だが、兄さんには死んでほしくないんだよ、ダミアン。たとえ若い娘たちをレイプして大いに楽しんできたとしても。だが、もう潮時だ。潮時なんだよ」

　ダミアンは何も言わなかった。そしてデスクから銀製のレターナイフをとりあげ、尖った刃を親指の爪に這わせた。

「エレインのことは、どう思ってるんだ？　彼女にはなんの感情ももってないのか？　兄さんにはかわいい娘もいるじゃないか。それに、じきに跡継ぎだって生まれる。いったいどうしちまったんだ、ダミアン？　なんだって好色家を演じつづける？　兄さんとモリーを見たよ。なぜ、あの娘のモッブキャップが頭の上で曲がっているのか、いつもふしぎに思っていた。それに、あの娘がうつろな笑みを浮かべているのもふしぎだった。いったい、どうしてなんだ、ダミアン？」

　しげしげと眺めていたレターナイフから、ダミアンが顔を上げた。そして真っ向から弟をにらみつけ、「退屈だ」と、言った。「退屈なこと、きわまりない」信じられないといった表情をしているラファエルの顔を見ると、ダミアンが笑った。「おまえは、わたしがドラゴ男爵であることに満足しているとでも思っていたのか？〈ドラゴ・ホール〉と、古色蒼然とした調度品を所有することに満悦しているとでも？　くそったれの親父から毎年、分割で支払われる持参金だけが魅力の女と結婚して、このうえなく幸福な生活を送っているとでも思っていたのか？」そう言うと、ダミアンが堰《せき》を切ったように話しつづけた。

「所領に点在する林を眺め、ぶらぶらと散歩でもしていれば、わたしが満足するとでも？　二十二歳で結婚すれば最高の生活を送れるとでも？　冗談じゃない、わたしの人生はまだ始まってもいなかった。それなのに、あんな女と結婚させられた。だが、おまえにも、薄々わかっていたはずだ。スパイやら冒険やらに興じ、おまえは退屈を避けて生きることを選んだのだから。いいご身分だよ、山ほどのいまわしい岩を、はたまたカーステアズ家の血筋をどう維持するかなどと、頭を痛めずにすむんだから。だというのに、おまえは偉そうにわたしを非難している。商人としてひと財産築いたあとで、こんどはスズ鉱山の商売で地道に稼ごうという魂胆をもち、おまけに五万ポンドの持参金をもつ女と結婚しておきながら、よく言えたものだ。これまで長年、おまえにずっと憤りを感じてきたんだよ、ラファエル、もう考えたくもないほど昔からな。おまえもときおりパトリシアのことを思いだすことがあるだろう――ああ、あの馬鹿な小娘のことはよく覚えているが、ラストネームは忘れたな。あの娘をおまえから盗むのは楽しかった。おまえに見られていると知りながら、彼女とやるのは格別だったよ。おまえはいつだって恋人としては慎重で誠意がありすぎる。あのパトリシアは、力ずくで支配されるのを望んでいたのに。だが、もう昔の話だ。蒸し返しても仕方ない」

「あまりにも昔の話だ」と、ラファエルが言った。

「ヴィクトリアには手をつけないでやろう。ぎざぎざと赤い古傷が残る脚が醜いことだし。最後の誘惑は、たんなるおふざけだった——おまえになりすまし、彼女と寝られるかどうか、試したかったのさ。いや、もう彼女と寝たいとは思わない」

ラファエルは身を硬直させ、こぶしを握りしめた。「もう充分だ、ダミアン。充分だ」

ダミアンが肩をすくめた。それは、苦心して双子の弟を真似た仕草だった。「そろそろ、〈ザ・ラム〉の正体を教えてやろうか」

「なんだって?」

「弟よ、〈ザ・ラム〉の正体を教えてやろう」

「なぜだ?」

疑り深そうな弟の顔を見ると、ダミアンが笑った。「そりゃ……あの粗野なクラブに飽きたというところかな。知っているだろうが、ほかの連中はただの雑魚《ざこ》だ。まだ信じられないのか? 無理もない。疑ってかかるのも、もっともだ。だが、教えてやるよ。いいじゃないか。しいて言えば、わたしにもまだいくばくかの良心が残っていることを証明するためだ」

彼が言葉をとめ、かぶりを振った。「いや違う。商人の才能を持つ弟を懲らしめたいからだ」

「商人と野卑は同義語じゃないぞ、ダミアン」

「ほお？　だとしても、ただのミスター・カーステアズか、カーステアズ船長とは同義語のはずだ。だが、ドラゴ男爵の場合は？　そう考えるだけでぞっとするよ。いや、弟よ、男爵に商売だけはできない」

「したくない、という意味だろう？　ぼくがドラゴ男爵に生まれついていたら、躊躇せず、商売をするね」

「ああ、高貴な双子の弟のおでましだ。高貴な血脈を誇る父さんとそっくりだよ。父さんに関してひとつだけ言えるのは、ビジネスマンとしては優秀ではなかったということだ。だが少なくとも、ギャンブルで所領を手放すような真似はしなかった。そりゃ、いくばくかの金は残してくれたが、あんなものは端金さ。だから、これから生まれてくるわたしの跡継ぎは、血筋だけはまっとうでも、いわゆる平民になるだろう。そして叔父貴を見習い、商売に精をだすだろう」

「やめろ、ダミアン。そこまでだ。ぼくたちはまだ兄弟じゃないか」

「そう思っているのなら、残念至極だ。だがな、おまえの顔はわたしの顔だ。くそっ。その事実は否定しないよ」言いながら、ダミアンは書斎のドアのほうに歩いていった。「わたしを殺さなかったことは認めてやろう。兄殺しは、イングランドのヒーローに似つかわしくない。ああ、似つかわしくないさ。もうしばらくしたら、〈ザ・ラム〉の捕え方を教えてやろう。じきにだ」

兄が部屋をでていったあとも、ラファエルはしばらくそこを動かなかった。

万聖節の前夜祭であるハロウィンがやってきた。空には満月こそなかったものの、中身をくりぬいたカボチャのちょうちんがそこかしこに置かれた。そのなかには、ヴィクトリアとエレインに手伝ってもらい、ダマリスがこしらえたものが二個あった。ダマリスがカボチャに穴をあけているあいだ、ブラックばあやが不吉な予言を延々と語りつづけた。

「ふたつとも、窓辺に飾って、お友だちは歓迎し、醜いゴブリンは退治しましょうね」と、エレインが陰謀めいた口調で言い、穴のあいたカボチャのなかに火を灯したろうそくを慎重に置いていった。

「見て、トリー、ほら！」

「なあに？　あら、ほんと、立派に見えるわ、ダミー」

エレインがいとこのほうを見やり、肩をすくめた「二日後には出発ね」

「ええ、そうね。あなたがお産の床についているあいだ、ダマリスの世話をしてほしければ、遠慮なくそう言ってね」

「いいえ、けっこうよ。ブラックばあやがいれば充分。あたくしね、ただ、赤ん坊に無事に生まれてほしいだけなの。早く終わらせてしまいたい」

ヴィクトリアはエレインにおざなりな笑みを見せると、ダマリスにおやすみのキスをして、子ども部屋をでた。

「どうかしたのかい、ヴィクトリア?」

「べつに」そう応じはしたものの、彼女は内心、苛立っていた。だが、それをはっきりと言うわけにはいかなかった。ラファエルの機嫌を敏感に察していたのだ。彼は隠そうとしていたが、朝からずっと、緊張しているようすが伝わってきた。そして、わずかに興奮していることもわかった。冷静にふるまってはいるものの、瞳が銀色に光っていたのだ。「ねえ、ラファエル」と、昼食のあとで、彼女は夫に尋ねた。「何を企んでいるの? 駄目よ、きみの想像がたくましいだけだなんて、はぐらかさないで。そうじゃないことは、わかってるんだから。今夜はハロウィンよ。何が起こるの?」

「ヴィクトリア、愛する人」と、ラファエルが言い、彼女の腕に手を置いた。「ぼくが企んでいるのは、きみをとことんくたびれさせて、あしたは昼まで寝かせておくことさ」

「ラファエル、そんなふうに、わたしとの約束を破らないで」

彼は笑い、身をかがめ、彼女の手にキスをした。

「約束って?」

「わかってるくせに。さあ、何をするつもりか、話して」

彼はなにやら考えこみながら彼女を見ていたが、やがて首を横に振った。「今夜はずっと、きみと一緒にいる。ああ、一晩中ね。ヴィクトリア、ぼくはいつだって約束を守る」

そう言うと、彼は部屋をでていった。ヴィクトリアは、その後ろ姿を見送った。何か、彼に投げつけてやりたいと思いながら。

最初に客間に姿を見せたのは、ふたりの婦人だった。「ラファエルのために、これで乾杯するわ」と、ヴィクトリアが言い、シェリー酒に口をつけた。

「今夜、ダミアンは同席しないそうだ」と、戸口からラファエルが声をかけた。「どうやら、仕事の用がはいったらしい」

「仕事ですって?」と、ヴィクトリアがぽかんとして言った。「ハロウィンの夜に? そんなの、おかしいわ」

「そうは思うが、ダミアンがそう言っていたんだよ。でも、きみの夫はここにいる」

そうね、とヴィクトリアは考え、彼にまぶしい微笑みを向けた。ここにわたしと一緒にいることに関しては、彼は約束を守ってくれた。黒い夜会服の彼は颯爽としていた。お気に入りの淡いパールグレイのベストが、上着の黒とシャツの白に映えている。

「ダミアンがどこにでかけたか、ご存じ、ラファエル?」エレインが尋ね、いかにも重そうに立ちあがった。

「どうしてもすませなければならない用事ができたそうだ」

ヴィクトリアがふふんと笑った。「まさか。なんだか怪しいと思わない、エレイン。夫を連れだして、白状させようかしら」

「いや、それは勘弁してくれ、ヴィクトリア。腹ぺこなんだ。リガー、ありがたい、もう準備はできてるかい？」

「はい、ラファエルの若旦那さま」

夕食の会話は軽妙で、楽しく、気づいたときには、ヴィクトリアはすっかり忘れていた。今夜がハロウィンであり、〈ザ・ラム〉なる男がいかにも邪悪な遊びに耽りそうな夜であることを。でも、夫がここにいるのに、目の前でおいしい鹿肉の煮込み料理に舌鼓《したつづみ》を打っているのに、わたしはどうしてこんなに不安なのかしら。

夕食のあと、ラファエルが食堂でぐずぐずとポートワインを飲もうとはしなかったので、ヴィクトリアはほっとした。ラファエルは、椅子から立ちあがろうとするエレインを支えると、ふたりの婦人それぞれに腕を差しだし、客間に連れていった。ヴィクトリアはエレインにピアノを弾いてちょうだいとせがんだ。

「ベートーヴェンのソナタを、お願い」と、ヴィクトリアは言った。「とても情熱的な曲なんですもの。この前も、朝に練習していたでしょ、エレイン。ね、お願い」

エレインがピアノの前に座った。せりだしているお腹のせいで、やっとのことで鍵盤に手が届くというありさまだった。そして、彼女の手がハ短調の印象的なドラマを奏ではじめた。

ふいに、背後でガラスの割れる音が聞こえた。ヴィクトリアがあわてて振り返ると、銃声が鳴り響いた。ラファエルが壁に吹き飛ばされ、永遠と思われる時間、そのまま動かなかった。そして、きわめて優雅に、ゆっくりと、床にくずおれた。

ヴィクトリアの耳に、しわがれた、醜い金切り声が届いた。その悲鳴は、彼女の口からでたものだった。

23

真実と希望はつねに浮上する。
——スペインのことわざ

〈ザ・ラム〉は胸を躍らせていた。じきに、もうすぐ、首尾よく事がすんだという一報がはいるはずだ。信頼を置いている忠実なるしもべのディーヴァーを〈ドラゴ・ホール〉に送りこんだのである。〈ザ・ラム〉は、ヴィンセント・ランドウワーと気軽に喋っている男爵のほうを見やった。こうするしかなかったことを、男爵も最後には納得してくれるだろう。たとえ、意に添わないことであったとしても、口を閉じているしかないはずだ——ああ、間違いない、男爵は口をつぐんでいるだろう。なにしろ、この部屋にいるほかの若い愚かどもと同様、男爵自身、この事態に深く関わっているのだから。

〈ザ・ラム〉は、今夜、自分がいつになく意気揚々としていることを自覚していた。なんといっても今夜は悪魔の夜、すなわち、彼の夜だ。彼はこれまで時間をかけて、懸命に、自分がつくった掟《おきて》を、美しい儀式を、徐々に改良してきた。そして、この部屋にいる男たちを自分が理想とするイメージに近づけてきた。それがいま、完ぺきなかたちになろうとしている。

ああ、これが満悦せずにいられるか。

「紳士諸君」〈ザ・ラム〉は声をあげ、男たちの注目を集めた。「ハロウィンの夜にこうして兄弟の契《ちぎ》りをたしかめあい、万事、順調であることに乾杯できるのは、じつに象徴的だ。われわれの知名度は高くなりつつある。じきに〈ヘルファイア・クラブ〉の悪名を知らぬ者はいなくなり、世間の男どもに、メンバーは畏怖の念をもっておそれられ、尊敬され、羨望されるようになるだろう。紳士諸君、われわれの存続に乾杯しよう。元祖〈ヘルファイア・クラブ〉の悪名をはるかにしのぐわれわれの活躍に」

喝采があがり、ぶつぶつと不満を漏らす声もわずかに聞こえたが、大半がうなずき、そして全員が濃厚なブランデーのはいった盃を飲みほした。〈ザ・ラム〉は、全員に鞭《むち》をふるいたくなった。もっと大声で、声をかぎりに乾杯の声をあげるべきなのに、まったく、この腑《ふ》抜《ぬ》けどもが。そのとき、ドラゴ男爵がのろのろと椅子から立ちあがった。そして振り返り、薬を盛られ、昏睡《こんすい》状態で長いテーブルの上に寝そべっている娘のほうを見た。細い身体から両腕と両脚を広げられ、さらには手首と足首を縛られ、儀式が始まるのを待っている。

「何か心配ごとでも?」

「いや、もうこれで、心配ごととはおさらばだ」

そう言うと、ドラゴ男爵は、仰天する〈ザ・ラム〉の目の前でゆっくりと頭巾を外し、床に投げつけた。そして、そのやわらかいビロードの生地をブーツの踵で踏みつけた。

「やめろ」〈ザ・ラム〉が吠えるように言い、自分が座っているハイバックチェアの椅子の袖に両のこぶしを押しつけた。「ルール違反だぞ。会合のあいだは、つねに頭巾をかぶっていなければならない」

「なぜだ?」

「ダミアン、どうかしたのか? へべれけなのか? このままルール違反を続けようものなら、厳しい懲罰を受けることになるぞ」

男爵が笑った。「そうかい? だが、いったいなんだって、ここにいる友人諸君に自分の顔を見せてはならないんだ? なぜ、みんなの顔を見てはならないんだ? あそこにいる娘を襲っている最中には、ぜひ、諸君にこの顔を見てもらいたいね。あの娘はたったの十三歳だ。意識を失った子どもをレイプするのを、わたしがどれほど楽しんでいるか、みんなに見てもらいたい。いたいけな子どもに血を流させ、痛みに身体を震わせることに、わたしが悦楽を覚えているところをね」

「だまれ、この、間抜け。まったく、頭がいかれたのか?」

ふいにジョニー・トレゴネットが立ちあがり、手元のブランデーグラスが床に落ちた。

「おまえ、ダミアンじゃないな。ちくしょう、ラファエルだろ」

ラファエルはゆったりとした黒いマントのポケットから、じつになめらかにピストルをとりだした。「ご明察だ、ジョニー」そう言うと、ラファエルはゆっくりと〈ザ・ラム〉のほうを向いた。「声音《こわね》から、おまえの正体を突きとめようとしたんだ。聞き覚えはあるんだが、ずいぶんじょうずに声色を変えているな」ラファエルは肩をすくめ、にやりと凄みのある笑みを浮かべた。そしてまたメンバーのほうに向きなおった。「さて、親愛なる友よ、頭巾をとってもらおう。全員、ひとり残らず、顔を見せろ。いますぐにだ」

だれも動かなかった。一瞬、全員が黒いお化けとなって固まったようだった。

「いますぐ従わなければ、〈ザ・ラム〉を撃ち殺す」ラファエルは冷静に銃口を上げ、ラムの額の真ん中に狙いを定めた。「じつに気持ちのいい厄介払いになるだろう。悪臭が消え、空気がうまくなる」

「頭巾を脱げ」と、〈ザ・ラム〉が言った。

メンバーが従った。

「暖炉に投げろ」

黒いビロードの頭巾が次々と暖炉に投げられた。積みあがった頭巾は、しばらく炎を覆いかくしていたが、やがて黒い煙が上がりはじめ、オレンジ色の炎が吹きあがった。

「よく知った顔ばかりだな。頭巾があろうとなかろうと、とっくに面は割れていたんだが。やあ、チャーリー、ポール、リンク」ラファエルは、目をあわそうとしない相手を一人ひとり見ていった。だが、彼はかれらを責めなかった。おそらく、半ズボンを下ろしている現場を目撃されるよりも、恥ずかしい思いをしていることだろう。彼はそれぞれの顔を確認しながら、愉快そうに名前を呼んでいき、ばつが悪そうにしているようすを眺めた。しばらくすると、ラファエルは動きをとめ、顔をしかめた。デヴィッド・エスターブリッジの姿がない。彼は眉をひそめ、乱暴されたジョアン・ニュードーンズという娘が、デヴィッドの声を聞いたと言っていたことを思いだした。それがほんとうなら、デヴィッドはどこにいる？　彼はヴィンセント・ランドウナーに向かって声を張りあげた。「ヴィニー、〈ザ・ラム〉の正体を知りたくないか？」

ヴィンセントが青い目を上げ、ラファエルの顔を見ると、「それは禁じられている」とだけ応じた。

「知りたいかと、訊いてるんだ」

「ああ」と、ヴィンセントが言った。「ここにいる全員が、知りたいはずだ」

「駄目だ。それは禁じられている。わたしはリーダーだぞ、うすのろめが。いいから、早くやめさせろ」

ラファエルは、うつむいている頭の数々をぐるりと見まわし、「どうしてだ？」と尋ねた。「なぜ、おまえたちは、こいつにこんな真似をさせてるんだ？　チャーリー、おまえには妹がいるだろう。クレアは十五歳だったよな。おまえは、妹が薬を盛られ、縛りあげられて乱暴されるところを見たいのか？」

「だまれ、ラファエル、クレアはまだ子どもだ」

「じゃあ、ここに横たわっている娘はどうなんだ、チャーリー？」

「その娘にはなんの価値もない」同じことを何度も言わせるなと言わんばかりに、ポール・キーソンが、不機嫌そうな口調で言った。

「ほお、そうか？　おまえこそ、〈ザ・ラム〉に残飯を寄こされたら、よろこんでがつがつと食うように見えるがね。あの若い淑女である子爵のご令嬢にも、なんの価値もなかったのか？」

「あのときは、知らなかったんだ」と、ジョニーが声を荒らげた。「あとになってから、わかったことだ」

「ということは、子爵のご令嬢は、自分の身分をあかさなかったのか？」

「言った」と、ポール・キーソンが応じた。「だが、そんな話を信じるわけないだろ」

リンカンが口を挟んだ。「たんなる勘違いだったんだ。あの小娘ときたら、農夫の娘のような薄汚い恰好をしていたし、お付きの者もいなかったんだぜ」

「どんな悪行にも、言い訳はあるものだ」と、ラファエル。「チャーリー、おまえの妹のクレアは、お付きの者なしでときどき散歩にでかけるんじゃないか？」

チャールズ・セント・クレメントが苦しそうに息を呑んだが、何も言わなかった。

「かわいいクレアは、古ぼけたドレスを着てお散歩することもあるよな？　ベリー摘みとかさ」

「やめろ、ラファエル」

「いいだろう。みんな、そろそろ話の論点が見えてきたはずだ。よし、よく聞け。真実を話してやろう。ぼくは、この馬鹿げた悪行をとめるよう、政府から依頼を受けた。わかるだろう、紳士諸君、子爵のご令嬢に乱暴を働いたせいで、政府のお偉方たちもだまっていられなくなったんだよ。だから、もうやめろ。いますぐに。ここにいる全員が、道義を守るまっとうな人間に戻る努力をすると誓うのなら、懲罰を受けることはないだろう。だが、こちらの紳士、〈ザ・ラム〉だけは、べつの扱いを受けることになる」

「おまえたちは七人で、こいつはひとりだ。殺せ」

「フラッシュ」

「合点だ、船長。だれも動くんじゃねえぞ、わかったか」

だれも身動きしなかった。

「ありがとう、フラッシュ」と、ラファエルが静かに言った。「テーブルのお嬢さんのようすを見てくれないか？　紐をほどき、ちゃんと息をしているか、確認してくれ」

フラッシュが娘のほうに行き、手際よく紐をほどいていった。「大丈夫っす、船長。じきに意識が戻りそうだ」

「ああ、だろうな」ラファエルは〈ザ・ラム〉のほうを振り返り、軽蔑するように言った。

「おまえの従順な男たちに乱暴されているあいだ、彼女に少しは意識をもっていてほしかったんだな」

〈ザ・ラム〉がよろよろと立ちあがり、震える声で言った。「おまえはこの神聖な場所を冒瀆した。おまえは冷笑し、脅迫した。ここのリーダーはわたしだ。そして、今夜はハロウィンだ。今夜はわたしの勝利の夜なのだ」と言ったあと、〈ザ・ラム〉の視線が横に動いた。その瞬間をラファエルは見逃さず、あわてて振り返ったが、間にあわなかった。

「船長！」

ピストルの台尻が、ラファエルの頭蓋骨ではなく、右肩を直撃した。ラファエルは、その力に、そして目もくらむほどの痛みに、思わずよろめいた。握っていたピストルが床に落ち、古い絨毯の上を転がっていった。ラファエルはふらつく足で、ピストルを追った。

「やめろ、船長。さもないと、ディーヴァーがおまえを殺す」

ラファエルは息をあえがせながら身を起こし、こちらの胸に銃口で狙いを定めている丸い鼻の男を見た。彼は動きをとめ、胸のうちで自分に悪態をついた。そして痛みを意識しないようにしながら、自制心を取り戻した。

「親愛なるラファエル、こちらはディーヴァーだ。フラッシュとかいう、そこの男、こっちにきて船長の横に立て。ああ、それでいい。さて、紳士諸君、このふたりの侵入者を縛りあげろ」

ラファエルはジョニー・トレゴネットに臆することなく言った。「ぼくが、侵入者？」そう言うと、落ち着き払った声で続けた。「冷静に考えれば胸が悪くなるようなことをするよう、おまえはこいつらを説得した。ぼくはただ、それが気に食わないだけだ」

「だまれ、船長。さあ、座れ」

ラファエルはみずから座り、横に座るよう、フラッシュに身振りで示した。

「縛りあげろ、ジョニー、ヴィンセント」

「ああ、やるがいい」と、ラファエルが気楽な口調で言った。「それがすんだら、おまえたちは、あの娘に乱暴を働く順番をくじで決めるというわけか。わくわくするな。ぼくがおまえの立場なら、さっさと縛りあげるね」

「ディーヴァー、もうひと言でも聞こえたら、やつの脳をぶち抜いてやれ」

「それはどうかな、ラム」と、ジョニー・トレゴネットが、前進するのではなく、あとずさりをしながら口をひらいた。「やつを殺すな。おれが許さない」

「おれが許さないだと、ジョニー？　馬鹿も休み休み言え、この青二才が。おまえはわたしに言われたことだけしていればいいんだよ」

ジョニーの顔色が変わった。その光景にラファエルは驚き、安堵の波がどっと全身を襲った。ジョニーたちに、最後の望みを託すしかない。

「ほかのみんなも、おれと同意見だと思うぜ、ラム。なあ、ヴィニー？　リンク？　チャーリー？」

「だが、どうすりゃいいんだ？」と、困惑したヴィニーが哀れっぽい声で言った。

「まだわかんねえのかよ」と、フラッシュが声をだした。「船長の話を聞いてなかったのか？　あんたたちの身には何も起こりゃしないと、船長がさっき言っただろ」

「殺れ」と、〈ザ・ラム〉がディーヴァーに叫んだ。

ディーヴァーがフラッシュのほうにさっとピストルを向けた。その瞬間、ジョニー・トレゴネットとチャールズ・セント・クレメントが前に走りだした。ラファエルも従った。すぐに、全員がディーヴァーにのしかかった。肉付きのいい手からピストルがもぎとられた。そしてラファエルがやめろと声をかけるまで、ディーヴァーは殴られたり蹴られたりした。

「やめろ」と、ラファエルが言った。「重要なのは〈ザ・ラム〉であって、この腑抜けじゃない」彼はわずかにふらつきながら立ちあがった。痛みのあまり、肩の感覚がない。「さあ、ラム、頭巾を脱げ。みんな、おまえの顔をとっくりと拝見したいんだよ」

〈ザ・ラム〉がのろのろとあとずさりをした。妙なことに、動いているのに姿勢は直立したままだ。

「脱げ」と、ラファエルが言った。「さもないと、はぎとるぞ」

〈ザ・ラム〉が汚い言葉で悪態をついた。母親の膝の上で、悪態の限りを聞かされて育ったフラッシュでさえ、その言葉のおぞましさに唖然とした。

「何者なんだ？」と、ラファエルが言った。「デヴィッド、おまえなのか？　ジョアン・

ニュードーンズがおまえの声を聞いたそうだ。少なくも、あの娘はそう思ったんだよ。デヴィッド、おまえなのか、ガキ大将気取りなのは?」

〈ザ・ラム〉が棒のように身をまっすぐにした。そして、ゆっくりと手を上げた。頭巾が少しずつ上がっていき、うしろにすべり落ちた。

完ぺきな沈黙が訪れた。だれもが信じられない思いで、スクワイア・ギルバート・エスターブリッジの顔を見た。

「老いぼれ……」

「デヴィッドのおやじさん……」

「嘘だろ、信じられない……」

「なるほど、ジョアンの推理は近かったわけだ。ぼくたちのだれよりも」と、ラファエルが言った。「スクワイア、何か言うことはあるか? デヴィッドは、おまえの変態行為を知ってるのか?」

「デヴィッドは参加したがっていた」と、リンカン・ペンハロウが首を振りながら言った。「だが、〈ザ・ラム〉に断られた。メンバーは八人のみ、それ以上でもそれ以下でもならん、と」

「いつだって、ルールをつくってやがった」と、ジョニーが言った。「ルール、またルール。おれのくそったれおやじみたいに」

ラファエルは何も言わなかった。ジョニーやほかの連中を気のすむまで殴りつけてやりたいが、その快楽を味わうわけにはいかない。この卑劣な男どもがまだ必要なのだ。

「だよな」と、チャールズ・セント・クレメントが言った。「娘たちへのルールも決めやがった。おれたちは娘の胸を愛撫するどころか、乳房を見ることも禁じられた。使うのは、娘の脚のあいだだけ。器《うつわ》、とやつは呼んでいたよ。娘の器だけを使え、と」

ラファエルはかれらの不平に耳を傾けながらも、スクワイアの顔から目を離さなかった。老人の顔は紅潮しており、瞳は奇妙な緑色を帯び、ぎらついている。ラファエルはふいに恐怖を覚え、身震いをした。

この状況と自分自身を、もういちど掌握しなければ。そう考え、ラファエルはポール・キーソンの話をさえぎり、声をあげた。「さっきも言ったように、スクワイア、おまえだけが懲罰を受けるべきだ。自分で選べ。イングランドを永遠に離れるか、死ぬかを。子爵がおまえに会うことはないだろう。それが貴族の面子《めんつ》というものだ。だから、子爵はおまえを殺させるだろう。たやすいことだ。さあ、どうする？　どちらにするか、自分で選べ」

どちらを選ぶにせよ、スクワイアの顔がいっそう紅潮した。彼は頭をのけぞらせ、肩をいからせながら言った。「わたしはスクワイア・エスターブリッジだ。ずっとこの地で暮らしてきた。父と祖父もそうだった。ここはわたしの土地であり、わたしが主人だ。おまえこそ、偉そうな口を叩くんじゃない。この猟小屋とて、わたしの物だ。わたしが買ったのだ。おまえは侵入者だ。でていけ」

ラファエルが笑った。「笑わせてくれるな、スクワイア。じつに愉快だ。いいさ、おまえに与えられた選択肢を教えてやったんだから、用はすんだ。よろこんで失礼するよ。だが、気をつけろよ、スクワイア。このままイングランドに、このコーンウォールに留まっていようものなら、二度と、朝、目覚めることはなくなるぞ。そして、おまえの息子が跡を継ぐ」

それは、目の前の男にとって、破滅的な結末であるはずだった。

スクワイアはそれ以上、何も言わなかった。ラファエルはほかの男たちにうなずいてみせると、フラッシュに言った。「ディーヴァーを縛りあげろ。どうせ、ぼくたちがここからでていったら、スクワイアがすぐに解放するだろうが」

フラッシュは、その呼び名に恥じることなく、閃光《フラッシュ》のごとく行動を起こした。ラファエルはテーブルに歩いていき、外套を脱ぎ、娘の身体をくるんだ。

「娘の名前は、スクワイア？」

スクワイアは冷笑し、何も言わなかった。

「ルドコット先生のところに連れていこう。先生なら、身元がわかるだろう」痩せた娘の身体を抱きあげながら、ラファエルは男たちに言った。「クラブは、これで解散だ。いいな？」

全員がうなずき、ジョニーが我慢できないというように声を発した。「ちくしょう、おれたち、これまでずっとだまされてきたんだぜ。こんな……こんな……」

ジョニーには適切な言葉が見つからないようだったので、ヴィニーがすかさず口を挟んだ。

「このけったくそ悪いじいさんに？　頭のいかれた老いぼれに？」

「いまいましいちんぴらどもめが」

そう言いはしたものの、〈ザ・ラム〉は動かなかったし、表情も変えなかった。そして、ラファエルに言った。「おまえが笑っていられるのも、いまのうちだぞ、船長」

スクワイアに低い声で脅され、ラファエルはびくりとした。「どういう意味だ？」

スクワイアは首を横に振っただけで、何も言わなかった。


ラファエルとフラッシュはふたりとも気分が高揚してはいたものの、疲労困憊していた。ふたりは並んで馬に乗り、〈ドラゴ・ホール〉の厩舎にはいっていった。「ダミアンが妻をまんまとだましていたら、どうしてくれよう」

それはひとり言のようなものであり、フラッシュは何も言わなかった。

「ぼくは兄を脅した。ヴィクトリアに、ぼくと兄の見分けがつくのは、兄に触れられたときだけなんだ。兄は、ぜったいにヴィクトリアに触れないと誓った。名誉にかけて指一本触れはしない、と。今夜から、兄は悔い改め、生活を一新するそうだ。さて、どうなっていることやら。じきにわかる」

ラファエルはフラッシュの労をねぎらい、館に向かって歩きはじめた。「いい運動になりましたよ、船長」と、フラッシュがその後ろ姿に声をかけた。「いやあ、じつにいい運動でした」

館に向かっていたラファエルは、にやりと笑った。もうすっかり夜も更けている。それなのに、館の窓という窓に灯りがともっている。彼は顔をしかめた。突然、スクワイアの脅し文句が脳裏によみがえり、彼は走りはじめた。

玄関のオークの扉を勢いよくあけた。「リガー、何があった？」

リガーが驚いて口をあけたものの、苦悩の表情を浮かべ、何も言わなかった。

「話せ」ラファエルがつかつかと近づき、執事の細い肩をわしづかみにした。「何があった、リガー？」

リガーが彼を見あげ、ようやくのことで声をだした。「失礼ですが、男爵さまでいらっしゃいますか、それともラファエル船長で？」

「ぼくだよ、ラファエルだ」

リガーが低くうめいた。「何者かが男爵さまを撃ったのです。わたしどもは、撃たれたのが船長だと勘違いしました。奥さまが、ええ、その――」

「兄は命を落としたのか？」

リガーが首を横に振った。「ルドコット先生が診てくださっています。しかし……」

ラファエルはもう待たなかった。階段を一段置きに駆けあがり、長い東の回廊を走り、主寝室を目指したものの、途中で間違いに気づき、〈白目の部屋〉へと方向を変えた。

廊下の先に、ヴィクトリアの姿が見えた。閉じたドアの脇に立ち、壁にもたれ、うなだれている。疲れはてているのだろう。ラファエルはやさしく声をかけた。「ヴィクトリア」

彼女がはっと目をあけた。「ダミアン。戻ってくださってよかったわ。彼、重傷を――」

「ヴィク、愛する人」

彼女が固まった。大きく見ひらいた目で、彼の顔をひたと見すえた。ラファエルは彼女のほうに大股で近づいていった。

「ダミアン、どういうことか――」

「しーっ、愛する人、しーっ、ぼくだよ」そう言うと、ラファエルは彼女を抱き寄せた。

「ラファエル？」と、ヴィクトリアがかぼそい悲鳴をあげた。

「ああ」そう言うと、ヴィクトリアが抱きついてきた。彼はひしと抱きしめられ、肩に彼女の顔を感じた。

「ぼくは大丈夫だ、愛する人」と、彼は何度も繰り返した。「ダミアンに何があったのか、説明してくれ」

「彼のことを、あなただと思ったの。エレインもよ。みんな、そう勘違いしたわ。ああ、まさか、信じられない」彼女は言葉をとめ、大きく息を吐いた。「ルドコット先生に、部屋の外にでていてくださいって言われたの。先生は、ダミアンの肩に深く埋まっていた銃弾をとりだしてくださったわ。ありがたいことに、ダミアンは失神していたけれど。いったい、これはどういうことなの？」

ラファエルはやさしく彼女の肩を揺すった。「いいか、ヴィクトリア。エレインのところに行って、撃たれたのはダミアンだと説明してやってくれ。ぼくはダミアンのようすを見にいく。大丈夫？　エレインに説明できる？」

彼女はうなずき、もういちどラファエルをきつく抱きしめると、スカートの裾をもち、主寝室のほうに駆けだした。

ラファエルはそっと〈白目の部屋〉にはいっていった。ルドコット医師が顔を上げた。その表情は険しく、緊張の色があらわれている。「男爵、おかえりなさい。弟さんは、ご無事です。ようやく、そう申しあげられるようになりましたよ。じつに強いお方だ。この試練を乗り越えられる」

「ぼくはラファエル・カーステアズ。彼は男爵だ」

医師は、ベッドに横たわる意識のない男と、ラファエルの顔を見比べた。「驚きましたな」そう言うと、首を振った。

「いま、きみの家に、若い娘さんを連れていったところだ。あやうく〈ヘルファイア・クラブ〉の連中に乱暴されるところだったんだ。だが、これでもう終わりだ。なにもかも」

ルドコット医師はただラファエルを見つめたまま、しばらくなにも言わなかった。「ほっとしました」と、ようやく言葉を発した。「わたしの読みが正しければ、わたしに言うつもりのないことが山ほどおありのようですな、船長」

「ああ、そのようだ」

そのとき、ダミアンがうめき声をあげた。と同時に、エレインが寝室に飛びこんできた。その顔は一月の雪のように蒼白で、ぴったりとしたガウンのせいで、せりだしたお腹のかたちまでよくわかった。

「大丈夫ですよ、落ち着いて、奥さま」ルドコット医師があわてて言い、彼女に近づいた。「ご主人はご無事です。生き延びます。まずは、奥さまが落ち着かれないと。お腹のお子さんにさわります。さあ」

「彼はあなたのふりをしたのよ、ラファエル」そう言うと、エレインが夫の手を指で撫でた。「ああ、今回ばかりは、兄がなにをするつもりか、ぼくにもよくわかっていたんだ、エレイン。よもや、こんなことになろうとは、ふたりとも夢にも思っていなかった。すまない。ほんとうに、すまなかった」

「いったい、どうして?」彼女は力なく尋ねた。

そのとき、ダミアンが目をあけ、こちらを見つめる妻の顔を見た。「やあ」と、ダミアンが言った。「ラファエルはどこだ?」

「ここだ。万事、うまくいった。なにもかも」

「よかった」と、ダミアンが言った。「うまくいったんだな」そう言うと、彼は目を閉じ、妻の手を強く握った。「わたしは大丈夫だ」そしてまた深い眠りに戻っていった。

ヴィクトリアがラファエルの袖を引っ張った。「教えて」

「エレイン、きみはダミアンと一緒にいるかい？」

「ええ」彼女はそう応じると、ラファエルのほうをじっと見つめてから、ルドコット医師のほうに視線を移し、話しはじめた。

ラファエルとヴィクトリアは廊下にでると、並んで静かに歩きはじめた。「なぜ、あんな真似を？」

「きみを守るためだ」と、それだけ言ったものの、ラファエルは彼女の声に怒りを聞きとった。そして、いままで押しつぶされそうになっていたであろうとてつもない恐怖を想像し、申し訳なく思った。「きみには、ぼくがここにいて、外出していないと信じてもらうしかなかったんだ。さもなければ、なんとかしてぼくを救出しようと、きみが大騒ぎするのは目に見えていたからね。きみの命を少しでも危険にさらすような真似はできなかったんだよ、ヴィクトリア」

「それで、どうなったの？」

「ああ、説明しよう。〈ザ・ラム〉の正体は——きみには想像もつかないだろう」

「そうね、わたしはこの陰謀に終止符を打つ手伝いをさせてもらえなかったから、なんの想像もつかないわ」

「スクワイア・エスターブリッジだ」

彼女がだまりこんだ。そして、信じられないという顔で彼を見あげた、「デヴィッドも一味だったの？」

「あの薄汚いグループには関わっていない。どうやら、父親が息子を参加させなかったらしい。そうなったら、遅かれ早かれ、デヴィッドに正体を見破られると思ったんだろう」

「あなたとダミアンで、この計画を立てたの？」

「ああ」

ヴィクトリアがふいに足をとめ、彼の腕をつかみ、彼の顔を自分のほうに向けた。「これまでの人生で、あれほど怖かったことはないわ。銃弾が……あなたを――いえ、ダミアンを――壁に叩きつけたの。わたしには何もできなかった。ただ悲鳴をあげ、泣くしかなかった。わたしを計画から外したのは、賢明だったのかもしれないわ。わたしはなにもかも、ぶちこわしていたかもしれない」

彼がにっこりと笑った。白い歯がこぼれるその微笑み、胸を高鳴らせるその微笑みを見ると、彼女は何度も何度も彼の顔にキスしたくなった。「きみはぼくを愛している」と、ラファエルが言った。「ぼくなしでは生きていけないことを、きみは証明した」

彼女はきっと彼をにらみつけた。「あなたのせいで、いいえ、あとでダミアンだってわかったけれど、とにかく大騒ぎになったのよ。だって、ぞっとするほど大量の出血だったんですもの。怖くてどうにかなりそうだった」

そう聞くと、ラファエルは眉を寄せた。「ほほう」

ヴィクトリアは、彼のみぞおちのあたりを強く小突いた。「スクワイアのことはどうするつもり？」

「何も。本人の選択次第だ。それほど頭がいかれていなければ、やつはすぐにイングランドを発つだろう。だが、やつの頭はまともに働いていない」

「かわいそうなデヴィッド」

「かわいそうなデヴィッド、だって？　ふん。あの鈍感ないじめっ子には、きみに同情される価値などない。だが、ぼくは違う。ぼくを見てくれ、ヴィクトリア。勝利をおさめた戦士が、戦場からきみのもとに疲労困憊して帰還したんだぞ。きみのやわらかい胸という救援が必要だ――」

「紅茶をいれてあげるっていうのはどう？」

「ヒーローにたいするお礼がそれっぽっちかい？」そう言うと、ラファエルはお得意の笑みを浮かべた。それがいまにも気持ちのいい哄笑に変わりそうだったので、彼女は思わずうっとりした。

「紅茶にブランデーを垂らしてあげてもいいわ」

「それだけ？　ぼくの考えていることを教えてあげようか、ヴィクトリア？　ぼくたちは〈ザ・ラム〉に正義の鉄槌《てっつい》をくださなければならない。ほら、ビショップという男がいただろう？　密輸業者の元締めの男が。ふたりで一緒にアクスマウスまで旅をして、きみを餌に利用して、やつをさがしだし……おいおい、どこに行く？」

「フラッシュをさがしてくるわ。あなたを置いて、一緒にシーウィッチ号に行きましょうって誘ってみる。ブリック先生からもっと薬草をもらって、あなたの内臓をすっかりきれいにしてあげる」

彼が下腹部を押さえた。「話を聞くだけで、気分が悪くなってきた。いますぐ、救援が必要だ」

ヴィクトリアは両手を腰にあて、彼を見た。彼がふいに輝くような笑みを浮かべ、彼女をとろけさせた。彼女は我慢できなくなり、にっこりと笑みを返し、悪態をついた。「知らないわ、意地悪。救援なんてするもんですか」

「こっちにおいで、ヴィクトリア。ふたりで互いを救援しようじゃないか」

エピローグ

一八一四年一月
イングランド、コーンウォール、〈カーステアズ・マナー〉

制圧するだけでは不充分だ。たらしこむ術も覚えなくては。

——ヴォルテール

「こんなに家禽《かきん》だなんだとご馳走を並べていたら、しまいにテーブルが壊れるぞ。ビール夫人のおいしいウズラの肉詰めが、まずそうな芽キャベツの下に埋もれてしまう」

ヴィクトリアは夫の言葉に笑い、テーブルに揃った客人の顔をぐるりと見まわした。「ラファエルの言うとおりだわ。でも、高貴な貴族のみなさんがこれほどお集まりくださったんですもの」

ホークことロザミア伯爵が、悲しそうな声で妻のフランシスに話しかけた。「ヴィクトリアが慇懃《いんぎん》無礼《ぶれい》な態度をとりつづけるのなら、父上にさっそく一筆献上しなければ。父とルシアは結託し、ディディエを従え、摂政皇太子に訴えるかもな」

ダイアナ・アシュトンことセイント・リーヴェン伯爵夫人が、アーティチョークの茎のあたりをかじり、無念そうに首を振った。「まだショックから立ち直れないわ。ルシアが侯爵と結婚するなんて」

「父の話によれば」と、ホークが言った。「ルシアはゴシック小説を音読してくれるそうだよ。夜、ベッドでね」

こらえきれなくなり、フランシスがくすくすと笑った。

「わかった。ほかのことも教えてあげよう」と、ホークが続けた。「父は、ルシアを好きなようにさせているんだが、そのやり方がじつに独創的でね。ルシアは、小説の筋が自分の目的にかなわなければ、つまり、それが充分に艶《つや》っぽくなければ、父に気づかれないようにしながら、勝手に筋を変えてしまうんだそうだ」

「そして、めでたし、めでたし」と、フランシスが言った。「駄目よ、ホーク、いけないわ。もう喋らないで。夕食の会話にふさわしくないもの」

「年を重ねるにつれ、ぼくの妻は口うるさい、退屈な女になってきてね」と、ホークがぼやいた。「ぼくが馬具部屋に引きずりこんだ、あのスコットランドのおてんば娘はいったいどこに――」

「ホーク、いいえ、フィリップ。とにかく、もうやめて」

ホークが手を上げた。「すまない。いまのぼくはメソジスト教徒のように敬虔《けいけん》だ。そのうまそうなプラム・プディングを少しとっていただけるかな、ダイアナ。フランシス、愛しい人、きみの顔はちょっと紅潮するといっそうかわいいよ」

フランシスはその台詞を無視し、考えこむようにして言った。「侯爵と結婚してから、ルシアが自分への課題にしているレース編みはどうなったのかしら」

ラファエルが言った。「ダイアナ、きみは自分にお仕置きをしたいときは、何をするんだい？　レディ・ルシアのように決然とレース編みに臨むのかな？」

プラム・プディングを食べながら、ダイアナが豪胆にもにっこりと笑ったので、ラファエルが先を続けた。「ぼくはね、ルシアに苦行のかわりとして、ヴィクトリアを差しだしてあげたんだ。だから、ヴィクトリアが客間にはいってきてからというもの、レース編みはルシアの椅子のクッションの下にずっと押しこまれていたそうだ。ディディエがそう言っていた」

「その点については、ヴィクトリアには異論があるでしょうね、ラファエル」とダイアナが言った。「わたしが苦行のかわりにしているのは――」

「彼女は、苦行をぼくに肩代わりさせたんだぜ」と、ライアン・アシュトンことセイント・リーヴェン伯爵が言った。「お腹が丸くなるにつれ、彼女は突飛な要求をするようになってね。『ライアン、ダーリン、あの小さなストロベリータルトをとってくださる？　それに、ホイップクリームが載ったあれも。まだ朝の三時よ、ライアン、いいでしょ？』と、これがまだあと三カ月も続くとは」

ホークが身を乗りだし、フォークを振った。「ライアン、そんなものは苦行のうちにはいらないよ。フランシスときたら、この八月に、ぼくを震えあがらせたんだから。少年のような恰好をして、実際にニューマーケットの競馬に出場したんだぜ。すると、自分が負けていることに苛立った騎手が、彼女に鞭をふるった。おかげで、あやうく落馬しかけたが、正体が女性だということがばれていたら、彼女は追放されていただろう」

「あらそう？　あなたのお父さまは、最高に愉快だっておっしゃってくださったわ」と、フランシスが嬉しそうに言った。「わたし、いちどでいいから本物のレースに〈フライング・デイヴィー〉に乗って出場したかったの。それだけの価値はあったわ。例の騎手には――ドーキングとかいう、つまらない名前だったけれど――たっぷりとデザートを味わわせてやったもの」

「何をしたの？」両の瞳を好奇心できらめかせながら、ヴィクトリアが尋ねた。

ホークが応じた。「ありがたいことに、もう元愛人を助っ人に雇うような真似はしなかったよ」

フランシスが答えた。「わたしは一瞬も無駄にしなかった。すぐに、彼の顔に鞭をふるってやった。彼は雄叫びをあげ、見る見る後退していったわ」

「そうなんだよ」と、ホーク。「すると、やつはうちの厩舎に三人のちんぴらを送ってよこした。自分に鞭をふるった騎手をぶちのめすためにね」

「さしずめ、こんなところだろう」と、ライアンが口を挟んだ。「ところが、騎手の姿はどこにもなかった。騎手はふたたび美しいドレスに着替え、ロザミア伯爵といちゃついていたに違いない」

「そのとおりよ」と、フランシスが椅子の背もたれに背を預け、満足そうに言った。「そしてフライング・デイヴィーが勝った」

「ブラボー」と、三人の淑女が歓声をあげた。

ストロベリータルトがデザートにとってあったので、ライアンはよろこんだ。「もうホイップクリームは充分かい、スイートハート？　いまのうちに、もう少し食べておけば、夜中の食欲は抑えられるんじゃないか？」

ダイアナがおもむろに言った。「あなたはねえ、ライアン、ホイップクリームを載せたところで、わたしにはもうおいしそうに見えないの」

ライアンが不満の声をあげた。「キッチンへの近道を教えてくれないか、ヴィクトリア。夜中にうろつくことになるだろうから」

紳士たちは食堂でポートワインをぐずぐずと飲むような真似はせず、すぐに客間のご婦人がたに合流した。

ヴィクトリアはすぐに、ふたりが購入したこの城跡のある土地について話しはじめた。

「新居には、ウォルフェトンという名前をつけようかと思ったの。ウォルフェトン城という、古城の名前にちなんでね。でも、ラファエルは自分の王朝を始めたいと思っているから、〈カーステアズ・マナー〉のほうがふさわしいという話になったの」

ラファエルがにっこりと笑った。「ヴィクトリアは、そこかしこに中世の幽霊が潜んでいると思っているみたいなんだよ。だからぼくは、大修道院もどきの建物を建ててあげてもいいよと言ったんだ。霧がたちこめる夜には不気味に見えるよう灯りをつけて、ご訪問をお待ちしていますと修道士の幽霊たちに招待状をだす」

「あなたのかわいい宝物たちは、ふたりとも、大喜びするわ、ホーク」と、フランシスが言い、「わたしたちの子どものことよ」と、つけくわえた。

「あのいたずらっ子たちはイギリス海峡を渡り、健全な人間を震えあがらせるであろう」

「彼はね、子どもたちを溺愛しているの」と、フランシス。

「内装がすばらしいわ、ヴィクトリア」と、ダイアナが言った。「すべてが明るくて、陽気に思える。一月だというのに」

「オックスフォード大学をすべて覆いつくせるほどのツタが茂っていたんだぜ」と、ラファエルが言った。「だが、ぼくたちの次なる計画は、カーステアズ王朝を始めることだと、口うるさい妻にせっつかれているんだよ。どうやら、デモートン家の血筋などかなわないほど、長く王朝が続くよう、山ほど子孫を残すつもりらしい」

「お忘れのようだがね」と、ホークが言った。「フランシスとぼくには、もうすばらしい子どもがふたりもいる。お互いの子どもを婚約させるのはどうだい？」

「ふうむ」と、ライアンが妻のお腹を見ながら言った。「ぼくは女の子がいいな。おたくのチャールズは、そんなにいたずらっ子なのかい、ホーク？」

「あの子は、ぼくに生き写しだ」と、ホークが応じた。「父にこう言われたよ。チャールズの父親として、ぼくはこれまでの報いを受けているとね。そのとおりだ。先週、白髪を一本見つけたよ」

「ダイアナが、お嬢さんを産むまで待つべきじゃないかしら」と、フランシスが言った。「あとのことは、それから考えましょう。さあ、ラファエル、〈ヘルファイア・クラブ〉と双子のお兄さんの話の続きを聞かせてちょうだい」

「ああ、さっき話したところで、だいたいは終わりさ。あとはそれほど大事件は起こっていない。〈ザ・ラム〉がスクワイア・エスターブリッジだったとはね、腰を抜かしたよ。彼は、国を離れた。まさかそうするとは思っていなかったよ。だいぶ精神のバランスを崩していたからね。だが、正体が露呈してから一週間もたたないある朝、ディーヴァーという使用人と一緒にでていった。あとで、息子が激怒していたものさ。ありったけの現金をもっていかれたと」そう説明を終えると、ラファエルが話を続けた。

「ぼくと瓜二つの双子の兄のダミアンのほうは……まあ、もう瓜二つではなくなったが」

「どういう意味だ?」と、ホークが尋ねた。

ヴィクトリアが言った。「それがね、びっくりしたわ、ほんとうに。銃弾を受けた重傷から回復したら、突然、ダミアンの頭に白髪が生えはじめたの。だから、もう勘違いすることはなくなったわ」そして、ヴィクトリアが声を低めて続けた。「こんどわたしをだましたら、ただじゃおきませんからね」

「もう、そんな真似はしない」と、ラファエルが気楽な口調で言った。「全精力は、いま、すべてスズ鉱山にそそがれている。あとは、妻がつねに満足を得られるように尽力している」

「ラファエルったら」

「そういえば、一カ月ほど前、ぼくはまた叔父さんになったんだ。兄嫁が跡継ぎを産んでね。ひょっとすると、白髪頭になったダミアンは父親の鑑《かがみ》となり、理想的な一家の主人となるかもしれない。さあ、フランシス。ピアノを弾いてくれないか?」

スコットランド・バラッドというリクエストが全員からあり、フランシスは優雅にピアノの椅子に座った。そして紅茶の時間になるまで演奏し、全員をよろこばせた。

「そういえば」と、ホークがピアノを弾く妻を見ながら首を振った。「以前は、彼女がピアノを弾くと、あまりのひどい演奏に、クリスタルがすべて割れるんじゃないかと心配したものだ」

「ねえ」と、ダイアナがふいに言った。「骨髄《マロウ》入りプディングが猛烈に食べたくなったんだけど、ライアン？」

ライアンが肩をすくめた。「気持ち悪い」

「ホイップクリームを添えてくれない？」

ホークがうめき声をあげ、胃のあたりを押さえた。

ダイアナが両手を打ち鳴らした。「そうだ——ショウガをたっぷりかけましょ。ええ、ショウガがいいわ」

ラファエルがヴィクトリアに言った。「食べたものを全部戻しそうだよ」

「いいえ、ショウガより、スグリのソースがいいわ」

「やれやれ」と、ライアンが言い、妻のふくよかな膝の上に頭を置いた。

「あら、ライアン、気持ち悪くなったの？　それなら、ええと——何をかけようかしら——」

「愛する妻よ」と、ラファエルが言った。「きみを二階に連れていこう。哀れなライアンには、キッチンへの近道を書いて渡しておけばいい。やつのげんなりした顔を、もうこれ以上、見ていたくないからね。ぼくとしては、今夜からすぐに、ぼくたちの王朝づくりを始めたいな」

「じきに、きみたちもこうなるんだぞ」と、ふたりの背中に向かって、ライアンが呼びかけた。「お手並み拝見だ、ラファエル」そう言うと、愛おしそうにダイアナに言った。「さあ、おいしいオニオンソースをかけたパースニップをいかが？」

訳者あとがき

キャサリン・コールターは、アメリカで絶大な人気を誇る作家で、日本でもFBIシリーズ、スター・シリーズ、夜《ナイト》トリロジー、レガシー・シリーズなどでファンの心をつかんでいます。そして本作は、恋の魔法《マジック》にかかった主人公たちのさまざまな恋模様を描いた「マジック・トリロジー」三部作のラストを飾る作品です。とはいえ、作品としては独立していますので、このシリーズの前二作品を未読のかたも、安心して楽しんでいただけます。

本作は、カリブ海のセント・トーマス島で幕をあけます。イングランドの貴族、ラファエル・カーステアズは、商船の船長としてジャマイカなど世界各地を巡っていました。しかし、彼には裏の顔がありました。当時、ナポレオン率いるフランス軍と激しい闘いを繰りひろげていたイギリス軍のために、スパイ活動をおこなうと同時に、実際に戦闘にくわわっていたのです。ところが、この裏の顔が敵の知るところとなってしまったため、彼は故郷のコーンウォールに戻り、新たな生活を送ることにします。

とはいえ、ラファエルはそう簡単にお役御免とはなりませんでした。彼の故郷では、悪名高い一団が処女を誘拐し、悪行を重ねていたのです。地元の名士が結成していると思われるその〈ヘルファイア・クラブ〉の首謀者の正体を突きとめ、グループの活動に終止符を打つという新たな使命を帯び、彼は故郷に向かいます。ところが、その道中で、密輸業者に乱暴されそうになっている見知らぬ娘を助けます。その娘こそ、ヴィクトリア・アバーマール、本作のヒロインです。せっかく助けてやったのに、ラファエルの顔を見たヴィクトリアは、どういうわけか、ひどくおびえます。わけがわからず、当初は当惑していたラファエルでしたが、ヴィクトリアが自分の顔を見るたびに恐怖におののく理由を聞かされたあとは、その運命の皮肉に驚くと同時に、決然と、その運命に立ち向かっていきます……。

ここで少し、〈ヘルファイア・クラブ〉について触れておきましょう。ヘルファイア(hellfire)とは読んで字のごとく、hell(地獄)のfire(火)、つまり「地獄の火」、「業火」という意味です。このように敢えて忌まわしい名前をつけた秘密結社が、十八世紀のイギリスに実在しました。莫大な財産を相続したフランシス・ダッシュウッド卿が、貴族などの著名人を招き、廃墟となった僧院で黒魔術の真似事をしながら饗宴に興じていたそうです。本書では、娼婦や若い女性を呼び、乱交に及んでいたこの秘密結社を真似たグループが登場し、悪行を働きます。

こうした忌まわしいグループがよみがえるというストーリーからもおわかりのように、キャサリン・コールターは、旧態依然とした男尊女卑の制度や思想に、ヒストリカル・ロマンスという分野の作品を通じて「ノー」を唱えています。本作のヒーロー、ラファエルは、こうしたグループの活動を嫌悪し、首謀者の正体をあばき、正義の鉄槌をくだそうと尽力します。長身で凛々しいラファエルは、颯爽とした海の男で、やさしいがゆえにだまされやすいところもある、素敵な男性です。いっぽう、恵まれない少女時代をすごしたヴィクトリアは、そんなラファエルに惹かれながらも、つねに引け目を感じています。このふたりの恋の駆け引きは、どこかもどかしく、いじらしい。そして大きな誤解が解けたあと、ヴィクトリアはひとりの人間として、そして女性として、自信をもって一歩を踏みだしていきます。

この「マジック・トリロジー」の第一作『恋の訪れは魔法のように』では、本書にも登場するロザミア伯爵ホークことフィリップと、おてんば娘フランシスの大恋愛がユーモアをまじえて描かれています。そして第二作『星降る夜のくちづけ』では、やはり本書に登場するセイント・リーヴェン伯爵ことライアンと、カリブ海からやってきたダイアナの熱い恋がカリプソの島を舞台に描かれます。そして、なんと、このライアンとダイアナの結婚式を執りおこなったのは、本書のヒーロー、ラファエルです。本書を読み、かれらとの関係が気になったかたは、ぜひ前二作もお手にとってください。

また三部作を通じて、主人公たちに力を貸すのが、セイント・リーヴェン卿の大叔母レディ・ルシアです。機知に富み、ユーモア精神があり、慈愛あふれるこの老婦人のことが、訳者は大好きです。ルシアのように若い世代の力となり、いざというときに頼られる存在になりたいものだと、訳者自身、思っています。

ちょうど、本書を訳出していた頃、NHKで『ダウントン・アビー』という連続ドラマが放映されていました。二十世紀初頭のイギリス田園地帯にある大邸宅を舞台に、貴族や使用人たちの生活を描いたこのシリーズは、エミー賞とゴールデングローブ賞の作品賞をダブル受賞し、世界各国で大反響を巻き起こしました。十九世紀初頭という設定の本作と、『ダウントン・アビー』とは百年ほど時代が違いますが、大邸宅での貴族の暮らしぶり、貴族と使用人たちとの関係、また使用人のなかでの上下関係などが、このドラマではていねいに描かれていました。たとえば「従者」にはどんな仕事があるのか、「執事」がどれほど誇り高い職業であるかも、このドラマを見ればよくわかります。本書では、ラファエルの従者に「フラッシュ」というあだ名をもつ若者が登場します。元掏摸だったというフラッシュも、じつに魅力的な脇役で、本作が映像化されたら、フラッシュにはどんな俳優がいいかしらと、訳者はあれこれ想像して楽しみました。読者のみなさんも、ラファエルやヴィクトリア、そしてレディ・ルシアを演ずるとしたらどんな俳優がいいかしらと、本書を読みながら想像なさることでしょう。

コールターの作品の魅力のひとつは、それぞれの立場によって考え方も感じ方も違うことが、登場人物たちのせりふや独白を通じてきちんと描かれているところだと思います。ですから、極悪非道な登場人物でないかぎり、悪行に手を染めてしまった人間がどうしてそんな行動をとったのかが、ストーリーを追うにつれ、腑に落ちるのです。こうした部分にも、作家としてのコールターの力量があらわれているのではないでしょうか。

主人公たちの波瀾万丈の、そして魔法がかけられたような恋を描く「マジック・トリロジー」も本作で完結です。精力的に執筆活動を続けているコールターが、これからも読者を魔法にかけてくれることを期待しています。

二〇一四年九月

ザ・ミステリ・コレクション

月《つき》あかりに浮《う》かぶ愛《あい》

著者　キャサリン・コールター
訳者　栗木《くりき》さつき

発行所　株式会社 二見書房
東京都千代田区三崎町2-18-11
電話　03(3515)2311［営業］
03(3515)2313［編集］
振替　00170-4-2639

印刷　株式会社 堀内印刷所
製本　株式会社 村上製本所

落丁・乱丁本はお取り替えいたします。
定価は、カバーに表示してあります。

ISBN978-4-576-14138-1
http://www.futami.co.jp/

幻影
キャサリン・コールター
林 啓恵［訳］

有名霊媒師の夫を殺されたジュリア。何者かに命を狙われFBI捜査官チェイニーに救われる。犯人捜しに協力する同僚のサビッチは驚愕の情報を入手していた…！

眩暈
キャサリン・コールター
林 啓恵［訳］

操縦していた航空機が爆発、山中で不時着したFBI捜査官ジャック。レイチェルという女性に介抱され命を取り留めるが、彼女はある秘密を抱え、何者かに命を狙われる身で…

残響
キャサリン・コールター
林 啓恵［訳］

ジョアンナはカルト教団を運営する亡夫の親族と距離を置き、娘と静かに暮らしていた。が、娘の〃能力〃に気づいた教団は娘の誘拐を目論む。母娘は逃げ出すが……

旅路
キャサリン・コールター
林 啓恵［訳］

老人ばかりの田舎町にやってきたサリーと、私立探偵と偽って彼女を追ってきたFBIのクインラン。美しく整然とした町に隠された秘密とは…？ サビッチも登場！

略奪
キャサリン・コールター＆J・T・エリソン
水川 玲［訳］

元スパイのロンドン警視庁警部とFBIの女性捜査官。謎の殺人事件と〃呪われた宝石〃がふたりの運命を結びつけて――夫婦捜査官S＆Sも活躍する新シリーズ第一弾！

エデンの彼方に
キャサリン・コールター
林 啓恵［訳］

過去の傷を抱えながら、NYでエデンという名で人気モデルになったリンジー。私立探偵のテイラーと恋に落ちるが素直になれない。そんなとき彼女の身に再び災難が…

夢見ることを知った夜
ジェニファー・マクイストン
小林浩子［訳］

未亡人のジョーゼットがある朝目覚めると、隣にハンサムな見知らぬ男性が眠り、指には結婚指輪がはめられていた！スコットランドを舞台にした新シリーズ第一弾！

パッション
リサ・ヴァルデス
坂本あおい［訳］

ロンドンの万博で出会った、未亡人パッションと建築家マーク。抗いがたいほど惹かれあい、互いに名を明かさぬまま熱い関係が始まるが…。官能のヒストリカルロマンス！

ペイシェンス　愛の服従
リサ・ヴァルデス
坂本あおい［訳］

自分の驚くべき出自を知ったマシューと、愛した人に拒絶された過去を持つペイシェンス。互いの傷を癒しあうような関係は燃え上がり…。『パッション』待望の続刊！

微笑みはいつもそばに
リンゼイ・サンズ
武藤崇恵［訳］　〔マディソン姉妹シリーズ〕

不幸な結婚生活を送っていたクリスティアナ。そんな折、夫の伯爵が書斎でなぞの死を遂げる。とある事情で伯爵の死を隠すが、その晩の舞踏会に死んだはずの伯爵が現れ⁉

いたずらなキスのあとで
リンゼイ・サンズ
武藤崇恵［訳］　〔マディソン姉妹シリーズ〕

父の借金返済のため婿探しをするシュゼット。ダニエルという理想の男性に出会うも彼には秘密が…『微笑みはいつもそばに』に続くマディソン姉妹シリーズ第二弾！

心ときめくたびに
リンゼイ・サンズ
武藤崇恵［訳］　〔マディソン姉妹シリーズ〕

マディソン家の三女リサは幼なじみのロバートにひそかな恋心をいだいていたが、彼には妹扱いされるばかり。そんな彼女がある事件に巻き込まれ、監禁されてしまい⁉

黒い悦びに包まれて

アナ・キャンベル
森嶋マリ［訳］

名うての放蕩者であるラネロー侯爵は過去のある出来事の復讐のため、カッサンドラ嬢を誘惑しようとする。が、彼女には手強そうな付添い女性ミス・スミスがついていて…

危険な愛のいざない

アナ・キャンベル
森嶋マリ［訳］

故郷の領主との取引のため、悪名高い放蕩者アッシュクロフト伯爵の愛人となったダイアナ。しかし実際の伯爵は噂と違う誠実な青年で、心惹かれてしまった彼女は…

密会はお望みのとおりに

クリスティーナ・ブルック
村山美雪［訳］

夫が急死し、若き未亡人となったジェイン。今後は再婚せず、ひっそりと過ごすつもりだった。が、ある事情から、悪名高き貴族に契約結婚を申し出ることになって？

約束のワルツをあなたと

クリスティーナ・ブルック
小林さゆり［訳］

愛と結婚をめぐり、紳士淑女の思惑が行き交うロンドン社交界。比類なき美女と顔と心に傷を持つ若伯爵の恋のゆくえは——。新鋭作家が描くリージェンシー・ラブ！

仮面のなかの微笑み

イーヴリン・プライス
石原未奈子［訳］

仮面を着けた女ピアニストとプライド高き美貌の公爵。ふたりが出会ったのはあやしげなロンドンの娼館で……。初代〈米アマゾン・ブレイクスルー小説賞〉受賞の注目作！

永遠《とわ》のキスへの招待状

カレン・ホーキンス
高橋佳奈子［訳］

舞踏会でのとある〝事件〟が原因で距離を置いていたシンとローズ。そんなふたりが六年ぶりに再会し…!? 軽やかなユーモアとウィットに富んだヒストリカル・ラブ